U0084012

古典詩歌研究彙刊

第十四輯

龔鵬程 主編

第4冊

宋室南渡前後詩詞衍變研究

李淑芳〔虹叡〕著

國家圖書館出版品預行編目資料

宋室南渡前後詩詞衍變研究／李淑芳〔虹叡〕 著 -- 初版 --
新北市：花木蘭文化出版社，2013〔民 102〕
目 4+332 面；17×24 公分
(古典詩歌研究彙刊 第十四輯；第 4 冊)
ISBN 978-986-322-447-1（精裝）
1. 宋詩 2. 宋詞 3. 詩評 4. 詞論
820.91 102014972

ISBN-978-986-322-447-1
9 789863 224471

古典詩歌研究彙刊
第十四輯 第四冊 ISBN：978-986-322-447-1

宋室南渡前後詩詞衍變研究

作 者 李淑芳〔虹叡〕
主 編 龔鵬程
總 編 輯 杜潔祥
出 版 花木蘭文化出版社
發 行 所 花木蘭文化出版社
發 行 人 高小娟
聯絡地址 235 新北市中和區中安街七二號十三樓
電話：02-2923-1455／傳真：02-2923-1452
網 址 http://www.huamulan.tw 信箱 sut81518@gmail.com
印 刷 普羅文化出版廣告事業
初 版 2013 年 9 月
定 價 第十四輯 17 冊（精裝）新台幣 24,000 元

宋室南渡前後詩詞衍變研究

李淑芳〔虹叡〕著

作者簡介

李淑芳（虹叡），高雄師範大學國文研究所博士，現服務於大仁科技大學。博碩士論文著重於宋代文學之研究，醉心於古典詩詞之研析，對古典小說中人物心理及生活美學等議題分析亦頗偏好。任教期間協助校方開發遠距教學教材，屢獲教學績優教材之獎項，並獲教育部通過數位教材認證。

目前投入社區服務相關工作，曾擔任觀昇電視台文史節目主持人，對於文化資產保護及永續環境教育等相關議題，著墨甚深；培力地方社團開發社區資源文創產業，積極融合古典學術涵養於新時代議題中。

提　要

做為中國歷史上中古與近古的轉換期，宋代承前啟後的地位與顧盼往來的姿態，顯示了深泓的涵量與迷人的魅力。在輝煌北宋與沉密南宋的夾縫中，許多文藝思潮在宋室南渡前後質變，許多文藝發想的肇端也萌芽於此時期。

本書從北宋的時代背景對南渡文壇的影響開始起筆，並分析整體宋人的文學心理與審美品味，做為亂世詩詞之所以質變的背景與契機。文中針對北宋江西詩派至此時期的凝定與僵化，敘明一祖三宗無有不法的基本精神，帶來以文字為詩的末流之弊，再以南北二宗的力挽狂瀾以及當代其他詩家的改革實踐，說明宋代詩壇至此時期的衍變與改革。另開篇章敘明詞壇風氣至遭遇國難之際，順勢逆變以及堅持婉麗不變的詞作概況，以婉麗與復雅詞風的暗潮洶湧，對比豪壯詞人反映時勢的詞壇風貌。

從此時期的詩詞創作敘述中，分段論述亂世詩詞的深層開拓與繼承，尤其是創作實踐中，作品風格的軌變與創新，令詠史詞粉墨登場，令花草詞一變婉約為豪唱，更令邊塞詩變豪唱為悲歌，此外審美思維的新視角，不僅創造梅花形象的新質變，也讓杜甫詩歌的審視角度有忠臣痛骨的新詮釋。

目次

第一章　緒　論

序　言

文學創作是一種微妙的思維活動，受時代背景、作者生活經歷的影響，也受情緒、心理、性格、審美等細微因素的影響，因此，每一個時代都有其獨特的文化特質及魅力。宋代的文化特質，主要是以歐陽修、梅堯臣、蘇舜欽爲代表的詩文復古運動，以「儒家復興」的政治趨向及文化土壤爲背景，一方面在文學中表現出儒家政教的濃厚色調和正統觀念，另一方面也在文學中造成政治社會意識的空前強化。

作爲中國歷史上中古與近古的轉換期，宋代承前啓後的地位與顧盼往來的姿態，顯示出了深泓的涵量與迷人的魅力。說她是中國文化中繁榮發達面積最廣、程度最高的時代，並不爲過。姚瀛艇《宋代文化史》中說道：「趙宋王朝由表面來看，似乎欠缺漢唐帝國那種開疆拓宇的氣派，而以守內虛外的貧弱國勢見著於國史。」然而細究其內，宋代的文化卻是國史上繼春秋戰國之後，另一個重大的改變時期。宋代文化在中國文化史上的地位，可用「承上啓下」四個字來概括，也就是說：宋代文化結束了中國文化史上的一個舊階段，同時又開闢了一個新階段。嚴復說：「若研究人心正俗變，則趙宋一代，最宜究心。」道出宋代影響後代之鉅。

蔡崇榜《宋代修史制度研究》持此相同觀念，認爲宋代是我國封建社會由前期轉入後期，發生鉅變的關鍵時代。在宋王朝三百二十年（公元960～1279）的統治期中，我國北方地區先後出現契丹、黨項、女眞、蒙古等少數民族所建立的政權，宋朝與之角逐，常處於被動挨打的地位，不免有「積弱」之譏，但從物質生產、科學技術、思想學術等方面考察，宋朝卻說得上是我國封建社會的文化繁榮時期。在我國文化史上有幾個朝代一向是被人們相提並論的：文學就說「唐宋」，繪畫就說「宋元」，學術思想就說「漢宋」或「宋明」，無不數到宋代。

從文學、美學的角度來看，中國文化在兩宋時期完成歷史性的整合和總結，因此，宋代文化可說具有集歷史傳統之大成的特質。例如在理學上，此時有佛儒道的交合；在文藝上，則有詩文書畫的兼通：韓經太《宋人美學觀念的結構分析》就以東坡《書黃子思詩集後》爲例，認爲這是以美學鳥瞰的眼光，總結自漢魏以來至唐末詩歌書法的歷史嬗變；此外，從中國詩學史的宏觀角度看，宋人之詩學觀是對傳統詩學思維課題的總結性思考，凡相關問題，皆有成熟之解答——唯其如此，宋以後的詩學史，便可看作是宋人思考的一種再思考。而從美學的角度來觀察，中國美學觀念所賴以建構的諸多對立範疇，如心與物、形與神、虛與實、情與景、情與理等等，中國美學觀念所賴以展開的諸多藝術課題，如言致感諷、傳神寫照、明性載道等等，宋人無不整合歷史經驗而爲精深之思考。

宋代誠然是一個迷人的時代，北宋文壇有六大家的文章前媲秦漢之美，後開明清小品文的清麗之韻；詩壇上除了大家的個人光輝外，人不同、地不同的各種方位詩人竟然凝聚出餘波盪漾二百餘年的江西詩派。殆至南宋，尤、楊、范、陸獨具個人風味的鮮明詩體，確立了中國詩歌史上宋詩的獨特地位，唐詩與宋詩之爭，很大的原因來自於南宋大家旗幟鮮明的崢嶸詩格。詞壇之驚人，則在於各種內容、題材、風格、技巧之種子預先埋下，開出後世詞壇繽紛燦爛的花。南渡以後則在國事顛沛之餘，以高深的技巧將詞的創作推上艱險奇崛的藝術高峰，即使數百年後的清代常州詞派，也翻不出南宋詞壇詭譎變化的藝術技巧。

一座輝煌的北宋宮殿，半壁沉密的南宋堡礁。……在輝煌的北宋與沉密的南宋夾縫中，一個落荒而逃的南渡朝廷，他們的文學面目卻又如何呢？

第一節　研究動機

國共相爭，先祖父攜年僅八歲的家父遠離故土，來到台灣。在故鄉高中畢業的祖父，滿腹才華卻無力栽培兒子多讀一點書，一腔的抑鬱只好借酒和筆墨噴灑出來。兒時常常聽祖父說起，在宋代的亂世裡，我們有一個祖先，作過宰相，他叫做李綱。

自幼及長，父親常常告訴我們，我們家的祖譜是從南宋李綱開始的，這也是我撰寫碩士論文《李綱詩詞研究》的重要動機。在作李綱論文的同時，也就發覺到在學術研究領域裡，這個時代的荒脊和貧蕪。北宋許多文藝思潮在此質變，南宋許多文藝領域在此肇端。此時知人聞士，在政壇上、文壇上、詩壇上、詞壇上，有截然不同的鮮明區分，也有呼此應彼的整體交融。時代影響著個人，不同的主體卻在相同的大環境裡有不同的表現。正如姚一葦在《悲壯藝術的時空性格》文中所言：構成悲壯條件的兩大要素，即個人與環境兩個變項。這兩個變項由於每一時代地域所強調之點不同而有所差別。有的時代強調環境的勢力，則相對地減低了個人的力量；有的時代強調個人的力量，則相對地減弱了環境的影響。同時所著重於環境與個人的性質，亦因時代意識而有異。……在這個短暫而滄桑的年代裡，我們可以看到環境力量的強勢，對個人、對文學都產生了轉折性的轉變。

攻讀博士班後，我仍然不想放棄這個時代。許多大陸地區的詩史、詞史，也支持了我對這個時代的繼續研究：許總《宋詩史．動盪時代中的凝定詩風》中，從社會、政治的角度說明這個時期：「自徽宗即位經欽宗至高宗三朝的六十餘年，是宋代政治最爲腐敗、社會最爲動盪的時期。從內部的盜賊紛起到外部的金人入侵，從北宋的覆亡到南宋的重建，都足以構成歷史軌跡與民族命運的重大轉折，期間雖然時兼兩宋，但就其政治衰微、社會動盪的性質看，恰恰可以視爲一個完整的時期。」許氏另一著作《宋詩特徵論》將此時期的詩風與宋詩其他時期作了一個完整的區隔：「北宋、南宋之際，宋代進入腐朽其內、動亂其外的時期，伴隨著北宋滅亡與南宋偏安局面的形成，是社會空前激烈的動盪。與政治上的衰微一樣，此時詩史也進入明顯的谷底；但與社會的動盪相反，此時期的詩壇又顯示了創作風格的一致與凝定。」〔註1〕

此外，薛礪若《宋詞通論》將宋詞分爲六個時期，其中「第四期：約自宣和以後起，直至南渡後慶元間，約七十餘年當中，是傳統下來的詞學史中一個枝椏旁出的怒出，是由蘇軾到辛棄疾的一個最光輝的時期。」陶爾夫、劉敬圻《南宋詞史・前言》中針對此時期的光輝提出說明：「就南宋詞本身的發展來看，也大體上歷經了四個不同的時期。……詞壇的重建期、詞史的高峰期、詞藝的深化期與宋詞的結獲

〔註1〕之所以以「一致與凝定」來概括此時期，許氏補充說道：「前期蘇黃大家相繼辭世，但留下來的法式規範，卻被此一時期眾多中小詩人接受且固定下來，從而以大體相同的創作態度與藝術趣味凝聚成一個陣容龐大的江西詩派，這一詩派不僅主宰北南之際的六十年詩壇，而且影響深遠長達清末。……這一創作規範在宗派意識的支配下長期延續、推廣和發展，同時也就形成了固定、凝定與僵化；所謂江西詩派末流之弊就在於詩人眼界日益狹小，詩境日趨枯寂，詩人們在強大的群體意識中，創作個性消融幾盡。因此，江西末流對黃、陳句律的繼承，恰恰忽視了黃、陳詩中高揚的主體精神和豐富的心靈世界。」並說明了此時南渡詩人的生活環境與北宋末年截然不同，他們失去了字斟句酌、擁被苦吟，將詩歌當作一個封閉的藝術王國去徜徉游泳的社會條件。靖康之變逼使他們不得不面向社會、正視現實，這就使得詩歌創作不得不發生一些變化。變化的表現之一是：詩歌固有的言志抒情、興觀群怨的功能得到一定的恢復。表現之二是：許多詩人以靖康之變爲分界，後期頗有感時傷世之作。表現之三是：創作風格回歸於講究實用、平易通順。詳見本論文第四章。

期。詞壇重建期的任務落到了南渡第一代詞人，即元老重臣、抗金名將以及詞壇耆宿們身上了。南渡以前，他們沿著花間的老路，所有詞篇，幾乎都是戀情相思、離愁別恨、寄情山水與詩酒流連之作，……南渡以後，代之而起的是以愛國思想爲主旋律的時代強音。……也有一些詞人，出於義憤，嘯傲林泉、放情詩酒，從另一側面反映他們壯志難伸與報國無門的苦悶。這就是南宋詞壇重建期的主要輪廓。……南宋詞壇一開始就重建在堅實的基礎上，它順應了時代要求，滌蕩了瀰漫於北宋末年的頹靡之音，繼承並宏揚了蘇軾開創的豪放詞風，建立了愛國豪放詞風，建立了愛國豪放詞的創作傳統，使歌詞創作與時代、與平民大眾更爲貼近。」

此期詞風的轉變，始於建炎、紹興年間，到開禧北伐前後，大約歷經了七、八十年。此時詞風之變化，有其深刻的社會根源。而靖康之難是宋代歷史上最重要之事件，在此重大歷史變革中，每一個隸屬於趙宋政權的士大夫、知識份子，思想情感都會發生巨大的變折。正如趙翼《題遺山詩》所說：國家不幸詩家幸，話到滄桑句便工。不少詩人詞家在歷經喪亂、轉徙流離之後，對國破家亡的感受特別深切，因而詩詞創作也從而發生不同程度的變化（趙齊平《宋詩臆說・折盡長條爲寄誰》），渡江諸人的作品或多或少都可以發現這種因時代鉅變而質變的痕跡。

正是這種「變」，促動了我想要繼續研究這個時代的深沉動機。變的原因、變的現象、變的結果、變的影響，緊緊扣住了這篇論文的主題。周必大爲王安中《初寮集》作序時曾說：「洎中興南渡，四海名勝，遷謫避地，萃於湖廣，而公婿趙奇子辟章又家之游夏，大篇短章，更唱迭和，即已盡發平昔之所蘊，且復躬閱世事之變，益以江山之助，心與境會，意隨辭達，韻遇險而反夷，事積故而逾新，他人瞠乎其後，我乃綽有餘裕。」其中「躬閱世事之變，益以江山之助」，正是指政治變亂與地理環境這兩項要素。而這政治的變亂，與環境的改變，也是先祖父與家父生命中一個無法釋懷的傷痛吧！

第二節　研究範圍

一、時代與主題的界定

從中國政治史、社會史、文化史的角度來觀察，靖康之亂不僅是宋代歷史上的重要事件，更是中國歷史上的重要轉折點。宋史專家劉子健先生高度評價南宋的重要性，說:「中國近八百年來的文化模式是以南宋爲領導的模式，以江、浙一代爲重心。全國政治、經濟、文化重心皆聚在一起，這是史所稀見的。」他認爲這種文化模式，起源於北宋，但北宋時仍在生長、變化中，到南宋才加以改變和定型。而靖康之亂以後的北方移民南遷，從靖康之亂以後到南宋滅亡長達六十餘年，對南宋政治、經濟、文化各個方面都產生了不可忽視的影響（《北方移民與南宋社會變遷》)。

黃文吉《宋南渡詞人・緒論》中談到了「南渡」:「在我國歷史上，由於北方外族入侵，致使朝廷南渡過江，人民大規模遷徙，對政治、經濟、社會、文化起了極大的變化，產生極深遠的影響，這是具特別意義的『南渡』，前後共有兩次。一是西晉末年，五胡亂華。……一是北宋末年，金人崛起，滅遼後謀宋日亟，於靖康二年（1127)，劫徽、欽二宗及皇后、太子、親王、妃嬪、宗戚及諸臣等三千餘人北去，這就是所謂的『靖康之難』。」

黃氏論文中所界定的南渡詞人，「是以靖康二年，亦即建炎元年（1127）爲準，必此時年滿二十歲，換句話說，就是徽宗大觀元年（1107）以前出生的。……在靖康二年已滿二十歲的人，對國難有切身之痛，感觸必較爲深刻，對過去事物記憶猶新，感情當較爲濃厚。」本篇論文所要研究的對象，與黃氏相同，是指活動在南北宋之交、從北宋過渡到南宋的文人。

但是，許多談論宋代的書籍，在北宋末年、南宋初年這個時期，多將眼光著重在靖康之難的歷史鉅變裡，甚少以文學的角度對此時期進行評析。專著方面，就目前可見的文學史、文學理論批評史等方面的書籍，在談到這個時代的詩壇、詞壇狀況時大多簡單帶過，或時間界定含糊不清。例如：

（一）劉大杰《中國文學發達史》：第十八章「蘇軾與北宋詞人」中，以兩節的內容討論「周邦彥及其他詞人」、「女詞人李清照」，其中僅在周邦彥之後以幾句話提及万俟詠、晁端禮、田爲、晁沖之等宮廷詞人，對整個北宋末年的詞壇風氣並未多作說明；第十九章「辛棄疾與南宋詞人」中，第一節以一頁的篇幅說明時代的變亂，第二節在「辛棄疾及其他詞人」中，除辛棄疾（1140～1207）外則提出了陳亮（1143～1194）、朱敦儒（1081～1159）、葉夢得（1077～1148）、劉克莊（1187～1269）等詞人，而這些詞人當中，只有朱敦儒、葉夢得的時代趨近靖康之變，其他三位詞人因出生較晚之故，離南渡已有一段距離了。在第二十章「宋代的詩」中，第三節「黃庭堅與江西詩派」在黃庭堅（1045～1105）、陳師道（1053～1102）之後，結尾處提出了陳與義（1090～1139）作爲江西詩派的改革者，接下來就進入了陸游（1125～1210）及其他詩人。就以北宋末、南宋初這整個時期看來，文中所論的詩壇、詞壇代表只有李清照、朱敦儒、葉夢得、及陳與義四人而已。

（二）程千帆、吳新雷《兩宋文學史》：在第五章〈北宋後期的文壇風貌〉中，第四節「周邦彥詞的藝術成就」的結尾處，小篇幅談到了大晟樂府及其他詞人；第六章〈南宋前期的文學〉則分四節討論「南渡之初的詞風」、「獨樹一幟的女作家李清照」、「南宋前期散文的發展」以及「江西派詩風的轉變和呂、曾、陳」。在詞壇方面，南渡之初所討論的詞人有五位，岳飛（1103～1142）、張元幹（1091～1170）、張孝祥（1132～1170）、葉夢得（1077～1148）以及朱敦儒（1081～1159），其中張孝祥生於靖康之亂五年後，與葉夢得、朱敦儒界定於同一年代裡，似不甚妥。文壇方面，除列舉一篇岳飛的《五岳祠盟記》外，筆風直轉呂祖謙（1137～1181）、朱熹（1130～1200）、陳亮（1143～1194）以及葉適（1150～1223）等人作品，試觀呂祖謙等人的出生年代，與靖康之變也是有一點距離的。

這兩本文學史提醒了我們注意到一個重要的問題：就是「南宋前期」與「南渡」年代的界定一直都是含糊不清的。不僅文學史性質的書如此，許多直指此時期的單篇論文也出現類似現象，例如喻朝剛〈試論南宋前期詞風的變化〉一文中，筆墨從靖康之變而起，提到岳飛、李綱、胡銓、張元幹等人，其實全篇主旨係以辛棄疾爲首，並討論其他相關詞人如陸游、韓元吉、張孝祥、陳亮、劉過等人。事實上「南宋前期」詞風的轉變，開始於靖康之變的初始幾年，若將南渡後的十餘年略而不論的話，是無法完整涵蓋整個「南宋前期」的。

對於年代的確定，以下三書的詳細說明，可說是本論文的重要依據：

（一）許總《宋詩史》：第四編〈水闊風平——北南之際（公元1101～1162）〉從徽宗即位的第一年起筆，論述北宋末年江西詩派對黃庭堅、陳師道的延續與合流，再論述呂本中（1084～1145）、曾幾（1084～1166）、陳與義（1090～1138）三人的詩風。第五編以〈中流砥柱——南宋中期（公元 1163～1207）〉爲標題，直接將年代切入中期的陸游、范成大、楊萬里、朱熹以及其他詩人，將「前期」的模糊與爭議直接處理掉。

（二）楊海明《唐宋詞史》：第十章〈南宋前期（1127～1161）的「傷感詞」、「憤慨詞」、「隱逸詞」〉，主題就將「南宋前期」的年代作了非常明確的界定。文中所引詞人如李清照、李綱、趙鼎、胡銓、張元幹、朱敦儒、李光及葉夢得等人，除張孝祥外，幾乎全都是出生於北宋，親身經歷靖康之亂的詞人，其卒年也大都能涵蓋在南宋前期之內。

（三）陶爾夫、劉敬圻《南宋詞史》：第一章〈詞壇的重建期〉共分三節，第一節從徽宗趙佶（1082～1135）、欽宗趙桓（1100～1160）、洪皓（1088～1155）等開始寫起，交代了北宋末年的詞壇風貌，第二節、第三節則以葉夢得、朱敦儒、周紫芝（1082～1155）、王以甯（1083～1146 年？）、蘇庠（1065～1147）、向子諲、陳與義、陳克（1081 年～？）、蔡伸（1088～1156）、呂謂老（？）、呂本中、黃公度（1109～1156）、李清照等身經離亂的詞人爲主，論述靖康之亂對詞壇風氣的影響。第二章〈詞史的高峰期〉才從張孝祥（1132～1169）、陸游（1125～1210）的時代進入，主要討論這群南渡以後才出生的詞人對愛國豪放詞風的繼承。

爲了對所研究的範圍有清楚的界限，在論文進行之初，首先著手的工作就是將所研究的對象釐析出來，凡徽宗大觀元年（1107）以前出生的南渡文人，統稱爲「南渡文人群」；臚列其生卒年及著述，並做成〈南渡文人著述概見表〉，如附錄一所示。

本論文的研究主題，原擬定爲南渡文人群的整體文藝潮。但在整理孫覿、汪藻等人的四六文資料時，才發現許多瑣碎複雜的小主題，無法與詩詞的質變匯融討論。經王師指示，遂予以割剪，將主題界定在詩、詞兩方面。爰此，遂將論文題目定爲《宋室南渡詩詞衍變研究》。之所以定名「衍變」，而不稱之爲「演變」，是因爲「演」字本身只具有「演繹」之義，而「衍」字則有「增生」之義，足以涵蓋此時期在繼承傳統之外，新生的內容與風格。

二、文獻資料討論

承上文所述，關於此時期的文獻資料，除了年代的模糊不清外，還有一項令人遺憾處，就是資料的簡陋單薄。這與當代資料的保存與流傳有密切相關；南宋熟知本朝文獻掌故的章如愚曾說：「日曆莫詳於建炎、紹興之所錄。」試觀察高宗一朝爲時不及三十六年，其日曆卻達千卷之多，魏了翁也說：「每惟祖宗實錄，自東都以前凡一百六十八年，不過一千餘卷，而南渡以後，高宗、孝宗皇帝兩朝實錄僅六十餘年，遂至一千卷。」此時期保存下來的資料雖多，但多爲日曆、起居注之類，而且在《宋代修史制度研究》書中，知道宋代修史制度的弊病有三：無專官、皇帝干預、史官避諱；其中起居注、實政記、日曆、實錄、國史、會要諸書，都有過改修或重修的事實。例如紹興年間，曾在秦檜擅權下將高宗紹興二十五年以前的日曆加以改修。元代袁桷就說：「宋元豐以後，日曆壞於王安石，建炎以後，日曆壞於秦檜。」

除了現有資料的欺誣不實外，種種其他因素造成資料的散佚，也是文學界對此時期無法深入探討的重要原因。試分述如下：

（一）黨爭：自北宋神宗以來的新舊黨爭，對政治影響非常之大；徽宗即位以後，雖有意調停新舊黨爭，卻沒有成功。反而在崇寧元年（1102），以蔡京爲相，而蔡京假託紹述之柄，箝制天子。由於舊黨的學術、文學在當時都有很大的影響力，蔡京怕這種勢力蔓延，終會影響到他的權位，所以極力打擊元祐學術，不但設元祐黨人碑，並下令以元祐學術政事聚徒傳授者，罰無赦。這些以政治干涉學術、文學的舉動，對此時期最明顯的影響，就是著作的毀禁散佚，無法流傳於後世。例如《四庫提要・宗澤・宗忠簡集》：「澤孤忠耿耿，精貫三光，其奏搭規劃時事，詳明懇切，當時狃於合議，不用其言，亦竟無收拾其文者。」就是一個相當明顯的例子。

（二）戰火：宋金戰爭連緜，失去的不只是故土文物，許多時人的著作一夜之間燬於戰火者，所在多有。例如洪皓《鄱陽集》前有洪恬的原序，其云：「先君……平生著書……庚戌之春，厄於兵燼，無一存者。」以及岳飛《岳武穆遺文》一卷，四庫云：「佚篇不可殫數，零章斷句，乃後人掇拾於蠹蝕灰燼之中。」再如《四庫提要・張綱・華陽集》中說明張綱著作的流傳：「（綱）健於爲文，每一落紙，都人輒傳播，遭建炎兵燬，什不存一。又以秦檜炳國權，懼爲所忌，絕意著述，以故流傳不多。」將當時著作不傳的情形，簡單俐落的分析清楚。

（三）言論箝制：趙翼《二十二史箚記》談到此時期的政壇風氣時說：「秦檜贊成和議，自以爲功，惟恐人議己，遂起文字之獄，以傾陷善類，因而附勢干進之徒，承望風旨，但有一言一字，稍涉忌諱者，無不爭先告訐，於是流毒遍天下。」《宋史記事本末·卷七十五》亦云：「自秦檜擅政以來，屛塞人言，蔽上耳目，一時獻言者，非頌檜功德，則訐人語言以中傷善類，欲有言者，恐觸忌諱，僅論銷金鋪翠、乞禁鹿胎冠子之類，以塞責而已，故皆避免輪對。」因此當時學術的傾向，並沒有對當時志士賢人之作多做保存。《四庫提要·宗忠簡集》頗能說明這種狀況：「蓋理宗之後，天下趨朝廷風旨，道學日興，談心性者謂之眞儒，講事功者謂之雜霸，人情所競在彼而不在此，其沉晦不見，固其所也。」這種現象也出現在南渡諸多文人作品的保存之中。

除了資料散佚之外，此時期資料的整理也有許多以人廢言或溢美的情形，例如周紫芝的《太倉稊米集》，《四庫提要》評論他的詩歌「在南宋之初，特爲傑出，無豫章生硬之弊，亦無江湖派酸餡之習。」試觀察其作品，雖不中亦不遠矣；又從《紫芝詩話》中的資料考察得知，紫芝其人學術淵博，係出於元祐系統，但在政治立場上，紫芝曾對秦檜頗多逢迎之作，又稱美秦檜爲元臣良弼，後人對紫芝遂有「老而無恥、貽玷汗青」之語，這也影響了後人對周紫芝文學成就的評論傾向。再以當代附合議的孫覿《鴻慶居士集》爲例，孝宗時，洪邁修國史，孫覿對李綱不快，曾上誣辭，邁遽信之，載於《欽宗實錄》。朱熹每與人言及此事，恨之，嘗言：小人不可使執筆。四庫評其文學云：詩文頗工，尤長四六，輕詞麗句，名章雋句，晚而尤精。觀其文學作品中，多誌銘及諛墓之作，且其爲人怙惡不悛，時人鄙之，四庫雖然以「孔雀有毒，不掩文章也」，評其爲人與作品，但孫覿的文學成就在其人品的拖累下，始終沒有得到很適當的評價。

除了以人廢言之例，在主戰主和的爭論逐漸平淡以後，歷史對當時主戰派的文學成就也有溢美之詞。例如李光《莊簡集》，有詩四百二十五首、詞十三首、雜文二百六十五篇，其他篇章遺落者頗多。

四庫評曰：「光値國步歧危之際，忠憤激發，所措置悉有成緒。又以爭論和議，為權相所排，乘老投荒，其節既凜；故其詩志諧音雅，婉麗多姿，託興深長，不僅輕絕可愛而已。」從目前所存殘章賸句觀之，其波瀾意度固然斐粲可觀，但四庫其文最後總結云：「名臣著述，幸而獲存，當以鴻寶視之也。」就是以人品勝文品之典型。再如劉一止的《苕溪集》，當時劉氏忤秦檜而罷去，十餘年後檜死復召，仍力辭不起，是為守正不阿之士。《四庫提要》有云：「韓元吉為作行狀，稱其文章推本經術，出入韓、柳，不效世俗纖巧刻琢，雖演迤宏博而關鍵謹嚴。其為詩寓意高遠，自成一家。呂本中、陳與義讀之曰：語不自人間來也。是其著作亦為當代所推也。」呂本中、陳與義本身固為當時一大詩家，劉氏詩名與之相較，顯然遠遜，二人所言劉氏之詩「不自人間來」，實是溢美之詞，四庫評論不論其詩，卻引韓元吉之語以為論，其實也透露了其中的關竅奧妙。

有緣於當代資料的缺憾遺失，遂令近代一些文學史方面的著作，對於此時期的作家介紹都相當單薄疏略，例如：

（一）葉慶炳《中國文學史》：下冊第二十二講〈北宋詞〉，文中論述秦觀、賀鑄之後，僅交代李清照一人；第二十三講〈南宋詞〉中，以兩頁篇幅概述南宋詞壇後，接下來論述朱敦儒，筆墨便直轉陸游、辛棄疾、劉過、劉克莊等人。對北南之際的詞人論述僅李清照、朱敦儒而已，其他都闕而不談。第二十四講〈宋詩〉，在蘇軾、黃庭堅之後，有小標目江西詩派，討論到了陳師道及陳與義，接下來便進入了南宋四大家。對於此時期的詩人討論，僅陳與義一人而已。

（二）謝桃坊《宋詞概論》：書中中編〈論北宋名家詞〉有「李清照及其詞」單元；下編〈論南宋名家詞〉則直接討論辛棄疾及姜夔等南宋大家，對北宋末、南渡初的討論僅李清照一人而已。

（三）周篤文《宋詞》：第三章〈北宋詞壇〉第五目中討論了「女詞人李清照」，第四章〈南宋詞壇〉第一目「辛棄疾與南渡前期的愛國詞壇」中，述及張元幹及其〈賀新郎〉詞一首，內容便走入張孝祥、陸游、陳亮等人之作品；文末雖有提及陳與義、葉夢得、朱敦儒等人，但所佔篇幅不多。

（四）張建業、李勤印《中國詞曲史》中，五代詞部分第四章〈南北宋之交的詞人〉第一節、第二節分別討論朱敦儒、李清照，第三節談愛國詞人，包括了張元幹、岳飛及張孝祥，第四節則討論了陸游。事實上張孝祥、陸游的年代，並不適合放在「南北宋之交」的標題下，因此眞正所論的此時詞人僅朱、李、張、岳等四人。

對於此時期的研究，時間的界定模糊不清固然是一項重要因素，再由於原典資料的不足與不實，使後代學術研究者面對這個時代，也只能以浮筆帶過；於是有心的讀者雖然嘗試著從坊間文獻資料的角度出發，但能夠得到的最大印象，也就只是「靖康之難」了。這樁民族災難在後來讀者的心中只能是個歷史事件，代表了中原被夷狄小國侵犯的恥辱；卻沒有足夠的資料提醒我們，在這個民族國難的背後，在文學的領域裡，也有一些值得我們投注關懷的文藝思潮，悄悄而沉靜地發生。本論文的寫作目標，就是希望藉由此時期詩詞資料的整理與討論，使「歷史的靖康之難」，也能以「文學的靖康之難」的面目見諸世人。

第三節　寫作方法

一、史料與原典的運用及選擇

論文未具趨形之前，首先吸引我的是這個時期的美學思潮。查看此時期文人的創作，雖有靖康之變的陰影深烙心中，但是酬唱應答之作、詠嘆風月之作卻依然佔據文人詩詞的大部分——這個令人納悶的現象，也反映在此時期的文學評論中——論氣——積學的主張，似乎更高過了靖康之變所帶來的生活影響，這樁動天憾地的鉅變，呈現在文學作品中的傷痛，幾乎是不能滿足讀者對這個時代的嗜血期待。我以爲我該看到的是漢樂府中，良人戍關、深閨婦怨的感傷，我所想像的這個時代，是如同安史之亂時，妻啼子嚎的愁雲慘霧。而事實上我所讀到的這個時期的作品，平淡清遠的情調更勝於激動的感慨。是時代的氣質使然吧！於是有關宋代的氣質品行、生活情調以及審美思惟吸引了我，成爲導引我進入此篇論文的第一塊磚。

再者，由於此時代保留之資料有上文所述之弊，且後世論述當代之資料相較於其他時期更是鮮少，所以在準備資料的過程中，曾積極參考當代之詩話、詞話來論述此時代的文學思惟〔註 2〕；而錢仲聯《宋代詩話鳥瞰》所說的一段話：「儘管這些詩話大部分都是隨筆式的，缺乏系統條理，但讀者仍然不難從其中看出詩話作者的不同觀點與見解，了解到不少作品的寫作背景，有助於知人論世之用，並且也不難利用這種資料清理出一些頭緒，使它系統化、條理化，爲古代詩歌理論批評史的研究，提供有用的東西。」也提醒了我注意到詩話、詞話雖不可盡信，但那沒有條理的隨筆方式，卻是了解

〔註 2〕劉德重《宋代詩話與江西詩派》：宋代詩話之引人注目處，不僅反映在數量上，更重要是體現在內容上，清代章學誠《文史通義、詩話》根據詩話著作的內容將其分爲「論詩及事」類和「論詩及辭」類，也可稱爲論事類和論辭類。宋代最早產生的歐陽修《六一詩話》、司馬光《續詩話》以及劉攽《中山詩話》，或標明其宗旨爲閒談，或直說其內容爲記事，這三部早期詩話顯然都是屬於論詩及事類的著作。自陳師道《後山詩話》起，則明顯增加了理論批評的成分，其言詩不偏於論事，而論辭又不限於摘句，開始了詩話由「論詩及事」轉向爲「論詩及辭」的方向轉變。發展到南宋，論詩及辭類的詩話佔了相當的比重，並有張戒《歲寒堂詩話》、嚴羽《滄浪詩話》具有高度理論批評價值的著作，從而使詩話登上了文學批評史的殿堂。宋代詩話之所以能如此迅速的發展興盛，並在理論批評上取得如此高的成就原因有：一、詩話本身隨筆體例的寫作方式，爲論詩開了方便法門，使得許多詩人和批評家樂於用它來發表自己的論詩意見，二、宋代詩壇的風氣，江西詩派的形成以及圍繞著江西詩說開展的探討與爭論，也是促使宋代詩興盛發展的重要且直接的原因。

宋人品味一項最坦誠、最沒有遮掩的一筆資料。

除了詩話、詞話的研讀之外，關於這個時期的生活概況，還積極參考了以下著作：

一、李心傳《建炎以來繫年要錄》二百卷，專記高宗朝三十六年史事。李氏編此書之目的，在於保存宋政權南遷以來之信史。取材以高宗朝的日曆、會要爲主，並參考大量私家著作，「可信者取之，可削者辯之，可疑者缺之。」《建炎以來繫年要錄・卷首・付出高宗皇帝繫年要錄指揮・引許奕奏狀》引李心傳之語：「嘗謂中興以來明君良臣，豐功盛烈，雖已見諸實錄等書，而南渡之初，一時私家紀錄，往往傳聞失實，私意亂眞，垂之方來，何所考信，於是纂輯科條，編年紀載，久而成編，名曰《建炎以來繫年要錄》」。其材料豐富，敘事詳實而有條理，特別是據事直書，爲宋代官修史書所不及。《四庫提要》稱：「宏博而有典要」、「文雖繁而不病其冗，論雖並而不病其雜，在宋人諸野史中，最足以資考證。」

二、李心傳《建炎以來朝野雜記》甲、乙集共四十卷。書中所爲南宋高、孝、光、寧四朝的典章制度，有時也涉及北宋史事。編此書之目的，主要在於保存南宋典制資料。《建炎以來朝野雜記》甲集自敘云：「每念渡江以來，記載未備，使明君良臣名儒猛將之行事，猶鬱而未彰。至於七十年間，兵戎財賦之源流，禮樂制度之因革，有司之傳往往失墜，甚可惜也。乃集建炎至今朝野所聞之事，凡有涉一時之利害與諸人之得失者，分門著錄。」《四庫提要・卷八十一・史部政書類一》稱其書：「雖以雜記爲名，其體例實同會要。」又云：「於高、孝、光、寧四朝，禮樂刑政之大，以及職官、科舉、兵農、食貨，無不該具，首尾完贍，多有馬端臨《文獻通考》、章俊卿《山堂考索》及《宋史》諸志所未載。」陳振孫《直齋書錄解題・卷五》著錄該書，稱：「上自帝系帝德朝政國典，下及見聞瑣碎，皆錄之。蓋南渡以後野史之最詳者。」

三、徐夢莘《三朝北盟會編》。此書會編自徽宗政和七年（1117）

七月宋金海上之盟，迄紹興三十二年（1162）完顏亮被殺，共三朝四十六年間，有關宋金合戰的史料。凡有關宋金關係的詔令、奏書、國書、記序、碑志等，皆在收錄之列。《四庫提要》說：索引書一百零二種，雜考私書八十四種，金國著錄一種，共一百九十六種，而文集之類尚不屬焉。足見蒐集材料是很豐富的。其自敘中說到他努力編纂此時期資料的動機：「靖康之禍，古未有也。……縉紳草茅，傷時感事，忠憤所激，據所見聞筆而爲紀錄者，無慮數百家。然各說有同異，事有疑信，深懼日月浸久，是非混淆，臣子大節，邪正莫辯，一介忠款，湮沒不傳。」於是將事涉北盟的資料，悉取詮次，「使忠臣義士亂臣賊子善惡之跡，萬世之下不得而淹沒也。」《四庫提要》給予很高的評價，認爲此書「贍博奄通，南宋諸野史中，自李心傳《繫年要錄》外，未有能過之者，固不以繁蕪病矣。」陳樂素先生在《徐夢莘考》中說：「二百餘種之原始資料，不特爲研究宋、遼、金當時國際上之外交與軍事關係最重要之根據，且三國當時之政治上、經濟上、地理上、民俗上、社會上，以至於一部份人之個性、私生活及特殊事件之經過等種種材料，蘊藏於其中者，亦極豐富，留以待今日史家之開發。」（引自《國學季刊》西元 1934 年 9 月，四卷 3 期）

曾經有一段時期，我看著這些瑣碎而龐蕪的資料，竟不知閱讀的目標爲何；漸漸地，這些資料逐漸在心中積澱了一種了解——漸漸了解重文輕武的趙宋政權，在戰火連天的時代裡，仍能在南方保有一塊安逸荒樂的土地，承續著北宋朝廷的風流遺緒；主戰主和的衝突，逐漸銷融在向來優勢的理性思惟與雅致的生活情調中，因此兩族交戰的苦難，遂能以雲淡風輕的方式，交織成這個時代裡每個文人生命中一片不能遺忘的深沉背景——之前，關於南渡時代的這種氣質，任憑外圍資料研讀得多麼精微透徹，總還是不能明白爲何文學的表現竟能如此；沉浸在這些沒有頭緒、沒有重點的史料一段時間後，才漸漸有了一點可意會卻難言傳的了解。

除了史料之外，此時期每一位文人的著作，也成了我雞肋般的基本素材。日人丸山學《文學研究法・第五章時代研究》對於文學作品所呈現之意義有云：「所謂歷史書，往往止於表面的事實之過擦的敘述；而文學則係深入社會的所有部分，表現鉅細而透徹的事實，在這點，文學是在歷史以上的眞實。」的確，文學作品的呈現就是最眞實的歷史。因此此時期文人作品除了詩、詞不能棄捨外，其他公牘、祭文、書信、策論文章，也都在點讀的範圍之中。王瑤《中古文學史論》（大陸北京大學出版，西元 1986 年 1 月，頁 214）曾說到：「作品風格的差異，也是時代的因素遠超過於作者個性的因素。」這段話提醒了我深入去省思時代因素與個人因素對文學創作所產生的影響：就文學史的整體流變而言，文學創作的表現確如王氏所言；但就一家言之，誠如前文中姚一葦《悲壯藝術的時空性格》文中所說：「有的時代強調環境的勢力，則相對地減低了個人的力量；有的時代強調個人的力量，相對地減弱了環境的影響。同時所著重於環境與個人的性質，亦因時代意識而有異。」在靖康之變的強大陰影下，憂心國事確然雄踞此時期，成爲一股無法擋遏的時代意識，然而細觀此一時期的作品風格，仍能表現出獨特的主體性格，形成涇渭相異的鮮明區分。同樣的民族鉅變，產生了朝廷裡政治立場截然不同的李綱與孫覿出來；同樣堅持主戰的李綱與宗澤，在詩詞裡卻有完全截然不同的作品風格流傳後世；在政治立場上同樣持主和立場的陳與義與孫覿，流傳於後的文學作品卻有完全不同的評價——畢竟是創作主體的不同質性，成就了不同的文學面貌。對於歷史眞相的了解，展現文學面貌的原典，是唯一、且沒有理由避免的路〔註 3〕——於是在論文進行之初，除了作附錄一〈南渡文人著述

〔註 3〕閱讀原典的重要性，在論文寫作時期，深有體悟。以當代倡議勤王又平內難的呂頤浩（西元 1071～1139 年）爲例：頤浩少長西北兩邊，於軍旅頗爲嫻習，其應詔、上戰守諸策，載於徐夢莘《三朝北盟會編》者，大約皆謂和議之必不可成，而勸高宗爲乘機進取之計。但是集中上時政之書，乃作於靖康初年間，預決金兵之必來，諄諄以

概見表〉之外，另外還整理了〈南渡文人詩詞統計表〉，如論文末的附錄二所示。此外爲了方便自己掌握這個時期政治動向與每個人的活動概況，還做了〈朝政與文壇大事年表〉，如附錄三所示。在進行這些資料整理的初期，曾經數次自我質疑這項工作的需要性，雖然當時不認爲這項工作有其重要性，但是一步一步的沉浸薰陶以後，竟發現到：與原典面面相對，就是一種心領神會的溝通與了解。箋注、解釋以及二手資料的苦讀，終究是一種有「隔」的閱讀。這個工作也幫助了我在面對後續的章節處理時，能夠迅速而穩定地進入情況；也因此在確定全篇論文的結構時，思維的出發與筆法的安排我採用了重點式的暴露，而非全面性的概括敘述。

二、思維的出發與筆法的側重

要討論南渡初期的文學，必得要介紹這個時期的時勢背景，要說明這個時期的社會與文化，不得不說起北宋的行政措施、文化現象所養成的時代氣質。然而，在粲然大備的北宋政治、社會、文化中，該要從何說起，才能切入靖康之難的文學風貌呢？

我首先觀察的是這個時期的特殊表現，例如詠史詞的出現，花草詩詞的形象改變，以及江西詩派的理論革命——在觀察「特殊現象」的同時，也注意到了這個時期的詩詞，在內涵上其實也有很多的「一成不變」：例如酬唱、贈答、應和之作的繁多，不輸北宋興盛的王朝時期，詠物詩中北宋文人玩物爲雅的風流遺緒，詠史詩、諷諭詩中，主體自我的情志懷抱，始終不亞於對國家民生的關懷，筆調的情致優美，常常令人忘記置身於亂世文學之中。承續而來的思考就是：怎麼能夠「不變」呢？發生了驚天動地的靖康之難，南渡文人的詩詞作品該要狠狠擺落太平盛世的風華呀！但在了解了整個宋室王朝的氣質趨向之後，與之相應的答案便琵琶半遮的出現：此

避遷爲說。然而本傳中卻未提及此事，可見原典的資料不但能夠補史傳之闕，也能夠矯正其他雜史傳記的偏頗立場。

時期文學創作的全面改變，雖然不能以詩詞內涵的選擇作爲唯一批判的依據，但是創作主體滄桑老成的技巧昇華、欲露不露、將吐不吐的悲壯風采，仍然透露出靖康之難對此時期文學強烈衝擊的痕跡。於是，「變」仍然是這一篇論文的明確主題，只是在釐清這篇論文的脈絡時，我的思維分別從以下各個明確的角度出發：（一）寫作題材與內容的改變，（二）藝術風格的改變，（三）創作主體寫作技巧的改變，（四）當代文人審美視角的改變。後來在張毅《宋代文學思想史》中發現一段話：「……將南渡這一個時期中，從具體文學創作活動所形成的共同創作傾向和審美技巧入手，總結此一時期作家在創作方法、審美情趣、藝術風格和表現技巧等方面所體現出來的文學觀念的變化，作一整理。」遂確定此種角度的思維，是一條值得摸索探究的路。

也因此，在寫作論文的過程中，個人覺得必要處理的一個單元是「宋人文學心理分析」，了解整個北宋王朝所積澱下來的文學心理，才能明白南渡文人群在面對如此苦難時，生命的抉擇思考與作品的呈現趨向。北宋文人的心理，是魏晉以來美學思考的轉變與總整理，也是北宋王朝行政措施、社會經濟影響下的漸漸成型與結果，於是「魏晉以來文學心理分析」與「北宋的時代背景」，更是進入宋人文學心理前所要優先處理的單元。在這些外圍資料處理好以後，接下來進行的是此時期詩壇與詞壇內部的衍變脈絡：江西詩派在此時的僵化以及內部所進行的革命，可以說是一個單獨而完整的命題；詞壇創作的風格，受外力因素的改變則在此時截然劃分爲「豪壯」與「柔婉」兩種鮮明的區分，是一個可以討論的主題；此外詞家的創作風格以靖康之難爲界，有前後期的鮮明轉變，又是一個值得討論的議題，因此在「宋人文學心理分析」之後，筆觸直接進入的主題就是「詩壇的凝定、衍變與改革」以及「逆變與不變的詞壇概況」。

然而這兩個主題的說明，尚不足以概括此時期眾多紛碎瑣雜的小主題，例如這個時期的詠史詩，在杜甫、王安石的基礎下，別有一番當代獨特的風潮與特色，詞題文序在蘇東坡之後，此時也有令人醒目的繼承與發揚；另外如詠史詞的大量出現，花草詞的詞風改變，對杜甫以及東坡的欣賞有全新審察的角度，都無法在詩壇、詞壇內部概況的說明中涵蓋進去。於是，接下來加開的章節，「亂世詩詞的開拓與繼承」旨在說明此期詩詞對前代詩詞系統的傳統繼承，「亂世詩詞的質變與契機」旨在說明此期詩詞前所未有的開端與發揚。因此，「詩壇的凝定、衍變與改革」、「逆變與不變的詞壇概況」、「亂世詩詞的基層開拓與繼承」以及「亂世詩詞的質變與契機」可說是全篇論文的主幹所在。試將全篇論文的組織結構製表如左所示。

文學是一面鏡子，反映一個時代的思想及習俗風尚。宋室南渡所呈現出的文壇現象，在政治上、文學上，又有什麼重要的啓示，值得我們去深思呢？觀照古今，黃永武先生在成大第一屆宋代文學會議開幕時，所致的一篇講詞〈宋代是我們的鏡子〉，其中有一段話如此說來：「宋室南渡以後，整個人心大勢，和今天的處境有不少類似的地方。」在諸多類似的歷史情境中，其中一個就是秦檜提出「南人歸南，北人歸北」的論調，曾在士大夫族群中挑起了如同今日的「省籍問題」；今日我們面對凶悍的政治強權，究竟該當和平談判，抑或抵抗到底——這雖然不是此篇學術論文所要解決政治問題，然而，卻可以引領我們去思考：今日我們身處在類似的情境裡，細細品讀當代的詩詞作品，不論是惆悵或悲憤，都有前人的心情與之相印證，不論堅持何種的政治立場，都能從前人的進退出處之間，找到自己安身立命的答案，所謂「文章千古事」，千古相牽的意義，或許就在於此吧！

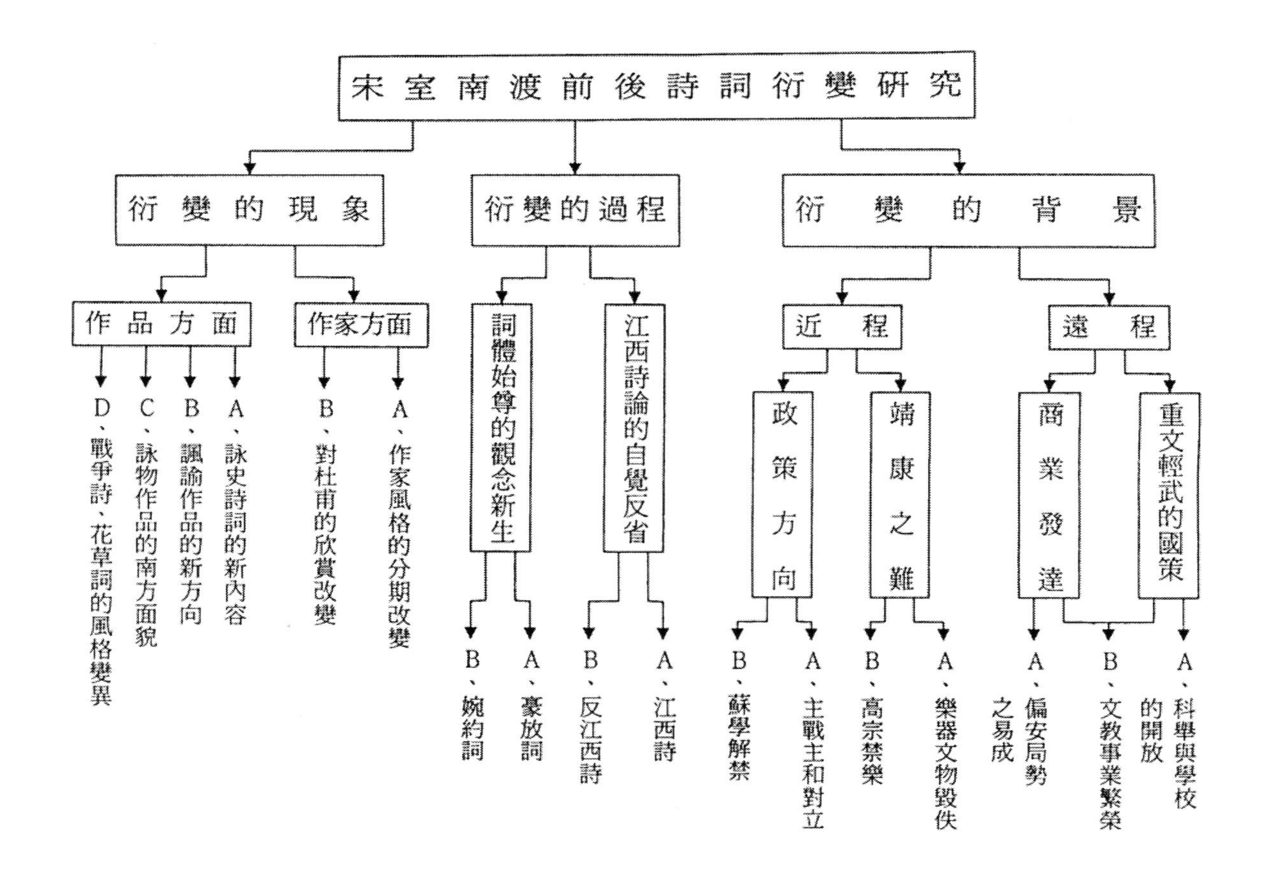

宋室南渡前後詩詞衍變研究
衍變的現象
衍變的過程
衍變的背景
作品方面
作家方面
詞體始尊的觀念新生
江西詩論的自覺反省
近程
遠程
D、戰爭詩、花草詞的風格變異
C、詠物作品的南方面貌
B、諷論作品的新方向
A、詠史詩詞的新內容
B、對杜甫的欣賞改變
A、作家風格的分期改變
B、婉約詞
A、豪放詞
B、反江西詩
A、江西詩
政策方向
靖康之難
商業發達
重文輕武的國策
B、蘇學解禁
A、主戰主和對立
B、高宗禁樂
A、樂器文物毀佚
A、偏安局勢之易成
B、文教事業繁榮
A、科舉與學校的開放

第二章　北宋時代背景對南渡文壇的影響

宋代文化之迷人，來自於各種因素之迥異於前朝。內部重文輕武的政策，導致了外交的孱弱，開國時候太祖、太宗的種種措施，也導引了整個朝代的社會狀況與文化氣質。本章節的寫作過程中，採取了逆向的思考方式，首先思考的是南渡時期特殊的文化氣質表現與社會成因，再則著手探討這種局面與北宋社會背景的牽連。因此，宋代施政中各種繁複深遠的行政，本文僅討論與南渡社會有所牽連影響的單項，從而探究文化之所以成型，緣起自爲政者有意栽花的推動甚或無心插柳的餘波盪漾，爲政者似可以宋爲鑑。

第一節　平民的興起

南北朝時期，社會地位懸殊，士庶之間判若雲泥，界線森嚴彼此隔絕。到了宋代，由於學校、書院的興起，以及科舉制度的影響，使大量平民得登館閣。相較於唐以前貴族門閥入主朝政對文學風氣產生的影響，平民出身的知識分子爲宋代帶來了不同於以往的審美情趣。以下擬就刻書業的繁榮、書院的興起和學校制度的改變、以及科舉制度的開放等三個角度討論之。

一、刻書業的繁榮

印刷術是我國古代一項重大發明；在印刷術發明之前，書籍全靠手寫，印刷術發明之後，才大量刊印書籍。這對於知識的傳播與古籍流傳，起了非常重要的作用。印刷術發明的確切年代，雖有許多不同說法，但在公元九世紀中期，已有不少印本流傳，確是毫無疑問的。

宋代的雕版印刷術，是在前代的基礎上，適應政治、文化上的需要，伴隨著社會經濟的成長，逐漸興盛起來的。刻版的書籍，涉及各個領域：例如佛、儒、道家的經典、歷史、天文、地理、農工、醫學、詩、文、詞集、小說和民間必用書籍、當代及前人的著作。當時官私刻書機構，遍佈全國，呈現空前繁榮的局面。

宋代刻書，分官刻、私刻、坊刻三大類。

官刻書籍，往往和政治需要有關，主要有（一）刑事法典、補充法律條文的敕、令、格、式等，（二）爲攏絡人心，刻佛道等宗教經典，（三）與科考相關之經史書籍。

當時刻印的機構如國子監、崇文院、司天監，以及各路鹽茶、轉運安撫、提刑司、漕台、計司、計台、公使庫等，也都刊印書籍。

此外，宋代州（府、軍）縣各有學校，學校既有學田提供經費，又有學生負責校勘，具有較好的刻書條件。例如：臨安府學、齊安郡學、汀州寧化縣學、平江府學、高郵軍學、鎮江府學、象山縣學、南康郡齋、嚴州郡齋、尋陽郡齋、筠陽郡齋、新安郡齋、滁陽郡齋、當塗郡齋、衡陽郡齋、池陽郡齋、興國軍學……等，這些州縣學刻本是宋代刻書業的重要組成部分。

除了官刻本外，宋代經濟、文化繁榮，科舉制度又吸引著人民努力向學，有條件的士大夫之家，不僅注意藏書，也從事刻印，所以私家刻書非常盛行。私宅或家塾所刻書籍，稱爲私刻本。由於私家刻書有較大的自由，所刻子部、集部書籍較爲多。葉德輝《書林清話・宋私宅家塾刻書》所錄刻書之家，就有岳氏之相台家塾、廖瑩中之世彩堂、建邑王氏世翰堂、吉州東岡劉宅梅溪書院、錢塘王叔邊家、建安劉叔剛宅、隱士王氏取瑟堂、海山蔡建侯行父家塾、建溪三峰蔡夢弼傅卿家塾……等四十五家之多。

以強大的經濟基礎為背景，宋代的書坊和書肆，以營利為目的，將書籍的刻印作為商品的生產，並擁有自己的寫工、刻工和印工。經營刻書和賣書的作坊，或稱為書林、書堂、書舖、書棚、書籍舖、經籍舖，所刻印的書籍則稱為坊刻本。當代最有名的書坊是建安余仁仲的勤有堂，或題作萬卷堂。此外還有建寧府黃三八郎書舖、建陽麻沙書坊、杭州大隱坊、金華雙桂堂、咸陽書隱齋、西蜀崔氏書肆、臨安府太廟前尹家書籍舖、建安將仲達群玉堂……等書坊。

宋代刻書的坊肆，遍及全境，特別是浙、蜀、閩、贛更盛，並形成了東京、浙江、四川、福建、江西五處刻書中心。坊刻書籍中，經史子集俱全，對傳播文化知識，促進文化教育的發展，有著重要的作用。因此，宋代文化智識之發達普及，為前朝所不及，一般民眾接觸教育學術的機會顯然也比前朝為盛，這是宋朝平民之所以興起得登館閣的重要起因。

二、書院的興起和學校制度的改變

宋初諸帝，都勤奮向學、刻苦讀書，不但注重本身的學術涵養，認為這是政經教化之本（參考本章第三節），也相當重視王室以及官僚子弟的養成教育。《宋代教育》談到宋代的的文教政策及教育發展的三個時期，分為宋代初期（960～1043）：提倡科舉，宋代中期（1044～1126）：振興官學，南宋時期（1127～1279）：書院發達。因此宋代興學之盛，也可謂為中國教育史上之美談。

宋代學校有官學、私學兩大類，官學中又有中央學校與地方學校之分。宋初的中央官學主要有國子學、太學、四門學、律學、武學、醫學六所；宋徽宗時一度設有算學、書學和畫學；此外還有廣文館、宮學和宗學。所有學校中，以國子學和太學最為重要，今分述如下：

（一）在國子學方面——自晉武帝咸寧二年（276）立國子學開始，國子學就是士族門閥子弟的專利品，而太學則爲庶族子弟就學之地；直到唐朝，國子學仍是貴冑子弟的專利品。到了北宋時期，由於士族制度逐漸沒落，國子學的入學資格放寬到京朝七品官以上子孫；但事實上，在國子學附讀的學生，又大大突破了入學資格的限制，許多低級官僚子弟以至寒素子弟都進入國子學聽讀；鑒於國子學中有許多雖不「繫籍」而旁聽的實際學員，政府特許學員可補「監生之闕」。後來甚至進一步規定遠鄉久寓京城的一般舉人，只要文藝稱可、有本鄉命官保任，經國子監長官驗實，也准許附學充貢。

（二）在太學方面——慶曆四年（1044）太學從國子學三館中分出〔註 1〕，單獨建校，入學資格是「八品以下子弟若庶人之俊異者爲之」(《宋史・卷一百七十五・選舉三)，較之唐代大爲降低，太學已從唐代中級官僚子弟的特殊學校，轉而爲宋代混雜士庶子弟的普通學校。在慶曆以後的二、三十年，國子學學生總人數節節上升，太學生人數亦大爲增加；到熙寧四年（1071）立太學三舍法，並在政治上、經濟上給予太學生優厚的待遇〔註 2〕，造成太學格外興旺、

〔註 1〕北宋初八十年，國子學爲獨一無二的中央官辦學校，太學僅係國子學下設置的廣文、太學、律學三館中之一館，三館之區別不在於等級，而在於專業之不同，「廣文教進士，太學教九經、五經、三禮、三傳學究，律學館教明律」(《宋史・卷一六五・職官五》)。

〔註 2〕宋代太學制度自太祖、太宗時，就頻有改善。宋神宗熙寧新法以後，施行「太學三舍法」，其制度規模大略如是：太學生初入學爲「外舍生」，每月考試、年終總考；一年後可考升爲「內舍生」，名額僅十分之一；「內舍生」一年後可考升爲「上舍生」，名額僅二分之一。「上舍生」一年後考試，成績分上中下三等，資格各異。此新學制有三特色，一、開放太學之門，不再被特權階級的官員子弟獨占，且大量增加學額，因此各地士子只要能夠通過地方考試，就可以入京進太學求上進。二、太學課程屏棄一般俗學及訓詁之學，而專注於與時務有關的經術，形成了新學風。三、升級制度極爲嚴格，能夠通過考試的，資格前途都看好，在嚴格淘汰及功名獎勵之下，形成宋代的讀書風氣。

國子學相當衰敗的情形，國子生人數逐漸下降，到了崇寧三年（1104），終於停止招生（《宋史・卷一五七・選舉志三》）。這說明了宋代國子學已完全喪失了貴胄子弟學校的性質，逐漸向太學轉化，並最終與太學合而爲一。

國子學徹底合於太學，太學招生資格又大爲下降，這是宋代最高學府所發生的重要變化。此一變化，是士族門閥政治崩潰，中下平民階層興起的重要關鍵。

所謂私學，就是書院。書院起源於唐代，當時既有官方設立之書院，也有私人創建之書院。前者是官方藏書、校書及儲才之地，類似宋代的館閣；後者乃私人讀書講學所。宋代的書院，即由後者發展而來。

從五代到北宋初期，是私人講學的書院興盛期，在南北各地都出現了不少著名的書院。當時書院興盛的原因，主要是由於官學的凋蔽；其中最著名的六所書院是：石鼓書院、白鹿洞書院、應天府書院、嵩陽書院、岳麓書院以及茅山書院。到了北宋仁宗慶曆以後，朝廷有三次興學高潮，地方州縣學日益發展，書院暫時隨之消沉。但是南渡以後，政治敗壞，地方州縣學日趨凋落，而書院則大爲興盛，加以理學盛行，理學家到處聚徒講課，更促成了南宋書院之發達。

宋代書院之發達，對學術思想的發展，優良學風的形成，以及市大夫道德情操的培養，都起了積極的促進作用；尤其是朝廷無能，家國凌亂之際，書院的產生對文化傳承的命脈，更顯重要。宋代政府與民間普遍興學的結果，就是平民百姓更有機會投身於士族體系中，這是藉由教育進而參與政治經濟的重要管道。

三、科舉制度的開放

除了向下開放國子學、太學的學校制度，讓平民之家有機會進入政經體系外；宋代科舉制度的設計，也處處展現了宋室王朝向平民百姓敞開懷抱的苦心與用心。當時科舉制度的設計，對官僚世家子弟的限制有許多，苗春德《宋代教育・銓選篇》中論述此項有云：一、別試的實行：又稱別頭試，是別座就試的簡稱。太宗雍熙二年（985）開始實施禮部別試，眞宗咸平元年（1008）下詔世家子弟一律別試就座。按照規定，凡主考官或其他有關官員的子弟親戚或門客應試時，必須到專設場屋單獨考試，並受到更嚴格的監視。二、對世家子弟的複試：太祖乾德三年（965），下詔「食祿之家，有登第者，禮部具姓名以聞，令複試之，自是，別命儒臣中書複試，合格乃賜第。」（《宋史・選舉志一》）除了用別試、複試來限制世家子弟之外，還不時採取一些措施直接對其裁抑，例如太宗雍熙二年（985），宰相李昉之子宗諤、參知政事呂蒙正從弟蒙亨、監鐵使王明之子王扶、度支使許仲宣之子待問，同時登進士第，太宗認爲：「此並世家，與孤寒競進，縱以藝升，人亦謂朕有私也。」（《長編・卷九》），於是不問情由，一概罷去。又如宋代法令曾經一度禁止執政大臣的親屬參加「待天下之才杰」的制舉，原因也在此。

此外爲孤寒之家開路的具體方法有二：

一、廢除釋褐試：唐代進士及第後，尙需應吏部釋褐試，「褐」原是深色的粗布衣裳，通常爲平民的穿著，「釋褐」就是不穿粗布衣裳了，標誌著中舉者身份的改變。唐代承襲著漢魏的取才觀念，認爲一個好的官員除了學識之外，人格、品貌也很重要，所以在禮部應試及第後，還要由吏部考身、言、書、判，也就是考核應試者的舉止、談吐、書法及公文程式的寫作能力。朝中無人之寒士，大都不能中選；韓愈三試於吏部無成，十年猶布衣，就是一個明顯的例子。

宋代取消釋褐試，進士及第後，還由皇帝自任考官，以殿試爲考試流程的最後一關，通過後直接授官。這種方式促使科舉制度向社會中下層階級開放，打破世家豪門對仕途的壟斷〔註 3〕，消弱了

〔註 3〕宋代限制世家與孤寒競爭的主要方法有三：一是複試，二是別試，三是鎖廳試。參考姚瀛艇《宋代文化史・第四章學校書院與科舉》。

血統門第關係在政治社會領域中的作用，顯示了知識的價值，讀書受到人們的敬重，也就吸引了更多人去讀書應舉。

二、工商子弟可入仕：太宗淳化三年（992），太宗規定：「工商雜類人內有奇才異行，卓然不群者，亦許解送。」（參考《宋會要輯稿・選舉十四》）科舉制度中也允許工商業子弟應試，例如宣和年間以「浪子宰相」聞名的李邦彥，就是經由「太舍魁」進入仕途的，而其父李浦卻是一個銀匠。以上種種都敘明工商業者子弟不僅可以進入太學，亦可參加科舉考試。

這兩種政策的實施，使得貧寒布衣擁有順暢通利的管道晉身士大夫階級，平民大量興起的結果，爲宋代的政治生態重新洗牌，也爲當代的社會風氣與文化品味帶來新的面貌。

太祖、太宗開國，方鎮多偃蹇，「杯酒釋兵權」的故事，不只是爲政者小小的心機展現而已，更是整個趙宋政權治國理念的政策宣示。重文士、輕武人，是一切政策推動的首要前提；然而大量文人產生的來源，若過度依賴權貴門閥的子弟，恐怕在政治資源的分享與分配上，又有尾大不掉的疑慮與嫌隙，這正是太祖、太宗開國時念茲在茲的心頭要務。因此，拔擢沒有政治背景的平民百姓，使他們成爲政治上的主流，係宋代政治的一大特徵。鼓勵百姓讀書，進而晉身士族，也成爲宋代社會不可遏抑的時代潮流。宋眞宗《勸學詩》中云：「書中自有黃金屋，書中自有顏如玉」，就是以物質上的優渥，吸引大家投入書香世界中。

十年寒窗的讀書人一旦通過國家考試，就具備了任官的身分，不但有薪水的收入，還可以根據法律規定，衣食住行都優於一般庶民。讀書人既因科舉考試成了「做官種子」，社會中也就衍生出「萬般皆下品，唯有讀書高」的新觀念與社會現象；伴隨這種讀書心態而來的，就是宋代獨特的文化特徵，例如：整體文化素質的提升，知識受到普遍的尊重，以及先秦儒家積極淑世的精神，得到政治圈裡的高度重視與自我省思等等；此外，大量平民百姓既因讀書而進入另一社會階層，其所原生的人生觀、價值觀在不同的生態領域裡，有了不同的發揚與質變，這正是第三章〈宋人文學心理分析〉中，所要討論宋人對事對物、對萬有一切價值觀的心理背景與基礎淵源。

第二節　社會風氣的改變

社會是由一大群人所組成，其生活方式、思想方式，構成了社會型態。身處於社會群體，作家的創作思惟理所當然受到整個社會思想脈動的影響，不論是順向的應從或逆向的反動，創作主體自筆端流出的作品呈現，就是社會情況某一實相的部分放大或縮小。北宋的時代背景、社會風氣，塑造了宋人獨特的題材選擇、創作品味以及審美思維，而這整個文藝思潮的脈絡，直至北宋末年仍不止歇；遂在南渡初期兵馬連天的時代裡，呈現出一個耐人尋味的文學表現。以下試從北宋時期工商經濟發達的影響，君臣上下一力好學的現象，以及自古以來忠君思想的觀念至此提昇的角度出發，為南渡時期詩詞質變的現象與原因，預作說明。

一、工商經濟的發達

科舉原是一種行政制度，目的在選拔適合的官僚人才進入政府，這不但擴大了王朝與社會的結合關係，加強了統治基礎，也為一般平民提供了一條向上層社會流通的新管道。科舉制度雖對一般平民開放，但要參加並且通過考試，還需要其他條件的協助，大抵而言，這些條件要在北宋中葉以後，才趨於成熟。換言之，科舉考試固然提供了改變社會地位的機會，促進社會階層間的流動，但在科舉帶動社會流動之前，社會中必須先形成某種可以流動的條件，而這條件就是工商經濟的發達。

宋代社會經濟的發達表現在農業方面的，就是宋代農民的身分已由唐代的奴婢、部曲變為佃客，生租方式也由唐代的調、庸、租，演變成宋代的收取實物地租，於是地主對農民的直接人身控制相對減弱，佃客編入戶籍，不再是地主的私屬，朝廷承認佃戶的法律地位。再加上宋初土地兼併之風氣尚未盛行，生產積極性有所提高，太祖、太宗又一再號召百姓墾荒種地，改進耕作技術，規定「墾田即爲永業，官不取其租」(《宋史・食貨志・上》)，滿足了農民對土地的夢想與要求，糧食年總產量遠較唐朝多了六百億斤〔註 4〕。手工業方面，無論是官營手工業坊場，或是私營手工業作坊，其規模之大，內部分工之細，工匠人數之多，都超過了唐代。其工業類別有採礦、冶鐵、有色金屬冶鍊、造船、造紙、制瓷、採茶、雕版印刷、私麻紡織、兵器、火藥、錢幣製造等等，其發展規模、生產數量和繁榮程度都比唐代有過之而無不及。隨著農業和手工業的發展，商業貿易也隨之興盛。

在工商業方面，自秦漢以來，統治者對獨立工商業者就實行重困辱之的政策，千方百計要將他們逐回農村，因此對工商業的發展造成嚴重障礙。到了唐代，工商業者的地位稍有所提昇，但仍需以「番匠」、「長上匠」的形式，爲國家付出極重的勞役。宋代工商業者的社會地位則大爲改觀，例如在宋代的戶籍制度中出現了前所未有的「坊廓戶」，其中大部分是中小工商業者，他們正式列入戶籍制度中，代表他們的社會地位得到國家的認可；此外，工商業者也在此時擁有自己的工會組織——行會，這種社會地位的提高是之前所沒有的。

除了認同工商業者在社會上的身分地位外，商業之所以能夠勃興於宋，亦有其客觀因素。其一是：宋乃中央集權制度，其經濟來源有賴於稅捐及鹽、酒、茶、香料、礬爲主之專賣，私人不得染指，然而其中從事專賣運輸及販賣之商人，亦大發其財。北宋之政治中心雖在黃河下游之開封，但經濟中心已南移至長江三角洲及太湖流域，二地有汴渠聯繫之，南方都市如蘇州、杭州、江寧府等，工商

〔註 4〕參考張邦偉〈北宋租佃關係的發展及其影響〉，《甘肅師大學報》1980 第 3 期。

業亦隨之大為興盛。羅盤針、星象圖與航海圖之使用，造船技術之改進，使海上貿易快速發展，南方以廣大之長江流域為腹地，以水運網供輸北方京城及華北各路所需，南方數千里之海岸線更發揮重要經濟功能，絲織錦陶瓷之輸出，使工藝技術提昇，商人地位益形重要。其二是：宋熙寧以後便無夜禁，而且坊制也名存實亡，熱鬧去處，夜市通宵不絕，「新聲巧笑於柳陌花衢，按管調弦於茶坊酒肆」。宋朝廷曾實施「設法賣酒」的政策。為增加國營收入，自太宗起就開始了官賣酒的制度，神宗時又開設法賣酒制度：分派妓女坐於酒肆彈唱作樂，以誘使人們買酒飲酒。當時的行政命令：「閫帥、郡守等官，雖得以官伎歌舞佐酒，然不得私侍枕席。」這對於酒的商業買賣，等於是一種有形的認可。因酒而來的其他商業行為，也都促興了其他經濟的活潑熱絡。再者，宋朝定都於汴梁，其四通八達、漕運便利的都會經濟型態，也為宋朝經濟之發達奠下基礎。《宋史・卷八十五・地理志》:「(汴梁) 處四達之會，故建為都，政教所出，五方雜居。」大中祥符八年，王旦也說:「長安洛陽，雖云故都，然地險而隘，去東夏遼遠，……加以轉漕非便，仰給四方，常苦牽費。及國家始封於宋，開國於梁，實四方之會要，萬世之福壤也。」《續資治通鑑長編・卷八十五》。此語一言說明了宋朝的經濟基礎完全建立在工商業上，遂促成了都市的發展；這種經濟型態隨著政局安定而持續繁榮，直到北宋徽宗末年，汴梁興盛到極點。孟元老《東京夢華錄・序》言當時經濟之繁榮:「太平日久，人物繁阜，垂髫之童，但習鼓舞，斑白之老，不識干戈，時節相次，各有觀賞。」

商業經濟的繁榮發達，為整個社會帶來最明顯的影響就是節慶的盛大慶祝。從孟元老《東京夢華錄》、灌圃耐得翁《都城紀勝》、西湖老人《繁勝錄》、吳自牧《夢粱錄》、周密《武林舊事》等記述宋代都城生活及風土民情的書籍，可看出兩京節日之多及慶典鋪張的盛況。一年當中，從元日開始，有立春、元宵、清明、端午、七夕、中元、立秋、中秋、立冬、冬至、除夕等節日，其中以元宵、清明、七夕、中秋、重陽等五個節日最爲重要，文人爲此留下的作品也最多〔註 5〕。

南渡偏安以後，節慶盛況還是依然，吳自牧《夢粱錄・卷一》描

〔註 5〕元宵是當時舉國歡騰的日子，張燈結綵，金吾不禁，仿如一個不夜城，尤其「月上柳梢頭，人約黃昏後」，更富有浪漫的氣氛。其次寒食清明，是祭掃踏青的日子，紅妝趁戲，綺羅夾道，青帘賣酒，臺榭侵雲，處處笙歌，不負治世良辰。此時期有關寒食清明的詩詞作品也非常多，比較值得一提的是競渡，兩宋政府一面保留春暮競渡的風習，一面又取締端午競渡的遊戲，在《東京夢華錄》、《夢梁錄》、《都城紀勝》諸書，記兩京端午風習，都無片言隻字提及競渡之舉。呂渭老有一首〈齊天樂〉，就是寫寒食渡競，詞中更藉此傳達出對故國鄉園的懷念。七夕是牛郎織女相會之日，有所謂「乞巧」的習俗，而以牛郎織女爲題材的詞更不勝枚舉，如陳東〈西江月〉:「我笑牛郎織女，一年一度相逢。」胡銓〈菩薩蠻〉:「銀河牛女年年渡，相逢未款還憂去。」一般而言，寫七夕的詞作都較富情思，這與節日性質有關，無關北宋南宋的家國之思。

除了元宵、寒食清明、七夕之外，中秋也是一個很重大的節日，明月當空，象徵著圓滿，家家團聚，充滿幸福，這種景象必須在太平時候才有意義。如果處於變亂，流離失所，反而徒增傷感。因此南渡詞人藉中秋節寫心中感慨的作品非常多，如葉夢得〈水調歌頭・河漢下平野〉，胡世將〈西江月・神州沉陸〉，趙鼎〈烏夜啼・雨餘風露淒然〉，張元幹〈水調歌頭・萬里冰輪滿〉，潘良貴〈滿庭芳・夾水松篁〉，曹勛〈念奴嬌・五門照日〉等，都是眞情流露，足以動人的佳作。其中以朱敦儒、向子諲在這方面的作品爲最多，向子諲對紹興十八年（西元 1148 年）的閏中秋特別傷感，因在大觀四年（西元 1110 年）曾閏過一次，當時是太平公子哥兒，再閏時卻是浪跡南方的老翁，教他如何不嘆息？所以爲了這個中秋就寫了不少感慨至深的作品，如〈水調頭歌〉（「閏餘有何好」及「我生六十四」）兩闋，〈鷓鴣天〉（「明月光中與客期」、「長相思古年重月」）等都是。

重陽登高賦詩是文人的傳統，賦詞更是當時流行的風氣，許多歌詠重陽的作品於焉產生。重陽作品的特色是和韻多，如趙鼎的〈浪淘沙・霜露日淒涼〉是會飲中分韻之作。另外就是喜歡用龍山、東籬、孟嘉落帽、淵明採菊的典故，藉重陽的吟詠，發抒感慨，亦很常見。如朱敦儒〈沙塞子・萬里飄零南越〉、李綱〈江城子・客中重九共登高〉、洪皓〈木蘭花慢・對金商暮節〉、陳與義〈定風波・九日登臨有故常〉等都是很好的作品。

除了以上五個節日，其他如元日、立春、上巳、端午、冬至、除夕等都有動人的佳作。

述出南渡後慶祝節慶的繁華奢靡景象：「公子王孫，五陵年少，更以沙籠喝道，將帶家人美女，便地遊賞。人都道玉露頻催，金雞屢唱，興猶未已。」當時南宋首都臨安的多采多姿，與開封相比毫不遜色，飲食業方面，汴京的店面裝飾，攤販的叫賣聲，以及酒樓飲食與娛樂結合，隨季節更換經營類別與服務風格等等，都傳入行都臨安。值得一提的是素食，用素料仿製雞鴨魚肉等菜餚，中國第一本素食菜譜《本心齋蔬食譜》，就出現在這一時期。

宋代都市有各種各樣的娛樂，伴隨著商品經濟的發展，節慶的熱鬧與市民生活的優渥環境，促使城市鄉村各地湧現了不少流動的文藝演出隊，當時稱爲「路歧人」。這種藝人沒有固定演出的場所，從農村走向城市，又從城市走回農村，穿街走巷，相當活躍，成爲整個宋王朝文藝舞台上的重要力量——影響所及就是宋人文學品味雅俗共賞的傾向。

因此，宋代戲曲文化出現空前繁榮景象，特別是宋仁宗（1023～1063）中期至神宗（1068～1085）前期的幾十年間，北宋汴京興起了瓦舍鉤欄，孟元老《東京夢華錄》所記載的瓦子就有五十餘座。瓦舍是一種在市集上供市民長年冶遊娛樂的大型游藝場所，鉤欄裡演出歌舞百戲。如此娛樂性的文化氣氛，助長了宋人以詩歌爲娛樂的風尚，詩人以詩唱和，插科打諢，互相戲謔，自娛娛人的寫作風氣成爲宋詩的一大特徵；詩歌的教化功能和嚴肅性下降，文藝由補察實政的使命轉向以生命釋放或圓成證示的娛樂性爲趨尚的主導地位，也再一次說明宋人文學趣味的趨向與生活品味的密切相關。

綜觀宋代工商業的發達，促使了大城市增加、城市坊市制度的破壞、草市的興起、區域性市場的興起、農產品商業化的增強，以及商品貨幣制度的發展等一系列的新變化，社會面貌和生活方式與前朝相較也因此大爲改觀，展現出前所未有的新畫面。植基於此的宋代文化，無論在人生理想、精神境界、道德情操、審美意識、價值觀念或社會心態、禮俗風尚乃至於生活情趣等方面，自與前代有所不同，這也是第三章宋人文學心理所要探討的背景基礎。

二、讀書風氣的普及

五代是歷史有名的亂世，也是士風低落的時代。宋承五代，崇尚文治，優禮文士，使文人跨於武人之上，不讓武人執政，一反中唐以來的作風，所以士風昂揚，政治清明，士風開始有了明顯的改變，《宋史・卷四百五十五・忠義傳序》有云：「眞仁之世，田錫、王禹偁、范仲淹、歐陽修、唐界諸賢，以直言讜論倡於朝，於是中外縉紳，知以名節相高，廉恥相尚，盡去五季之陋矣。」

爲了徹底改變唐末五代藩鎮肆虐的局面，從宋太宗起，除了以行政措施加強極權制度外，又特別提出了以文德致治的方針，以期對鞏固政權起更深刻的作用〔註6〕。宋太宗曾說：「王者雖以武力克敵，終須以文德致治。朕每退朝，不廢觀書，意欲酌前代成敗而行之，以盡損益也。」（李攸《宋朝事實》卷三）所以他勤奮讀書，並且提出明確的讀書目的，這也說明了宋初諸帝深深懂得要鞏固政權，就必須興文治，不能全憑武力，而讀書就是爲了從中取得教化之本。在上位者既有以文治國的理念與相關配套措施，在下位者自然能夠風行草偃。重視知識、器重讀書人的第一步相關工作，就是對書籍的收集、保管、整理和印行。宋自太祖開始，有感於五代戰亂，書籍的破壞散亂嚴重，每每平定亂事以後，就將據政權的藏書收運京師，如建隆三年（962），平荊南，盡收高氏圖籍；乾德三年（965），取後蜀，得書一萬三千卷送三館；開寶八年（975），平江南，在金陵籍其圖書二萬餘卷等（《宋會要輯稿・崇儒四之十五》）。太祖太宗並多次下詔，廣開獻書之路，凡吏民有以書籍來獻者，令使館視其篇目，館中所無則收之，並賜獻書者以官職。太宗雍熙元年也曾對侍臣說：「夫教化之本，治亂之源，

〔註6〕宋代文治，雖云肇自太祖，實成於太宗，太宗求治心切，爲政頗爲獨斷。以「無爲」爲標榜，但是政令繁碎、敕令甚多，所謂無爲，乃求於臣下，非求於己，蓋臣下之無爲，適足以成太宗之獨斷。

苟無書籍，何以取法？」因此不但積極收藏圖書，也十分注重文化遺產的整理與加工。太宗讀書，目的明確，曾說：「王者雖以武功克定，終需用文德致治。」

姚瀛艇《宋代文化史》所論宋朝的四大部書：《太平御覽》、《太平廣記》、《文苑英華》以及《冊府元龜》四部，《四庫全書總目》稱之爲「宋朝四大書」，其中除《太平廣記》五百卷外，其他都是一千卷的鉅著。《太平御覽》記載百家，《太平廣記》記載小說，《文苑英華》載文章，《冊府元龜》載史實。除了《冊府元龜》是在眞宗朝所修，其餘三部都是在太宗時期完成。太平興國二年（977），太宗命李昉等人將先秦兩漢到宋初的小說、筆記、野史，照原文節編選入，共引書四百七十五種，約七千種，歷時三年，輯爲《太平廣記》五百卷，使我國古代小說、野史、筆記得以流傳保存。此書廣泛收集漢代至宋初的小說野史筆記，按題材分爲九十二大類，附以一百五十多個小類，每小類的各個故事，均標小題，照抄原書一段或數段，下面著明出處，可說是小說家之淵海。《太平御覽》是現存古代諸書中保存五代以前文獻最多的一部大書，所引古書，十之七八已經失傳，是後人輯錄佚書的寶庫。《文苑英華》中收錄大批詔誥、書判、表疏、碑志、又往往可以考定史籍的得失，補充史籍的闕漏。《冊府元龜》大抵以正史爲主，兼及經子，不取小說，採取資料，嚴守不改舊文的原則。趙宋初開國，就表明了尊重文人、重視書籍文獻的內政政策，潛移默化中帶動了整個宋王朝重視讀書的社會風氣，在上位者本身的勤奮苦讀，也對底下老百姓起了很好的示範作用。

宋代讀書風氣的普及，來自於君王爲求教化的基本動機。宋初諸帝重視知識、器重讀書人的精神，歷朝無人可及，太宗就是其中典型；他曾多次對臣下說，生平無所愛，但喜讀書，每天都安排固定的讀書時間。《續資治通鑑長編·卷二十五》記載有云：「辰巳間視事，既罷，即看書，深夜乃寢，五鼓而起，盛暑永晝未嘗棄。」太宗日讀《太平御覽》三卷，宰相宋淇擔心皇上太累，太宗回應說：「朕性喜讀書，開卷有益，不爲勞也。此書千卷，朕欲一年讀遍，因思學者讀萬卷書亦不爲勞耳。」《同上・卷二十四》；「在禁中讀書，自己至申始罷」有時因事耽誤，亦必於暇日追補，一年之內，將這部大書讀了一遍，而且讀得非常用心，「凡諸故可資風教者悉記之，及延見近臣，必援引談論，以示勸戒。」（《太平御覽》卷首摘引《國朝會要》），從《長編》、《宋朝事實》、《宋朝事實類苑》、《遵堯錄》等書的事實記載，可知他博引史傳及諸子書，與臣下議論「君臣之際，先要情通」、「佳兵不祥」、君王行事「當有所專裁」等觀念。

除了太宗刻苦讀書，《玉海》卷三十也記載了眞宗通讀經史的資料：大中祥符七年，眞宗公務之餘，一年之內讀完了《周禮》、《儀禮》、《公羊傳》、《穀梁傳》、《孝經》、《論語》、《爾雅》、《周易》、《尚書》、《春秋》、《詩經》等十一部書；接著又以一年半的時間，讀完了十九史《史記》、《漢書》、《後漢書》、《三國志》、《晉書》、《宋書》、《南齊書》、《梁書》、《陳書》、《後魏書》、《北齊書》、《周書》《隋書》《唐書》《梁史》《後唐史》《後晉史》《後漢史》《後周史》，兩年半中，一鼓作氣，讀完卷帙浩繁的經史，其博覽之勤，可以概見。江少虞《宋朝事實類苑・卷三》：「朕聽政之外，未嘗虛度時日，探測簡編，素所耽玩，古聖奧旨，有未曉處，不免廢忘」，「朕聽政之暇，爲文史是樂，講論經義，以日繫時，寧有倦耶。」眞宗讀書目的，正如王旦所言：「陛下博觀載籍，非唯多聞廣記，實皆取其規鑑。談經典必稽其道，語史籍必躬其事，論爲君必究其治亂，言爲臣必志其邪正。」《長編・卷八十五》，精勵刻苦的讀書精神，可說是宋朝諸帝之冠。

除了精進讀書外，太宗、眞宗對皇子皇孫諸王讀書的問題也非常關心，《長編・卷二十四》記載：「諸王及皇子府初置諮儀、翌善、侍講等官……」，太宗並勉勵曰：「諸子長於宮廷，未聞世務，必資良臣賢士贊導爲善，使日聞忠孝之美。」眞宗不僅對皇子的教育關心，對官僚子弟及王宮子弟的教育也關心。大中祥符七年下詔：「南宮、北宮大將軍以下，各赴書院講讀經史。諸子十歲以上，並需入學，每日授經書，至午後乃罷。仍委侍教教授、伴讀官勸誘，無令廢惰。」

在上位者本身積極讀書以求教化之本，並對諸皇子的教育注重關心，普遍影響廣大社會對待讀書的態度，再加上印刷術的發達，文獻典籍的完善收集及整理，以及前節所說學校以及科舉制度拔擢禮遇讀書人，都是宋朝重文輕武的重要背景因素，影響所及遂令宋代文士不像唐代那樣注重建立外在事功，轉而追求內在的人文修養、性情涵養；普遍士大夫的文學心理，就是經濟之志、江湖之趣、兒女之情的三位一體與融合，這種志在兼濟而行在獨善的文化心理，也使得趙宋王朝在中國文化思想上產生輝煌的成果，開啓文治政府的盛世。

三、忠君思想的提昇

北宋前、中期，人們還習慣於從忠君的角度去理解愛國的觀念，並未意識到民族氣節。由於北宋政治、經濟及其他條件，使北宋王朝雖不能統屬遼、夏之國，卻仍有足夠的國力與其抗衡，從而保持中原政權及民族中的相對優越位置。江少虞《宋朝事實類苑》卷二中記載太宗所說的一段話：「外憂不過邊事，皆可預之防。爲奸邪無狀，若爲內患，深可懼焉。」其中「外憂不過邊事」的政治心態，其實也是當代君臣百姓對待外族國家的基本心情。

因此，北宋初期愛國主義的表現形式，主要是從「吏治清明，國富民安」的角度出發，一個政治家、思想家、甚或一個未出茅廬的書生，如果思想中出現有「改革時弊」、「富國安民」的見解，大多就能得到時人的愛戴與器重。例如有名的政壇、文壇領袖如歐陽修、司馬光等人，曾經多次以「憂國」的心情提出革除時弊的要求，而范仲淹行「慶曆新政」、王安石行「熙寧新法」，雖嘔心瀝血而勉爲其難，其政策目標也只是在於達到富國保民的要求。除了「富國保民」、「革新時弊」的政治主張之外，從當代文人留下的奏摺箚記的數量比例中，我們比較難以觀察到此時期政治家對「民族氣節」提出的觀點或想法。

之所以能夠如此，主要是因爲中原政權在各民族政權中仍處於優勢地位，所以北宋君臣黎庶，並不以西夏、契丹爲仇敵，也沒有以「漢唐故土」爲念的心理背景。當宋太祖、宋太宗謀復燕雲十六州時，許多大臣態度漠然。趙普、田錫等人還多次提出極爲尖銳的批評，要求以「內安黎庶、外和夷狄」爲上策。又如當西夏叛立以後，絕大多數大臣都認爲應持「安撫」的態度，即使不得已而「剿」之，也是使其「去其僭號」而已。當契丹兵臨澶淵之時，寇準等人曾經力主抗擊，而一但契丹貴族有息兵求盟之意，寇準等人也沒有盡誅「疲虜」的心態，只是要求少納銀絹而已。再說宋與北方契丹的關係，終北宋之世，宋與遼約爲兄弟之國，共守盟約，宋人稱契丹爲北朝，契丹稱宋爲南朝，士庶並不以此爲奇恥。

追溯靖康之難發生之前的時代背景與政治傾向，從吉川幸次郎《宋詩概說》中所提到政治心理來觀察：徽宗即位後，爲了取調諧新、舊兩法之意，定年號爲「建中靖國」。但只用了一年，又改爲「崇寧」元年（1102），其主旨在於追崇父帝宋神宗的熙寧新法，並且登用王安石的女婿蔡卞及其兄蔡京。此後在位的二十五年之間，年號從「崇寧」、「大觀」、「政和」而「重和」，屢屢更改，直至靖康元年（1126）亡國。然而徽宗追崇熙寧新法的政治影響，就是新舊兩黨的嫌隙再度被挑起，政局的動盪不安更是北方金人覬覦宋朝重要原因。

隨著靖康之禍突起，徽宗、欽宗北狩金國，徽宗第九皇子趙構即位於南京，年號建炎，是爲南宋第一代皇帝，時爲建炎元年（1127）。

從林瑞翰《宋代政治史》以及張峻榮《南宋高宗偏安江左原因之探討》兩書之資料來看：高宗即位以後，除對靖康朝大臣主和誤國者如李邦彥、吳敏、李兌、宇文虛中、鄭望之、李鄴等皆貶黜有差；並在李綱一再奏請下，對張邦昌等受僞命者也一一論罪，此時新朝廷似出現一股中興氣象。然上述現象只是幻影，隨著高宗七月下詔巡幸東南，八月用黃潛善之議殺陳東、歐陽澈，禁止大臣阻撓巡幸，再加上先前一再遣使者傅雱、王倫通問於金，對宗澤屢次上表請車駕還闕東京於不顧，已逐漸可看出高宗心態。

建炎十年十月，高宗乘船逃往東南，並且下詔不許各地召集潰兵。金人此時欲滅宋朝政權而後已，不但長驅直入，兩河州縣更是次第淪陷。然而宋室守臣效忠死事者仍大有人在，例如中原地區有宗澤忠心耿耿防守汴京，黃河以北諸義兵、盜賊也多受忠義感召前來歸受招撫；陝西一帶有李彥先起兵禦侮，太行山的王彥等屢敗金兵；再加上馬擴、趙邦傑在太行山以東的眞定、慶源、五馬山一代活動，擁立從金營逃出的信王爲號召，全國局勢似乎大有所爲。

然而此等有利局勢並未被高宗所重視，首先是黃潛善忌怕宗澤北伐成功，從中加以阻撓，使宗澤抑鬱而終，在連呼過河聲中齎志以歿。其次高宗雖明詔北伐，實則用意是遏制信王聲勢，對渡河求援的馬擴只是象徵性的給予援兵。再加上繼宗澤爲東京留守的杜充顢憨無能，諸盜復散劫掠，中原光復益不可爲。

在隨著高宗南逃的同時，金兵爲徹底消滅宋朝新興力量，乃於建炎元年一月起到三年六月間，先後發動三次侵宋戰爭〔註 7〕。於是自北宋以來，以「忠君」思想爲主旨的愛國主義，迅速昇華成爲以捍衛民族文化和反抗民族壓迫爲宗旨，「愛國」和「保持民族氣節」成爲此時期日益重要的道德規範（參考姚艇瀛《宋代文化史》）。與此而來在思想上所產生的變化就是：

一、保持堅貞不屈的民族氣節，成爲高尚的社會基本道德；例如：王稟率太原軍民在糧盡援絕的情況下，浴血奮戰八個月，寧死不降；王復徐州殉職、趙立楚州犧牲……相比之下，高宗與秦檜出賣中原以圖苟安江南的行徑，遭到南宋各階層的反對，胡銓憤上〈乞斬秦檜書〉，不出幾日便到處翻刻，人人爭誦，迅速傳遍天下。因此，抨

〔註 7〕詳細資料可參考張峻榮《南宋高宗偏安江左原因之探討．第二章宋高宗的身世與人格》。

擊賣國投降、抒發民族義憤、歌頌愛國志士，成爲南宋文、史、藝苑的基本主題。

二、「忠」的概念從臣忠於君從而變爲忠於國家、忠於社稷。當欽宗與金兵立下城下之盟，下詔割讓三鎮時，兩河人民及大部分文武官員，立即公開發出「以忠於社稷、忠於國家爲忠」的怒吼，不但拒不執行皇帝的命令，反而殺掉皇帝割地御差使，「抉其目而臠之」，表達了對皇帝的極度輕蔑；另外當朝廷一片怯戰之聲時，方廷實便不客氣向朝廷宣告：「……天下者，三萬軍民之天下也，非陛下一人之天下也！」（《建炎以來繫年要錄・卷一二四》）。

直到紹興十一年（1141），主和派宰相秦檜以「莫須有」的罪名，殺害主戰派將軍岳飛、與金朝訂立和平條約之後，主和局面遂成定局。紹興三十二年（1162），擊退入侵的金兵，保全了「半壁天下」的局面，高宗便讓位於養子孝宗。苟安之後，南宋時期無條件效忠國家社稷（而非君王）的忠，已是社會公認的忠，也成爲當代社會道德規範的最主要內涵。這種轉變與靖康之難所帶來的政治反思，其實是密切相關的。

從文藝創作的角度來說，詩人之觀點常隨境遇而改變。南宋詩人歷經敵寇入侵，中原淪喪，乃至國破家亡之處境，在文學裡所展現深刻的歷史內容，令人有所省思與期待，這些基本心態都是來自於當代忠君思想的轉變與昇華。從南宋諸大家的詩作如范成大的「縱敵稽山禍已胎，垂涎上國更荒哉，不知養虎自遺患，只道求魚無後災」，藉著精警的議論，提醒宋當局一昧姑息養奸的嚴重性；楊萬里的「客星何補漢中興？空有清風冷似冰。早遣阿瞞移漢鼎，人間何處有嚴陵？」詩中以就事論理的筆調，表達對其作風的不以爲然；另外如王邁的「讀到諸將傳，令人淚灑衣。功高成怨府，灌盛是危機。勇似韓彭有，心如廉藺希。中原豈天上？尺土不能歸！」都是對南宋初年群臣只知忌賢害能、相互傾軋卻不能如廉、藺一同和衷共濟的胸襟，發出沉痛的感慨。

第三節　宗教信仰的新潮流

一、從外丹轉向內丹的道教修練

一般人談到宋代文學，多會注意到理學、禪宗對於文學的影響，卻鮮有人注意到道教對於宋代文學的實際創作，也扮演了相當重要的角色。

道教起源於漢末，其興盛卻要到四世紀末永嘉亂後才明顯起來。南北分裂時期的道教，各有其特色，北方的道教是天師道，南方的道教則來源複雜，當地原本就存在一些小教派，其教派旨趣和天師道多少有些出入。南方道教的一項特色就是與知識分子、上層社會的關係較深，這種型態的道教特別重視個人求長生、成神仙。相對於北方的天師道，南方神仙道教的型態比較個人化，思想來源是秦漢以來的方士，而非一般的民間信仰。南朝以後，士族出身的道士陸靜修（406～477）與陶弘景（456～536），對道教進行改革。陸靜修所推動的工作有：整頓教團組織、蒐集整理道教經典、重新制定齋醮科儀。陸靜修改革值得注意的方向，就是受到佛教的重大影響。東晉初，道教的著作還看不出受到佛教影響的痕跡，但由於佛教在社會上的勢力極大，又有深奧的理論、周全的經典，以及規劃完善的典章制度，道教不得不受到衝擊，自東晉末年以來，不少新出經典就有明顯抄襲佛教經典的痕跡。陸靜修改革道教，致力於道經的整理、教義的解釋、戒規的強調，模仿佛教的意味就更明顯。陶弘景除了綜合道教各派理論和方術，特別重視養生與修行。除了煉丹以外，特別重視存思守一的方法，也就是精神修練術。北方的道教以原始的天師道系統爲主，在五世紀初，寇謙之（365～448），清整道教，創立新天師道的運動。寇謙之改革的基本想法是以儒家的「禮度」來淨化與民間信仰淵源很深的天師道。唐代特別崇尚道教，除了皇帝求長生的因素外，政治上則神化老子爲道教祖師，稱爲太上老君。當時道教的法術可分爲道士自身修練和濟世度人兩種。

道教之崇，固然極於李唐，但到了宋朝，還是一樣受到尊奉，尤其是眞宗、徽宗兩朝，道教的地位達到極點。宋本趙氏，不能以老子爲祖，眞宗乃別創一道教之祖曰趙元朗，並改太上玄元皇帝爲太上混元皇帝，改玄聖文宣王（孔子）爲至聖文宣王，以避趙元朗之諱。眞宗大中祥符二年（1009）十月，詔天下並建大慶觀，各路亦遍置道觀，以侍從諸臣領之，號爲祠祿，迄於南宋未改。當時方士多達兩萬人，皆有俸，每觀給田數百千頃，大齋則費錢數萬緡。民間穰災喪葬，求雨乞晴，多請道士爲之。道教之風習，普遍影響社會，成爲國人之習俗。宋徽宗即位不久，即在全國尋訪道書，並請具水準的道士參與校訂編纂的工作，編成了《政和萬壽道藏》，並且編寫道教歷史，是爲《道史》。除了建宮觀、賜道號、鑄九鼎、抑釋擠儒、宣揚教義外，更在政和七年（1117）四月，諷道籙院上章，冊己爲教主道君皇帝。徽宗早在大觀四年（1110）就曾下詔：「士庶拜僧者，論以大不恭。」宣和元年（1119）更下詔云：「佛改號大覺金仙，餘爲仙人、大士，僧爲德士，易服飾，稱姓氏。寺爲宮，院爲觀。」並改女冠爲女道，尼爲女德。

道教之所以興盛，除了政治上的因素外，修煉的方式轉向爲道性、道體的探討，更是吸引當代文人沉浸其中的重要因素。唐代以後，由於魏晉玄學的啓發以及佛教的刺激，道教逐漸發展出一套自己的心性之學，著重於道性、道體的探討。這種不斷向心性之學靠攏的趨勢，到了宋代更是明顯。宋代是一個心性之學發展昌明的時代，不論儒釋道都往內省、反求諸己的思考模式進行，於是道教也從藉助外力的外丹，轉而強調內修的內丹之學。此時期佛教所開出的禪宗及儒學所振興起來的理學，都強調心性的修養，道教透過對儒釋二家的批判與吸收，自有一番新面貌。宋代道教逐漸揚棄外丹（即傳統煉丹術），利用心體的作用，嘗試將人體視爲一個小宇宙，用呼吸吐納的方式，企圖與外部的大宇宙相合，這就是所謂的「內丹」。由於內丹強調個人的煉養，重視心體的作用，和禪宗、理學等心性之學不遑多讓，這對喜歡探討天理心性的宋代知識分子而言，道教已不是過去那個迷信成分多於義理探究的民間信仰了。這種「新道教」不但影響文人的思考，也影響著文人筆下的世界〔註8〕。

二、講究內心自證的佛與禪

佛教自漢朝傳入中國以後，和本土文化一直有相當和諧的融合——尤其是禪宗思想與中國詩學的結合。禪宗最盛行的時期是唐朝，當時詩人文士，如王維、劉禹錫、白居易、柳宗元、賈島等，都身受禪宗思想的影響，或廣結方外之交，或談禪論道，或研讀佛經，或修養心性。（參考姚艇瀛《宋代文化史》頁146。）「禪」是梵語「禪那」的略稱，如果採用意譯，舊譯爲「思惟修」，意旨一心思惟研修，變得禪定之心；新譯作「靜慮」，是說心體寂靜，則能精審思慮。「禪」字雖從梵文「禪那」音譯而來，但意義卻略有區別：梵文「禪那」的原意是指一種精神的集中，一種有層次的冥想，而中國佛教禪宗祖師們所理解的「禪」，是只對本體的一種體悟，或只對自性的一種參證（參考王熙元《古典文學散論・王維詩中的禪趣》）。

中國文學發展到唐朝，正是詩的盛世，又逢禪宗思想成熟，由於彼此相需相引，所以禪與詩自然相結合。出遊禪師們以詩寓禪，運用印度文學中整齊的四句偈語，以攝盡一切禪理禪意。這種簡短的偈語，常見於佛經中，當時已隨經文的傳譯，流傳中國近六百年，所以禪師們用來傳法示眾。這些偈語，又稱偈頌，形式很像中國詩中的絕句。久而久之，禪師們所做的偈頌，字句聲韻，越來越接近詩，作法也由直說而漸用雙觀、比興或象徵，更接近詩的藝術，禪與詩便如此漸趨融合。

〔註8〕壽詞之所以會如此蓬勃發展，這與當時崇奉道教有極大的關係。因道教不外講求長生昇仙之事，壽詞的內容亦如此，在上者迷信道教，以求壽考，當然在其生日時更喜歡聽有關赤彭祖，松椿龜鶴之類的吉祥話，下位者也以此逢迎，因此祝賀皇上、太后、宰執、長官生日的詞作就這樣不斷產生，影響所及，同僚、親朋，以至父母、兄弟、妻子、兒女也用詞慶生，壽詞的對象就變成極爲廣泛了。

趙宋王朝從前代滅佛的經驗中體認到，佛教終不可滅，而佛教教義又有利於鞏固封建統治，所以一開始，就對佛教採取保護提倡的政策。宋太宗就曾對趙普等人說：浮屠氏之教有裨政治，達者自悟淵微，愚者妄生毀謗，朕於此道，微究宗旨。……雖方外之說，亦有可觀者，卿等試讀之（《續資治通鑑長編》卷二十四．太平興國八年十月甲申）。除了興建佛寺外，太宗還進行了對佛教發展甚有助益的兩項工作：一是編撰僧吏僧傳，二是恢復唐憲宗元和以來久已停止的譯經事業。北宋末年徽宗崇奉道教，並曾有毀滅佛教，甚或吞併的企圖；佛教雖曾遭徽宗排佛，但自宋興以迄於亡，累代俱保護佛教〔註 9〕。

宋代詩學意識之發展，是從中國藝術精神之凝形中，默察澄觀生命與詩歌創作的種種曲折，而提出來的觀念架構。這一觀念架構，事實上又與宋代文化及宋代所有詩學內部問題習相關，然而宋代佛學以禪宗較盛，故詩人取譬常染宗門習氣。從宗教方面來看，禪宗簡化了宗教繁縟的修持，淡化了宗教迷信的色彩，以「不道之道」、「無修之修」使之更簡便化、更生活化。從哲學方面來看，禪宗促使形上層面的靈活性、主觀性、直證性，使之更高雅精緻。這些因素都迎合了有思辯興趣的士大夫口味，也爲他們的附庸風雅增添了新的手段。宋士大夫文人生活雖然優越，但他們的宦海浮沉似乎也比其他朝代來得劇烈，幾乎所有的大文人都幾起幾落。仕宦失意時，也是最需要精神寄託與解脫之時，人生如夢的禪宗思想正好可以提供一份精神安慰，參禪的閒暇與參禪的必要得到了統一，禪宗也就在宋代找到了更廣泛的市場。

〔註 9〕宋朝佛教發展速度之驚人，可由以下數字統計窺知：開國之初（西元 960 年），兩京諸州僧尼，共六萬七千四百三人，到了眞宗天禧末年（西元 1021 年），天下僧三十九萬七千六百一十五人，尼六萬一千二百三十九人。前後六十二年之間，全國僧尼數目，增加幾達八倍，佛教之盛，由此可見一斑。即使南渡以後，在紹興二十六年（西元 1156 年），諸路僧尼猶有二十餘萬人，佛教還是保持一定的盛況。參考孫克寬所著《宋元道教之發展》，台中東海大學，民國 54 年。

禪宗受到宋代士大夫的普遍歡迎，以至出現了士大夫禪化，禪宗士大夫化的合流傾向。元好問《答俊書計學詩》就說：「詩爲禪客添花錦，禪是詩家切玉刀。」中國人將禪解作頓悟是一種創見，歷代禪師們最顯著的特質，就是特別強調內心的自證，這一點與莊子的「心齋」、「坐忘」如出一轍。因此不但唐宋兩朝多詩禪合一之例，南宋江西詩派中甚至出現了許多禪僧，當代詩人呂本中、曾幾、陳與義等人更是精通禪學，以至於有「詩到江西別是禪」（劉迎《題吳彥高詩集後》）之說。

三、三教合一的整體趨向與表現

北宋末年，宋徽宗一度推行佛教道化的措施，改寺院爲道觀，使佛教僧尼名稱都道教化，企圖泯滅佛道差別；這種措施雖然實施的時間不是很長，卻對佛教產生了深刻的影響，促使禪宗僧人吸收道教思想，三教合一的趨向漸次增長，也對北宋文人的思考模式帶來新的契機〔註10〕。

宋人開始察覺到：因「妄情」、「我執」而認識的經驗世界，基本上是虛幻的，這樣的生活思考運用到文學的創作上時，就是以宗教的境界來體會作品的情韻與意味。所謂詩思多生於杳寂冥寞之境，而志意所如，往往出乎埃塵之外，南渡文人葛勝仲《韻語陽秋．卷二》就用「杳冥寂寞」來形容心與道化的境界，而文思則多出於此。

呂居仁學視詩有云：

> 若看林中蛇，妄想從何起？忽聞一妙語，初無強料理；回觀積年病，乃是一念使。誰能明此心？香山老居士（卷四）

詩中旨意便是指出：詩人宿疾，在於妄念，因計所執，而見到無數幻影（蛇），唯有明心養氣，轉此成心爲道心，才能超越妄執，銷

〔註10〕蘇軾說「君子可以寓意而物，而不可以留意於物」、「學佛老者，本期於靜而達，靜似懶，達似放，學者或未至其所期，而先得其所似，不爲無害。」、「欲令詩語妙，無厭空且靜。靜故了群動，空故納萬境」的詩學觀，正是超然物外，而不受物類拘束的佛老思想。

除詩魔〔註11〕。另一大家陳簡齋〈雨〉詩：「小詩妨學道」（卷十五），及范成大〈自冬徂春道中多雨，至臨江宜春之間特甚，遂作苦語〉詩中所說：「詩人類癡頑」（卷十三）都指出了這種意味。文學創作既與至道同一關捩，那麼消除識執，以智心照境，就是當代文人自我生活修養的重要課題了——由此所展開「心淨則佛土皆淨」的體會，也成爲宋人重要的思想課題。

這種思想要素進入宋人的日常生活中，影響其學術、文學，乃至於氣質的表現。而南渡文人群的影響則可以由以下三方面觀察之：其一是：有志之士一則受到山河殘破的打擊，另方面又受到奸佞小人的排擠，內心苦悶唯有靠宗教信仰給予精神上的慰藉，故此時作品所表達的達曠思想，就是佛道的影響。其二是：由於對佛道有深刻的了解，故常將宗教名詞、典故融入作品之中，使作品的可容性更加擴大。其三是：道教喜談長生不老、神仙之術，在動盪的時代裡正符合大眾的心理，因此，此時以「長命百歲」爲主題的賀詩、壽詞、祝賀文也就相當興盛了。

此外，道教中一些清淨無爲的思想以及仙風道骨的得道之士，爲風雅的文人生活平添一份閒適的生活樂趣。援佛老精神以入儒的宋學背景，通過禪學那亦眞亦俗的特殊中介，與市井商業文化意識彼此交壤〔註12〕，導致宋人尚義理而又隨俗逐媚的精神態勢，這都是宋人文化之所以迷人又惹人爭議的聚焦所在。

〔註11〕呂本中此語之概念，其實來自於唐朝的白居易。白居易有詩云：「自從苦學空門法，銷盡平生種種心；唯有詩魔銷未得，每逢風月一閑吟」，又說：「人各有一癖，我癖在章句，萬緣皆已消，此病猶未去」。

〔註12〕宋世風流既指那種與都市商業繁榮相因依的歌舞佐酒、淺斟低唱的文化生活時尚，也指在詩學與禪學的特殊背景下不妨隨俗嬋娟的士林習氣。宋世風流與宋代特殊的文化政策和經濟政策，是造成文學大盛於宋的內外動因。而士林風流與市井風流合拍，亦即雅俗合拍、傳統風範與現實風情合拍，導致了應歌便唱之旨與吟詠自足之趣的交接。

第四節　南渡的時局概況

從公元 960 年趙匡胤發動陳橋兵變、奪取後周政權起，到西元 1279 年南宋大臣陸秀夫，負幼帝趙昺在廣東崖山蹈海而死，宋朝共歷經了十八個皇帝，三百二十年的時光。

太祖趙匡胤以兵變得天下，生怕手下大臣有朝一日亦用此法奪取子孫政權，因此總結了晚唐五代以來武將擁兵自重、藩鎮割據的歷史教訓，琢磨出一套崇文抑武的治國政策。先施以杯酒釋兵權之計，將朝中武將紛紛投閒置散，然後盡收軍權、政權、財權於一手；從制度上和用人方略上防範、限制、壓抑武將，同時優禮文人士大夫，建立自周、秦以來最完善和最龐大的文官政治〔註 13〕。這一系列的措施，導致整個社會群體的文化心理從唐代以來的崇武尚任、立功萬里，急遽轉爲鄙棄武功、輕視武人、尊崇文才和趨儒競雅的基本風尚。於是終宋一代，國防空虛，武被鬆弛，軍隊沒有戰鬥力，統兵者不知兵，整個社會也不知應付兵事。

北宋由太祖、太宗開國，傳位至眞宗、仁宗、英宗、神宗、哲宗以至於徽宗。徽宗即位，改元建中靖國，謂意欲建大中之道，無熙寧、元祐之分。翌年改元爲崇寧，以紹述熙寧新政爲志。徽宗即位未久，重用蔡京、京子攸、王黼、及宦者童貫、梁師成等人。在位其間既好花石、又喜微服私玩，其荒淫事蹟可詳見《三朝北盟會編》《東都事略》等文〔註 14〕。逮至徽宗末年，政治敗壞，民變屢起，尤其有宋江

〔註 13〕林瑞翰《宋代政治史》：我國文治，兩漢肇其端，隋唐繼其後，然實際政權仍以閥閱貴族爲主。至宋始大舉起用寒士，消彌閥閱貴族之特權，而開文治政府之盛世。促成此一新局面之興起，則爲宋代強幹弱枝之集權政治，宋之運祚，實循此一歷史軌則演化而成。

〔註 14〕《東都事略・卷十一・蔡京傳》説蔡京爲相時，提倡豐亨豫大之説，將累朝所儲之財物盡出享樂，並鼓勵徽宗當享太平之樂。《三朝北盟會編・卷四十九》並有説明：「京務興事功，窮極奢侈，以蠹國之財賦。專事聲色，起土木，運花石，以媚惑人主，而威福大權盡歸於京矣。京姬妾幕容氏等皆封國夫人……，名園甲第，亞於宮禁。」；《三朝北盟會編・卷五十六》引《中興姓氏姦邪錄》説明蔡京之子：「蔡攸……，其家爲複道曲河，暗通宮禁，邀上每私幸其第，連夜

及方臘之亂〔註 15〕。當時朝廷約北方金國夾擊遼國，內外交攻之下，更加速北宋政權的疲弱。

徽宗約與遼天祚帝同時。先是神宗熙寧八年，宋不願與遼啓釁，於是以遼所指的分水嶺爲界，東西沿邊失地數百里，議定和平疆界。

不止。」《三朝北盟會編・卷三十一》說王黼：「……每罷朝出省，時時乘宮中小輿，召入禁中爲談笑，或塗抹粉墨作優戲，多道市井淫言喋語以媚惑上。時因謔浪中以譖人，輒無不中。」《三朝北盟會編・卷五十二》：「政和初，童貫承蔡京意，大啓苑囿，以娛樂導上爲游幸之事。……務尚奢華，……，樓殿相望，築山引水，草木怪石，巖壑幽勝。又跨舊城取濠外池作景龍江、芙蓉城、蓬壺閣、擷芳園、曲江池，各有複道以通宮禁。又爲鹿砦、鶴莊、文禽、孔翠諸柵，多聚遠方珍怪蹄尾，動數千以實之。又效江浙爲白屋村居、野店酒肆，青帘其間。又寶籙宮中山地皆包平地，環以嘉木清流，列諸館舍臺閣，多以美材爲楹棟，不施五采，有自然之勝。上下並立亭宇，不可勝數。……」從這些受到專寵的佞臣行事，可以概見當時徽宗的荒淫生活。又《宋史・曹輔傳》記載有云：「自政和後，帝多微行，乘小轎子，數內臣導從，置行幸局。局中以帝出日謂之有排當，次日未還，則傳旨稱瘡痍不坐朝。……而臣僚阿順，莫敢言。」《東都事略・朱勔傳》：「朱勔，平江人也。……，是時徽宗頗垂意於花石，於是荐之，命以官，令語其父密取浙中珍異以進。其初才致黃楊三四本，徽宗已嘉之。後歲歲稍增加，然不過二三貢，貢不過五七品。……貫見之喜，始廣供備以媚上、舟艫相繼，號花石綱。……每一發輒取數百萬，而所貢之物，豪奪漁取，毛髮不償。……一花一木，曾經黃封，護視不謹，則加大不恭罪。人有嘉木奇卉者，指爲不祥……民一與此役，中人之家悉破產，至賣鬻妻子以供其須。」方勺《清溪寇軌》亦云：「童貫引吳人朱勔進花石媚上，上心既侈，歲加增焉。舳艫相銜於淮汴，號花石綱。至截諸道糧餉綱，旁羅商舟，揭所貢暴其上。……其尤重者，漕河勿能運，則取道於海。每遇風濤，則人船皆沒，枉死無數。……或有奇石在江湖不測之淵，百計取之，必得乃止。」

〔註 15〕宋江爲淮南巨盜，創亂於宣和二年二月，初起時僅三十六人，縱橫河淮之間，官軍遇之輒敗。宣和三年五月，知海州張叔夜募死士千人，密伏壯士匿海旁，誘宋江戰，及焚其舟。舟既焚，宋江大恐，無復鬥志，亂遂平。方臘，睦州清溪人（今浙江淳安縣）。方臘家有漆園，造作局酷索無度，臘怨而未敢發。會花石綱之擾，方臘因民之怨，結納眾心，於宣和二年十月部署千餘眾人作亂，以誅朱勔爲名。朝廷發二十餘萬兵討之。宣和四年，其亂悉平，總計方臘之亂，凡破七州五十餘縣，所屠人命數百萬，江南由是凋敝。

徽宗時遣使者結盟女眞，共謀遼國。宣和二年，議定宋金聯盟伐遼事項，宣和四年，金兵攻拔遼國的中京與西京；宣和五年，宋兵分二道出，分別爲遼國的耶律大石、蕭幹所敗。宋金聯盟，金兵戰無不勝，宋軍屢戰屢敗，遂啓金人覬覦大宋之心。宣和七年，金人下詔伐宋，兵分兩路〔註16〕；徽宗禪位於太子桓，是爲欽宗。

欽宗靖康元年正月，宋金議和，訂定合約如下：

一、宋輸黃金五百萬兩，銀五千萬兩，表緞及絹各一百萬疋，牛、馬、騾各一萬頭，駱駝一千頭。

二、割太原、中山、河間三鎭及轄下屬縣於金，以此爲二國疆界。

三、遣歸燕人之亡入宋者。

四、宋主尊金主爲伯父，國書往復依伯姪禮。

五、以親王、宰相爲質。

六、金軍還，宋軍不得邀擊。（轉引自林瑞翰《宋代政治史・宋武之式微》）

當時金軍圍汴者不過六萬，而宋諸路勤王之師，雲集汴京城外者號二十萬。金兵退後，欽宗甚悔之；後來又納金降將張轂，並且拒付西京犒軍錢糧，毀割三鎭，意欲聯遼抗金。結果金人於靖康元年八月發動戰爭，十一月三十日圍京城，宋兵守禦二十六日，兵敗投降。金

〔註16〕北宋末年，北方的女眞逐漸強大了起來，1115 年，其首領完顏阿骨打建金國稱帝，在短短的十年內，阿骨打連續用兵，毀掉了當時的軍事大國遼。毀遼的勝利使金人滋長了野心，1125 年，阿骨打令金將粘沒喝、斡離不分道入寇，發動了對宋王朝的侵略戰爭。面對金兵入侵，北宋王朝內部反映出兩種截然不同的態度：李綱等主戰派主張「祖宗疆土，當以死守，不可以尺寸與人」，而以宋徽宗、欽宗父子爲首的投降派卻以爲「欲息生靈鋒鏑之禍……莫若割地以求和」。甘願把大片土地、大量金銀財帛拱手奉給金國，藉以仰金人鼻息苟延殘喘，維時腐朽統治，在這樣的投降路線控制下，朝中的主戰派相繼被罷免廢黜，排斥出朝，抗金義軍又不斷遭壓抑打擊，甚致被誣爲盜賊，而金人的侵略野心非但沒有遏止，反而日甚一日。

人克汴後，燒殺擄掠，無所不爲。靖康二年二月六日，遷徽、欽二帝及后妃諸王北上，是爲靖康之難。

王夫之《宋論・徽宗》評論這一個時期的歷史有云：

自澶州講和而後，畢士安撤河北之防，名爲休養，而實以啓眞宗粉飾太平之佚志，興封祠；營土木者十八載。

宋即此時（徽宗），抑豈果無可藉以自振者乎？以財賦言，徽宗雖侈，未至如楊廣之用若泥沙也；盡天下之所輸，以悍蔽一方者，自有餘力。以兵力言，他日兩河之眾，村爲屯、里爲柴者，至於漂泊江南，猶堪厚用。周世宗以數州之士，乘擾亂之餘，臨陣一麾，而強敵立摧，亦非教練十年而後用之也。以將相言，宗汝霖固陶侃之流匹也。張孝純、張叔夜、劉子羽、張浚、趙鼎俱以在位，而才志可徵。劉、張、韓、岳，或以試戎行，或崛起草澤，而勇略已著。用之斯效，求之斯至，非無才也。有財而不知所施，有兵而不知所用。無他，爲不知人而任之，而宋之亡，無往而不亡矣。

當此中樞無主，舉國惶惶之際，外有金人伺機吞併，內有張邦昌建有僞國楚，潰軍盜寇趁勢劫掠，正是內憂外患風雨飄搖的局面。徽宗第九子康王趙構得免被俘之難，先於靖康元年十二月就任兵馬大元帥於相州（今河南安陽縣）；徽、欽北狩後，於靖康二年五月一日爲臣下勸進，即位於南京（及應天府，今河南商邱縣），是爲高宗，改元建炎；之所以定名爲「建炎」，《宋史・樂志》記載有言曰：「於赫炎宋，十葉華耀。」建炎之名有濃厚重建宋世的企圖心與期許。

南宋建炎元年到四年，宋金之間又曾發動三次大規模的侵守戰爭。高宗即位之初，形勢其實仍有所爲，其理由如下：一、宗澤仍力守中原兩河之地，二、金人雖挾二帝北去，但僞楚亦退，金人其實得土未固。三、民氣可用，四、戰爭因素對宋有利，由北方陸戰改爲南方水戰，金人無用，且南宋諸將已逐漸磨練驍勇善戰之能力（參考張峻榮《南宋高宗偏安江左原因之探討》）。在建炎年間，高宗雖然輾轉各地、狼狽不安，最後仍決定定都於浙江杭州，將之改爲臨安府，之前雖曾改年號爲「紹興」元年（1131），含有紹述復興趙家天下之意；但其實在位的三十六年間，高宗主和之意甚濃，文武大臣爲了戰、和問題，意見分裂、爭執不休，可說是整個宋室王朝的危急存亡之秋。

南宋終究是偏安了。此局面形成之因素，可歸納如下：一、地理環境之影響：江南湖澤，金人騎兵不能施展以及江南優渥的地理經濟條件，二、高宗本身心態：承襲祖宗防備武人之心態以及北宋眞宗恇弱心態，對北伐中原心存觀望，三、盜賊頻仍，無力抗金，此乃北宋腐敗政治之餘流，雖有收服盜寇，但宗澤死後，並未善加安撫運用。四、金兵戰力減弱以及內部對宋政策不和，無力南下，五、無法負擔抗金、僞齊所帶來之沉重財政，六、屏障之建立：宗澤守中原兩河，張浚守川陝。（參考同上）。

《周易》有言：天行健，君子以自強不息。南渡初年，立國艱苦多辛，外有強敵環伺，內部則軍事潰敗、政權解體、經濟破產、社會混亂、盜寇肆虐，雖有忠臣大將牽制金軍，但是高宗怯敵畏縮於南方的心態，是整個時局政策的主軸。鄧肅《栟櫚集．棲雲日新軒記》有云：「有欲爲之志者，未必有敢爲之氣；有敢爲之氣者，未必有能爲之才。三者備矣；雖天下可宰。」奈何高宗無其志，滿朝文武的雄心壯圖，也只能付諸東流了。

第三章　宋人文學心理分析

時代的氣質，必然反映到各種文化現象中，同一個時代裡的各門藝術也都必然有其一致性。本章重心，旨在討論整個宋時代的文學心態。從唐入宋，宋人有不得不變的包袱與野心，故在討論宋人文學心態之前，加開一節，縱觀在美學思維流變史中，自魏晉以來對宋人文化心理影響甚鉅的幾個觀點。太平盛世裡，文學心理自有其雍容與閒雅，但在煙塵滿天的亂世之中呢？一向的雍容與閒雅，是否仍能維持一種不變的姿態，還是有了別開生面的強化與反撥呢？第三節所要討論就是靖康之難時期，南渡時人的審美眼光與視角；經由這一節的說明，期望能對第六章、第七章所要討論的主題有更周全的欣賞與分析。

第一節　魏晉以來的文學心理

一、隱逸的變調——「朝隱」問題的思考

春秋戰國時代，養士的風氣興起，培養了大量的知識分子。知識分子的成分很複雜，有學士、策士、術士、俠士……等。如此複雜的流品，帶來社會激烈的變動，卿相降爲皁隸者有之，布衣執政者有之。當時的知識分子，進可以取卿相，退可以著書立說，更得以用「游仕」的方式爲王者師，並且敢於揮灑「君有過則諫，反覆之而不聽，則去」

的瀟灑氣魄。

後繼秦帝國來不及建立的帝國特質，在漢代算是大體實踐了。在漢代一統的皇權之下，全國官吏幾乎是無可避免地置身於嚴整的機制之中，知識分子的個體意識受到相當程度的壓抑，仕隱出處的抉擇與爭辯，似乎暫時沉寂下來了。逮至東漢之際，光武帝鑒於王莽篡漢時，雖有不事二主的節義之士，但也有更多趨炎附勢之徒，是以中興之後特重氣節之表彰，影響所及，激勵東漢一代的士人唯名節是尚。

在東漢甦醒過來的隱逸之風，給當時文人在出處進退間帶來新的悸動；順、和之際官至門下省中的張衡，其〈思玄〉、〈歸田〉二賦，就是觀察當時隱逸之風最具體的文獻。例如〈思玄〉原文，婉轉抒發了張衡壓抑內心的願望，並巧妙透露了在漢帝國之下蟄伏已久的隱逸美學；而〈歸田〉一篇就隱逸的情志而言，已由悲憤的棄逃，轉爲閒適的賞有。

隱逸不再只是政治悲歌下的逃離，反而是讀書人從道不從君的重要抉擇，隱逸可以是讀書人的志業，也可以是生命美學的形式之一——這是開啓魏晉六朝隱逸文學的重要關鍵。於是，晉末詩壇大家陸機、左思、張華、張載、王康琚等人，流傳下來多首以招隱爲題的作品，巧妙反映出中國人對隱逸世界根深蒂固的嚮往之情。張載〈招隱詩〉的後四句：「去來捐時俗，超然辭世僞；得意在丘中，安事愚與智。」儼然是一篇官場告別演說，詩人入山招隱，經過一番洗禮後，斷然拋棄俗界牽絆，從虛僞複雜的人世超越出來，今日既在山中證悟到生命的眞諦，爾後非但對昏庸的皇帝不屑一顧，就連英明君主當政，也動搖不了立身林泉的誓言。這種對隱逸強烈的企慕之情在當時諸多「招隱」爲題的詩中，不斷出現。

雖然退隱田園、寄情山水是此時期重要的潮流，然而儒家教育的養成，使讀書人一直沒有忘記「致君堯舜上，再使風俗淳」的理想，爲天下庶民百姓出仕、爲道事君的自我期許，從來都沒有在以儒治國的中國社會中消失。出仕，是生命中的期盼與嚮往；入世治國平天下，也是養成教育中不曾忘記的責任與使命。不論是出仕或隱居，若能各職其守，各盡其道，本也可以自成儀軌，典範後世：出仕者雖然難免有「知其不可爲」之嘆，亦可引「聖之任者」自居，以道統來制約政統，以道德來制衡權位；退隱者雖然或有「凋顏傷趾」之慮，但也可以用「抗志塵表」的氣格廉貪立懦。

然而王康琚的〈反招隱〉一詩，卻將隱居與出仕的矛盾作了相當程度的融合，開啓六朝「朝隱」說的氾濫。全詩開宗明義就說，刻意隱藏在林泉山谷中的人，只能算是格局狹小的隱士，眞正大開大闔的隱士，應該是任意放心的棲寄在朝廷之中。因爲藏身窮山之中，只是無端讓「凝霜凋朱顏，寒泉傷玉趾」，是偏智矯性之舉，違背天和至理，還不如回歸人世，才眞正妙得與宇宙萬物齊生齊化的奧義。其實王康琚的作品並非一家之言，而是反映長期以來中國知識分子試圖調和仕隱衝突的方法之一。

仕隱之道最後走到「朝隱」的途徑，雖然表面折衷了中國士人在仕隱之間的徬徨與矛盾，但實際上卻逐漸腐蝕了知識分子爲人處事進退攻守的根本分際，進無弘毅堅定之志，退無激俗揚德之勢。然而六朝隱逸之道出現這種變調，並不能全然以圖安逸、求富泰之名罪之。就文學理論史的角度而言，此乃魏晉玄學的必然應和，況且在動盪混亂的時代裡，就現實面而言，這正是知識分子在政治險惡環境中的處順之方。這也爲宋人小隱於野、大隱於朝的思想背景，鑽鑿了順理成章的動機源頭。

二、人的覺醒——與自然關係的改變

周朝以前，大自然中的名山巨川，帶有威壓性的神秘氣氛，周朝以後，開始從宗教中覺醒，大自然逐漸出現道德的人文精神，《禮記・孔子閒居》中所謂：「天降時雨，山川出雲」，使山川與人間，開始了親和的關係。《詩經》中的篇章，越到晚期，草木鳥獸越變成詩人感情中悲歡離合的對象，這就是詩六義中的比與興。徐復觀有云：在魏晉以前，通過文學所看到的人與自然的關係，是詩經六義中的比興關係。比是以某一自然景物，有意地與自己的境遇相比擬；興則是自己內蘊的感情，偶然與自然景物相觸發，因而把內蘊的感情引發出來（《中國藝術精神》、頁 230）。遍觀世界古代各文化系統中，沒有任何系統的文化，人與大自然的關係可以產生像中國一樣的親和關係。

人通過比興而與自然相接觸的情形，雖然在魏晉以後也一直存在著，但自然向人生所發生的作用，一直是片段、偶然的關係。在此之前，人與自然的關係中，人的主體性佔有很明顯的地位，一向也只賦與大自然以人格化，卻很少將自己自然化。之前的文人很少主動去追尋自然，更不會要求在自然中求得人生的安頓。孔子雖曾說過「仁者樂山，智者樂水」，但依然只是比興的意義，仁者、智者在對山水的詮釋中，依然是以仁智為其人生，而不是以山水為其人生。

但是，魏晉玄學中，莊學的思考方向傾向於對世俗感到沉濁，而要求超越於世俗之上，這會在不知不覺中，使人要求超越人間世而逐漸歸向於大自然，並主動地去追尋自然，這種物化精神，可賦與自然以人格化，亦可賦與人格以自然化，這樣便使人可進一步在自然與山水中，安頓自己的生命。

《世說新語》可說是當時玄學之總錄，其中的相關資料，可看出當時玄學與大自然的關係，例如〈容止篇〉:「山公曰，稽叔夜之為人也，巖巖若孤松之獨立。」〈賞譽篇〉:「庚子嵩觀和嶠，森森如千丈松。」〈容止篇〉:「有人嘆王恭形貌者云，濯濯如春月柳。」〈言語篇〉:「王武子、孫子荊各言其土地人物之美，王云，其地坦而平，其水淡而清，其人廉而貞；孫云，其山巍巍以嵯峨，其水玾碟而揚波，其人磊砢而英多。」可看出人與自然的親和關係，不僅將自然加以擬人化、人格化，並且將人加以「擬自然化」了。以玄學對山水，即是以超越於世俗之上的虛靜之心對山水，此時的山水，乃能以其純淨之心，進入於虛靜之心，而與人的生命相容。

因此，在魏晉以前，山水與人的情緒相融，不一定是出自於以山水爲美的對象，也不一定是爲了滿足美的要求。但到魏晉時代，則主要是以山水爲美的對象，是爲了滿足追尋者「美」的要求。莫礪鋒《論宋詩的「以俗爲雅」及其文化背景》就說道：在六朝時代，詩歌幾乎是高門貴族的專利品，……詩人即使把目光投向大自然，寫出優美的山水詩，詩中體現出的仍然是高遠玄妙的意趣和孤芳自賞的感情。

林天祥《范成大山水田園詩研究》（成大歷史語言所碩士論文）亦說道：宋代國事積弱不振，整體生命力因而轉趨冷靜，不復唐代的熱烈；理學的發達、禪宗的盛行，更是提昇了知識分子內省自得的功夫，即使處於強烈不得志的狀況，也能在精神上自我平衡調適，化解悲哀的情緒，達到和諧的境地。……可以說，魏晉以後，除了杜甫、韓愈等少數人的少量作品著墨於那些平凡、瑣碎的題材之外，個人的功業理想、懷抱天下的政經抱負，仍是大多數文人文學作品中的重要課題。入宋以後，文壇風氣有了很大的轉變，從歐陽修、梅堯臣開始，詩人把審美的目光投向生活的各個角落，天地間萬物莫不有情的寫作觸角，開啓了宋人和大自然之間，有別於前朝的盎然意趣與和諧互動；正因爲如此，宋人面對著天地萬物，別有一種「物我相融」的萬物情觀，吾人常說宋代是一個極富哲理的時代，其思想、審美心理的背景，肇因於此吧。

第二節　宋人的審美心理與品味

試觀所有討論宋室風韻的理論、專著、筆記、詩詞文評，總不脫「清」、「淡」、「雅」、「遠」等字眼來比擬：以茶來比是清香，以酒來比是清冽，以衣料來比是清疏纖朗，以花來比是梅菊的幽韻冷香，以果物來比則是橄欖的回味雋永〔註1〕。從文藝心理學的角度來說，一

〔註1〕所謂時代氣質，反映在各種文化現象中；詩也是其中一種。所以說到唐人宋人氣質的差異，可亦借鏡學者們對唐宋詩風格的看法。例如：清、張英《聰訓齋語》：「唐詩如緞如錦，質重而體重，文麗而絲密，溫醇爾雅。宋詩如紗如葛，清疏纖朗，便娟適體。」繆鉞《論

個時代的風神韻味，其實是來自於相同創作傾向與一致的審美品味。目前許多探討美學的專著，常常是從大篇的案牘經卷中舉例證明時代的品味，其實，審美品味的表現，毋須從浩繁的經帙中去探索……整個時代文學創作的心態、思考模式的邏輯與方式，以及個人生活方式的要求，就是無法造作的品味表現。

承續著魏晉南北朝的文學心理而來，北宋文人面對外在的世界、面對內心的自己，在思考邏輯與生活方式中，是否有新的整理與發揚呢？而北宋王朝所積澱下來的文學心理，在靖康之難的亂世裡，又會有如何的強化與反撥呢？

一、學風轉變的心理示現

宋人面對的文學資產，是大唐盛德的豐富與廣濶，與五代浩劫之後的理性反省。豐富的文學遺產，既是財富，也是包袱，本身具有歷史傳承的性格規範，對當下所處的藝術現實或多或少會產生內向攏聚的凝定，也會產生向外飄移的背離。在開疆邊戍等軍國大事上懦弱無能的宋室王朝，在文化學術上的自信心與氣魄卻是前無古人的，《宋史・道學傳》就云：「凡詩書六藝之文，與夫孔孟之遺言，顛錯於秦火，支離於漢儒，幽沉於魏晉六朝」儼然以振興斯文、重振古道爲己任。宋代文學之所以繁榮發展，不是對傳統成果一味享受，而是對文學現狀不斷超越，其根源就是北宋中葉的慶曆政治改良運動。政治上的改良運動，影響至學術思想方面也出現了轉變的跡象，而其突出表現就是對漢唐以來章句經學的種種非難，拉開宋代學風轉變的序幕。

宋詩》:「唐詩之美在情辭，故豐腴；宋詩之美在氣骨，故瘦勁。唐詩如芍藥海棠，穠華繁采；宋詩如寒梅秋菊，幽韻冷香。唐詩如啖荔枝，一顆入口，則甘芳盈頰；宋詩如食橄欖，初食生澀，而回味雋永。」曾克耑《唐詩與宋詩》:「如以茶來比，唐詩是普洱、武夷的濃郁，宋詩是龍井、瓜片的清香。拿菜來比，唐詩是紅燒魚翅，濃厚之極，清腴之極。拿酒來比，唐詩是威士忌、白蘭地的醇烈，宋詩是香檳、白葡萄酒的清冽。」龔鵬程《知性的反省——宋詩的基本風貌》:「一如唐陶之絢燦鬱麗和宋瓷之青沉淡遠，正好顯示了兩種不同型態的美。」參見《宋詩論文選集 1》、復文出版社。

（張高評《自成一家與宋詩特色》第一屆宋代文學研討會論文集）。

宋代的學風表現，主要是通過對儒家經典的詮釋發揮，改造舊經學，建立了宋人批判自立與理性精神的新學風。其中的疑古思潮，表面上似乎只是研究方法的改變，事實上卻是時代精神的確立……經由辨僞、廢注，乃至發揮義理別立新說，其學風轉變的實質，反映了宋人面對唐季五代儒家道德淪喪，綱常衰敗後，在傳統文化領域中艱難反思，探索新路的趨勢，其目的則是用儒家的倫理理性來整合或重造傳統文化，以期賦予陷入危機困境的儒家文化新生命，使之裨補當時政教，加強面臨外侮時的社會整體向心力。這種對待舊經學的態度，說明了宋人對歷史傳統文化的態度，一反因循守舊的模式，體現出了新的現象與氣息。

對待文學遺產批判自立的精神反映在文學上，就體現出宋人對於文學的認知植基於一個人的人品與學識，在技巧的表現上趨向於千錘百鍊之後的平淡美，而文學情感的表現也從前人的感性中，走向了理性的思考。

（一）博學為務的文學心理

張毅《宋代文學思想史》云：「如果說唐代詩人多具有詩人氣質的話，則宋代詩人多具有文人學者風度，往往一身兼有政治家、詩人、思想家等多重身分，除了詩文創作外，還有經史著作，精通繪畫、書法和音樂。在人文生活和文化修養方面，具有宏通廣博的知識和文化上集大成的自覺意識。」所謂動極而靜，宋人生唐後，遂有變「力量外張之動」爲「力量內斂之靜」，這種文學心理的養成，其契機有三：一是來自於《宋史・藝文志》所說的：「時君汲汲於道藝，宰輔之臣莫不以經術爲先務。」二是由於文化遺產之浩博，活版印刷之發明，以及書院講學之流行，遂使宋人呈現出以博學爲務的文學心態，三則是來自於宋代理學的發達，理學家特別強調作家人品氣格的修養，才能展現出端正凝練的文學作品來。

這種以博學爲務的文學風氣，開展於王安石，植基於蘇東坡，成就於黃山谷。黃山谷〈與王觀復書〉、〈答徐甥師川〉、〈答曹荀龍〉等文中皆強調通過博學苦讀的歷程，累積語彙，把「讀書破萬卷」當成文學創作的首要之器。歐陽修〈與樂秀才第一書〉:「其充於中者足，而後發乎外者大以光。」以及朱熹〈題李彥中所藏俞侯墨戲〉:「不是胸中飽丘壑，誰能筆下吐雲煙？」的觀念，可以說是宋人普遍的創作心態。

正是這樣的背景因素，宋代士大夫於各門學術皆有相當之素養，鑑賞之趣味與研究之趣味，思古之情與求新之念，互相錯綜。韓經太《宋人美學觀念的結構分析》就提到宋人的美學觀念是由唐人高格與晉人雅韻兩大原型組構而成，而其中介則是宋人所謂的「晚唐風致」。如果說詩論、詞論或文論，是一代文化特色的完整反映，那麼今日從宋人留下的筆記資料中，我們可以看到宋人性情與前後朝之不同處，正在於宋人講究才情的多樣化，琴、棋、書、畫、茶、酒、曲戲，每求兼通博好，此外宋人於金石書畫之學凌逾百代，也可以看出宋人興味之所在。且宋代學術，崇尚整合，許多藝術家與理論家大多將藝術作爲一個整體來思考研究，力圖發掘藝術間的共相與規律，如詩禪相通、詩畫合一、以文爲詩、以文爲詞、以詩爲詞、詩書畫相濟等。就學術研究的深廣度而言，宋人可說是方面最多、整體進步亦最顯著的時代，其人智之活動，文化之多元，較之前朝漢唐，後繼元明，皆遠出塵上（參考王國維《宋代之金石學》國學論叢第一卷第三號)。

宋人講究學問的積澱，其最初動機並非是對外在客觀世界的科學知能和學識積累，而在於主體內在眞常心性的體認和反省，他們治學追求的是與主體修身養性能夠相適應的內斂方式，這種治學之道，其實就是浮浮紅塵中如何安身立命或頓悟解脫的做人之道，基本上他們追求的是治心養氣時，主體自身的內在超越(張毅《宋代文學思想史》)——但是，博學苦讀在學術上所累積出來的批判與自信，導致了宋人文學批評的自立，因此對於前人作品的思考，常能自出機杼，新見迭出，發前人所未發；宋代詩話駁雜而極品匯之盛，富於挑戰與超越的意識，就是一種簡單而明確的範例。除此之外，亦可從下列三點看出宋人博學所產生的時代風氣：

一、疑經的風氣：劉克莊《詩說‧總說》提到宋代的經學風氣：近氏解經者，盛於前古，一經之說多於數百家。而其學風特徵，就是疑古與思辨，一反漢唐章句的支離破碎，力求從理論思想上闡發孔孟微言大義。

二、文學上的翻案：翻案詩法，著重在推翻前言往行，故必先博覽群書，致力於點鐵成金、陶冶萬物，所以必須讀書破萬卷，才能下筆如有神。「識學」一語，道破宋人以翻案法爲博學基礎之人文精神。宋人詠史之作甚多，就是植基於此的文學心理。

三、炫博逞才的心理：宋人之詩心，已不在情感本身，乃以學養而爲詩心；宋人之詩才，亦不止於想像，乃以識充才。由浪漫世界而人文世界，就詩觀之發展而論，即「思想與學養」變得比「情感與想像」更爲重要——緣情的詩觀，變爲尚意的詩觀。除炫博之外，宋人又愛藉詩逞才，於是以酬唱集句的社交方式來磨練寫作技巧，這也是宋代唱和詩繁多的主要原因。

閻福玲〈宋代理學與宋代文學創作〉(《河北師院學報》、西元 1991 年、第 2 期）提到這樣的文學風氣對當代文學家而言有兩層重要涵義，其一是：文學創作要符合藝術規律和藝術法則，塑造藝術形象要遵循生活邏輯，合乎常理。其二是：文學創作要重視揭示事理，闡發哲理，表達作者對社會、歷史、人生的思考與體悟，增強理性內容，使作品既有形象性、抒情性，又有哲理性；既給人美的享受，又能啓迪人的心智，提高認識。因此，南宋范溫《潛溪詩眼‧論韻》所提出的宋代詩學觀：「眾善兼備而露才用長」或「割據一奇，臻於極至，盡發其美」者，皆不足以得韻之美，必須要「備眾善而自韜晦，行於簡易閑淡之中」，才能有深遠無窮之味，簡單而明確的說明了宋人文學創作的基本心態。

(二)簡易出大巧的精神表現

王國維《人間詞話》有云:「文體通行既久,染指遂多,自成陳套,豪傑之士,亦難於其中自出心意,故往往遁而作他體,以發表其思想感情。」這一段話不僅可以用來詮釋詞的發展,更可以用來說明文化的繼承與開創。宋人詩歌居於唐後,就有「開闢眞爲難」的辛酸與苦處,只好「淺意深一層說,直意曲一層說,正意反一層說,側一層說。」苦心思索,竭力發揮,不蹈襲唐人舊調,用筆常加一倍,用意則深一層,故能在唐詩登峰造極之後,別開生面,蔚爲大國。在創作的過程中,宋人講究攀險履絕〔註2〕,但在創作的成品面目上,卻以「簡易出大巧」的眼光來評比作品。

此來自於在上位者的樸素心理,「仁宗留意儒雅,務本理道,深斥浮艷虛博之文」;反對重文,反對藻飾文采,再加上儒家、道家以及禪宗等新方向的宗教信仰重視內心誠靜的修養,導致宋人在詩文風格上強調平淡自然,這不但是理學家詩文的一大主張,也是當代普遍的文學心理。

吾人可以觀察到,宋代詩歌之創作型態,是由天份轉向學力,由直尋轉向補假的趨向;大唐盛德的文化資產,與五代浩劫的理性反省,逼出了宋人在藝術品味上的重新思考。其具體的表現之一就是重視形似與神似的和諧統一:詩歌藝術中,以形象化的語言逼眞表現出客觀物象的形貌,謂之「形似」,其特色在貼切不移,其偏失在缺乏氣韻;若以藝術形象表現事物的精神特徵,或表達主觀的意趣和感情,謂之「神似」、「傳神」、或「寫意」,其特色在精練生動,窮神盡相。唐宋以降,文人的書法、繪畫,大多追求傳神寫意,或以形寫神,

〔註2〕郭紹虞《中國文學批評史》:「宋詩之弊,正在脫離現實,不問世事,而惟藝術之是尚,故其詩論局於鍊字造語,運用典實,作用不外酬答,取材不外風月。」此說之論,出於宋人詩歌太在技巧上用功夫,然而就「脫離現實,不問世事」、「作用不外酬答,取材不外風月」二句言之,或失之偏頗。所謂攀險履絕,可從「鍊字造語,運用典實」而言之。

或以神寫形；逮至宋朝，不僅書法繪畫的美學境界講究「神韻」，就連詩、詞、文等創作，也都以神韻之美作爲評比創作主體藝術能量的重要條件。

具體的表現之二是，藝術情感的表現力，轉化成爲創作過程中的詩學慧性，正如胡曉明《尚意的詩學與宋代人文精神》所言：情感表現中最具感染力的悲哀之情，在宋詩中卻沖淡、轉化、消解爲一種詩學的慧性。在理學以及各種時代因素交互激盪下，宋人建立起豁達開朗的新人生觀，這使得歷來詩歌中慣見的傷春悲秋情調大爲抑減，幽默詼諧的意味則濃厚起來。如此呈現出來得文學基調，正如錢鍾書〈管錐篇・詩分唐宋〉所言：「唐詩宋詩，亦非僅朝代之別，乃體格性分之殊。天下有兩種人，斯分兩種詩：唐詩多以豐神情韻擅長，宋詩多以筋骨思理見勝。……夫人秉性，各有偏至。發爲聲詩，高明者近唐，沉潛者近宋，有不期而然者。故自宋以來，歷元明清，才人輩出，而所作不能出唐宋之範圍，皆可分唐宋之畛域。……且又一集之內，一生之中，少年才氣發揚，遂爲唐體；晚節思慮深沉，乃染宋調。」

宋人文學中的智慧，正如歷經滄桑後，風華盡脫的老者，黃庭堅提出「但熟觀子美到夔州以後古律詩，便得句法簡易，而大巧出焉」的理論，正如龔鵬程《知性的反省——宋詩的基本風貌》的詮釋：「宋人知性反省的精神，充佈在這個時代的各種文化現象之中，如詩、如文、如書法、如繪畫，乃至於理學、史學、經學，無不含有這一基本特質。……審美傾向和當時對詩的看法相當一致，……論詩人，推崇陶潛；論風格，則主張平淡；論評詩標準，又崇尚高格。」這也正是當代普遍的文學認知。

（三）理性的思考與知性的表現

由於受到理學的影響，「尚理」成爲宋人思想一大特色，反映在詩歌中，就發展出理趣詩；又由於尚理，所以重視知性思考，對既定事物也提出新的看法。例如范溫《潛溪詩眼》說：「苟當於理，則綺麗風華同入於妙；苟不當理，則一切皆爲長語。」姜夔《白石道人詩說》在評論詩的四種高妙時，其中一項就是理高妙。

宋人的理性，有時候也是非常煞風景的：例如沈括《夢溪筆談》中談論到杜甫〈古柏行〉中的名句「霜皮溜雨四十圍，黛色參天二千尺」；沈括作爲一個大科學家，頗善於計算，他算出四十圍的直徑當爲七公尺（《王直方詩話》則云當爲十公尺），七尺粗的樹而高二千尺，太細長了，不合情理。又如《詩人玉屑・卷三・引藝苑雌黃》曰：「余觀李太白〈北風行〉云：燕山雪花大如席。〈秋浦歌〉云：白髮三千丈。其句可謂豪矣，奈無此理何！」這是典型的以「生活眞實」來代替詩歌中的「藝術眞實」。再如歐陽修《六一詩話》評唐人之詩「姑蘇城外寒山寺，夜半鐘聲到客船」，其文有云：「說者亦云，句則佳矣，其如三更不是撞鐘時。」當文學中的意象被如此精確套入生活的模式時，美感也就消失無存了。

然而宋人的理性精神也有其積極正向的一面。典型的表現之一是：翻案文章的大作特作。宋詩多翻案之原因，固然是由於江西詩風以故爲新，奪胎換骨之實踐；再者革新運動陳言之務去，詞必己出之流韻以及宋人以才學爲詩、以議論爲詩的風氣感染等；然而思考角度之翻新，倫理觀念變異之投影，也是宋人文學多翻案的重要理由，《藝苑雌黃》所言：「直用其事，人皆能之，反其意而用之，非識學素高，超越尋常拘攣之見，不規規然蹈襲前人之見者，何以臻此。」正可見此。

宋人文學中，詠史題材之多，正是翻案心理影響所爲。翻案手法普遍存在於詩歌古文的創作中，爲不甘凡近、追求新奇，營造文學的密度與張力，提供靈丹妙法，並且賦古典以新貌，因此自古以來之文人騷士莫不重之，亦莫不習用之。

典型的表現之二是：疑古的精神。宋人治學，不盲目崇拜前人，東坡〈上曾宰相書〉就說：「幽居默處而觀萬物之變，盡其自然之理而斷之於中，其所不然者，雖古所謂聖賢之說，亦有所不取。」在治經作學問的態度上，也普遍具有考稽、思辨、獨立自主的理性精神，王柏《詩疑・風序辨》:「讀書不能無疑……,可疑而不知疑,此疏之過也。」南宋朱熹《白鹿洞書院・爲學五要》,其中有「愼思明辨」之條,並要求學生在治經讀書的過程中,不可先看諸家注釋,而需先出於自己的思考。宋人用批判、懷疑的眼光來審視前代的一切文化成果,並且從其中的積澱中,發展出學術的超越。

典型的表現之三就是:宋人詩話中的考證與辨誤爲其重要內容之一。許顗《彥周詩話・自序》云:「詩話者,辨句法,備古今,記盛德,錄異事,正訛誤也。」詩話文學的大量產生,固然與當時士大夫的習氣有密切相關;然而沈洵《韻語陽秋・序》的一段話:「觀古人文辭者,必先質其事而揆之以理。言與事乖,事與理違,雖記言之正史,如書之武成,或謂不可盡信,質於事而合,揆之理而然,則雖巷閭之談,童稚之謠,或足傳言後世,而況文事之詞章哉!」更可以看見宋人對待「詞章末事」的態度;從現存的宋人詩話、詞話、文話、筆錄、雜記、題跋中,可以觀見:在經學上不守古訓、自由議論的風氣,不但造成詩話的大量產生,而且正如他們對待前賢經傳的態度一樣,不盲從迷信、討論的範圍廣泛、有自己的取捨與見解,都是促進當代文學批評普及的重要原因。

二、隱於道的審美情趣表現

承前文第二章討論宋代的學校制度以及科舉制度,可以知道宋朝廷栽培了許多讀書人,然而政府機制中卻沒有足夠的位缺讓讀書人施展抱負。士多、官少,是宋代政治文化中的基本生態。於是,無出仕機會的士人形成了隱士群體,並由於統治者的提倡、鼓勵,遂蔚然成風。張毅《宋代文學思想史》記載:淳化四年(993),宋太宗上殿時曾說:「清靜致治,黃老之深旨也。夫萬物自有爲,以至於無爲;無爲之道,朕當行之。」當時的參知政事呂端也說:「國家若行黃老之道以致昇平,甚效甚速。」(《續資治通鑑長編》卷三十四)在這種社會背景下,過去在朝代更迭之際都會出現的隱士文學,在宋初得到了特殊的發展。

再者，宋代政治的互動方式是壓抑性的，知識分子精神上的出路遂有隱於江湖、隱於市、隱於道的心態，而學術與宗教的影響也驅動宋人含蓄內斂的審美情趣；於是有宋一代，不僅出林隱士們的作品帶有澹泊塵世的情調，一些身在仕途的文人創作也以清冷古樸爲尚，貴意態雋永而屏除雕琢藻飾，形成一種追求平淡清遠的文學思想傾向。

蕭翠霞《南宋四大家詠花詩研究·文化背景章·文學藝術之流變》就云：「……考察兩宋文學，詠物詩、詠物詞之多，蔚爲奇觀。原因之一，政治環境對詩歌流變產生重大影響：北宋范仲淹、王安石先後推行新政，造成新舊黨爭；南宋偏安江左，又形成主戰派與主和派的對峙。朝中權力傾軋、政爭頻繁，許多在朝爲官的詩人程度不同的受到政治風波的衝擊，宦海浮沉的感慨難與外人道，詠物詩詞以曲折形式言情道志，正好可以幫助詩人抒發這種感慨。」正因爲強敵壓境、國勢不振，朝廷內的分歧鬥爭不斷起伏、永難平息，詩人受此牽連，自然嚮往一個不受現實政治干擾、遠離塵囂的世界，種種原因都造成宋人「寄情花鳥」的心理，呈現於文學作品中的就是情韻殊勝的飄逸與雋永。

（一）破棄「仕」、「隱」對峙的陶詩典範

自魏晉以來，身受儒家養成育的讀書人，在「仕」、「隱」情結中，所要解決的重要問題是個人的「成德」理想。今人余英時曾分析儒學「成德」的意義時說：儒學一向被視爲「君子」的「成德」之學，這一看法雖然有其堅強的思想根據；但問題卻在於「成德」的意義究意何指？——若專指個人的「見道」、「聞道」、「悟道」、「修道」等「內轉」方面而言，雖然這的確是儒學的始基所在，但是獨善其身則不免「往而不返」，「君子」的循環圈亦將由此而中斷。所以，最高理想境界的「君子」，必須是「往而能返」的治業，能夠層層「外推」，建立起人倫道德的秩序，才算盡了「修己以安百姓」的本分。

儒家自始以來所面臨的最大難題，就是「內轉」和「外推」之間的「不由自主」。內推，尚可由「君子」自作主宰，所謂「爲仁由己」是也；但是「推己及人」卻不是個人意志所能隨便轉移的。此外，「仕」、「隱」之間另一項爲難之處，就是貧賤生活的苦惱。

士大夫原本抱持「處士橫議、志在匡亂」的心態。可是，在亂世之際，看到的人生是如此短促，生命竟是這般脆弱，自然界猙獰的面目、社會上恐怖的亂象，死神對人的肆意呑食等，都使有志難伸的讀書人不得不從致君堯舜、建立功業的迷夢中警醒，進而重新探討人生、估量生命。其中有許多人，爲避禍遠害而改變心態，終於走入隱居的世界。然而，從漢末至魏、晉之際，避禍而隱的士大夫，多數是世家貴族中人，他們擁有莊園財產，物質方面並不窮，只要看顧好家園，就有好日子過。像仲長統的理想生活就是：

> 使居有良田廣宅，背山臨流，溝池環匝，竹木周布，場圃築前，果園樹後。舟車足以步涉之艱，使令足以息四體之役，養親有兼珍之膳，妻孥無苦身之勞。良朋萃止，則陳酒肴以娛之；嘉日吉時，則烹羊豚以奉之。躕躇畦苑，遊戲平林，濯清水，追涼風，釣游鯉，弋高鴻。諷於舞雩之下，詠歸高堂之上。安神閨房，思老氏之玄虛；呼吸精和，求至人之彷彿。與達者數子，論道講書，俯仰二儀，錯綜人物。彈〈南風〉之雅操，發清商之妙曲。逍遙一世之上，睥睨天地之間。不受當時之責，永保生命之期。

仲長統的這段文字，替士人隱居繪出了理想國的圖貌，其言論是值得注意的。仲長統「少好學，博涉書記，贍於文辭」，原是屬於儒家思想傳統中的人物；但這時的心態，卻轉而爲徜徉山水，重視老氏思想、易象探求、品藻人物以及音樂的藝術修養。漢末世亂，世族安居於莊園之中，經濟上能自主，又不受政治干擾，沒有平民苦難而有充裕的時間和能力，來從事一些追求精神自由與審美愉悅的文藝活動，他們將現實中受挫的苦惱，消融轉化爲悅山樂水的情調。

然而，魏晉之後的文人隱居，所要面對的就是沒有俸祿的生活，就像陶淵明〈詠貧士〉詩中所說的「豈不實辛苦」、「貧富常交戰」。如果，隱士能夠超越物質層面，也就是能守道固窮、勝物欲的話，那麼自然能夠達到「道勝無戚顏」的境地，其精神層面的活動，自有很寬廣的空間任意揮灑，主體可以可以獲得極大的自由。然而歷代許多文人都失足於此，不得施展，而陶淵明之所以能夠在中國文人的心中留下一個崇高的典範，正在於他能夠在「仕」與「隱」之間，開展出自己的生命格調，自主掌握自己現實與理想之間的灰色地帶。

宋初對待陶淵明的方式，只不過是在文學創作時，在飲酒、歸耕、職田等字面意義上使用淵明的典故；直到《苕溪漁隱叢話》引東坡之言說：

> 陶淵明欲仕則仕，不以求之爲嫌，欲隱則隱，不以去之爲高。飢則叩門而乞食，飽則雞黍以迎客，古之賢之，貴其眞也。〔註3〕

東坡對陶淵明歸隱田園的心態詮釋，開出了宋代人格美學的典範，他認爲淵明的人格價値就在於仕與不仕之間的「無適而不可」，一切任其自然的高尚志趣；正由於破除了「仕」與「隱」之間的對峙，一個有理想、有氣格的讀書人才能夠在精神上找到「隱於道」的出路。在蘇軾看來，這才是眞正的有道。作爲一種理想人格，不拘以隱逸的生活方式，而是立足於個體內在的獨立與自由，這種方式適應了宋人廣大仕流知識分子普遍的心理需要，也在官僚士大夫的世俗生活中，表現爲「寓意於物」而不「留意於物」，優游於世而不耽溺其中的生活情趣；這種自然率眞，是宋人最高的理想人格，不僅否定了世俗功名的牽累，也破除了仕與隱之間的對峙，進入了絕對自由的境界。

這種自由的境界，發諸於藝術創作的精神上，就是自然無爲的創作心態。蘇軾說「陶淵明意不在詩，詩以寄其意耳」，藝術活動的本身已經消融在優遊自得、隨心無爲的生命存在之中，陳模《懷古錄》

〔註3〕范溫《潛眼詩話》就說這是蘇東坡對淵明人格的新發明，『非如昔人稱淵明以退爲高耳』。

也說陶淵明：

> 人品素高，胸次灑落，信筆而成，不過寫胸中之妙耳，未嘗以爲詩，亦未嘗求人稱其好，故其好者皆出於自然，此其所以不可及。

陶淵明無意爲詩的心態，甚得東坡的欣賞，他和遍陶淵明的詩，而且與淵明的詩意常常不謀而合，並說：「吾若歸田，不亂鳥獸，當如陶淵明」。除了東坡，試觀北宋文人的作品集，次和陶淵明的詩、詞頗多，以李綱爲例，次和前人的八十二篇作品中，就有六十三首是和淵明的，如〈和陶淵明歸田園六首〉，〈和淵明飲酒詩二十首〉、〈和淵明採菊東籬下二首〉、〈和淵明貧士詩七首〉、〈次韻淵明九日閒居〉、〈和淵明擬古九首〉、〈次韻淵明讀山海經〉、〈和淵明時運詩念梁谿故居〉、〈和淵明歸田園居六篇〉、〈和淵明停雲篇〉、〈和淵明榮木篇〉、〈和歸鳥篇〉、〈和勸農篇〉、〈和淵明遊斜川〉、〈和淵明已酉歲九月九日之作〉、〈和淵明答龐參軍〉、〈陶淵明嘗設形神影問答賦詩三首，讀之有感，因次其韻〉等，並在字裡行間不諱言對淵明的崇拜與嚮往。

從宋人對陶淵明的激賞心態，我們可以很清楚看到淵明的生活格調就是宋人的生活美學。從這種生活美學所發展出來的文藝心理與批評眼光，在在都塑造出宋人文學的基本格調，這種基本格調即使面臨亂世戰火，亦不改其面目，可見氣質薰陶之深，值得後人研究宋人文學時深深思省。

（二）高風絕塵的主體自由

在宋人看來，創作主體能夠破除仕隱之間的對峙，進入絕對自由的境界，才是眞正的有道。這裡所謂的「道」，可以說是宋人體現儒、釋、道三家體系融合後的深度。以這樣的眼光角度來看陶淵明自然率眞的情調，就認爲這樣的情調不是一般的情感體驗，而是包含著對整個人生哲學領悟的情緒體驗。

蘇軾《書黃子思詩集後》以生命的基調、氣質爲要素，評論歷來的詩人：「至於詩亦然，蘇李之天成，曹劉之自得，陶謝之超然，蓋亦至矣，而李太白杜子美，以英瑋絕世之姿，凌跨百代，古今詩人盡廢，然漢魏以來高風絕塵，亦少衰矣。」蘇軾所謂高風絕塵的境界，可以用這樣的角度來詮釋：文學技巧的發展過程中，賦予創作主體以客體化、對象化的能力，但是，創作的技巧常常會以單向發展、僭越本位的副作用，剝奪主體本質表現的自由化。所以，創作主體越能夠接近藝術發生的原點，就越能夠獲得充分乃至於絕對的審美自由，要能夠進入此一境界，就要實行主體本質的回歸。

陶淵明的〈歸去來辭序〉：「質性自然，非矯厲所得，飢凍雖切，違己交病，嘗從人事，皆口腹自役，於是悵然慷慨，深愧平生之志。」淵明爲了養家而口腹自役，爲了物質上的需求而出仕，但是後來頓有所悟，想懂了人生必須作出自覺的抉擇；於是離開官位，過著躬耕壟畝的生活，閒居則讀書、彈琴、飲酒、寫詩，過著「有酒有酒，閒飲東窗」的生活。這樣的生命方式，帶給宋人很大的啓示，爲了破解「以心爲形役」的生活，宋人也常有登山臨水、引壺觴自醉的生活，由此而開發的生命體悟，常常抒發於文字之中〔註4〕。例如東坡的〈超然臺記〉：「凡物皆有可觀，苟有可觀，皆有可樂，非必怪奇偉麗者也。哺糟啜醨，皆可以醉，果蔬草木，皆可以飽，推此類也，無安往而不樂。」蘇軾〈南海歸贈王定國侍人寓娘〉詩中所言：「此心安處是吾鄉」，東坡命名『涵虛亭』之詩云：「唯有此亭無一物，坐觀萬景得天全」。此外還有一篇東坡的名篇〈記承天寺夜遊〉，更是一種悠遠自得且別具胸襟的生活步調：

> 元豐六年十月十二日，夜，解衣入睡，月色入户，欣然起行，念無與樂者。遂至承天寺，尋張懷民，懷民亦未寢，相與步於中庭。庭下積水空明，水中藻荇交橫，蓋竹柏影也，何處無月，何處無竹柏，但少閒人如吾兩人者。

這是一種恬淡的胸懷，也是一種澄明的心境，何處無月之句，更有一

〔註4〕文徵明說：「高人逸士，往往喜弄筆作山水以自娱」山水與作者人格、生活上的關係如此密切，可說是自宋而來如此。

種共賞的心境。月色入戶不是擾人清夢，而是欣然夜行，庭中的積水儼然成為一湖清淺，水中有藻荇交橫，仔細端詳，原來是竹柏的倒影，藻荇亦美，竹柏影亦佳，景，不再是單一的固定形象，而其所散發出來獨特的蘊致，不是因為這夜、這月、這水，而是因為這兩個閒人啊。所謂「春有百花秋有月，夏有涼風冬有雪，若無閒事掛心頭，便是人間好時節。」以及程頤的詩：「閒來無事不從容，睡覺東窗日已紅，萬物靜觀皆自得，四時佳興與人同。」都可以觀見到宋人相適從容的心情。

這種相適從容的心境養成，關切到作者本身的人格修養和識解等問題，山谷說：「丈夫存遠大，胸次要落落」（〈次韻楊明叔見餞十首之七〉），再舉一例言之，東坡〈書晁補之藏與可畫竹・第一首〉說：「與可畫竹時，見竹不見人。豈獨不見人，嗒然遺其身。其身與竹化，無窮出清新。莊周世無有，誰知此凝神？」即是一種無「我」的境界〔註5〕。無，是種工夫，消除主客對立的工夫，唯有解消對象，獨立無待，才可以無窮出清新〔註6〕——創作主體並非在客觀世界中以自己耳目去捕捉對象，而是以自己的手，寫自己的心，自然界的松、石、水、雲，是有定質的物質，當這些客體融入靈魂以後，能夠破除物質的凝滯呆板性，而得到精神性的自由主體，這才是創作主體取高境界

〔註5〕關於東坡所言「成竹在胸」的問題，後來引發了另一種「胸無成竹」的討論。《鄭板橋全集》第200頁注胡積堂《筆嘯軒書畫錄・鄭板橋墨竹》有云：「東坡云胸有成竹，板橋云胸無成竹」。成竹在胸之「有」又須「似無」，因為藝術並非生活，成竹之簡單模擬或再現，需要經過審美主體心胸的鎔鑄與化石。董迴《廣川畫跋・卷一・列子御風圖》說：「古之人化形於無，入乎無有，故能得其無間」，就認為不但要「有」，還要「化有為無」。在有與無之間，個人覺得頗具興味空間值得討論。

〔註6〕韓經太《論宋人平淡詩觀的特殊指向與內蘊》：文人的野逸興趣，顯然與成熟於宋代的文人書畫藝術相關。……宋代文人之於山水畫，不取唐代盛行的青綠山水，而偏偏獨賞董源的「不裝巧趣」「平淡天然」的水墨山水畫。這就告訴人們一種近乎冷漠的清閒，和表徵為疏野的超逸，這是文人野逸興趣的本質內容。

的精神自由，正是這種自由舒朗之美，成爲宋代文學情味雋永的重要因素之一。

對於宋人來說，創作主體的自由，首先要否定的就是唐人在形式法則上登峰造極的努力，能夠剝落其詞采意象、音調從容，歸於平淡簡古的風格，就是超越了唐人藝術表現的定勢及俗套，從而進入高風絕塵的主體自由境界。對這一境界的神往，也反映了宋人對獨立、高超、自由人格的強烈希求。魏了翁〈費元甫陶靖節詩序〉就認爲淵明的人格境界不僅在於出處之間的「志守」，更重要的是他在生活上、創作上的「悠然自得之趣」。陶詩的藝術精神在於創作主體是自然率性的，藝術創作過程也是自然無爲的，藝術活動本身已經消融在悠遊自得、隨心無爲的生命存在之中，其內容和形式達到高度完美的統一，這種統一就是建立在主體自由的創作精神中。能夠經由這樣的思考途徑，審美主體也因此能夠從天然美和人工美的對立中解脫出來，造極於兩者並立相生的新境界。

在諸多宋人的作品中，我們很容易見到他們以自由閒適爲美的生活哲學，而這種自由閒適不是來自於生活的清淡或隱逸，在修齊治平的儒家使命感、以及憂國憫民的社會意識中，自由閒適來自於創作主體心靈的空曠與高遠，當這種心靈觀照到世間有情萬物之中，就是不亂鳥獸的萬物情觀。

（三）不亂鳥獸的萬物情觀

在第二章第三節〈宗教信仰的新潮流〉中，討論了佛教、道教以及禪宗的修練方式對宋人思考方向的影響。這種思維的邏輯，形諸於文學的創作，就是破除「我執」的主體意識，破我執以見天地萬物，於是宋人學會以謙卑的方式對待世間一切客體。唐宋氣質之不同，就在於唐人以靈心一片，對天地萬象一往情深，所以唐人所創造的文學世界，是浪漫高華的藝術世界；而宋人則胸中自有鍊爐，驅今使古，精心鍛鍊出一個寶光內斂的人文世界〔註 7〕。在這個感情內收的文學世界中，天地萬

〔註 7〕胡曉明《尚意的詩學與宋代人文精神》有言：如果說，魏晉人多以

物以一種無言而有情的態度，以超逸高潔的姿態吐露芬芳。

宋人逐漸發展出來的思維邏輯是：人與經驗世界的關係，除了認知活動外，還有情意的活動；情意活動包括生物本能、生理慾望、意念造作等。由於在「現象界」與「客體自身」的超越區分中，創作主體因為「有執識心」的緣故，對於客體的認知常是茫茫追索而不知其所歸。由於創作主體的識心本身是須妄的，妄情起滅，變轉不已，由識心本執所決定的萬物實有性，就更屬虛幻了——因此，創作主體若不能由此處超越出來，就會在創作的過程中凋瘁，以至於傷身害性，流蕩不返。執此之故，宋人對於韓愈的不平則鳴、孟郊出門即有礙的哀怨、以及白居易忍泣青衫對商婦的感傷，都認為有失於「道」，有礙於「正」，或多或少提出不滿的非議。

宋代文人嘗試著以沒有執著的慧心，來靜觀萬物皆自得的情趣，並嘗試以理性的思考，從紛然相雜的物我相對中，沉澱出不亂鳥獸的萬物情觀。陳善《捫蝨新話・上集・卷四》有云：「天下無定境，亦無定見，喜、怒、哀、樂、愛、惡、取、捨，山河大地，皆從心生。」正由於想要破除定見與定境，宋人諸多哲理詩、禪言詩，乃至於重「神似」更甚「形似」的詠物詩、以翻案手法呈現的詠史詩，都是從這種文學心理出發。

從理性的慧心出發，宋人也體認到「順其心則喜、逆其心則怒」，喜怒的關鍵，倒不是來自於外境的順逆，而在於主體的主觀意識。主觀意識的執著，是人類一切痛苦煩擾的根源，所以范成大說：「古人賦多情，無事輒苦」(《觀禊帖有感》)。所謂詩能窮人，其窮並不僅指外在的饑寒、流徙、獲罪，更指內在情意的汩蕩；因此在人格的修養上，創作主體自須提昇自己、胸次超然，以積學養氣為途徑，務使吟

山川自然之美為樂事，唐人多以現實人世悲歡為關注的對象，而宋人則多以豐富的人文世界為精神生活的受用。宋詩中人文意象如讀書、賞畫、聽琴、玩碑、弄帖、訪舊、弔古等，遠遠大於自然意象與事功意象。再如看月、聽雨、賞花、弄水、飲酒等等，自然意象也因為接受圖式之異而轉化為人文意象。

詠聲發，盡爲志意外論之言。此正如謝逸所云：「大抵文士有妙思者未必有美才，有美才者未必有妙思，唯體道之士，見亡、執謝，定、亂兩融，心如明鏡，遇物便了，故縱口而筆，肆談而書，無遇而不貞也」（《溪堂集・卷一・林間錄序》），能夠充實本體於創作立意之始，提昇個人情志於造語之際，就不會有「劘鏤彫琢」之病，這正可以代表兩宋文人的創作見解。

也是以這種智慧爲基礎的創作心態，宋人的山水別具有獨立飄逸的風格顯現。山水是文人內心世界的顯像，透過詩人的觀照，展現自我的獨特風格，《論語》中的仁者樂山，山的莊嚴是仁者的象徵，智者樂水，水的靈動是智者的情性。文人面對山水，一者喜其清幽自然，一則山的高峻、水的清悠亦可以照見個人的生命面貌。這樣的山水，常常是以澄然寂靜的面貌，展姿於宋人作品中。於是茅庵梅影，化爲生活的恬淡；當風而泣、對景言愁的物象，也能開解成心境的從容，所關注的萬物盡皆有理有情，有理有情的人生情懷，就是生活情趣的本質。

在平凡的日常生活中，明月時至，清風自來；在春雨足，烏鵲喜的簡單律動中，發現大自然純粹的喜悅，對於藝術的觀照，則著眼在優遊自得的生活情調，從這裡可以發現：宋人對於一切境界的追求，也都立足於自然之中。理學家魏了翁〈費正甫陶靖節詩序〉所言：「以物觀物，而不牽於物，吟詠情性，而不累於情」，這種高超自然的優雅情調，來自於創作主體與世間一切客體的自然相對。

自魏晉南北朝以來，由於玄學思潮的興起，人開始學會從外在的絢麗世界中，返回自我人格精神的要求。梁朝陶弘景素有山中宰相之稱，其詩云：「山中何所有，嶺上多白雲，只可自愉悅，不堪持贈君。」這種白雲自愉悅的生活態度，其實也就是宋人基本生活格調的顯影。藿松林、祁小軍〈論宋詩〉（文史哲・西元 1989 年・第 2 期）所言：「宋詩中大凡精采的議論，可喜的理趣，都是發自熱愛生活的襟懷、閃耀著人生智慧的光彩。」這種人生智慧的光彩，很大的原因就是來自於他們對待天地萬物的情觀。

三、嗜雅的生活基調

張毅《宋代文學思想史》有云：北宋初期的七十餘年間，晚唐五代以來柔弱綺艷的文風相沿成習，無法根除，這說明了文學思想的演變有著自身的延續性，是一個緩慢的轉化過程，不因朝代的轉換而立發生根本性的變化。宋朝開國之初，承五代體格卑弱之習，頗有俗氣，詩文是以西崑體稱盛，詞則是有塵下之譏的柳詞，盛行於水井之間；隨著趙宋政權的穩固，社會、政治、經濟環境的相對穩定和文化建設的逐漸繁榮，作家的知識積累和文化素養有很大的提高，建立在人文基礎修養上的品格完善精神在創作中逐漸有所體現。

宋代文學思想的轉變是以北宋中葉的詩文革新爲起點，其變革的方式並不是像唐人那樣，從文學緣情的特點出發，以濃郁的情感和壯大的情思去消除綺艷；而是站在文學應具有政教功用的立場，採取以文爲詩、以氣格爲詩的方式來變革詩風。在這一波的詩文革新運動中，以歐陽修爲首，更從士人的生活裡推行雅化運動，奠定宋人嗜雅的基礎。例如，蘇東坡在神宗元豐四年（1080）冬天，在黃州蓋了一座「雪堂」，雪堂的落成不僅是他黃州生活過程中的某一種情境，更是他生命史上的一個紀錄，因爲雪堂的建築意趣之一，就是「凜凜其肌膚，洗滌其煩鬱」（《雪堂記》），而他每天的生活「起居偃仰，環顧睥睨，無非雪者」，當時他繪雪於四壁之間，藉此清靜其心，讓世間煩惱得以消除，這樣的生活頗可見出文人生活的梗概。

這樣的生活模式，來自於宋朝重文輕武的寬鬆政策，文人社會地位的提高、仕官以後優渥的待遇，遂使品茶、飲酒、狎妓、賦詩構成他們閒適生活的主要內容。例如歐陽修蓋『非非堂』，架書數百卷，朝夕居其中，終日吟哦書卷不知老之將至；蘇轍〈王氏清虛堂記〉文中寫：「日與其遊，賢士大夫相從於其間，嘯歌吟詠，舉酒相屬，油然不知日之既夕」，寫友朋相聚共飲的快樂；再如宋人的《十八學士圖》（現藏故宮），總共有四軸，分別畫的是聽琴、奕棋、翰墨、觀畫，設色典雅而且人物栩栩如生、表情安詳而閒適，圖畫中並且刻意經營一個器物精緻而又擺設不俗的空間。這樣的生活情調，正能反映出黃山谷〈書嵇叔夜詩與姪榎〉所云：「士生於世，可以百爲，不可以俗。」又一篇〈與聲叔六姪書〉文說：「日月易失，官職自有命，但使腹中有數百卷書，略識古人意味，則不爲俗士矣。」都可見出「不俗，這正是宋人爲人、爲詩，嚮往追求的一種境界。」（引自藿松林、祁小軍《論宋詩》）。

宋人的生活，走向了嗜雅的方式，文學創作的態度，卻傾向於雅俗共賞。從中國古典文學的歷史發展來看，「雅」、「俗」兩大系統始終處於相對立的位置，成兩條平行線向前發展著，互不相容，雖然從某些作品中可以看到雅俗共存的現象，但都具有很大的排他性。朱自清分析宋人「以俗爲雅」論的由來，說：「唐安史之亂後，門第迅速垮台，社會等級不像先前固定，老百姓家加入了士流。……宋朝印刷術發達，學校多起來了，士人也多起來了。這些士人多數是來自民間的新分子，他們多少保留了民間的生活方式和生活態度。他們一面學習那些雅的，一面卻還不能擺脫或蛻變那些俗的。人既然很多，大家都是這樣，也就不覺其寒塵，不但不覺其寒塵，還要重新估定其價值，至少也得重新調整那舊的標準和尺度。『雅俗共賞』似乎就是新提出的尺度或標準……宋朝不但古文走上了雅俗共賞的路，詩也如此走向。」胡適說宋詩的好處在於「作詩如說話」，其實也一語破的指出這條雅俗並存的路。

文人尚雅的習氣，推之於生活中、藝術裡，就是雅俗共賞的普遍要求，這導致了宋人生活的藝術化、以及藝術的生活化。東坡〈醉著〉詩中所描述的生活：

> 萬里清江萬里天，一村桑跖一村煙。漁翁醉著無人喚，過午醒來雪滿船。

詩中描寫江上漁翁，喝酒喝著就睡著了，不知是臥遊、還是垂釣，這種生活的興味，一如晴朗的天空，無言卻俯看人世間的一切興衰。讀者心中試想這樣的畫面，是生活的藝術？還是藝術的生活？王瑞明

《宋儒風采・第二章宋人的生活態度》說道：宋儒熱愛生活，善於把生活打扮得多采多姿，更善於以其生活之筆把生活雕刻得玲瓏剔透。宋儒愛花、愛竹、愛樹，愛之所致，無處不生香，無物不發亮。之所以能夠處處生香，處處發亮，與宋人所體悟的生活智慧密切相關，吉川幸次郎《宋詩概說》提到：宋詩以人生為長久的延續，並且對這長久的人生有多方面的興趣，他們具有廣闊的視界，其眼睛不僅釘住於產生詩的瞬間，也不只是凝望著對象的頂點，其視線廣泛的望向四周。另又說到：小川環樹博士指出，宋詩常有將自然擬人化，或把自然風景引入人間世界的傾向。

這種自然與人的相容，來自於前文中所提到的宋人審美心理與品味，這種相容的投入是將自身溶解於現實之中的一種反映，此方法一旦為宋人所認識，便與宋人所講究內省的期待視野相交融。吉川也提到宋人的樂觀主義，具體的表現就是天地之間好風景到處都有的觀賞，蘇軾五言古詩〈夜起對話〉：「乃知天壤間，何人不清安。」說的不只是風景，更是觀賞客體風景的主體心理。

宋人不相因循而自能樹立的美學眼光，其要領則在好雅正而知變化，這種變化對中國人的文化傳統，影響深遠。俗語說：「堂前無古畫，不是舊人家」，是平民百姓認知一戶書香人家的基本眼光；黃山谷〈書繒尾後〉：「臨大節而不可奪，此不俗人也。」是一個讀書人認同自己品味的基本條件；宋朝文人蘇子美所說的：「明窗淨几，筆硯紙墨，皆極精良，亦自是人生一樂也」更是每一個中國讀書人風雅的生活表現，這些傳承多年、目前未變的心態，恐怕就是宋人嗜雅生活的遺傳吧！

第三節　南渡時人文藝思潮的強化與反撥

北宋時期的社會背景、行政措施以及生活的方式，塑造了宋人的思考角度與倫理觀點有別於前，在文學藝術的造作立意中不同於昔人，對事理哲學重新思考的心態與整理，往往能夠在一般中見出特殊的精神層面，在熟爛的陳舊之中開出新意，因此造就出一個嶄新世界與特地乾坤。北宋時期諸多的文藝思想中，來到天崩地變的南渡時期，被環境逼出某些文藝理論正面的加強與反面的蕭沉，以下試以三個角度分析之。

一、明當世之務的文學觀

北宋詩文革新運動提起了宋人「務本」和「致用」兩大思潮的交匯。務本，是「先道德而後文學」的價值取向，石介所謂「道德，文之本也」、「功業，文之容也」（《上蔡副樞書》）；歐陽修、蘇舜欽也分別有「道勝者，文不難而自至」、「道德勝而後振」之類的言論。又如王安石編《四家詩選》以杜甫、歐陽修、韓愈、李白爲順序，其理由就是太白的詩歌「其識污下」、「詩詞十句，九句言婦人酒耳」，缺乏杜甫詩中「朝廷憂」的意識，由此皆可見出此時期倫理的價值取向凌駕於文藝批評標準的傾向。致用，則是重視文學的社會功能。錢穆《中國近三百年學術史・引論》談到宋學精神時說：「蓋自唐以來之所謂學者，非進士場屋之業，則釋道山林之趣，至是（指北宋）而始有意於爲生民、建政教之大本也。」

文中提到自唐以來的讀書人，如果畢生志業不是場屋之業、就是山林之趣，其實這樣源流傳統，可以更遠追至魏晉時期。原本知識份子應該是「時危見臣節，世亂識忠良，投軀報明主，身死爲國殤」的志節與氣魄，但亂世來臨的時候，知識份子所倚賴的理想重心——明主，常常是令人失望的；魏晉人的隱逸，歸納起來約有兩大端：即精神無所依托與避禍，而這樣的心理背景，其實也可以用在南北宋之交的時期：「宋自開國以來，即積弱不振，靖康之難以後，北疆淪陷，宋人憂國意識因而格外強烈，愛國作品隨之激增。宋人原本就鍾情山水，在南北宋之交，南渡文人受到局勢動盪的嚴重戕害，紛紛投身自然，在林泉間尋找終老之所……」

錢氏所說北宋時始有意於爲生民、建政教之大本，明白說出宋代知識分子「國家興亡、匹夫有責」的基本心理，另外說到宋人的鍾情山水、投身自然，也爲南渡時期高曠清幽的隱逸作品數量之多，提出了周全的解釋。然而這兩種說法似乎互有抵觸。其實，文士走入隱逸，原因是多元的，當士人的價値觀隨著天災人禍的擴大加深而崩解時，傳統忠於君、忠於社稷的思想也跟著毀潰，失去了依托的巨大悲苦和迷惘，在在促動著他們「以太古爲長適，以漁樵野叟爲友」的脫俗渴望。但也正由於如此時局，鞭動著當代時人重新思考自北宋以來爲生民、建政教的讀書人志業，這樣的志業思考帶來的鮮明傾向就是北宋詩文革新運動所提起的「務本」與「致用」。

南渡時人的作品中，出現許多以務本與致用爲中心思想的理論，例如：

> 所貴於文者，以能明當世之務，達群倫知情，使千載之下讀之者如出乎其時，如見其人也。（汪藻．《浮溪集．卷十七．蘇為公集序》）
>
> 凡文之作，貴如穀粟布帛，適於用而達於理，斯足矣。（李綱〈卷一百六十二．玉局論陸公奏議帖跋尾〉）

另外《卷一百三十二．拙軒記》又說到：「文貴適用，片言有餘。」李綱說他個人詩歌的創作動機是：「其言則多出於當時仁人不遇，忠臣不得志，賢士大夫欲誘掖其君，與夫傷讒思古，吟詠情性，止乎禮義，有先王之澤。」由此意可見出他不是以詩吟詠風花雪月而已，而是以詩爲用的嚴肅心情。

南宋文人這樣的文藝思考，基本上是受到北宋古文運動的影響，《兩宋文學史．第六章南宋前期的文學》說到此時期的大家「……在策論方面學三蘇，在序記方面學歐陽修，而對於文章應該有補於世的認識方面，則受王安石的某些影響。」王安石〈與祖擇之書〉說：「治教政令，聖人之所謂文也」，〈張刑部詩序〉也認爲文章應當「詳評政體，緣飾治道，以古今參之，以經術斷之。」他強調文學的實際功能，要求文學能夠爲社會服務，在〈上人書〉中的一句話「且所謂文者，務爲有補於世而已矣」，對身經離亂之痛的南渡文人，不啻是一段發人深省、令人動容的呼喊。原本，認爲詩當以吟詠情性、深婉含蓄爲宗旨，是宋朝人普遍的共識，但是此時期重要的詩話著作《歲寒堂詩話》，卻說出了：「言志乃詩人之本意，詠物皆詩人之餘事」的重要思考。

之所以如此，主要是當時政局上主戰、主和的角力，成爲當時文學作品的重要主題。宋代文學議論之多，主要是社會背景與文學流變使然：在社會背景上，宋代擴大科舉制，以文人知軍政，居高位而有吏責者，究心時事，必深入實際，不能徒託空言；而且宋承儒釋道三家思想的劇烈競爭之際，對於天人哲理不能不思有所取捨。因此，宋代可以說是文人深入思考政治與哲理的時代。緣此，圍繞著當時高宗的紹興和議、所引發出來周邊政治議題的討論，成爲時人文學作品中所要闡明的志願和主張，文學理論與技巧不再是創作者斤斤計較的要素，明當世之務的文學觀，躍然成爲此時期重要的文藝潮流。

二、「平澹美」的理論與實踐

蘇庠是南宋初著名的學者，張元幹《蘇養直詩帖跋尾》說他：『英妙時已甘心於山澤之臞，……晚乃力辭召聘，高臥不起，老於丘園，蓋此事素定於胸中，非一時矯激沽譽者。』推崇蘇庠是一名淡泊名利的高士。

平淡，是宋人文學心理中，很重要的意趣指向。宋人所追求的平淡簡古，與漢魏的平淡簡古不同，最早提出平淡口號的是梅堯臣，〈和宴相公〉詩云：「因吟適情性，稍欲到平淡」，另一首〈讀邵學士詩卷〉：「作詩無古今，惟造平淡難」，他雖然提出平淡的口號，但是他「老而不得其志，乃徒發於蟲魚物類、羈愁感嘆之言」「愈窮而愈工」「興於怨刺」（見歐陽修《梅堯臣詩集》序文）的創作心態，基本上是與韓、孟之「不平則鳴」相呼應，朱自清《宋五家詩鈔》說：「平淡有二，韓詩云『艱宕怪變得，往往造平淡』，梅平淡是此種；朱子謂『陶淵明詩平淡出以自然』，此又是一種。」真正闡發平淡美學精神的，應該是蘇東坡對陶詩「外枯而中膏，似淡而實美」的評論，爲宋人標揭了一個審美價值典範，也成爲宋人美學心理中的一個重要元素。陳模《懷古錄》說陶淵明：「人品素高，胸次灑落，信筆而成，不過寫胸中之妙耳，未嘗以爲詩，亦未嘗求人稱其好，故其好者皆出於自然，此其所以不可及。」陶詩平淡的藝術品性完全出自於平淡的生命存在，藝術平淡中才能包含藝術本質的充分實現，從而具有無上的藝術魅力。蘇軾對陶詩的闡揚，不但標示了宋人的審美規範，也這個審美規範中，概括出創作過程中的「意到語自工，心眞理亦邃」的自然美學。

宋人是在此種價值觀下，以追求「古」、「老」的自由精神，超越唐人形式的流俗，從而建立起自己的形式法則，進而創造與唐詩氣象不相同的審美風範。蘇軾：「大凡爲文，當使氣象崢嶸，五色絢爛，漸老漸熟，乃造平淡」（《竹坡詩話・引》）的美學氣象，一直到北宋末、南宋初，仍然是重要的文藝思潮。例如

> 凡文章先華麗而後平淡，如四時之序。方春則華麗，下則茂實，秋冬則收斂，若外枯中膏者也，蓋華麗茂時已在其中矣。（吳可《藏海詩話》,《歷代詩話續編》上）
>
> 大抵欲造平淡，當自組麗中來，落其芬華，然後可造平淡之境。（葛立方《韻語陽秋・卷一》）

周紫芝《竹坡詩話》中（《歷代詩話》上），引用東坡的美學氣象並極力推展到一切的文學創作中，凡此皆可見宋人收斂豪放奇峭而歸於平澹的美學觀。宋人並強調，平淡的藝術品性完全出於其人平淡的生命存在，藝術平淡中才能包含藝術本質的充分實現，從而具有無尙的藝術魅力。由此而引申出的美學眼光，如米芾《畫史》所說：「董源平澹天眞多，唐無此品。……近世神品，格高無比也。」沈括稱董源山水，亦道其「不爲奇峭之筆」，都是從這樣的角度出發。

三、以氣爲主的實踐與講求

先秦思想中，令人耳熟能詳的學術理論以孟子所言之氣爲其中翹楚，可謂名實相應。孟子所言之氣，至大至剛，塞於天地之間，配義

與道；但這種氣，是一個人頂天立地的浩然正氣，與文學創作的關聯性並不密切。但後來的文論家，例如曹丕的《曲論・論文》，卻將這種氣與文學創作相比附義，原因是：優秀作品的產生，都來自於生命境界的充實和提昇，所以作者必須經由養氣的工夫，來求得詩文的極詣。一般論者多以爲宋人講句法、論奪胎換骨，是只在技巧形式上用工夫；但事實上，宋人幾乎人人詬病純形式的追求，不僅認爲詩須以理、以志、以道爲歸，更直接主張「李杜胸中有佳趣，詩酒聊以發其悟」（陳棣《蒙隱集・卷一》）。

氣是個人整體修養的表現，是先天之稟賦與後天之培鍊的融合，當生命理想與世相接時，氣就是此人品性風格的展現，其具體的呈現，就是平日的操行與文藝的創作，李綱《卷一百三十八・道卿鄒公文集序》有云：

> 文章以氣爲主，如山川之有煙雲，草木之有英華，非淵源根抵所當蓄深厚，豈易致邪？世之養氣，剛大塞乎天壤，忘利害而外生死，胸中超然則發爲文章，自其胸襟流出，雖與日月爭光，可也。

此處所提的文氣說，張健《南宋文學批評資料彙編》評論道：「古今一切養氣理論，都難以超踰了。」之所以如此評論的主要原因之一，即在於詩文都以氣爲主；而李綱所強調之氣，展現外發時才能夠進諫陳謀，屈挫不屈，皇皇仁義，至老不衰。

大凡講究「氣」的評論家，也都強調博學的精神。李綱重視積學的功夫《梁谿全集・卷一百六十三・草聖》文中，可以見出李綱重視積學的功夫：

> 東坡晚年草聖之妙如此，蓋積學所致，非特天資軼群絕倫也。

另外〈蕭子寬哀辭〉：

> ……博學好古，凡六經諸史百家之言，陰陽五行天文地理之學，貫穿馳騖，無所不通。

以及〈祭許老崧文〉：

經緯書史，文章成也，貫通古今，議論宏也。

再如〈卷一百六十三・書陳中瑩書簡集卷〉:「信筆輒千餘言，理致條暢，文不加點，信乎道學淵源自其胸襟流出，特立獨行之操，非眾人之所能企及也」;以及〈卷一百六十八・宋故左中奉大夫直秘閣張公墓誌銘〉:「有淵源於經術，洞探指歸，作爲文辭，不蹈襲前人，自出胸臆，汪洋雅健……」文藝作品是作者稟賦之所產生，如果創作者的根抵不夠深厚，美好的作品無焉產生，這些理論的提出都是認爲豐厚的學識，才能夠涵養出超妙的智慧與高明的見解，當智慧蘊積於內，清晰而澄明時，則形成此人內在本質的純淨與穩定，以見解接事於外，練達而不卑屈，則形成此人外在的氣度與胸襟，這就是一個人的「氣」。

呂本中《童蒙詩訓》有云:「讀三蘇進策涵養吾氣，他日下筆自然文字滂霈，無吝嗇處。」本中認爲，要想跟古人並馳爭先，必須具活法，王十朋也有一句相類似的話:「余嘗語所學:文當氣爲先，氣治古可到，何止科第間?」(前集卷四・別宋孝先)，足見所謂活法，亦須來自養氣持志，故陸放翁云:「文章當以氣爲主，無怪今人不如古」(《桐江行》)。換言之，學古人者，並不在摹仿聲腔筆調，而在學其治氣，若能涵養吾氣，則古人境界之高，亦不難到，方回〈讀子游近詩後次前韻・二首之一〉說:「孰肯剖腸湔垢滓，始能落筆近風騷」(《桐江集・卷八》)，蓋即此義，孟軻、屈原的作品之所以不朽，就是因爲他們所蓄深厚，氣格凜然，當文藝作品自其胸襟流出之後，自然能夠動人、永垂不朽。

第四章　詩壇的凝定、衍變與改革

十二世紀的第一年，正值徽宗即位（1101）第一年；也是這一年開始，宋詩藝術高峰期的代表詩人蘇軾（1036～1101）、黃庭堅（1044～1105）、秦觀（1049～1100）、陳師道（1053～1102）等大家相繼去世。在宋代詩史上，自然而然地標示出一個大時代的結束與另外一個新時代的開始。

陳植鍔《宋詩的分期及其標準》（引自《宋詩綜論叢編》·張高評主編）將宋詩的歷程分爲六個時期：（一）沿襲期：太祖建隆元年至仁宗天聖八年，約七十年，詩風流派主要爲白體、晚唐體、西崑體。（二）復古期：由仁宗天聖九年至嘉祐五年，凡三十年，主要爲歐、梅的復古期。（三）創新期：由仁宗嘉祐六年至徽宗建中靖國元年，凡五十年；此時期是宋詩創作的鼎盛時期，是王安石、蘇軾、黃庭堅等大家個人風格顯著的輝煌時期。（四）凝定期：由徽宗建中靖國二年至南宋高宗紹興三十一年，凡五十年，是宋詩的凝定期。此時期詩風的主要代表即所謂江西詩派。（五）中興期：高宗紹興三十二年至寧宗慶元六年前後，凡五十年，是尤、楊、范、陸中興四大詩人的高峰期，其成就僅次於北宋時代的創新期。（六）飄零期：由寧宗嘉泰元年至元初，永嘉四靈和江湖詩派爲此期的代表。

以整個宋詩歷程來觀察所謂的「凝定期」〔註1〕，可以發現這是一個大家凋零、小家蜂起的時代。此時期的詩壇構成瑣碎而且複雜，但仍可從以下幾個方向觀察之：

一、元祐詩壇，蘇黃之詩並稱，但後來黃詩逐漸形成宗派，一枝獨秀。嚴羽《滄浪詩話・詩辯》:「國初之詩，尚沿襲唐人。……至東坡、山谷，始自出己意以爲詩，唐人之風變矣。山谷用功尤爲深刻。其後法席盛行，海內稱爲江西宗派。」劉克莊〈江西詩派小序〉:「……豫章稍後出，會粹百家句律之長，究極歷代體制之變，蒐獵奇書，穿穴異聞，作爲古律，自成一家，雖隻字半語不輕出，遂爲本朝詩家宗祖。」由於山谷的詩可學而至，而且又有明確的學習方法與途徑，遂蔚然成爲江西詩派大宗，影響詩壇二百餘年。

江西詩派的影響力如此深遠，但「江西詩派」這個名稱的提出，以及黃庭堅江西詩派宗主地位的確定，卻直到北宋末年才藉由呂本中之手，統整起來。在江西詩派發展的歷史中，這是一個相當重要的歷程。

二、江西詩派秉持著山谷的詩學理論，逐漸發展成爲一隻龐大的隊伍；但是他們高唱「以故爲新」的口號，卻不能在詩歌意境的開拓和創新方面下工夫，只在句法（造硬語、用拗律）、用典等方面苦苦琢磨。所謂「奪胎換骨」，逐漸變爲改頭換面、模仿前人的代名詞，「點鐵成金」則反而變成了「點金成鐵」。黃、陳時期創立的詩體變成了僵化的模式，整個詩壇也就呈現了一種膠著的狀態。葉慶炳《中國文學史・宋詩》：瘦硬、渾老，是黃陳等江西諸人所刻意追求的骨像。然稍一不愼，求瘦硬而流於搓枒，求渾老而流於粗獷；黃陳諸子之詩，多少有此流弊；流傳既久，遂爲世所詬病。

因此，在這個動盪的時代鉅變中，詩壇上也瀰漫著一股「革變」

〔註1〕之所以稱爲「擬定期」，陳氏立論曰：把江西詩派分爲前、中、後三個不同的發展階段，而將黃庭堅、陳師道列爲創新期的作家。在江西詩派的中期和後期，黃陳時期創立的詩體，在他們手上變成僵化的模式，整個詩壇也就呈現一種凝定膠著的狀態，所以把這時期叫做宋詩的擬定期。

的風氣。呂本中等人所提出的理論與技巧，走出了江西詩派的新方向，植基了它在南宋存續將近百年的生命力。劉大杰《中國文學發達史・宋代的詩》有云：「到了南宋，江西詩派仍保存著極大的潛勢力。不過在風格上，經過呂本中、陳與義等的變化以後，面目已有不同。」江西詩派發展至此，代表詩人如陳與義、呂本中、曾幾等，雖仍祖杜宗黃，但他們的詩歌理論與創作，扭轉了江西末流的詩風，使之變趨於圓熟雅正。此時的衍變與改革，奠定了呂、曾、陳三人在詩派中超卓的地位。這也是本章所要討論的重點。

三、江西詩派雖然影響宋代詩壇二百餘年，但江西派詩人眞正主宰詩壇、凝定詩風，卻只在徽、欽、高三朝六十餘年的這一階段。之前之後的詩人大都擺落江西而自立，不願與江西掛勾太深。江西詩派在徽、欽、高三朝如此團結的詩壇互動，也值得我們深加觀察。

本文擬就上述三個大方向中，提出下列幾點討論之：

一、觀察黃學末流之弊，以期追溯陳與義、呂本中、曾幾變革理論的軌制曲線。

二、分析此時期的詩學理論，並析賞其創作，是否能實踐其理論。

三、討論此變革理論對整個江西詩派發展歷程的影響。

第一節　詩風的凝定與僵化

一、「無有不法」的基本精神

（一）蘇闊黃深的不同路線

在山谷之前，歐陽修樹立了詩運革新的大旗，梅堯臣、蘇舜欽繼起而推波助瀾於先，王安石、蘇東坡開拓詩境於後，但這些大詩人大都可說是恃才力而作，因而也沒有提出具體完整的創作理論來。直到黃庭堅，才眞正是全心全力的作詩，而且也以詩自專，以擅詩自命，在《論詩六帖》裡，他自稱：「余作詩頗有悟處，若諸文亦無長處可過人。」

黃庭堅出自蘇軾門下，在元祐年間，蘇軾讚賞他的詩文「超逸絕塵，獨立萬世之表，世人久無此作。」因而聲名大噪，與蘇軾齊名。後人每以蘇黃並稱，或以蘇黃詩風合稱，的確是因爲宋詩的新格局是由蘇黃所共同開創的。蘇黃的共同點都是散文化、好用典、議論化的傾向，即所謂以文字爲詩、以才學爲詩、以議論爲詩，這也是後人評論宋詩特徵和風氣所常下的結論。

但是從創作原則、藝術個性和審美旨趣來看，蘇黃二家又是大異其趣的：東坡詩文如行雲流水，如萬斛湧泉，不擇地而出。又若子列子之御風，如若無待而自神，超邁豪橫，高妙絕塵。山谷的詩則憑學力養成，是古人書本子陶冶出來的。大略來說，蘇軾是以才氣寫詩，而黃庭堅是靠技巧作詩。

爲什麼山谷能成爲「本朝詩家祖宗」（劉克莊〈江西詩派小序〉之語），而蘇軾反而不能？此可從二人寫作態度的不同來解釋：東坡主張「隨物賦形」（《文說》），認爲詩無法定法，「衝口出常言，法度去前軌，人言非妙處，妙處在於是。」（《詩頌》）；黃庭堅則主張模仿古人，講究詩法技巧，「作文當須摹古人，百工之技，亦無有不法而成者也。」（《論作詩文》）〔註2〕。南渡大家呂本中〈與曾吉甫論學詩第一帖〉就說蘇東坡的詩「雖規模廣大，學者難依。」江西詩派的名家陳師道《後山詩話》也評論黃庭堅的詩：「有規矩，故可學。」范溫《潛溪詩眼》也說：「山谷言文章必謹佈置，每見後學，多告以〈原

〔註2〕方回《瀛奎律髓》：「蘇黃名出同時。……坡詩天才高妙，谷詩學力精嚴；坡律寬而活，谷律刻而切。」蘇軾詩一任天才妙悟而爲之，山谷則專工鍛鍊，講究詩法，雖隻字半語不輕出。此二人之寫作態度不同，對宋詩之貢獻亦不同。劉克莊《後村詩話》有云：「元祐以後，詩人迭起，一種波瀾富而句律疏，一種則鍛鍊精而性情遠，要之不出蘇黃二體而已。」蘇詩波瀾狀闊，使詩境廣大；黃詩鉤掘精至，使詩境深刻。

道〉命意曲折；言詩多以杜甫〈奉贈左丞書丈二十二韻〉佈置法度。」質言之，蘇詩不可學而至，全賴先天之稟賦；黃詩則能一規一範學而至之〔註3〕。

正因爲山谷的詩可學而至，而且又有明確的學習方法與途徑，北宋與南宋之交的呂本中在論述北宋詩壇的詩歌創作和詩人走向時，就提出『江西宗派』的名稱；後來南宋嚴羽《滄浪詩話》也提到：「……至東坡、山谷始自出意以爲詩，唐人之風變矣。山谷用功尤爲深刻，其後法席全勝，海內稱爲江西詩派。」江西詩派逐漸成了人們公認的詩歌流派，從北宋的開創者黃庭堅以及他周圍的詩人群，延續到南宋時期的大詩人，聲勢浩大，使江西詩風成爲宋詩風格中最重要的組成部分之一，一直爲後世詩人所矚目。

清代田雯《古歡堂集·論五言古詩》：「余嘗謂宋人之詩，黃山谷爲冠，其體制之變，天才筆力之奇，西江詩派亦皆師承之。」由黃庭堅所開的江西詩派，不論是在句法、字法、用典的雕琢學習，或格調、風味的模擬與講究，都有一套「以古人爲法」的基本精神，宋詩注重全篇的結構層次，講究鍊字鍊句，要求氣格超俗，與江西詩派開宗立派、風行宋詩壇二百餘年，可說有密切的關係。

（二）規矩鮮明的「祖宗」路線

江西詩派影響深遠，但此名稱的提出以及黃庭堅江西詩派宗主地位的確定，卻是到北宋末年經由呂本中之手才統整起來。呂本中《江西宗派圖》有云：「江西詩派諸人，雖體制或異，要皆傳者一。」雖然其中所提出的二十五名詩家，宋代的陳振孫、胡仔、陳模、趙彥衛和清代的錢大昕、李樹滋都提出異議。但是眞正理解這種精神的是南

〔註3〕江西詩派爲宋詩一大宗派，之所以風行兩宋，在於提示詩法，有門可入，有法可尋。所倡詩法，如奪胎換骨、點鐵成金、以俗爲雅、以故爲新等等，皆能點化，賦古典以新貌。其法雖或流於技巧之逞能，或流爲偷竊之鄙事，但在雅俗、故新之間，不但能汲取傳統，又能創新出奇，這也是宋詩特色之所以能自成一家的重要關鍵。

宋楊萬里的〈江西宗派詩序〉，其云：「江西宗派詩者，詩江西也，人非皆江西也。人非皆江西，而詩曰江西者何？繫之也。繫之者何？以味不以形也。」

江西詩派並不是一群人為理想而結合，也不是一群人因有同鄉關係而在一起，更不是老師、弟子、或朋友之間關係的結合，純粹只是因為「以味相繫」之故。元代方回在《瀛奎律髓》裡批點陳與義的〈清明〉詩時曾說：「古今詩人當以老杜、山谷、後山、簡齋四家為一祖三宗。」方回非常推崇江西詩派，並以此總結宋以來詩歌的發展和詩人理應遵循的楷模；清代紀昀雖曾批評方回推崇太過，但一祖三宗說的影響已經發生，力不能挽。

與黃庭堅並稱黃、陳的陳師道，雖然立身於一祖三宗之中，但其詩法可說是完全承襲黃庭堅的方法。在〈答秦觀書〉中，他說：「僕於詩初無詩法，然少好之，老而不厭，數以千計，及一見黃豫章，盡焚其稿而學焉。……僕之詩，豫章之詩也。」〈贈魯直〉詩也有云：「陳詩傳筆意，願立弟子行。」

黃庭堅〈跋司馬溫公與潞公書〉有言：「所謂左準繩，右規矩，聲為律，身為度者也。」〈答洪駒父書〉中評駒父所作的〈青瑣〉、〈祭文〉：「語意甚工，但用字時有未妥處。」又其《論作詩文》有言：『唐人吟詩，絕句之如二十個君子，不可著一個小人也。……作詩句要須詳略，用事精切，更無虛字也。如老杜詩，字字有出處，熟讀三五十遍，尋其用意處。』都是要求用字謹嚴。山谷友人李之儀〈雜題跋〉也說道：「作詩字字要有來處，但將老杜詩細考之，方見其工，若無來處，即謂亂道可也。王書王解字云：詩從言、從寺，寺者，法度之所在也。可不信哉！」之儀〈跋荊公所書藥方後〉：「作字為文，初必謹嚴，於時造語，須有所出，行筆須有所自，往往舍前人轍跡，則為可喜。」都可見出山谷及其詩友都喜歡用「準繩」、「規矩」、「關鍵」這些術語，他們的確是將「詩歌創作」當作是一種技藝，正如「百工之技」，學「技」、學「法」的過程很重要。

受到黃庭堅影響，直接闡發江西詩派論點詩話著作有陳師道的《後山詩話》以及范溫《潛眼詩話》。《後山詩話》強調學杜詩的途徑應該是由黃及杜：「黃詩韓文，有意故有工，左杜則無工矣，然學者先黃韓，不由黃韓而爲左杜，則失之拙易矣！」范溫《潛眼詩話》則以論詩法爲核心，提出四點作詩的技巧與意見：一、論字法——稱好句要須好字，句法以一字爲工。二、論句法——稱句法之學，自是一家功夫，既問詩於黃庭堅，知句法有七言詩四字三字做兩節者。三、論章法——稱山谷文章必謹佈置，如官府、甲第、廳堂、房屋，各有定處，不可亂也。四、論命意之法——稱詩有一篇命意，有句中命意，鍊句不如鍊意等……這些顯然都是從黃庭堅所傳下來的衣缽。這兩本詩話，可說是江西詩派詩話早期的代表著作，此時期還有《王直方詩話》《洪駒父詩話》《潘子眞詩話》，其中內容多載有江西詩人之軼事，爲江西詩說提供例證，保存資料，可惜今都已佚。

近人劉大杰先生《中國文學發達史》簡單歸納江西詩派作詩的方法與主張如下：

一、奪胎換骨：山谷創出「換骨」「奪胎」方法，他說：「詩意無窮，而人才有限，以有限之才，追無窮之意，雖淵明、少陵不得工也。不易其意而造其語，謂之換骨法；窺入其意而形容之，謂之奪胎法。」（釋惠洪《冷齋夜話》引）這一方法，江西門徒無不奉爲金科玉律。

二、字字有來處：山谷〈答洪駒父書〉有云：「自作語最難。老杜作詩、退之作文，無一字無來處。蓋後人讀書少，故謂韓杜自作此語耳。古之能爲文章者，眞能陶冶萬物，雖取古人之陳言入於翰墨，如靈丹一粒，點鐵成金也。」執此之故，江西諸人作詩必要搬弄典故、使用古語。

三、拗的格律：拗體始於老杜，至韓愈以此推陳出新，別造一格。拗律是平仄的交換，使詩的音調反常；拗句是句法的組織改變，使文氣反常。山谷將這兩種方法，大量運用於詩歌創作中，於是拗體成爲黃詩的特格，也成爲江西詩派喜用的形式了。

四、去陳反俗、好奇尚硬：山谷認爲作詩若要卓然自立，必須排除陳言，反對俗調。人家常用的字眼，鄙俗的語調，一概要洗除乾淨。他說：「寧律不諧，而不使句弱；用字不工，不使語俗。」（《苕溪漁隱叢話》引）因此，他在體製上用拗律，在句法組織上用拗句，在押韻上用險韻，並用奇事怪典於詩文中。因此形成雄俊奇峭的風格，不流於俗套濫調。

另外《昭昧詹言・卷十》，也提到黃庭堅、陳師道在詩歌創作中「求與人遠」的創作意見：「合格、境、意、句、字、音響言之，……此六者一與人近，則爲習熟。」由此可知，「求與人遠」的意旨包括要從立格、煉意、造境、鍛句、烹字、運律、用韻諸方面出奇生新，若不如此，則有陳舊熟腐之敝。

自北宋末期以後，圍繞著江西詩說而開展的探討與爭論，在詩話及各種筆記中逐漸推向縱、深的發展。之前江西大家既在自己的詩話、筆記、文論、書信中提出清晰明確的寫作意見，晚出的後輩末流自然奉爲圭臬，奉行不渝，弊端也因此逐漸暴露出來。到南宋初期時，江西詩派雖然已經佔據了統治的地位，但是此時期的發展路線一方面繼承既有的觀點，另一方面又企圖補救其弊病，成爲江西詩派流變史中一齣重要的景觀。

二、「以文字爲詩」的末流之弊

江西詩派文藝觀的核心是絕俗，以此種眼光和標準來看，晚唐五代詩壇點綴風月、平弱膚淺、纖巧瑣碎的詩風，以及西崑體藻麗浮靡詩風都是「俗」的。因此黃庭堅提倡以俗爲雅，以生新瘦硬之筆矯時代的「俗」弊，其終極都是爲了使詩產生「奇」的審美效應。

但是江西詩派所涵括之詩人，前後數十餘人，所作之詩，精秀高低，評價不一。深奧謹嚴的規矩法度來到後學的手裡，顯然都失去了祖宗法度所創作出來的詩格美意，遂令歷來許多詩學評論家都對江西詩派末流的詩歌創作提出嚴厲的批評。北宋後期出現許多與江西詩派相對立的詩話，大多從黃庭堅與江西詩派的創作方向與心態出發，提出批判，如魏泰《魏漢隱居詩話》、蔡居厚的《蔡寬夫詩話》、葉夢得的《石林詩話》，都明確反對刻意求奇。蔡居厚的《蔡寬夫詩話》：「詩語大忌用工太過，蓋煉句勝則意不足，語工而意不足，則格力必弱，此自然之理。」葉夢得的《石林詩話》：「緣情體物，自有天然工妙，雖巧而不見刻削之痕。」

雖然諸說甚紛，但由於末學所傳之詩，今多不見，即使有所流存，後代評論諸家亦未多做析評，甚難在此提出說明。但就江西詩家「一祖三宗」中陳師道作品觀之，紀昀在〈序陳後山詩鈔〉中曾對後山的詩歌作品提出了詳細的評論：「其生硬搓椏，則不免江西惡習。……語健者不免粗，氣勁而不免直，以拗折爲長則不免少開闔變動之妙。……語太率而意太竭者是其短。……」其中對於後山詩的缺點說明，也正可說是江西諸人常見之弊病。以下試舉幾篇後山詩例說明之：

> 向老逢清節，歸懷託素暉。飛螢元失照，重露已霑衣。稍稍孤光動，沉沉萬籟微。不應明白髮，似欲勸人歸。(〈十五夜月〉)

方回《瀛奎律髓》評論此篇云：「詩意老硬。」

> 小徑才容足，寒花只自香。官池下鳧雁，荒塚下牛羊。有子吾甘老，無家去未良。三年哦五字，草木借餘光。(〈西湖〉)

紀批《瀛奎律髓》云：「此首無味，結尤不佳。」

> 湖上難爲別，梅梢已著春。林喧鳥啄啄，風過水鱗鱗。緣有三年盡，情無一日親。白頭厭奔走，何地與爲鄰。(〈湖上〉)

紀批《瀛奎律髓》：「第六句不明晰，結句亦不明晰。」

再如〈寄外舅郭大夫〉詩云：「巴蜀通歸使，妻孥且舊居。深知報消息，不敢問何如。身健何妨遠，親情未肯疏。功名欺老病，淚盡數行書。」《瀛奎律髓》雖評曰：「後山學老杜，此其逼眞者。枯淡勁瘦，情味幽深。」紀評亦有佳評云：「情眞格老，一氣渾成。」但是《四溟詩話》卻說此詩：「……兩聯爲韻所牽，虛字太多，而無餘味。」

後山在江西詩派中尚稱大家，其詩力所不到處，諸家所論如此，更遑論後來之小家學者，所作詩歌更是拘襟見拙；評論的出發點除了小家的才力學養之外，更多的矛頭是指向這些小家祖宗所提出的詩學理論，舉其犖犖大牽者，就是「疏離的社會現實感」以及「鑽研文字技巧的象牙塔」。

（一）疏離的社會現實感

黃庭堅提出諸多的創作指導意見中，在《胡宗元詩集·序》中曾說：「其興託高遠，則附於國風，其忿世嫉邪，則附楚辭。」這是說明詩歌應含有意外之旨，才有國風、楚辭的精神；在〈答洪駒父書〉中又說：「凡作一文，皆須有宗有趣。」〈戲呈孔毅父〉中也說：「文章功用不濟世，何異絲窠綴露珠。」都是強調興寄、疾邪、濟世，是作詩爲文之旨。

但是黃庭堅另一方面的指導意見，卻令後學末流額外注意。杜甫曾經自言「晚年漸於詩律細」，黃庭堅對杜甫晚年的詩歌亦讚賞有加，並囑後學對杜甫入夔州以後的詩歌要多加留意。試觀杜甫的夔州詩，不僅數量可觀，並且有其顯見的特點，方回《瀛奎律髓·卷二十》說到杜甫的創作歷程：「老杜詩自入蜀又別，至夔州又別，後至湖南又別。」杜甫入夔時，年已五十五歲，此前雖是安史亂平，局勢仍是動盪不安，異族相繼寇邊，河北藩鎮勾結，蜀中戰亂頻仍，加以友人高適、嚴武過世，杜甫失去依託，遂出川入夔。老年的詩人，雖是亂世看慣，但是憂國憂民之心，欲濟時艱的觀念並未消除，所不同的是，病滯夔州，故舊凋零，長期投閒，青壯年的銳氣轉爲蒼老，感情的奔迸轉爲理智的思考，此時作品逐漸由家國的感慨轉爲河山的信美，由宏觀的政治歷史轉爲微觀的日常生活。杜甫早年曾壯遊吳、越、齊、趙，肅宗時又度隴入蜀，但山水之作皆遠不及入夔州時豐盛。夔州山高峽深，塹壑奇險，石色入天，江雲浮練，蒼莽雄奇之外，不乏美妙空靈，此時杜甫筆下雖有「不眠憂戰伐，無力正乾坤。」（〈宿江邊閣〉）的憂國之心，與「哀哀寡婦誅求盡，慟哭秋原何處村。」（〈白帝〉）

的憂民之心；但有更多的山水之作以及描寫身邊瑣事和日常生活的作品，例如伐木、種菜、刈稻、種柑、修水桶、樹雞柵、摘蒼耳、督耕牛，充滿了平淡的生活氣息和盎然的趣味。

杜甫關懷民生、批評現實的精神雖然一直不變，但是夔州以後詩的上述特色過於明顯，黃庭堅提醒後學注意杜甫夔州詩的意見，連帶影響促使末流所注意到的，就是詩律的精深鑽研，以及對生活瑣事的刻意著墨與加強。

另外山谷〈書王知載朐山雜詠後〉的創作意見：「詩者，人之情性也，非強諫諍於庭，怨忿詬於道，怒鄰罵座之爲也。其人忠信篤敬，抱道而居，與時乖逢，遇物悲喜，同床而不察，並世而不聞，情之所不能堪，因發於呻吟調笑之聲，胸次釋然，而聞者亦有所勸勉。比律呂而歌，列干羽而舞，是詩之美也。其發爲訕謗侵陵，引頸以承戈，披襟而受矢，以快一朝之忿者，人皆以爲詩之禍，是失詩之旨，非詩之過也。故世相後或千歲，地相去或萬里，誦其詩而想見其人，所居所養，如旦暮與之期，鄰里與之遊也。」又洪炎在〈豫章黃先生退聽堂錄序〉載黃庭堅之言：「若察察如老杜〈新安〉、〈石壕〉、〈潼關〉、〈花門〉之什，〈秦中吟〉、〈樂游圖〉、〈紫閣詩〉則幾乎罵矣，失詩之本旨也。」

黃庭堅的文學理論中有太多的資料是在強調鍛字練句的技巧與重要，看在後學眼裡自然就是對家國政事等內容的疏忽了。再加上北宋末年，歌頌太平盛世的文壇風氣、以及權臣的言論箝制使然，末流更加遠離政事實是必然之趨式。例如北宋末年的大家韓駒《陵陽先生室中語》就曾說過：「詩雖細事，然古人出語，必期於傳。」在他的觀點之中，詩是細事，細者小也，詩不能與經國大事相提並論，就現實功用而言，詩是不能用來治國平天下，故名之爲「細事」（參考黃景進《韓駒詩論》）。再如當代大家如呂本中、陳與義等人，在南渡之前的作品亦皆較少有現實之作。北宋後期出現許多與江西詩派相對立的詩話，如魏泰《臨漢隱居詩話》，蔡居厚的《蔡寬夫詩話》，葉夢得的《石林詩話》等，都對這種偏離現實的趨向或多或少發出不滿。

（二）鑽研文字技巧的象牙塔

黃庭堅提出開拓詩境、反對庸俗、語言獨創等論點，自有其意義與成就。但他所強調的詩歌形式與技巧，卻在後學過度的宣揚標榜與過偏的實踐上，走上了形式主義的道路。例如他在〈與王觀復書〉中囑咐後輩對：「杜子美到夔州後詩，韓退之自潮州還朝後文章」要多留心。查檢杜、韓二人自此之後的作品，關心現實的傾向有所減弱，更多的工夫著重在形式、技巧的提昇。在山谷諸多的詩學主張中，這種詩論卻在北宋後期有影響：當時國家多事，權奸當道，有心於國事之人受言論之箝制，或遭禍，或流離；無法力挽狂瀾、用事致仕的文人，埋頭在書本、技巧上下工夫的也大有人在。因此，北宋末年的詩歌作品，逐漸偏向形式主義的創作趨向。

回顧黃庭堅在詩歌創作上，注重「無一字無來處」、「點鐵成金」、「奪胎換骨」的技巧，以此指導創作實踐，導致北宋詩歌風格的巨大變化。清人全祖望《宋詩紀事序》說他的詩歌是「崛奇之調」，也可說是生新瘦硬。他和好用典的西崑詩人或蘇軾不一樣，不像西崑詩人那樣富麗，也不像蘇軾那樣灑脫，他刻意用一些生僻的典故，曲折傳意，以沉郁的學究氣息充分體現「點鐵成金」、「奪胎換骨」中內蘊的才學，造就詩的生僻瘦硬。例如他的詠物詩〈和答錢穆父詠猩猩毛筆〉：

> 愛酒醉魂在，能言機事疏。平生幾兩屐，身後五車書。物色看王會，勛勞在石渠。拔毛能濟世，端爲謝楊朱。

錢穆父名錢勰，杭州人，曾任中書舍人，出使高麗的時候，得到一隻猩猩毛筆，高興之餘，專門寫了一首詩，黃庭堅見此詩，詠和了三首，這是其中一首，另外一首題爲〈戲詠猩猩毛筆二首〉，前一首贈錢勰，後一首贈蘇軾。此詩詠毛筆，以典故的有機組合，講述了毛筆的故事。猩猩好酒，唐代裴炎取《華陽國志》《水經注》中猩猩的故事做〈猩猩說〉，說猩猩好酒及屐，飲酒輒醉，然後穿屐而行，故在山間爲人捕獲。黃庭堅從這裡切入，化用《禮記・曲禮》:「猩猩能言，不離禽獸。」以及《易經》:「機事不密則害成」變爲「能言機事疏」一句，隨後用《晉書・阮孚傳》中阮孚的一句之嘆「未知一生能著幾兩屐」，《莊子・天下篇》:「惠施多方，其書五車」,《孟子・盡心篇》:「楊子爲我，拔一毛而利天下，不爲也」等典故，婉轉告訴人們毛筆的功用以及所產生的貢獻，間接說明錢勰用這枝毛筆將會建立功勳。此詩中「愛酒醉魂在，能言機事疏」「物色看王會」，都是很生僻的典故。

黃庭堅以學問入詩，有意釀造詩歌的韻味以怡情悅性，結果是引發了不同的評說，稱道者如楊萬里《誠齋詩話》評論曰：

> 詩家用古人語而不用其意，最爲妙法也。猩猩喜著屐，故用阮孚事，其毛作筆，用之鈔書，故用惠施事也。二事皆借人事以詠物，初非猩猩毛筆事也……此皆翻案法也。

批評者如王若虛《滹南詩話》則說：

> 猩猩筆云，身後五車書，按莊子云，惠施多方，其書五車，非所讀之書，即所著之書也，遂借爲作筆寫字，此以自贊耳。而呂本中稱其善詠物，而區當其理，不亦異乎？只平生幾兩屐，細味之亦疏，而拔毛濟世事，尤牽強可笑，以余觀之，此乃俗子迷也，何足爲詩哉？

黃庭堅如此用事是形成詩歌風格生新瘦硬風格的主要原因，而評價如此兩極，也正是江西詩派一直引人評論的重要焦點所在。

又如言情詩〈贈王懷中〉，全用佛典：

> 丹霞不蹋長安道，生涯蕭條破席帽。囊中收得劫初鈴，夜靜月明獅子吼。那茄定後一爐香，牛沒馬回觀六道。耆域歸來日未西，一鋤識盡婆娑草。

詩中以《傳燈錄》、《寶積經》等佛典的故事譬喻王懷中的人生。雖說王懷中此刻貧寒淒涼，但就像六道修佛一樣，也會有改變命運的時刻，由於黃庭堅用典太生僻，使他的詩晦澀難懂，南宋初年的任淵（爲黃庭堅詩集內編作注），即使學問淵博，年代與黃相近，也都常有語焉不詳的現象。錢鍾書引用黃庭堅批評陳師道聽塗說藝術時的一句話

「隔簾聽琵琶」，來批評黃庭堅自己的詩，意謂讀者雖然知道他的詩裡的確另有意思，可是給他的語言像簾子一樣遮住了，以致於晦澀不能了解。趙翼《甌北詩話》:「專以選材應料爲主，寧不工而不肯不典，寧不切而不可不奧，故往往意爲詞累，而情性反爲所掩。」頗可以發江西詩人之深省。

尾隨其後的詩人如洪朋〈送謝無逸還臨川〉:「起余虞帝韶，還汝秦人缶。」饒節〈次韻答呂居仁〉:「向來相許濟時功，大似頻伽餉遠空。」善權〈山中秋月夜懷王性之〉:「籠燈照痴坐，苔壁印孤影。試觀鼻端白，粗了虛幻境。」詩人原本言情，但是這樣生僻的典故卻把詩人的感情淡化了，依然給人隔簾聽琵琶的感覺。

陳詩道是在黃庭堅影響下率先在詩壇上最早有成就的一個，他學杜甫、黃庭堅，重視詩無一字無來處，葛立方《韻語陽秋》就曾有如下的記載:杜云:「昨夜月同行」，後山則云:「勤勤有月與同歸」；杜云:「林昏罷幽磬」，後山云:「林昏出幽磬」；杜云:「古人去已遠」，後山云:「斯人日已遠」；杜云:「中元鼓角悲」，後山云:「風連鼓角悲」；杜云:「暗飛螢自照」，後山云:「飛螢原失照」；杜云:「秋覺追隨盡」，後山云:「林湖更覺追隨盡」；杜云:「文章千古事」，後山云:「文章平日事」；杜云:「乾坤一腐儒」，後山云:「乾坤著腐儒」；杜云:「孤城隱霧深」，後山云:「寒城隱霧深」；杜云:「寒花只暫香」後山云:「寒花只自香」，諸如此類者甚多。明代王士禎就戲謔陳師道這樣的做法是「點金成鐵」。

此外，陳師道在化用杜甫以及前人詩句時，有時不像這樣單一，如〈次韻秦觀聽鵲聞雁二首〉其一:「行斷哀多影不留，有人中夜攬一裘。筆頭細字眞堪恨，眼裡常槃不解愁。」詩的首句同時化用杜甫「行斷不堪聞」(〈歸雁〉)，「哀多如更聞」(〈孤雁〉)，和江淹的「寒郊無留影」(〈望荊山〉)；次句則化用阮籍的「夜中不能寐」(〈感懷〉)，和〈古詩十九首〉的「憂愁不能寐，攬衣起徘徊」；詩的下聯則化用韓愈的〈短檠歌〉，無一字無來處。對於這種作詩法，張表臣《珊瑚鉤詩話》也以非常含蓄的口吻提出譏評：「今人愛杜甫詩，一句之內至竊取數字以仿像之，非善學者。學詩之要，在乎立革、命意、用字而已。」

陳師道追求生新瘦硬的風格遠遜於黃庭堅的技巧與手法，例如〈次韻蘇公西湖徙魚三首〉就是非常生新瘦硬的詩，詩中用了大量的典故說魚：

> 修鱗失水玉參差，晚日搖光金破碎。咫尺波濤有生死，安知平陸無瀼瀨。此身寧供刀几用，著意更須風雨外。世間相忘不爲小，濠上之意誰會得？枯魚雖泣悔可及，莫待西江與東海。

蘇軾的西湖徙魚詩題很明確有說「西湖秋涸，東池魚窘甚，因會客，呼網師遷之西地，爲一笑之樂。夜歸，被酒不能寢，戲作放魚。」陳師道的詩卻用柳宗元、韓愈、杜甫的詩說魚的生死，更多用莊子的典故，如「魚相忘於江湖」、「濠梁之辯」、「涸轍之鮒」來表現魚的遷徙，將能改變困窘的命運，得到生命全新的快樂。但在典故的融合與結構的安排上，卻沒有行雲流水之美，反而有賣弄典故的野人獻曝心態。

此外在詩歌的表現形式上，我們也可以看到江西詩人祖尚杜甫的痕跡。例如黃庭堅詩中多用拗體，一反詩歌的正常格律而爲之，把熟的詩歌形式翻陳以出新；杜甫在詩歌上也喜用拗格，他的拗體律詩避熟就生，黃庭堅不但如此，並比杜甫的步伐更大，他曾在〈題意可詩後〉一文中評論庾信擅長的詩歌形式時說：「寧律不諧，不使句弱，寧字不工，不使句俗」。爲求生新，不惜用拗體、押險韻，以求得詩歌的生峭硬拗。程千帆、吳新雷《兩宋文學史》提到黃庭堅的七律共三一一首，其中拗體就佔了一五三首，爲其總數的一半，可說是打破了律詩的常規。與黃庭堅同門的張耒，很稱道他一掃古今、直出胸臆、破棄聲律的詩歌作風，認爲這樣所作出來的五七言詩，如金石未作，鐘聲和鳴，渾然天成，有言外之意。

「點鐵成金」、「奪胎換骨」的作法，以及積極追求的生新瘦硬風格，爲黃庭堅贏得了兩極的聲譽和批評，王若虛《滹南詩話》就說：「山谷之詩，有奇而無妙，有斬絕而無橫放，鋪張學問以爲富，點化陳腐以爲新，而渾然天成，如肝肺中流出者，不足也。」在文藝創作的過程中，「重來歷的生新點化」未嘗不是一條可以嘗試的創作路線，但是如果能夠在詩歌的生命中，滲透詩人的自我性情、語言以及意境的變化，使生新的氣象與意境成爲主體靈魂的藝術技巧，瘦硬的風格自然能夠清新出陳。然而江西詩人的生新瘦硬，卻往往在於詩人用事時以說理的方式詠物說情，以致於詩的情調似說理而非說理，——這正是宋詩理性特徵的體現之所在。從黃庭堅、陳師道、陳與義等人看來，雖說彼此的藝術追求不完全一致，但江西派詩人都在不同程度上走上了黃庭堅的詩歌創作道路，形成江西詩派的主導風格；影響所及，使後來的江西末流在詩歌的形式上常常不遵循通常的格律，在用字、用韻的規則方面，也常常逸出普通的認知，而以生澀的江西規律進行，以求風格之生新——這正是南渡期間江西大家企望改革的重要背景因素。

第二節　南北二宗〔註4〕的詩學理論

《唐宋詩風流變史・江西詩風》提到：人們將江西詩風分爲前期以及後期的重要理由，來自於後期江西詩人親身經歷國破家亡之痛，生活遭遇截然不同於之前江西詩人的生活。此時期詩人對於社會的情感大都歷經滄桑鉅變，對於詩歌的創作內容、風格、意境自然不同於前期的江西詩派。

回顧北宋詩風，當代大家由於博大兼通的人格歷練以及精深的學識涵養，在詩文創作的過程中，往往能夠把傳統的成約與概念置之不顧，肆無忌憚的談道說理，描物敘事，做到暢所欲言的地步。

〔註4〕劉克莊《後村先生大全集・卷九十七・茶山誠齋詩選序》中，以禪宗爲喻，把呂本中、曾幾附於江西詩派之後，稱「山谷，初祖也；呂、曾，南北二宗也。」

蘇黃以後的小詩人，處於政治史與文學史的衰微時期，要他們繼承北宋大家的風格，自是難上加難。在這個北宋與南宋的過渡時期，約半世紀之久，是政治史上的衰微，也是文學史上的低潮。綜觀整個時期，不再有大詩人了，只有小詩人，而這些小詩人最崇拜就是黃庭堅。因此有呂本中標舉江西名號、自成宗派，一時黃（庭堅）、陳（師道）詩風披靡天下，勢不可當；進入南宋以後，整個詩派仍保有極大的影響力，對南宋大家皆有不可忽視的影響。

然而在詩格的傳承與沿襲上，前有徐俯、韓駒等人對山谷的議論提出不滿，再經呂本中、陳與義的革新，江西面目已有不同。「到南渡之際，江西詩派後期的代表人物陳與義、呂本中、曾幾等力糾江西末流的弊病，試圖給他注進一股新鮮的空氣。」〔註5〕以下試將當代針對江西弊病所提出的詩學理論，予以說明分析。

一、力挽狂瀾的「活法」說

黃景進《韓駒詩論》曾經說過：以江西詩派而言，北宋時期以「換骨」說爲指導原則，南宋則以「活法」說爲指導原則。宋人學詩作文立法頗多，而且家法精密、規矩謹嚴，才華昂揚者面對沒有生命力的法，自然能夠不爲所拘，但是才能平庸者卻往往死於法下。江西前輩立下諸多法論後，終於物極必反，於是北宋末年抗衡、矯正之論興起；而呂本中的「活法說」，是其中最鮮明有力者。本中自言所謂的「活法」，乃「不遵規矩，而又不離規矩；視之無法，而審之有法。」以活法說爲基礎，呂本中所提出的詩學理論，可分別從以下角度討論之。

（一）窮經考史、發為文辭的詩作基礎

山谷提出「點鐵成金」、「奪胎換骨」的功夫，並非全然是技巧所

〔註5〕引自《唐宋詩風流變史．江西詩風》，書中對此時期的詩風革新另有以下的評語：「……但從總體上講，這一期詩人最終未能掙脫束縛而自創新格。」

能勝任，更關乎詩人的學養，唯有讀書多，才能自然而然「取古人陳言，入於翰墨。」黃庭堅自己很了解這層道理，所以〈跋自書枯木道士賦後〉一文中有說：「閒居當熟讀左傳、國語、楚辭、莊周、韓非，欲下筆略體古人致意曲折處，久之乃能自鑄偉詞，雖屈宋亦不能越此步驟也。」

黃庭堅另外還有一首〈贈元發弟放言〉的勸學詩：「無功一簣，未成丘山，鑿井九階，不次水澤。」主要也是針對「近世少年多不肯治經術及精讀史，乃縱酒以助詩，故致遠恐泥。」（《後山詩話》引），有感而作的。

當時許多沒有學力、沒有識力的末流詩人，在奪胎換骨的幌子下，徒然竊取古人詩句，生吞活剝以為己用，難免就有生硬拗峭，搓椏粗礦的缺點。因此從黃庭堅以後，許多江西詩人都針對此項提出改革之道。韓駒有「飽參」之說，飽參也就是指飽讀、遍讀古人作品〔註6〕，呂本中則提出博讀與遍考的看法。《童蒙詩訓》：

> 詩詞高深要從學問中來。後來學詩者雖時有妙句，譬如合眼摸象，隨所觸體，得一處，非不即是，要且不足。

此外如〈送林少奇少穎秀才往行廟〉詩：「上欲窮經書，下考百代史；發而為文詞，一一當俊偉。」本中謂學詩須能悟入，悟入必自工夫中來；所謂「工夫」，就在於博讀經、史、百家，勤思文理詩法，遍考前作，精取所長；而博讀是為詩作文一個很重要的基礎。

所謂遍考，《童蒙詩訓》有云：

> 學詩須熟看。老杜、蘇、黃，亦先見體式，然後遍考他詩，自然功夫度越過人。
>
> 前人文章各自一種句法，……學者若能遍考前作，自然度越流輩。

〔註6〕對於韓駒的飽參之說，諸家詮釋的角度略有不同：杜松柏《禪家宗派與江西詩派》認為飽參是以禪師參公案的方法學詩，而不是熟讀千首百首詩。吳榮富《韓駒詩風格析論》、周裕鍇《禪門宗風與宋詩派別》以及黃景進《韓駒詩論》則認為飽參應是飽讀前人作品。

另外還有一篇〈與曾吉甫論詩第一帖〉：

> 楚辭、杜、黃，固法度所在，然不若遍考精取，悉爲吾用，則姿態橫出，不窘一律矣。如東坡、太白詩，雖規模廣大，學者難依，然讀之使人敢道，澡雪滯思，無窮苦艱難之狀，亦一助也。

也是討論遍考的重要文章。黃山谷雖然說過：「詩非苦思不可爲」，但是若果只是傻傻讀書、遍考諸作，還是不能寫出立意新奇的作品，苦思要提昇成爲「勤思」，再加上「精取」的過程，才能奠定良好的詩作基礎。呂本中〈與曾吉甫論詩第一帖〉有言：

> 悟入之理，正在功夫勤惰間耳。如張長史見公孫大娘舞劍，頓悟筆法；如張者，專意此事，未嘗少忘胸中，故能遇事有得，遂造神妙。使他人觀舞劍，有何干涉，非獨作文學書而然也。

另外《紫微雜說》也提到：

> 天下萬物一理，苟致力於一事者必得之，理無不通也。張長史見公主擔夫爭道，及公孫氏舞劍，遂悟草書法；蓋心存於此，遇事則得之；以此知天下之理本一也。如使張太史無意於草書，則見爭道舞劍，有何交涉？學以致道者亦然。一意如此，忽然遇事得之，……其願學者雖不同，其用力以有得，則一也。

孔子說：「學而不思則罔，思而不學則怠。」呂本中提出的方法，卻是「學」、「思」並重的功夫。再如精取：

> 學古人文字，須得其短處。如杜子美詩，頗有近質野處，……東坡詩有汗漫處，魯直詩有太尖新、太巧處，皆不可不知。
> （《童蒙詩訓》）

江西改革大家注重博讀的功夫，起自於北宋文人博學爲務的文學心理，參考第三章〈宋人文學心理分析‧第二節宋人的審美心理與品味‧第一目學風轉變的心理示現〉。呂本中能在博學的功夫之外，提出勤思與精取爲輔，可謂別具卓見。否則就如陳棟《北沍草堂曲話》所分析的：「明人滯於學識，往往以塡詞筆意作之，故雖極意雕飾，而錦糊燈籠，玉相刀口，終不免天池生所譏。間有矯枉之士，去繁就簡，則又滿紙打油，與街談語無異」

（二）不背規矩的變化與創造

對於詩歌的見解，呂本中等人與黃庭堅已稍有不同，黃庭堅所提出的創作理論中，比較注重字句的點化，而呂本中等則傾向於立意的安排。呂本中曾經在〈與曾吉甫論詩第一帖〉一文中，舉出江西詩派的兩個缺點，一是學習對象太少（只限於楚辭、杜、黃），二是受規矩拘束。於是在創作過程中，提出精熟成法的見解：

> 所謂活法者，規矩備具，而能出於規矩之外；變化不測，而亦不背於規矩也。……必精盡知左規右矩，庶幾至於變化不測。(〈夏均父集序〉)

曾幾〈讀呂居仁舊詩有懷其人作詩寄之〉對這樣不背規矩的活法，盛讚有加：「居仁說活法，大意欲人悟。常言古作者，一一從此路。」一般來說，近體詩重格律，而宋人又特重詩法，呂本中能在這樣的文藝思潮中標舉「活法」，度越常規，無怪乎能夠爲時人所重。孟子曾說：「不以規矩，不能成方圓。不以六律，不能正五音。」「大匠誨人必以規矩，學者亦必以規矩。」可見世間一能一藝，莫不有必須遵循的法度。撰文、賦詩、學書、作畫，自亦不能外此。

東坡評吳道子之畫：「出新意於法度之中」(〈書吳道子畫後〉)；山谷評顏眞卿書法：「……回視歐、虞、褚、薛、徐、沈輩，皆爲法度所窘，豈如魯公蕭然出於繩墨之外，而卒與之合哉！」都是從規矩與法度的角度出發，給予評價。

如果不能夠從這些死死綁住的規矩中，跨出原本的經驗與概念，朝向超越的層面跨步，那麼窮精考史的精力只是虛擲，而其作品也不免只是「積習之癖」的面目而已。面對這種執癖的困局，呂本中提出解決關鍵在於「悟」。若果能夠悟，則識執自去、言語不泥；然而悟具有「工夫」的過程意義，詩本來就必須悟，是呂本中「童蒙詩訓」早中已揭櫫的，但呂氏同時又警告人：「悟入必自工夫來，非僥倖可得，如老蘇之於文、魯直之於詩，蓋盡此理也」。江西後來之所以會發展出「學詩如參禪」「悟」之類講法，就是因爲他們站在知性反省的立場，重新思考中唐以來詩風轉變的問題，以「悟」的思維來融匯自彼以來的文藝創作。

受此啓發，南宋諸家頗有以此爲論者。陸游《放翁文集・卷十三・上執政書》有云：「夫文章，小技耳，然與至道同一關捩。唯天下有道者，乃能盡文章之妙」又南宋俞成《螢雪叢說》也說：「文章一技，要自有活法。若謬古人之陳跡，而不能點化其句話，此乃謂之死法。死法專祖蹈襲，則不能生於吾言之外。」顯然都是受到呂本中的啓發。

（三）流美圓轉的寫詩手腕

呂本中〈與曾吉甫論詩第二帖〉談論作詩之啓發，云：「欲波瀾之濶，先須於規模令大，涵養吾氣而後可。規模既大，波瀾自闊，稍加治擇，功已倍於古矣。……近世江西之學者，雖左規右矩，不遺餘力，而往往不知出此，故百尺竿頭不能更進一步，亦失山谷之旨也。」所謂失山谷之旨者，正指江西末流之失氣也。對此，黃庭堅〈答洪駒父書〉也早有提出看法：

> 文章最爲儒者末事，然索學之又不可不知其曲折，幸熟思之。至於推之使高如泰山之崇，堀之使深如垂天之翼，作之使雄壯如滄江八月之濤，海運吞舟之魚，又不可守繩墨令儉陋也。

可惜黃庭堅這樣的語論終究還是未被後來的江西詩人注意與繼承，一直到呂本中時才針對此點予以發揚——然而可注意的是，本中此說，其實也不是他的創見，從北宋以來，「氣」的問題一直是文學家所注意的是，本中此說，其實也不是他的創見，從北宋以來，「氣」的問題一直是文學家所注意的觀點，請參考第三章〈宋人文學心理分析・第三節南渡時人審美思潮的強化與反撥・第三目以氣爲主的實踐與講求〉。本中另外提出胸次圓成之說，所謂圓成，就是成就圓滿之意。

本中〈奉懷張公文潛舍人二首之二〉詩云：「腕中有萬斛力，胸次乃千頃波。字畫顏行楊草，文章韓筆杜詩。」胸中若有丘壑，能夠圓滿熟成，作詩的時候自然能夠自出心意，《童蒙詩訓》有云：「詩文唯不鑿空彊作，待境而生，便自工耳。」又云：「徐師川言作詩自立意，不可蹈襲前人。」唯有如此，詩道也才能以自然的方式，圓滿完成。此外呂本中〈與曾吉甫論詩第一帖〉還提出了有感而作的重要性：「（作詩）或勵精潛思，不便下筆；或遇事因感，時時舉揚；功夫一也。古之作者正如是耳。爲不可鑿空彊作，出於牽彊，如小兒就學，俯救課程耳。」

呂本中論「活法」，即主張從無意於文處，求詩之圓美如彈丸，這種思考進路，正是北宋末年參禪學詩說的典型，故吳可《學詩詩》即說：「學詩渾似學參禪，自古圓成有幾聯？」從本中的詩學理論中〔註7〕，我們可以很清楚嗅出當時文藝思潮的基本脈絡，這也是本中詩學令後人不得小覷之處。

張高評《自成一家與宋詩特色》有言：江西詩派之創作，由於過分強調規矩準繩，講究布置法度，無異先懸一成法於胸中，開口便說句法，心中存乎立格用字，因此影響當機煞活，扼殺縱橫變化。爲補弊救失，呂本中提出「活法」以修正之，以「流轉圓美如彈丸」的靈活圓通爲依歸。所謂活法，是指：「規矩備具，而能出於規矩之外；變化不測，而亦不背於規矩」；「有定法而無定法，無定法而有定法」；此法蘇軾、黃庭堅亦曾提示之。蘇軾所謂「隨物賦形」、「行於所當行、止於所不可不止」、「法度去常軌」云云；黃庭堅所謂「拾遺句中有眼，彭澤意在無弦」，其詩法以「知其曲折」、「有意爲詩」爲初階，以「不守繩墨」、「不煩繩削而自合」爲極致。可見呂本中「有定法而無定法，無定法而有定法」之說，其實是濫觴於蘇、黃而恢廓之。可惜之前的江西子弟錯會祖師之意，捨其精華而得其粗

〔註7〕呂本中另有提出詩學見解，如「詩貴警策」、「字字當活」、「寧野勿麗」、「由熟入精」、「有感而作」等等，詳細資料考參考歐陽炯所著之《呂本中生平其文學》。

跡，無怪乎創作的成品有形式主義之誚。對整個江西詩派的流變史而言，呂本中可謂居功厥偉。

除了江西中人對本身詩派弊病提出新的看法與改進之道，非江西中人也有對此提出新意者，其中值得注意的是葉夢得《石林詩話》所提出的創作思維。

二、「隨波逐流」的構思方式

北宋末年，詩壇上江西詩風盛行，講究詩法、句眼，重在使事用典，強調詞前立意，形成一些較爲固定的創作模式，這種凝定膠著的詩風，沉重的壓在當代詩人們的肩上，形成一個沉重的包袱。在此時期的詩壇上，黃陳末流苦苦琢磨於字句、用典的盤硬生奇，於是有江西大家簡齋、居仁與茶山，以自己的創作實踐打破此種僵局，並提出新鮮的詩歌創作理論，確定了江西詩派今後所要遵循的方向。然而除了江西內部的革新與衍變外，南渡時期的許多詩話也對江西詩派窘於一律、死於法下、句句規模古人、牽強用事的詩壇流行病，提出反對與改造的意見。例如張戒的《歲寒堂詩話》對蘇、黃之詩都提出了反對的意見：

> 用事押韻之工，至矣盡矣，然究其實，乃詩人中一害，使後生只知用事押韻之爲詩，而不知詠物之爲工，言志之爲本也，風雅自此掃地矣。
>
> 子瞻以議論作詩，魯直又專以補綴奇字，學者未得其所長，而先得其所短，詩人之意掃地矣。

此外還有葉夢得的《石林詩話》。郭紹虞《宋詩話考》評論《石林詩話》有云：

> 隨波截流與同參，白石滄浪鼎足三，解釋藍田良玉妙，哪關門户逞思談。

認爲此詩話與《滄浪詩話》、《白石道人詩說》鼎足三立，並且提煉出石林詩話的理論精髓是「隨波截流與同參」。

《石林詩話》藉由禪語來討論詩的三種情境：一是涵蓋乾坤，

意指一句話包括一切妙理，指詩境有渾然一體，無跡可尋的獨特。二是截斷眾流，意思是以一句話破盡知見，是指詩歌有言外之意的獨特性，有特定的美學內涵，三是隨波逐浪，引導學人隨機接緣。葉夢得的這種闡釋，其實並非是佛學的還原，而是詩學層面上的一種借用；有感於當代詩人在創作的過程中，太著重「立法」、「造意」的安排，完全被綁死在前人所立的規矩之中，於是他以「隨機應物，不主故常」來詮釋隨波逐浪，意思是希望詩人能夠隨機感發而生詩興，以人與藝術相觸遇中誕生的藝術生命來衝破前人所立的「死法」。

葉夢得提倡隨波逐流的構思模式，主要是從詩歌創作的構思過程中，衝破當代講究鋪排而致的詩風。他認爲最佳的構思方式不是從典故上生發，也不是預設主題，而應該是詩情與景的猝然相遇。例如他說：「池塘生春草，園柳變鳴禽，世多不解此語之工，蓋故以奇求之耳。此語之工，正在無所用意，猝然與景相遇，藉以成章，不假繩削，故非常情所能到。詩家妙處，當須以此爲根本，而思苦言難者，往往不悟。」這段話可視爲葉夢得詩歌創作論中最集中的表述，藉由謝靈運〈登池上樓〉名句，提出他不同尋常的獨創性解釋——他認爲此二名句的妙處並不在於奇，而在於詩人並無預設的立場，而事情與景之間猝然相遇而生成的天籟。

葉氏此文並不在評論大謝詩的妙處，而是他揭示了文學作品獨具藝術魅力的奧秘所在，同時也指出了一些佳作不可重複性的原因。審美創造的主體並不事先預設主題，然後再尋找物象加以比附，而是主體之情與外在的景在隨機觸發的感遇中獲得了詩歌的審美意象。與這種創作構思相關聯的，葉夢得最欣賞的藝術風格是「天然工妙」，最鄙薄「用巧太過」的人爲雕琢矯飾，他指出「詩語固忌用巧太過，然緣情體物，自有天然工妙，雖巧而不見刻削之痕。」葉夢得最推崇王安石，尤其是王安石的晚年詩，對其早年之作則稍有微詞，就是從這種角度出發。例如葉氏所云：「王荊公少以意氣自許，故詩語惟其所向，不復更爲涵蓄。」「王荊公晚年詩律尤精嚴，造語用字，間不容髮。然意與言會，言隨意遣，渾然天成，殆不見有牽牽排比處。」葉氏此言明朗說出王安石早年之詩，其意象過於顯豁，不夠含蓄，直道胸中事，缺少言外意，晚年詩歌則已造爐火純青之境，盡深婉而不迫之趣，渾然天成，又多言外之意。

葉夢得並不是一般性的反對藝術加工、堅決主張天然狀態，相反的，他是提倡一種更高級的藝術加工，能夠藏巧於拙，看上去自然得如同天工，不覺其雕琢，這其實是一種更高級的巧，此理念其實與黃庭堅「簡易出大巧」的審美理念是相吻合的，參考第三章〈宋人文學心理分析‧第二節宋人的審美心理與品味〉。

張晶〈論葉夢得的詩學思想〉文中有云：葉夢得的詩學思想，是中國詩學史上的一個高峰，對前有淵遠流長的承繼，對後也有廣泛深遠的影響。

在承繼方面，張晶認爲葉氏思想繼承了三個源流，一是來自於鍾嶸《詩品》中「直尋說」的啓示：鍾嶸針對南朝文學中「殆同書抄」的作法與風氣痛加針砭，認爲眞正的好詩，都是詩人直接感受現實的結果，這便是所謂的直尋說。夢得「猝然與景相遇」的觀點，就是直尋說的繼承與發揚。二是審美感興論的發展與總結：劉勰《文心雕龍‧物色篇》：「山沓水匝，數染雲會，目既往返，心亦吐納。春日遲遲，秋風颯颯，感往似贈，興來如答。」正是描寫情景遇合的心態。寫於唐代的《文鏡秘府論》也有類似的論述：「感興勢者，人心至感，必有應說，物色萬象，爽然有如感會。」可見對審美感興的直視，是中國詩論的一脈傳統。葉夢得的理論中強調「情」與「景」相遇的偶然性、隨機性，在感發論的發展過程中，具有重要的理論意義。其三是瓣香於司空圖的含蓄之美：夢得強調作詩要有「言外之意」，講究詩的「深婉不迫之趣」，明顯與司空圖「不著一字，盡得風流」的含蓄之美一脈相承。葉夢得論詩，主張「超出象外」，這也與司空圖所言：「藍田日暖，良玉生煙」的形似微妙主張相同。

兩宋之交的過渡時期，《石林詩話》的出現，對北宋文壇的文學演變具有重要意義，其一是：北宋以來，以禪論詩者不乏其人，而嚴羽是以一套完整的禪學理論來闡述他的詩學思想。嚴羽推崇盛唐諸公的骨力雄壯及氣象渾厚，這與《石林詩話》中的觀點一脈相傳。其二是：姜夔《白石道人詞話》是宋代傑出之作，其中闡揚四種高妙，這與《石林詩話》推崇「天然工妙，雖巧而不見刻削之痕」爲代表的系統詩論，《石林詩話》可說居於承前啓後的地位。葉夢得具體評點、鑑賞多位詩人的作品，這番議論並非是隨筆的散珠之作，而是以前文所敘述的整體思想貫穿之，並且昇華到詩歌創作中的根本規律來審析，可說是詩話進化的重要關鍵。

然而其重要意義不僅於此，葉夢得論詩主自然，「無所用意」、「深婉不迫」，反對「苦思言艱」的諸多觀點，在在都是對當代文壇的具體反省。觀照江西詩派的發展過程，由內觀之（江西諸家），可以看到他們的進步與成長，由外觀之（江西外人），更能有「旁觀者清」的知見與了然吧！

第三節　當代創作的欣賞分析

一、不做西江社裡人——蘇籀、汪藻、劉子翬、李彌遜（附：王庭珪、朱松、宗澤）

在北宋末、南宋初的詩壇風氣中，普遍的創作傾向是一面倒向江西詩派的。以江西詩派的流變史而言，此時期是他們詩風凝定而完整的時期，江西大家如呂本中、曾幾、陳與義等樹立典範的詩學理論，都產生於此時期。然而，在江西詩風的強大籠照下，還是有許多詩人瞧不起江西詩派的，他們的態度恰好就像元好問《論詩絕句》所說的：「論詩寧下涪翁拜，不做西江社裡人」這些人的創作傾向比較傾向於東坡的詩風，在當代詩壇面目中，可謂別具清新之姿。

蘇籀（1091～1164），字仲滋，蘇轍孫，著有《雙溪集》十五卷。

蘇籀生於北宋南宋初，身經事變，交遊亦廣，上至公卿，下至寒士，都有往來。此一時期宋室由北南遷，中原淪入異族統治之中，元祐黨禁也在此時被釋出，元祐黨人的子弟，倍受垂青，大受禮遇。蘇籀的堂叔蘇過（1072～1123）的生平，可說是記錄了北宋末年打擊元祐黨人的全部過程，蘇籀的生平則可說是反映了元祐子孫春風得意的歷史。蘇過蘇籀的經歷，正好構成兩宋之交元祐黨爭的原委。（參考舒大剛《三蘇後代研究・蘇過前序》）。

史料中對於蘇籀的政治立場以及人格行事，有不一的評論。《敬鄉錄・卷七》說蘇籀「自處方嚴，不苟合，故任止於此。」《四庫總目・雙溪集提要》則說他：「前後議論，自相矛盾，揣摩時好以進說，小人反覆，有愧乃祖實多。」另外余嘉錫《四庫提要辯證》也說：「其爲人，薰心富貴，爲利是視，故獻媚權奸，求爲賣國牙郎而不可得，此蘇氏之不肖子孫。」然而在詩歌的立場上，蘇籀繼承先祖之風，這是沒有問題的。試觀其作：

> 耀德先生不耀兵，汪洋施澤在生靈。孰違天戒並民欲，不愛邦家嗜虜庭。作俑亂生誠有自，覆車勢合亦難停。願以絲毫裨漢室，豈無弓矢斃胡星。（〈舟中懷古一首〉）

詩中細道好戰啓禍之非，頗能代表他在主戰主和的爭議中，偏向主和的立場。另一首詩〈去年〉：

> 去年胡來清水涯，黃河狹隘冬凌磧……按圖索我八百郡，我邦日蹙知誰憐。吳中據江恃舟楫，揣揣慄慄聊偷閒。……旅人流徙隘城壖，歲事寒薄理勢然。去年往矣不需問，安枕而臥祈來年。

以及〈憶雍都〉中：「漂泊荊吳最蕭瑟，厭聞胡漢更紛挐」的詩句，都可以看出他爲國憂心的心情。另外還有一首〈凍雨〉：

> 淋淋凍雨滴春朝，正月寒威倍溧憀。汩淖不甘勞皀隸，執輿豈必勝芻蕘。素餐致冠思長策，失業疲氓想易招。馴服豪強蘇餒乏，濟時籌略直須超。

此詩似爲閩中流民造反作亂而發抒感懷的作品，但是文中一片爲民的心情，認爲是在位者尸位素餐以致於逼民爲盜，文中對這些失業疲氓，表達了關懷與同情。

蘇籀南渡以後，有一些描寫閩廣情物的作品如〈閩嶺賦〉、〈奉安鎮閩王〉等，以及描寫嶺南物候的詩，如〈嶺南詩〉:「南村諸楊北村盧」、「盧橘楊梅次第新」，其實可以和他的祖先蘇軾、蘇轍的南謫詩互相比看，再來一首〈梅雨〉詩：

柑花銷殞荔殊小，海上雨雲氛氣昏。感慨干戈異鄉客，愁思骨肉與誰論。白魚紫蜃清庖隸，盧橘楊梅積市門。作吏天涯何所得，一春黃卷伴芳春。

尾聯黃卷芳春走天涯的形象，頗可看見先祖風範。蘇籀的生平，身經元祐黨人被打擊、而後又受重用的過程，他的沉浮與起落，正是南北宋之交政治急遽變化、政治急遽動盪的過程。從他的詩文議論中，我們可以窺見政治變革的某些教訓，而其詩歌的純粹表現，也可說是當時龐大江西詩風中，一筆令人耳目清新的作品。

汪藻（1079～1154）字彥章，德興人，有《浮溪集》傳世。汪藻的文學成就，主要是在駢文的表現，明人王志堅《四六標準・卷一》評〈隆祐太后告天下詔〉以及〈建言三年十一月三日德音〉兩篇文章有云:「國家艱難之際，得一詔令，足以悚動人心，關係不小。唐之陸贄、宋之汪藻，皆其選也。」從汪藻的詩歌作品看來，主要是受蘇軾的影響；在北宋末期、南渡初期的詩壇，差不多是以黃庭堅江西詩派爲首的世界，除了蘇軾的子孫蘇過、蘇籀以外，像孫覿、葉夢得等不捲入江西風氣而頃向於蘇軾的名家，寥寥可數，而汪藻是其中最出色的。汪藻的詩歌如〈春日〉:

一春略無十日晴，處處浮雲將雨行。野田春水碧於鏡，人影渡傍鷗不驚。桃花嫣然出籬笑，似開未開最有情。茅庵鴉暝客衣濕，破夢午雞啼一聲。

詩中「桃花嫣然出籬笑」一句，明朗生動，頗有春日風情，而浮雲、雨、野田、鷗鳥、茅庵、鴉、午雞等豐富的景物，也充滿了生氣盎然的氣息，碧於鏡的春水、鷗不驚的人影，隱然有一種「桃花流水窅然去，別有天地非人間」（李白〈山中問答〉）的氣息，似開未開最有情的尋常語句，果眞是頗有東坡風味。另外還有一首〈己酉亂後寄常州使君〉詩：

草草官軍渡，悠悠敵騎旋。方嘗勾踐膽，已補女媧天。諸將爭陰拱，蒼生忍倒懸。乾坤滿群盜，何日是歸年。

雄長豪放的筆調，描寫蒼生倒懸的亂世景象，以諸將陰拱之句寫朝臣之間的勾心鬥角，以句踐嚐膽之句寫自己意欲爲國報效的心情，筆深情長，明白如話的藝術表達，可見出他不暇雕琢的創作心情。還有一首〈即事〉詩：

燕子將離語夏深，綠槐庭院不多陰。西窗一雨無人見，展盡芭蕉數尺心。雙鷺能忙翻白雪，平疇許遠張清波。鉤簾百頃風煙上，臥看青雲載雨過。

筆觸綿麗，意象深遠，尤其是頸聯、腹聯的工對，頗可見出他長於駢文的功力。《四庫全書總目・卷一百五十六汪藻條》總述他的文學成就，說：「統觀其所作，大抵以儷語爲最工。其代言之文……，皆明白洞達，曲當情事。詔令所被，無不淒憤激發，天下傳誦，比以陸贄。說者謂其著作得體，足以感動人心，實爲詞令之極則。」以此觀察他的詩歌創作，也頗能看到他藝術創作感動人心的地方。

劉子翬（1101～1147），字彥沖，自號病翁，崇安人，有《屏山全集》傳世。在文學史上，多半偏重於從道學家或理學家的角度來認定他的位置，南宋最大的道學家朱熹就是他的門生。

北宋中葉以後，道學家的聲勢愈來愈浩大，程頤說：『作文害道』，又說：『學詩用功甚妨事』。道學家以「害道」的眼光面對文學創作，在創作的過程中，自然抱持著粗製濫造的心態，所謂『自知無紀律，安得謂之詩？』或者：『平生意思春風裏，信手題詩不用工。』就道學的眼光來看文藝創作，創作內容的抒情寫景既然是『閒言語』，那末就得借講道學的藉口來吟詩或者借吟詩的機會來講道學——影響所及，游玩的詩要根據《周禮》來肯定山水，賞月的詩要發揮《易經》來否定月亮，看海棠的詩要分析主觀嗜好和客觀景物。萬物客體在創作過程中，失去純粹藝術的面貌，戴上了道貌岸然的面具，對藝術美感影響甚鉅。南宋前期，雖然以政治的力量來干預學術，幾次三番下令禁止，也不能阻擋道學的流行和聲望。

不論道學家是因爲詩心不起而寫不好詩，或者是堅持自己的學術原則而不把詩寫好，他們那種迂腐粗糙的詩開了一個特殊風氣，影響到許多詩人。結果就像劉克莊所說：『近世貴理學而賤詩，間有篇詠，率是語錄講義之押韻者耳』。然而劉子翬以道學面目立足於世，卻可以說是詩人群中的道學家，而非只是在道學家裏充個詩人。他沾染『講義語錄』的習氣最少，即使是講學、論道的時候，也能夠用鮮明的比喻，使抽象的義理形象鮮明。他的詩歌作品中，頗有一些憤慨國事的作品，如《汴京紀事二十首選四》：

> 內苑珍林蔚絳霄，圍城不復禁芻蕘。舳艫歲歲銜清汴，才足都人幾炬燒。
>
> 空嗟覆鼎誤前朝，骨朽人間罵未消。夜月池台王傅宅，春風楊柳太師橋。
>
> 盤石曾聞受國封，承恩不與悻臣同。時危運作高城炮，猶解捐軀立戰功。
>
> 輦轂繁華事可傷，師師垂老過湖湘。縷衣檀板無顏色，一曲當年動帝王。

從這一系列的作品中，我們可以看見他對國家民生的深刻關懷，並非一般人對道學家的印象，只是徒談天理、心性而已，在跟曾幾、呂本中、韓駒等人唱和的作品中，可以看見明朗豪爽的風格，並不是從江西詩派的路子而來。就連極口鄙棄道學家作詩的人也對他的作品，說出：『阜比若道多陳腐，請誦屛山集裏詩』之語，可見其詩的韻宕之美，不可以道學視之。

李彌遜（1089～1153），字似之，號筠溪，有重名於時，是忠勇愛國之士，四庫說他其文其人具卓然。《宋史本傳》說他：『宣和末，知冀州，金人犯河朔，諸郡皆警備，彌遜損金帛，致勇士，修城堞，決河護塹，邀擊其遊騎，斬首甚眾。』可以見出他的氣格豪邁，義氣勇爲的風格。在主戰主和的兩方角力中，秦檜曾經企圖收買他「常邀彌遜至私第，曰：政府方虛員，苟合好無異議，當以兩地相免。答曰：彌遜受國恩深厚，何敢見利忘義，故今日之事，國人皆不以爲然，獨有一去可報相公。檜默然。」彌遜早年曾受秦檜之恩，在不能苟合秦檜的政治立場中，他選擇一去，自此，「十餘年間不通時相書，不請磨勘，不乞任子，不序封爵，以終其身，常憂國，無怨懟意。」

> 層林疊疊暗東西，山轉崗回路更迷。望與游雲奔落日，步隨流水赴前溪。樵歸野燒孤煙盡，牛臥春犛小麥低。獨繞輞川圖畫裏，醉扶白叟杖青藜。(〈雲門道中晚步〉)
>
> 飯飽東崗晚杖藜，石梁橫渡綠印秧。深行竟險從牛後，小力臺高出鳥棲。問舍誰人村遠進，喚船別移水東西。自憐頭白江山裏，回首中原正鼓鼙。(〈東崗晚步〉)

這樣的詩歌作品，筆力深峭，意象繁複，一疊深向一疊，頗有山曲路複的鋪排功夫，但其意境格調，又有清曠超遠之致，可謂爲佳作。另一首〈春日即事〉：

> 小雨絲絲遇惆春，落花狼籍近黃昏。車塵不到張羅地，宿鳥聲中自掩門。

清淡的筆致，描寫退隱之後的生活，頗可見出當時文人不得用志的另一種生活面目。

附：除了以上諸家之外，另外還有一些詩人，或因資料不夠具全，或因作者本身不以詩名，茲附錄於此。

王庭珪（1079～1171）字民瞻，安福人，有《盧溪集》傳世。王庭珪的詩明白曉暢，雖然有些地方是模仿黃庭堅的格調、並且有承襲山谷詩句之嫌，但基本上以整個詩壇的概況而言，是將他歸於蘇詩餘波的。例如：

> 蓑封初上九重關，是日清都虎豹閒。百辟動容觀奏牘，幾

> 人回首愧班朝。名高北斗星辰上，身墮南州瘴海間。豈待他年公議出，漢庭行召賈生還。
>
> 大廈原非一木支，欲將獨力拄傾危。癡兒不了天下事，男子要爲天下奇。當日奸諛皆膽落，平生忠義止心知。端能飽吃新州飯，在處江山足護持。

以及另一首〈和周秀實田家行〉：

> 旱田氣逢六月尾，天公爲吒群龍起；連宵作雨知豐年，老妻飽飯兒童喜。向來辛苦躬鋤荒，腩肌不補眼下瘡；先輸官蒼足兵食，餘粟尚可瓶中藏。邊頭將軍耀威武，捷書夜報擒龍虎。便令狀士挽天河，不使腥羶汙后土。咸池洗日當青天，漢家自有中興年；大臣鼻息如雷吼，玉帳無憂方熟眠。

都可慷然見出他爲人處事的氣格軒昂〔註 8〕，以及爲國爲民的憂心態度，其中「癡兒不了天下事」一句，更成爲千古名句。

朱松，朱熹之祖，有《韋齋集》。集中卷首之行狀，朱熹所作，其云：「自爲兒童時，出語已驚人，少長遊學校，爲舉子文，即清新灑落，無當時陳腐卑弱之風。及去場屋，始放意爲詩文。其詩初亦不雕琢，而天然秀發，格力閒暇，一時前輩以詩自鳴者，往往未識其面，而已交口譽之。其文汪洋放肆，不見涯涘，如川之方至，而奔騰蹙沓，渾浩流轉，頃刻萬變，人亦少能及之。然公未嘗以是而自喜，一日喟然顧而嘆曰，是則昌矣，如去道愈遠。又發憤折節，益取六經諸史百家之書，伏而讀之，以求天下國家興亡理亂之變。」傅安道所作《韋齋集》前序，提到他的詩歌成就：「建炎紹興間，詩聲滿天下，一時

〔註 8〕《娛書堂詩話．卷上》載云：「胡忠簡公以言事忤勤檜，謫嶺外，士大夫畏罪莫敢與談，獨王盧溪庭珪以詩送之，其一云：『囊封初上九重關，是日清都虎豹閒。百辟動容觀奏牘，幾人回首愧班朝。名高北斗星辰上，身墮南州瘴海間。豈待他年公議出，漢廷行召賈生還。』其二云：『大廈原非一木支，欲將獨力拄傾危。癡兒不了天下事，男子要爲天下奇。當日奸諛皆膽落，平生忠義止心知。端能飽吃新州飯，在處江山足護持。』由此可以見出他的政治立場與人格氣骨。

名公鉅卿，交口稱荐，詞人墨客，傳寫諷誦如不及。」

他有一首〈解汲舟〉詩，可以概見其生平惆悵：

上國經年客，春流一棹波。已醒離悵酒，猶記客亭歌。水枕殘歸夢，霜衾擁獨哦。蓬窗橫落月，作意傍人多。

另有〈題范才元湘江喚舟圖用李居仁韻〉：

天涯投老鬢驚秋，夢想長江碧玉流，忽對畫圖揩病眼，失聲便欲喚歸舟。

都是清麗沉綿之作。

宗澤〈西元 1059～1128 年〉字汝霖，義烏人，有《宗忠簡公集》。他是抵抗金人侵略的民族英雄，宋代把他跟岳飛並稱。他有一首〈早發〉詩：

鬢髮垂垂馬踏沙，水長山遠路多花。眼中形勢胸中策，緩步徐行靜不譁。

詩中描述爲國憂心的老者形象，眼中形勢胸中策卻以徐行不嘩的態度面對之，表現出一種平穩的氣象。詩評家也說他的詩平平實實，並不在文字用工夫，這也可以用來詮釋文名與戰功不能並垂汗青的實際情況。

二、欲落江西自成家——韓駒與徐俯

江西詩派這個名稱是呂本中提出來的，他在《西西詩社宗派圖·序》中說〔註 9〕：「歌詩至於豫章始大出而力振之，後學者同作並和，盡發千古之秘，無餘蘊矣。錄其名字，曰江西宗派，其源流皆出於豫章也。」文中除了奉黃庭堅爲宗派之祖，並列出了他認爲應該屬此派的詩人名單。

可惜呂本中的『江西詩社宗派圖』今已失傳，我們只能從南宋時胡存《苕溪漁隱話》、趙彥衛《雲麓漫鈔》、劉克莊等人的文籍記載中了解到一些情況。但這些著作所列名單各不相同，有多有少。

〔註 9〕呂本中撰《江西詩社宗派圖》有早期、晚期兩種說法，其中以莫礪鋒、歐陽炯兩位考證詳實，證明爲二十歲以前所作。

其中《苕溪漁隱叢話前集》成書於高宗紹興十八年（1148），時代較早，現即據其卷四十八所載，將列入《江西詩社宗派圖》所舉的詩人名列如下：黃庭堅、陳師道、潘大臨、謝逸、洪芻、饒節、僧祖可、除俯、洪朋、林敏修、洪汪、汪革、李錞、韓駒、李彭、晁沖之、江端本、楊符、謝薖、夏倪、林敏功、潘大觀、何覬、王直方、僧善權、高荷。

江西指宋代的江南西路，今為江西省。詩派以地域得名，故稱江西詩派，又名豫章派。其實，黃庭堅以下的二十五人，不完全都是江西籍，如陳師道是鼓城人，潘大臨是黃岡人，僧祖可是鎮江人，韓駒是陵陽人，王直方是開封人，只因為黃庭堅是江西人，其他謝逸等十一個作家也是江西人，所以才定名為江西詩派。江西詩派立名以後，許多被列名其中的人都不太滿意，其中最明顯的就是韓駒與徐俯，他們都曾經表露出身列於江西詩派而不滿，然而其作品風貌卻始終沒有擺脫江西的習氣。

韓駒字子蒼，生年未詳，卒於紹興五年（約西元 1075 前後～1135）。韓駒是北宋末、南宋初的著名詩人，在當時甚受推重；晁公武《郡齋讀書志》云：「韓駒……宣和間，獨以能詩稱。」清張泰來《江西詩社宗派圖錄》有云：「南渡以來，老成間或凋謝，又陵陽韓子蒼寓臨川，復執牛耳，一時倡和之樂，和曾裘父、錢遜叔之輩，又不下數十人，四方傳為盛事。」由此可見韓駒似乎是南宋初年的詩壇盟主。梁昆《宋詩派別論》亦云：「（駒）晚年僑居臨汝，從者甚眾，酬唱之盛，不減元祐：（江西詩派）初期二十五人中，惟韓氏一脈大傳於後。」

呂本中在《江西宗派圖》中，將他的地位列次於黃庭堅與陳師道，他頗為不滿，劉克莊《江西詩派小序》有云：「子蒼蜀人，學出蘇氏，與豫章不相接，呂公強入之派，子蒼殊不樂。其詩有磨淬剪裁之功，終身改篡不已，有已寫寄人數年，而追取更改一兩字者，故所做少而善。」雖然韓駒不樂居江西，但觀其詩作與詩學理論，與江西派實有淵源，〔註10〕此可由下述三點觀察之：

一、韓駒寫詩，字字皆有來處，陸游《渭南文集・卷二十七・跋陵陽先生詩草》說他「先生詩擅天下，然反覆塗乙，又歷疏語所從來。」這與黃庭堅〈答洪駒父書〉所說：「自作語最難。老杜作詩，退之爲文，無一字無來處。」的寫作態度其實是一致的。

二、韓駒詩作，多有偷語之作，例如〈至國門蘇文饒將出都戲贈長句兼簡其兄世美〉：「平生見酒唇不濡，是夕連觥耳方熱，群奴夜僵喚不聞，我亦鼾鼻眠東閣……」與東坡詞作〈臨江仙〉：「夜飲東坡醒復醉，歸來彷彿三更，家童鼻息已雷鳴，敲門都不應……」頗多相似之語；再如〈次韻師白中秋會飲且餞予行〉末聯：「放盞成空君莫怪，明月千里共嬋娟」，似乎也和東坡「但願人長久，千里共嬋娟」（〈水調歌頭〉詞）語所相似。這種偷語的技巧，與山谷所云：「不易其語而造其意，謂之換骨法；窺入其意而形容之，謂之奪胎法。」（惠洪《冷齋夜話》卷一）的理論實有異曲同工之妙。

三、韓駒提出『飽參』的詩學理論，與江西其他詩人的詩學理論亦皆相似。曾季貍《艇齋詩話》：「後山論詩說換骨，東湖論詩說中的，東萊論詩說活法，子蒼論詩說飽參，入處雖不同，然其實皆一關捩，要知非悟入不可。」這個理論的提出不只是江西前輩黃、陳等人的詩學主張，其實也是宋代文人的普遍要求。『飽參』的詩學理論，與陳師道「換骨」說，徐俯「中的」說，呂本中「活法」說，合爲當時四大名論。黃景進《韓駒詩論》說道：此四詩人所提的學詩門徑，可說是宋詩到了成熟時期的代表理論。活法說結合學古與創造，有一個完整的體系，宋人思想到此才顯得完全成熟，實爲宋代詩學的一個高峰。但就江西詩派發展的歷史來看，此理論仍要歸納於江西詩派之中，才有完整的前承與後繼的地位。

〔註10〕近人吳榮富對此持有不同看法，其〈韓駒詩風析論〉一文，從風格的「氣騰勢飛」，及技巧上的偷東坡之語，認爲韓駒之學出自於西蜀蘇氏之學；吳氏此說，也可能是受了劉克莊評論的影響。

韓駒有一首〈夜泊寧陵〉詩，甚獲好評：

汴水日馳三百里，扁舟東下更開帆。旦辭杞國風微北，夜泊寧陵月正南。老樹挾霜鳴窣窣，寒花垂露落毿毿。茫然不悟身何處，水色天光共蔚藍。

此首開頭兩句，句法緊承，聯篇而下，三四句則以景宕開，精工之對，上承詩意以補充，下起腹聯的近景，描繪出一幅穠麗深沉的夜晚景象，末聯的水色天光，把不知身在何處的蒼茫之感烘托出來。首聯大開，尾聯大闔，全詩氣象完整嚴密，魏慶之《詩人玉屑・卷二引臞翁詩評》說：「韓子蒼如梨園按樂，排比得倫。」《詩林廣記・小園解後錄》提到有人問詩法於呂本中，居仁令諸子參韓駒此首詩，可見這首詩是典型依據江西詩法規矩寫出來的作品，也頗得江西大家的看重。還有一首〈題湖南清絕圖〉：

故人來從天柱峰，手提時廩與祝融。兩山坡壟幾百里，安得置之行李中？下有蕭香水清瀉，平沙赤岸搖丹楓。漁舟已入浦漵宿，客帆日暮猶爭風。我今騎馬大梁下，……

這是一首題畫詩，描寫湖南的衡山諸峰與瀟湘之水。如此清絕的山水，喚起詩人對美好自然的熱烈嚮往，詩中既有故人攜畫而來的浪漫情誼，畫中棄除煩囂紛擾的清絕之境，也表達了詩人厭棄塵俗、嚮往自然的意趣。全詩結構自如完密，而又富於餘韻，清新明暢的筆調，既有散文化的風格，又有詩的韻味。此外還有〈和李上舍冬日書事〉及〈登赤壁磯〉兩首詩：

北風吹日晝多影，日暮挪階黃葉深。倦鵲繞枝翻凍影，飛鴻摩月墮孤音。推愁不去如相覓，與老無期稍見侵。顧藉微官少年事，並來哪復一分心。

緩尋翠竹白沙遊，更挽藤梢上山頭。豈有危巢尚棲鶻，亦無陳流但飛鷗。經營二頃尚歸老，眷戀群山爲少留。百日使君何足道，空餘詩句在江樓。

都是韓駒的力作。

韓駒的作品曾經得到蘇轍的賞識，蘇轍〈題韓駒秀才詩卷〉說：

「唐朝文士例能詩，李度高深獨到希。我讀君詩無笑語，恍然重見儲光羲。」大抵來說，韓駒作詩必先命意，意正則思正，然後擇韻而用，如驅奴隸；此乃以韻承意，故首尾有序。……使人讀第一句知有第二句，讀第二句知有第三句，次第終篇，方為至妙。……大概作詩，要從首至尾，語脈連屬，如有理詞狀，說他的詩格不出於江西，其原因大概爰此；然而韓駒可說是才力高深者，能在江西規矩中，自成品格，正由於這樣的自信與成就，韓駒極欲擺脫江西之名而自成一家。

徐俯（1075～1141）字師川，號東湖居士，與黃庭堅是同鄉，且為黃的外甥，著名於兩宋之際，為人重氣節；徐俯有《東湖居士集》，元代以後已失傳。

徐俯的詩學自於黃庭堅，黃曾稱讚他「詞皆爾雅，意皆有所屬，規模遠大，自東坡、秦少游、陳履常之死，常恐斯文之將墜，不意復得吾甥，眞頹波之砥柱也。」可見黃庭堅對徐俯的創作是非常肯定且欣賞的。從其他旁佐的資料中，如張元幹曾自言自己學出江西〔註11〕，而他的〈蘇養直詩帖跋尾六篇〉所云：「往在豫章問句法於東湖先生徐師川……」；以及元幹《亦樂居士集序》：「予晚生，雖不及見東坡山谷，而少時在江西，實從東湖徐公師川授以句法。」都提到自己的江西詩法與徐俯的關係，由此皆可以判斷徐俯與江西詩派的淵源頗深。

另外蓋美鳳《論江西宗派體》（引自《宋代文學研究叢刊》第 4 期）中也提到：「……除宗師山谷外，陳師道、徐俯、呂本中、韓駒等人，都需値得注意，此五子所提出之詩說，豐富江西宗派創作理論。」徐俯曾經提出「中的」的理論，曾季貍《艇齋詩話》認為這是當時四大詩論之一（詳見韓駒部分），也可見出徐俯的詩學理論與江西的密切關係。

〔註11〕《苕溪漁隱叢話後集・卷三十六・引『詩說雋永』》：徐師川……贈張仲宗云：詩如雲態度，人似柳風流。元幹深受江西薰陶，四庫說他詩文亦皆有淵源，原因在此。

然而，呂本中將徐俯列名於江西詩派之中，徐俯卻不甚滿意，曾說：「吾乃居行間乎？」（引自《麗麓漫鈔・卷十四》），可見他對於這樣的排名是不滿意的。後人曾對徐俯不願列居江西之派中，提出「畏罪」之說——當時秦檜執政，禁元祐學術，徐俯欲與黃庭堅化清界線；由於徐俯的資料多已失傳，此說甚難考證；且《兩宋文學史・第五章・北宋後期的文壇風貌》提到：呂本中根據當時文壇上所存在的情況所擬的江西詩派圖，其根本的基礎有兩點，一是在政治態度上都是同情舊黨的，二是在文學創作上，都是欣賞黃庭堅在詩歌藝術上的獨創精神和獨特風格，並且以黃詩爲學習榜樣的。且說「儘管其中個人如徐俯等別有主張，師承關係不一，但在創作方法的總則上仍淵源於黃氏。」因此，可以大膽的說，以他恃才傲物的品行觀之，不願與「雞群」同立的心態，才是他排斥《江西詩派宗社圖》的眞正因素吧！

試觀他〈遊春湖〉之作：

> 雙飛燕子幾時回，夾暗桃花蘸水開。春雨斷橋人不度，小舟撐出柳陰來。

此詩寫早春遊湖的幽興，觸目所及，皆成佳景。從燕飛水面、桃花林水邊開的景象起筆，帶出小船悠悠從柳陰中撐出，構圖新鮮，能夠以意趣剪裁景物。春意盎然，充滿生趣，南宋詞家張炎有一首描寫春水的〈南浦〉詞，其中兩句「荒橋斷浦，柳陰撐出扁舟小」，就是從徐俯此詩化出來的。

徐俯極力要擺脫江西詩派艱深雕刻的作風，追求平易自然的寫作技巧，他曾說過「必有是景，然後有是句」（引自曾季貍《艇齋詩話》），從這首詩似乎可以見出他晚年轉化的痕跡。趙鼎臣〈和默庵喜雨述懷〉詩有言：「解道春江斷橋句，舊時聞說徐師川」，皆可見出這首詩所得的評價不低。

徐俯另有一首〈陪李泰發登洪州南樓〉詩，其中：「滿目江湖春入望，連天貢章水爭流」二句，其「春入望」之詞點化杜甫〈春望〉：「國破山河在，城春草木深」之句，使全詩更增加沉痛的力量。

從黃庭堅對徐俯的稱讚「……自東坡、秦少游、陳履常之死，常恐斯文之將墜，不意復得吾甥，眞頹波之砥柱也。」可知黃氏對他原本的期許是可以自成一家之言的大家數，可惜所傳的文獻中，沒有足夠的資料來觀察徐俯的實力究竟如何，但是從他亟欲擺落江西的姿態來看，其功力應非末流小輩之技而已。

三、百尺竿頭更進步的江西詩人——呂本中、曾幾、陳與義

專主江西、以江西詩派殿軍自居的方回，在《瀛奎律髓・卷一》中有云：「老杜詩爲唐詩之冠，黃（庭堅）、陳（師道）詩爲宋詩之冠。黃、陳學老杜者也，嗣黃、陳而恢張悲壯者，陳簡齋也；流動圓活者，呂居仁也；清勁雅潔者，曾茶山也。」又說：「宋以後山谷一也，後山二也，簡齋爲三，呂居仁爲四，曾茶山爲五。」（卷二十六），在方回之前，劉克莊《後村先生大全集・卷九十六》：「南渡詩尤甚於東都，炎、紹初，則王履道、陳去非、汪彥章、呂居仁、韓子蒼、徐師川、曾吉甫……皆大家數。」文中所謂的「東都」，即北宋都城汴京，可用以指北宋末葉，主要是徽宗在位時期，包括欽宗在位的二年，這一段話所評論的時間，不止涵蓋於南渡之後，也包括了未渡之前的詩壇概況。此處値得吾人注意的是：影響宋代詩壇兩百年之久的江西詩派，名屬其中的詩人不知凡幾，但除了黃山谷、陳師道以外，列名三、四、五的詩人陳簡齋、呂居仁、曾茶山，竟然都是兩宋之交的人物。這其中透露出來的重要訊息就是：江西詩派走到北宋末年其實已經是一條死胡同，後續的生命力量來自於詩派本身內部的改革力量，陳簡齋、呂居仁、曾茶山三位在此時所提出的改革理論與創作實踐，不啻是一股新鮮的泉源，指出江西詩派的新道路。胡曉明《尚意的詩學與宋代人文精神》所說的一段話：「宋人中論詩歌之法則，學詩之功力，最詳盡者爲江西詩派之詩人，而江西詩人之歸宿在於『百尺竿頭更進一步』」眞切的說出了這種情形。

在江西詩派流變史中，這南渡三大家的重要性與地位，不容否認，甚至於後人對陳簡齋詩的評價，更有淩駕於山谷、師道之上者；放在整個詩學流變中，此三大家的作品亦稱不俗，既有宋詩之深雋，足資咀嚼，亦能從詩派的規矩之中，走出自己的面目與風格，爲後來江西詩派的發展，奠定深厚的基礎。

（一）呂本中（附：謝逸）

本中初名大中，字居仁，生於神宗元豐七年（1084），卒於南宋高宗紹興十五年（1145），年六十二，學者稱爲東萊先生。南宋孝宗隆興二年（1162），賜諡文清。祖希哲、父好問，皆爲世所仰望之大儒。本中少時習聞父祖之教；長從楊時、陳讙等人游，與諸君子晨夕相接論學。故其學問術業，乃本於天資，習於家庭，稽諸中原文獻之所傳，摶諸四方師友之所講，是以端緒深遠，而成就超卓。靖康之亂，中原塗炭，衣冠人物，萃於東南；本中於贛於閩，皆嘗出於其所蓄積者以授徒。未幾，聲光四出，而不可遏，本中遂名震朝野，爲當世大夫所仰望。（參考歐陽炯《呂本中研究》文史哲・81）。

呂本中的學術，家學淵源，全祖望立有《紫微學案》，以本中爲學宗，上紹原明，下起伯恭。學術之外，本中之詞章，亦廣邀時譽。陸游《渭南文集・卷十四・呂居仁集序》：「公自少時，既承家學，心體而身履之，幾三十年。仕愈躓，學愈進，因以其暇盡交天下名士，其講習探討，磨礱浸灌，不極其源不止。故其詩文汪洋閎肆，兼備眾體，間出新意，愈奇而愈渾厚；震燿耳目，而不失高古；一時學士宗焉。」韓虎《澗南日記・卷下》：「渡江南來，晁詹事以道、呂舍人居仁，議論文章，字字皆是中原諸老一二百年醞釀相傳而得者，不可不諷味。」

本中對於自己的詩文〔註12〕，亦頗有自喜之意；《師友雜志》記載曰：

〔註12〕呂本中也有詞作傳世，其詞風格婉麗，曾季貍《艇齋詩話》評曰：「東萊晚年長短句，尤渾然天成，不減唐花間之作。」

> 徐俯師川，少豪逸出眾，江西諸人皆從服焉。崇寧初，見予所作詩，大相稱賞，以爲盡出江西諸人右也。其樂善過實如此。

這一段話，呂本中以含羞帶怯的口吻說出徐俯對他的評價，頗可以見出他對自己作品的滿意。試觀本中的作品，如：

> 晚逢戎馬際，處處聚兵時。後死翻爲累，偷生未有期。積憂全少睡，經劫抱長飢。欲逐范仔輩，同盟起義師。〈兵亂後雜詩五首・之一〉

本中此時已四十多歲。當時靖康兵亂，京城失守，次年本中回到汴京，目睹國都殘破的悲慘景象，觸景傷懷而作此組詩。這首詩中寫兵荒馬亂的動盪年代，人命危淺，朝不保夕，本中此詩以沉著之語，表達出詩人對離亂百姓的安危繫念。紀昀《紀批瀛奎律髓・卷三十三》評此詩：「全摹老杜，形模亦略似之。」

再如〈還韓城三首・之一〉：

> 乍喜全家脱，虛疑萬馬奔。乾坤德甚大，盜賊爾猶存。稻蠟秋仍早，溪流晚自渾。素冠兼白髮，秋絕更誰論。

建炎二年（1128）冬，盜魁楊進擁兵數萬，剽掠汝、洛間，當時本中寄寓河南宜陽縣之韓城，與洛密邇，自不免於劫。盜匪他去以後，本中返鄉，回想盜賊之猖獗，有感而作此詩。以上二詩的風格，皆爲蒼涼悲慨，可謂是本中身經離亂以後的感人之作。

呂本中一方面學習黃、陳，一方面力圖擺脫他們，因此在他筆下出現了一種與黃、陳和而不同的新風格，例如〈柳州開元寺夏雨〉：

> 風雨翛翛似晚秋，鴉歸門掩伴僧幽。雲深不見千岩秀，水漲初聞萬壑流。鐘喚夢回空悵望，人傳書至竟沈浮。面如田字非吾相，莫羨班超封列侯。

方回在《瀛奎律髓・卷十七》中選錄了這首詩，並有評語說：「居仁在江西派中最爲流動而不滯者，故其詩多活。」再如〈春晚郊居〉：

> 柳外樓高綠半遮，傷心春色在天涯。低迷簾幕家家雨，淡蕩園林處處花。檐影已飛新社燕，水痕初沒去年沙。地偏

長者無車轍，掃地從教草徑斜。

語言清麗，音節和婉，在用字立意方面，所表現出來的風格特徵，亦與前期的黃、陳有別。

本中晚年奉祠家居，當時偏安之局勢成，興復之望已絕，故其詩風乃由前此之忠憤激越，蒼涼悲慨，轉而爲蕭散閒適。中年之後，本中篤信釋氏，其平居亦習於素食，因此有〈戒殺〉八首、〈蔬食〉三首等詩，勸人勿殺物以活己。其中蕭散閒適的風格之作如〈歲晚〉以及〈即事〉：

野竹新開徑，疏籬自著行。暮雲收雨雪，落日散牛羊。生誓顏公拙，才名謝奕狂。藥囊無奈汝，春到莫相妨。(《東萊先生詩集・卷一》)

本詩描述自己布衣疏食的生活，如南朝的顏延之；而少負盛名的早年事功，則近似晉朝的謝奕。

晚菘早韭老不厭，夜鯉晨鳧多見疏。地闢難尋野僧飯，路長時枉故人車。青山出沒塵埃裡，白髮栽培疾病餘。更有腐儒窮事業，夜窗殘燭一編書。(同上)

也是描寫自己窮居鄉野，而心中恬淡自適的生活。

曾幾《東萊先生詩集序》:「紹興辛亥，幾避地柳州，公在桂林，是時年皆未五十，公之詩固已獨步海內。」近人陳耀祥《中國古典詩歌叢話》則說:「本中爲詩機括較活，然氣體較粗，不能如山谷之衿煉。」似可評出江西詩派前期大家，與後期大家之間的優劣出來。

陸游《渭南文集》爲呂本中文集作序有云:「其詩文汪洋閎肆，兼備眾體，間出新意，愈奇而愈詳厚，震耀耳目，而不失高古，一時學士宗焉。」而陳巖肖《庚溪詩話・卷下》更從江西之弊的眼光出發，說明呂本中的詩歌成就:「……呂居仁作江西詩社宗派圖，以山谷爲祖，宜其規行矩步，必踵其跡。今觀東萊詩，多渾厚平夷，時出雄偉，不見斧鑿痕，社中如謝無逸之徒亦然，正如魯國男子善學柳下惠也。」

附：謝逸

謝逸，字無逸，江西臨川人。屢第不舉，以詩文名於當世，與弟謝薖被呂本中並列於江西詩派，以蝴蝶詩著名，人稱「謝蝴蝶」。詩作風格雋拔清新，有《溪堂集》。他的作品如〈送董元達〉：

> 讀書不作儒生酸，躍馬西入金城關。塞垣苦韓風氣惡，歸來面皺須眉斑。先皇召見延和殿，議論慷慨天開顏。謗書盈篋不復辭，脱身來看江南山。長江滾滾蛟龍怒，扁舟此去何當環。大梁城裡定相見，玉川破屋應數間。

本詩的起承轉合，一脈相合，文意清新可喜，既送別傲骨錚錚的志士、也勉勵自己不改變節操，並期望將來重逢時仍不改其志。全詩表達了送別友人的磊落曠達之情，不做臨別雪涕之語，顯得彼此的志節之傲，不失自重的貧士身分。

又另一首〈寄隱居士〉：

> 先生骨相不封侯，卜居但得林塘幽。家藏玉唾幾千卷，手校書編三十秋。相知四海孰青眼，高臥一庵今白頭。相陽耆舊節獨苦，只有龐公不入舟。

表明了自己對高人逸士敬佩的心情，也說明自己甘心隱於林下的心志。全詩表意樸素，旨在歌頌眞正的隱士，並以此自勵。謝蝴蝶本身終生未出仕，本詩可見出他托意之所在。本詩値得注意之處，是全詩皆用拗體，然而風格勁健，深得時人讚賞。

（二）曾　幾

曾幾（1084～1166），字吉甫，江西贛州人。曾幾與呂本中同生於神宗元豐七年（1084），汴京淪陷後，皆流落南方。高宗紹興元年（1131），曾幾避地廣西柳州，呂本中避居廣西桂林，二人開始詩歌酬唱，書信往返（見曾幾《東萊先生詩集序》）。紹興八年（1138），因與兄禮部侍郎曾開反對秦檜議和，同時罷官。之後寓居上饒茶山寺七年，自號「茶山居士」，有《茶山集》傳世。曾幾與呂本中二人皆曾寓居上饒茶山的廣教寺，呂本中卒謚文清，曾幾亦卒謚文清，孝宗淳熙六年（1179），廣教寺僧敦仁於寓室繪二人像以祀，榜曰「兩賢堂」；韓元吉爲作《兩賢堂記》，亦或稱爲「兩文清祠」，由此皆可見出曾幾與呂本中二人關係之密切。

曾幾的詩平易清新，陸游〈追懷曾文清公〉:「律令合時方妥貼，功夫深處卻平夷。」陳耀祥《中國古典詩歌叢話》也說：曾幾詩渾健處不如本中，而秀淡過之。其秀淡變江西黃陳之逆折而爲自然閑遠，故自具特色。例如一些七言絕句，其基本特點都是輕快明淨。

> 涼風急雨夜蕭蕭，便恐江南草木凋。自爲豐年喜無寐，不關窗外有芭蕉。(〈夏夜聞雨〉)
>
> 小麥輕輕大麥黃，新痖滿箔稻移秧。綠陽馬倦休亭午，芳草牛閒臥夕陽。(〈途中二首‧其二〉)
>
> 一春霧雨暗溪山，城北城南斷往還。正是情時君又去，望君煙艇有無間。(〈送李商叟秀才還臨川〉)
>
> 乞君山石洪濤句，來作圍床六尺屏。持向嶺南煙雨裡，夢成江上數峰輕。(〈求李生畫山水屏〉)

曾幾另外還有一首(〈寓居吳興〉)詩：

> 相對眞成泣楚囚，遂無末策到神州。但隻繞樹如飛雀，不管營巢似拙鳩。江北江南猶斷絕，秋風秋雨敢淹留。低回又作荊州夢，落日孤雲始欲愁。

這首詩作於高宗紹興八年（1138），當時金人遣宋使王倫回，揚言將送還徽宗梓宮及河南地，南宋朝廷在秦檜主持下遂與金議和，這就是第一次「紹興和議」。當時反對議和的朝臣力主金人之言不可信，反對和議，結果被秦檜罷黜，曾幾亦爲其中之一。在他貶謫途中路經吳興時，寫作此詩。全詩結構完整，布局謹嚴，在氣勢上悲壯沉鬱，略似杜甫，而其技巧不重雕雋而氣勢流暢，不作豪語而感慨深沉，可謂爲上乘之作。另一首〈雪中，陸務觀數來問訊，用其韻奉贈〉一詩中，詩人寫道：

> 江湖迥不見飛禽，陸子殷勤有使臨。問我居家誰暖眼？爲言憂國只寒心！官軍渡口戰復戰，賊壘淮壖深又深。坐看

天威掃除了，一壺相賀小叢林。

這首詩一方面抒發了憂國的情懷，一方面又表現了對抗金紛爭必勝的信心，與同時代人呂本中、陳與義、陸游等人的同質之作，頗能相通。

相對於韓駒與徐俯想要擺脫江西自立成家的姿態，曾幾一直以江西諸老的繼承者自居。在〈李商叟秀木求齋名於王元渤，以「養源」名之，求詩〉三首之二詩中，他說：

老杜詩家初祖，涪翁句法曹溪，尚論淵源師友，他日派到江西。

這四句詩雖然是他為別人書齋題名之作，實際上卻是夫人自道。因此，他對杜甫和黃、陳備極推崇，在《東軒小室即事》中，他說：「工部百世祖，涪翁一燈傳。」在〈次陳少卿見贈韻〉中，又說：「華宗有後山，句律嚴七五；豫章乃其師，工部以為祖。」另外，他與江西派前期作家韓駒也有師承關係，他在〈挽韓子蒼待制〉詩中說：「必驚地下修文去，太息門邊問字誰？」儼然以韓駒弟子自命。魏慶之《詩人玉屑．卷十九》云：「陸放翁詩，本於茶山」，「然茶山之學，亦出於韓子蒼，三家句律大概相似」很清楚地指明了這種淵源關係。

從呂本中與曾幾的書信往返中，可以知道呂本中曾經指點曾幾一些作詩的詩法，其內容就是「流轉圓美如彈丸」的活法。曾幾在這個基礎上進一步發展，從而形成了自己清新活潑的詩風：

一夕驕陽轉作霖，夢回涼冷潤衣襟。不愁屋漏床床濕，且喜溪流岸岸深。千里稻花應秀色，五更桐葉最佳音。無田似我猶欣舞，何況田間望歲心！（〈蘇、秀道中自七月二十五日夜大雨三日，秋曲以蘇，喜而有作〉）

年年歲歲望中秋，歲歲年年霧雨愁。涼月風光三夜好，老夫懷抱一生休。明時諒費銀河洗，缺處應須玉斧修。京洛胡塵滿人眼，不知能似浙江否？（〈癸未八月十四日至十六夜，月色皆佳〉）

這兩首詩蘊含的情緒是有區別的，前者愉悅而後者低沈，但它們在藝術上卻有共同的特點：即於文字明快、風韻流美之外，清而能腴，圓而不滑，讀來毫不費力，細味卻有情致。曾幾此類詩作實際上已脫去黃、陳風格，而樹立了個人特點。趙庚夫在〈讀曾文清公集〉詩中評論說：「新如月出初三夜，淡比湯煎第一泉（《江湖後集》卷八）」形象說明了曾幾詩風清新而又活潑的藝術特色。

曾幾有《茶山詩》十五卷，九百一十多篇，續刊後集亦有十五卷，詩篇不謂不多。但中間有許多「泛應漫興者」（劉克莊語）之作，所謂泛應漫興，除了指一般性的送行贈別之作外，主要指不少即景抒懷的詩歌，寫得過於率易，缺乏一唱三嘆之韻味。這些沒有經過精心推敲錘鍊的歌，與後來楊萬里一些衝口而出、信筆而書的詩歌相似。方回《瀛奎律髓・卷二十七》就有「自然輕快，近楊誠齋」之語；錢鍾書《宋詩選注》也說曾幾的「一部份近體詩，活潑不費力，已經做了楊萬里的先聲。」曾幾與楊萬里的詩的確有共同之處，南宋人便合選兩人詩（劉克莊《茶山誠齋詩選序》）。於是，曾幾「泛應漫興」之作與楊萬里一些輕滑淺近的品，便帶出南宋後期的江湖詩派（趙齊平《宋詩臆說・落日孤雲始欲愁》）。吳喬《圍爐詩話・卷五》說：「江湖詩派專主曾茶山」，是有其道理的。

方回〈次韻贈上饒鄭聖予沂序〉（引自《桐江續集》卷十五）說：「曾茶山得呂紫微詩法，傳至嘉定中趙章泉、韓澗泉，正脈不絕。」，趙齊平《宋詩臆說》中說：看到呂本中、曾幾做爲陸游等中興詩人的先驅，就可以明白南宋初期詩壇詩歌的嬗變軌跡，從中並可見出曾幾在江西詩派中的地位。

（三）陳與義

陳與義（1090～1138），字去非，號簡齋，洛陽人。宣和五年（1123），曾因水墨梅詩得到徽宗的賞識，被召爲秘書省著作佐郎，與張元幹、呂本中等人交遊。陳與義夙穎少達，早獲詩名，葛勝仲《陳去非詩集序》：「縉紳士庶爭傳誦，而旗亭傳舍，摘句題寫遍盡，號稱新體。」承平時洛中有八俊，而陳與義雄踞「詩俊」。

徐度〈卻掃篇・卷中〉稱，陳與義少學詩於崔德符，嘗請問作詩之要，云曰：「凡作詩，工拙所未論，大要忌俗而已。天下書雖不可不讀，然愼不可有意於用事。」崔氏所說重點有二，一是忌俗，二是不要刻意用典。「忌俗」，是江西詩派的重要法寶，許多重量級人物都發表過指導性意見。然而，江西詩派走至北宋末年的時候，原先許多的寫作指導變成形式主義的死路，此時期大家既然無法在承先的老路上有所發揚，只好另闢新路，改走別的方向——陳與義是此時期最突出的一位。

胡明《南宋詩人論・關於陳與義詩歌的幾個問題》中，曾經談到陳與義的詩作風格，將其分爲四類：一是氣勢雄闊，規模宏大之作；二是平淡輕遠之作；三是溫潤恬雅之作；四是婉秀俊逸如韋柳之作〔註13〕。但有更多的理論專著都將陳與義的作品以靖康之難爲界限，分爲前後兩個時期。

陳與義活了四十八歲，三十六歲時的靖康之難，將他的作品逼變成爲前後兩個時期。他的前期作品大多抒寫個人身世感懷，不少是怨悱或牢騷，更多的是詩酒徵逐、風花雪月。吳書蔭、金德厚《陳與義集・前言》將此時期詩歌分爲四類，分別爲：不滿自己的冷遇、厭倦案牘的繁重、鄙薄功名富貴、嚮往歸隱田園等四種風格的詩作。此時期由於生活面不寬，導致詩歌思想格調不高，技巧上停留在學習杜甫、陳師道字句法的階段，偶或有所新，也不出「江西派」的圈子，例如〈再用景純韻詠懷二首・其一〉以及〈夏日集葆眞池上，以綠陰生晝靜賦詩，得靜字〉：

> 路斷赤墀青瑣賢，士龍同此屋三間。愁邊潘令鬢先白，夢裏老萊衣更斑。欲學大招那有賦？試謀小隱可無山。一錢留得眞堪笑，未到囊空猶恪慳。

> 清池不受暑，幽討起予病。長安車轍邊，有此荷萬柄。是身唯可懶，共寄無盡興。魚游水底涼，鳥語林間靜。談餘

〔註13〕陳衍《宋詩精華錄・卷三》：「宋人罕學韋柳者，有之，以簡齋爲最。」

日亭午，樹影一時正。清風不負客，意重百金贈。聊將兩鬢蓬，起照千丈鏡。微波喜搖人，小立待其定。梁王今何許？柳色更幾盛。人生行樂耳，詩律已其剩。邂逅一尊酒，他年五君詠。重期踏月來，夜半嘯煙艇。

第二首是他前期有名的作品，風格似韋柳，其他還有〈聞葛工部寫華嚴經成隨喜賦詩〉等作品，都可明顯見出不脫江西藩籬的影子。

後期由於中原板蕩、烽火連天，創作起了轉折，創作風格轉向成爲內容積極、風格雄闊、格調高亢的作品。靖康元年，與義從陳留出奔，避亂襄漢，流離湖湘，輾轉粵閩，最後於紹興元年到達高宗的行在處會稽。整整五年的流亡逃難生活，所謂「憂世力不逮，有淚盈衣襟」（〈次舞揚〉），其詩歌明顯表現出對國家政治軍事形勢的關心。即便是一些即景抒情、題畫詠物的閒詩也傾盡胸中塊壘，表現了深重的家國之痛、黍離之悲。例如

中興天子要人才，要使生擒頡利來。正待吾徒紅抹額，不須辛苦學顏回。（〈題繼祖蟠室〉三首之三）

百尺闌干棋海立，一生襟抱與山間；岸邊天影隨潮入，樓上春容帶雨來。慷慨賦詩還自恨，徘徊舒嘯卻生哀。滅胡猛士今安在，非復當年單父台！（〈雨中再賦海山樓詩〉）

此時期傷國憂事的主題在與義的詩中占了主導地位。許多感時撫事、慷慨激越、寄托遙深之作，例如（〈傷春〉）：

廟堂無策可平戎，坐使甘泉照夕烽，初怪上都聞戰馬，
豈知窮海看飛龍！孤臣霜髮三千丈，每歲煙花一萬重。
稍喜長沙向延閣，疲兵敢犯犬羊鋒。

洞庭之東江水西，簾旌不動夕陽遲。登臨吳蜀橫分地，
徙倚湖山欲暮時。萬里來遊還望遠，三年多難更憑危。
白頭鬥古風霜里，老木滄波無限悲。

（〈登岳陽樓〉二首之一）

三分書里識巴丘，臨老避胡初一遊。晚木聲酣洞庭野，
晴天影抱岳陽樓。四年風露侵遊子，十且江湖吐亂洲。
未必上流須魯肅，腐儒空白九分頭。（〈巴丘書事〉）

都是相當雄渾沈鬱的作品。樓鑰《簡齋詩箋序》:「南渡以後，深履百罹而詩益高。」羅大經《鶴林玉露‧卷四》:「值靖康之難，崎嶇流落，感時恨別，頗有一飯不忘君之意。」紀昀《四庫提要》:「湖南流落之餘，汴京板蕩之後，感時撫事，慷慨激越，寄託遙深。」這一段時期主要集中在靖康元年（1126）到紹興元年（1131）這五年之間——這是他漂泊流亡的五年，也是創作時期最旺盛的五年，不論是作品的數量或質量，都遠超過上個時期，劉克莊《後村詩話前集‧卷三》所說的:「避地湖嶠，行路萬里，詩益奇壯」就是此時期。

在紹興元年（1131）以後，由於政務繁忙，較少寫詩。一般資料論及與義的文學成就，多能侃侃而談，但對陳與義的政治立場則多不討論。《宋史‧陳與義傳》載：

> 「七月正時，陳與義參知政事……，時丞相趙鼎言:『人多謂中原有可圖之勢，宜便進兵，恐他時咎今日之失機。』上曰:「今梓宮與太后，淵聖皆未還，若不予金和議，則無可還之理。」與義曰:「若合議成，豈不賢於用兵，萬一無成，則用兵必不免。」上曰:『然。』」

可見與義的政治立場是偏向主和議而不主張用兵的。與義南渡後顯貴，一般資料多不討論，但可能與他持平的政治立場相關。南渡前與他多有往來的主戰派詩人如張元幹等，在南渡後相互酬唱往返的詩歌也明顯減少。

與義體質蒲弱，南渡後又「數年多病，意緒衰弱」，很少寫詩。再由於此一時期，廁身於難民的行列之中，歷經民族苦難，視野開闊，思想感情也有顯著變化。早期作品雖有「憂寒飢」、「憂冷語」、「憂網羅」等詞語，但都是爲了個人的得失憂慮重重，此時不僅感慨個人遭遇，更是憂國的思想佔了主導的地位，以此思想爲主體，寫出不少憂國傷時，感懷國家的詩篇，《後村詩話‧前集卷二》:「建炎以後，避地湖嶠，行路萬里，詩益奇壯。……造次不忘憂愛，以簡潔掃繁縟，以雄渾代尖巧，第其品格，當在諸家之上。」〔註 14〕

〔註 14〕關於這點，錢鍾書《宋詩選註‧書林出版公司》卻抱持著不同的看簡齋詩評價之所以如此之高，主要在於不論是在詩作內涵或是風格，與義都能夠在江西詩人規規學習前人的風氣中，學出自己的精神面貌。江西詩派標榜學杜，沈德潛《說詩晬語》云：「江西派，黃魯直太生，陳師道太直，皆學杜而未嚌其腐者。」認爲山谷、後山學杜並沒有學到杜詩的精髓，而陳簡齋學杜，則能提出「識蘇、黃之所不爲，而後可以涉老杜之涯涘」的重要見解，並能以其才力，有所變化、革新，自成面貌。紀昀《四庫提要》云：「簡齋詩雖出於豫章，而天份絕高，工於變化，風格遒上，思力沉摯，能卓然自闢蹊徑。」蔣國榜《胡著陳簡齋集跋》亦云：「簡齋力彌摯，工於變化」，都強調了陳詩的工於變化，這個變化，正是在學杜的過程中不僅學其字法、句法、功力格調，更在神味氣勢、意蘊境界有了自己的氣象風貌。

黃庭堅曾經說過：「寧用字不工不可俗」；陳師道也有：「寧僻勿俗」的言論，陳與義寫詩也是「務一洗舊常畦徑，意不拔俗，語不驚人，不輕出也」（葛勝仲《丹陽集・陳去非詩集序》）的堅持與原則。

陳與義不僅在形式技巧上、更在在思想內涵上，明顯突破江西派的藩籬，因而與前期劃清了界線。陳與義最主要的改革與實踐，就是不刻意用典。他的詩很少用典，詞句明淨，音調清亮，許多得意之作和備受讚賞的作品都是「多非尋補、皆由直尋」而來，與江西派「蒐列奇書」「穿穴異聞」之作，確是兩種面目。元代吳澄《吳文正公全集・卷九・震翁詩序》說：「簡齋古體自東坡氏，近體自後山氏，而神化之妙，簡齋自簡齋也。」劉辰翁《簡齋詩箋序》：「或問：宋詩簡齋至矣，畢竟比坡公何如？詩道如花，論高品則色不如香；論逼眞則

法。其云：陳與義、呂本中、汪藻、楊萬里等人在這方面（指憂國憂民之事）和陸游顯然不同。他們（指陳與義等人）只表達了對國事的憂憤與希望，並沒有投身在災難裡，把生命和力量都交由國家去支配的鴻志與願望，只束手無策地嘆息或者伸手求救的呼籲，並沒有說自己也要來動手。

香不如色。」聽劉氏口氣，似是二者難詮上下，所謂雙峰並峙，兩水分流。

北宋後期，學江西山谷詩者，多只能在文字上用力，未得其道，呂居仁寄江端本諸人詩說：「誤沾文字癖，虛覺鬢毛斑」（《詩集》卷七），嘔出心肺，盡精力於詩，卻不能創出自己的風格與面目，就是說明江西末流學詩學至偏鋒的情形。顧炎武《日知錄・詩禮代詳》所說的一段話：『一代之文，沿襲已久，不容人人皆道此語，今且數千百年矣，而猶取古人之陳言，一一而模仿之，以爲是詩，可乎？』頗可以說出時人對於江西詩派末流的憂心。於是在南宋初的詩壇上，一方面是江西詩派獨盛一時，且其影響無處不在的創作現實，另一方面則是不少身受家國之變的士人，極力擺脫資書以爲書的的習氣，積極反映社會苦難開出宋詩的中興局面。方回《瀛奎律髓・卷一》：「老杜詩爲唐詩之冠，黃（庭堅）、陳（師道）詩爲宋詩之冠。黃陳學老杜者也，嗣黃陳而恢張悲壯者，陳簡齋也；流動圓活者，呂居仁也；清勁雅潔者，曾茶山也。」陳與義、呂本中、曾幾可謂上變黃、陳，下起南宋四大家。又說：「老杜之後有黃陳，又有簡齋，又其次則呂居仁之活動，曾吉甫之輕峭，凡五人焉。」不但可以從中見出此南渡三大詩家在中國詩學史上的地位，更可見出江西詩派之所以有如此強悍的生命力，影響中國詩壇如此深遠，關鍵就在於此時期詩學理論之變革。

第五章　「逆變」與「不變」的詞壇概況

許多論及南宋初期詞的文學史或批評史，常將北宋末年詞與南渡詞截然劃分爲兩個不同的章節，其實就詞史的發展及詞壇的表現來看，橫亙著靖康之難的北宋末與南宋初，是一個非常完整而獨具特色的時期。薛礪若《宋詞通論》將宋詞分爲六期，其中「第四期：約自宣和以後起，直至南渡後慶元間約七十餘年當中，是傳統下來的詞學史中一個枝椏旁幹的怒出。」在這完整的七十餘年當中，我們可觀察到幾個令人深思的問題：

一、格律詞派的墮落表現：北宋後期，周邦彥針對柳永慢詞偏於直敘而缺少變化的寫法，在章法結構上進行大規模的調整與改進，其濃墨重彩的勾勒與描繪，使全詞更顯意境渾厚而耐人尋味。此外，精通音樂的周邦彥，更以其深厚的學術涵養，在發展詞樂與創製詞調方面，以平上去入四聲，清濁抑揚於詞的音律之中。就章法結構的變化多彩及樂律精妙的深遠影響而言，周邦彥爲格律詞派的發展奠定「標準化」、「規範化」的基礎，可說是詞史上的一個高峰。

然而這個高峰並沒有接續一個亮眼的波濤，崇寧四年（1105）所創建的大晟樂府，是徽宗所設的宮廷音樂機構，邦彥於政和六年（1116）入主大晟，其後代表人物有晁端禮、田爲、万俟詠等人。

這些大晟詞人的詞風表現多以「風花雪月」、「脂粉才情」爲體，恰可與徽宗朝的腐敗政治與糜爛生活相爲表裡，因此周邦彥所創立的典麗雅詞，到了大晟詞派的手裡，就只能以「歌功頌德」、「粉飾太平」的面貌見世，其軟弱無骨的風格表現，成爲後來文學批評理論家評論北宋滅亡的重要理由。

二、蘇軾到辛棄疾之間，一個光彩奪目的橋樑：若沒有外力的衝擊或逼變，詞史的發展原可以直接由周邦彥一條路線走下去的。然而承平了一百七十餘年的北宋社會，忽然被靖康之難的暴力所劫持，而變換了政治與社會的常態，這種刺激與震驚，使徽宗君臣所醉心的承平享樂詞風，不得不爲之遽變。於是北宋中期，蘇軾所開拓的豪放詞，以別調之姿，引起詞論家的驚嘆。宋代詞苑，前有晏歐諸人，步追五代詞風，以含蓄淡雅之筆，寫香豔柔媚之情；復有張先、柳永，以痛快淋漓的手法，寫市井之民的家常風情；不論是內容、風格，或作者的創作態度，皆有柔艷婉媚的傾向。後期徽宗以政治的力量推動大晟樂府，在思想內容上逐步脫離現實，以滿足統治者粉飾太平的願望，在藝術技巧上，則以典雅的語言、謹嚴的格律，來表達個人纖緻的心靈活動，「詞中老杜」周邦彥更以其才力、影響力，使婉約派的精工典麗，躍爲詞壇主流。因此，在精密典麗的主體風格中，東坡的豪放詞只能宛如潛流，在後來詞人的少數憂豪詞作中，暗伏命脈，直到南宋辛棄疾，才予以發揚光大。從蘇軾到辛棄疾之間，雖然沒有聲名大噪的詞人繼承豪壯的詞風，但是細心檢視南渡時期諸多文人的詞作，卻發現許多不爲人知的遺珠之作，其實甚具有承先啓後的時代意義。這些不以詞名的作家所開啓的豪放風格，爲詞史的發展舖出了一道耀眼的橋樑。

三、以大時代言之，這是諸多詞風的對峙時期：承前文一、二所言，豪放與婉麗的詞風同時並存於這個時代，然而「晚唐五代之際，文人詞已經基本定型，男子而作閨音，詩詞分野的痕跡已然日益明顯，詞別是一家的路數也最終成就了。」除了豪放與婉麗的對峙，婉麗之外的詞作風格，又可以從兩條基本的脈絡觀察之：一派因鑑於國勢險惡，遂遁跡江湖，成為放達頹廢的詩人，一派是目睹國勢陵替、權奸當路的憤時詩人。這兩種不同詞風的表現，分別代表了兩部分相反的意見與思想。從中我們可以洞觀此時期政治上微妙的「仕」、「隱」情結。

四、以個人言之，前後期詞作風格與內容的鉅變，是此時期詞壇的普遍現象：再承前文一、二所言，南渡以前，詞人多婉約濃膩之作，而其內容則多生活狎放之品；南渡以後的詞人，多寫征戰殺伐和民族義憤，或寫在群小壓抑下的孤憤與幽怨。在時代精神的感召之下，人們都不同程度地從香弱輕曼的老調子當中沖脫出來，而換之以慷慨悲涼的音符。這種人生多艱而志有不平的生活遭遇，表現在詞作上的風格，就是悲涼慷慨的詞作基調：悲涼來自現實人生感受，慷慨則出自於積極進取的人生態度——相較於前期詞作的表現，這種轉變值得吾人觀察與深思。

五、整體詞學的成熟表現：黃文吉《宋南渡詞人・第二章》有言：詞體的發展至此（意指南宋期圓熟的境地），有關詞學的著作也應運而生。例如李清照在北宋末年寫下宋代第一篇有見解、有組織、有條理的詞論，毫不留情的批評前輩大家。此外曾慥在紹興十六年（1146）編成《樂府雅詞》，以雅正為其選詞標準；王灼在紹興十九年（1149）完成了《碧雞漫志》，是詞話中最早的專書；而胡仔《苕溪漁隱叢話》前集卷五十九、後集卷三十九，皆論長短句，依序所言，分別完成於紹興十八年（1148）及乾道年（1167），所錄多為軼聞逸事，間附考證；另外吳曾《能改齋漫錄》卷十六、十七專論樂府，據其子復所撰後序，可知此書編成於紹興二十四年至二十七年（1154～1157），也是輯錄詞家軼聞，並涉及考證。這麼多的詞學專書在此時出現，一則代表詞的各種題材、體製之成熟，二則也表示了此時詞家對詞的深思與反省已能夠自成體系了。

本文擬就此一完整時期的詞壇概況，作出具體而微的橫面剖繪。在這短暫的時代中，詞人的悲歡喜樂、一顰一笑，雖不足以登上中國文學發展史的舞台，但在這個章節裡，我們給予放大的空間，賞盡詞人墨客淋漓盡致的表現。

第一節　隔江猶唱的婉麗餘風

詞的發展到北宋後期已經出現了多種的藝術風格與寫作手法，以當代士大夫審美的眼光來看，柳詞過於俚俗粗率，不合文人的嗜雅情調，於是有周邦彥以迴環往復、一唱三嘆的手法，就其章法結構予以大力改造；蘇軾以詩爲詞的創作手法更爲堅持傳統作法的詞人所不能接受，於是有李清照《詞論》的提出，說明了詞「別是一家」的觀念，並從詞壇的現實情況以及個人對於詞體觀念提出藝術詞體的規範。文中主要提出了「五音」、「六律」、「五聲」一系列音韻學和樂學等方面的概念，以說明詞原本就具有婉雅協律的特點，因而有別於詩、文等體。

《詞論》的出現與周邦彥詞一樣，是北宋文化低潮期的產物，無可避免的受到純藝術論的影響；此時期論述詞體特點與諸多評論之作，均或多或少無視於詞的社會功能和思想意義。這固然由於詞體產生的特殊文化條件以及娛樂性質，使它長期以來與現實生活脫節而成爲抒寫個人私情的工具，缺乏時代感和現實性。蘇軾詞作雖然增強了詞體的社會功能；但從蘇軾到李清照之間的許多詞人，都沒有在新的歷史條件之下，完滿解決詞體的固有特性與社會現實之間的矛盾問題，「詞爲艷科」的標誌，也鉛終緊附著詞的體質裡，直到靖康之難，才有新的質變。

本節主要討論在靖康之難以前，北宋末期詞壇的婉麗詞風。東坡的豪放詞風此時未興，精工婉麗的詞壇主體風格，卻來自於兩種不同的創作動機與心態：一是以歌功頌德、粉飾太平爲創作目的的大晟詞風；二則是堅持詞體具有婉雅協律特點的閨閣女子易安詞風。不同的動機，相同的婉麗，其中的境界差別，卻值得文字工作者深深的體會與省思。

一、鉅變前夕的大晟詞府

崇寧初，徽宗因樂制訛謬殘闕，樂器弊壞，制度不全，再加上蔡京以「今泉幣所積贏五千萬，和足以廣樂，富足以備禮」（《宋史・奸臣列傳・蔡京》）之言蠱惑，遂拔擢劉昺爲大司樂，付以樂正；引蜀人魏漢津鑄九鼎，作大晟樂。四年（1105），置府建宮，專司樂律，「命周美成諸人，討論古音，審定古調，淪落之後，稍得存者。由此八十四調之聲稍傳；而美成諸人又復增演慢曲、引、近，或移宮換羽爲三犯、四犯之曲，按月律爲之，其曲遂繁。」〔註1〕（張炎《詞源・卷下》）；大觀元年（1107），詔頒新樂於天下，近人李文郁〈大晟府考略〉（《詞學季刊》・第二卷第二號・56）推斷當時大晟府之職責有五：一頒佈樂律，二教習音樂，三修正樂律，四編輯調譜、創造聲律，五操持樂令。這樣一個專門掌管音樂的機關，對當時詞人重視審音律調的心態有極大的影響。誠如龍沐勛《論兩宋詞風轉變》時所說：「詞風之轉變，恆隨樂曲之推移。柳氏樂章以應教坊樂工之要求，冀得取悅於俗耳，而不免詞語塵下。至徽宗朝，制禮作樂，乃出於朝廷之命，所造曲自不能爲淫靡之音。且當時掌管樂器之官，如周邦彥、万俟詠等，皆詞林宗匠，故所作一以雅麗出之。大晟府之設置，所以促成樂曲之發展，亦即北宋後期詞風轉變之總樞也。」

楊海明《唐宋詞的風格學》談到此時期詞風之所以有「雕琢而工」的特色，其重要原因除了社會享樂風氣的滋長，另外周邦彥以「迴環往復，一唱三嘆」（夏敬觀《手評樂章集》）的手法，重新打造柳永慢

〔註1〕所謂三犯、四犯者，即取幾種不同的詞調，參互成之，而爲一調是也；按月律爲之者，即取詞情能與節令相應者。（參考薛礪若《宋詞通論》）可見大晟府的設立，使當時的詞更重視音樂性，對詞的音律貢獻至偉。

詞的章法結構，渾灝流轉出婉約派的精工典麗外，第三個重要原因就是大晟府的製樂了。周密《浩然齋雅談》談到周邦彥入主大晟府的經過：徽宗以近者祥瑞沓至，將使播之樂府。……特遣蔡京示意周邦彥，提舉爲大晟樂府，邦彥雖以「某老矣，頗悔少作」答之，最後還是接下了任務。邦彥提舉大晟府的時間不長，但對詞樂的貢獻很大。由於周邦彥本人詞作富艷精工，蘊藉含蓄，又因曾提舉大晟樂府，其作品流傳至廣，影響至深，當時「南渡詞人在北宋末年的作品，都無法脫離周詞的影子」（引自黃文吉《宋南渡詞人》）。周邦彥精密嚴整的詞作一轉當代嘽緩鬆散的風習，開始了「由散返整」的過程，這種「整嚴化」就表現爲對於章法、詞法的雕琢錘鍊。

以周邦彥爲首，當時僚屬有晁端禮、晁沖之、田爲、江漢、万俟詠等，他們「按月令爲之」，寫了不少留連光景的頌詞或應制詞，成爲文學評論家批評北宋滅亡的重要理由。趙文《吳山房樂府序》就云：「渡江後，康伯可（與之）未離宣和間一種風氣，君子以是知宋之不能復中原也。近世辛幼安，跌蕩磊落，猶有中原豪傑之氣，而江南言語者宗美成，中州言詞者元遺山〔註2〕，詞之優劣未暇論，而風氣之異，遂爲南北強弱之占，可感矣。〈玉樹後廷花〉盛，陳亡；〈花間〉麗情盛，唐亡；清眞盛，宋亡；可異哉！」「觀歐、晏詞，知是慶曆、嘉祐間人語。觀周美成詞，其爲宣和、靖康也無疑。聲音之爲世道邪？世道之爲聲音邪？有不自知其然而然者。悲夫！」從周美成的詞，來看世道之興滅，對美成而言，實在是太沉重的負擔；但這樣的因果推理與徽宗創設大晟府的動機與過程，以及其他大晟詞人在詞史上的評價有密切的相關。

大晟府的製撰官，以宮廷詞人的地位塡詞，所作多爲風花雪月、歌功頌德之作，例如晁端禮有詞集〈閒齋情趣外篇〉，大半是寫景頌

〔註2〕金源詞壇此時盛行蘇軾的詞風，觀之於元好問編的《中州樂府》即可明白。金國本是文化落後的國家，文壇盟主最初都是由北宋入金的文人所擔任；如號稱「吳蔡」的吳激、蔡松年，都與蘇軾有親屬、門生、故舊之誼。

詞；晁沖之存詞十餘首，其中〈林上春慢〉等是頌詞；田爲存詞六首，其中〈春探〉是頌詞；万俟詠存詞二十餘首，十九是頌詞。但《清眞集》中則無此類貢諛之作品，且邦彥提舉爲大晟府時，已是六十一歲的晚年，除了奉徽宗之命，修改王銑的《憶故人》詞外，並無其他頌聖貢諛之作。說清眞詞盛則宋亡，實在是有點冤枉周邦彥了。（參考白敦仁主編《周邦彥詞賞析集・前言》）。

雖說是冤枉，但其實我們也可從此角度來詮釋趙文的說法：清眞填詞的手法、技巧、風格率領當代詞壇風潮，使一般詞人玩技巧而喪志，美則美矣，玉樹後庭花的華美卻無可避免地呈現出末世的風情。逮至大晟樂府罷樂（宣和七年十二月，西元 1125）徽欽蒙塵，詞人在歷經沉痛的歷史鉅變之後，風格大都有所轉變。本節擬以大晟詞風爲析賞的重點，導引討論當代詞風所鋪陳的末世華麗，以便與第二節中所要討論的溫婉詞風作一比較。

（一）亡國之主多有才的徽宗詞

宋徽宗，趙佶（1082～1135），建中靖國辛巳（1101）即帝位。在政治上，重用蔡京、朱偭、童貫等小人，荒淫腐朽，橫徵暴斂；在外交上，奉行妥協投降的政策，只知苟安求活而不知自振抗敵；在藝術上，趙佶卻是一位天份極高的詩人與藝術家。他能詩能詞，精通書法，擅長繪畫，熟諳音律，長於演奏，其他犬馬遊樂之事也無不精擅。

趙佶今存詞十二首，除〈臨江仙〉、〈燕山亭〉爲被俘後所作，其餘皆爲被俘前所作。試觀徽宗被俘前的作品如〈聲聲慢・春〉：

> 宮梅粉淡，岸柳金勻，皇州乍慶春回。鳳闕端門，棚山彩建蓬萊，沉沉洞天向晚，寶輿還，花滿鈞臺，輕煙裡，算誰將金蓮，陸地齊開。　　觸處笙歌鼎沸，香韉趁，雕輪隱隱輕雷。萬家簾幕，千步錦繡香挨。銀蟾皓月如畫，共乘歡，爭忍歸來。疏鐘斷，聽行歌，猶在禁街。

再如〈探春令〉一首：

> 簾旌微動，峭寒天氣，龍池冰泮。杏花笑吐香猶淺，又還

是，春將半。　　輕歌妙舞從頭按，等芳時開宴。記去年，
對著東風，曾許不負鶯花願。

此外還有〈小重山〉：

羅綺生香嬌上春，金蓮開陸海，豔都城。寶輿回望翠峰青，
東風鼓，吹下半天星。　　萬井賀昇平，行歌花滿路，月
隨人。龍樓一點玉燈明，蕭韶遠，高宴在蓬瀛。

從以上諸作皆可看出宋徽宗整體詞風的婉麗柔膩，另外還有〈滿庭芳——寰宇清夷〉之句、〈金蓮遶鳳樓——絳珠朱籠相隨映〉之句、〈聒龍謠——紫闕苕嶢〉之句，亦可窺知當時詞風之一斑。

在這些婉麗的作品當中，雖然不脫脂粉花雪之作，但是亡國的憂心已經或多或少出現在這位「醉臥美人膝、醒掌天下權」的亂世國主的作品之中了。例如〈臨江仙・宣和乙巳冬幸亳州途次〉：

過水穿山前去也，吟詩約句千餘。淮波寒重雨疏疏。煙籠
灘上鷺，人時就船魚。　　古寺幽房權且住，夜深宿在僧
居。夢魂驚起轉嗟吁。愁牽心上慮，和淚寫回書。

此詞作於宣和七年（即靖康元年），當時徽宗雖未北狩，但已禪位欽宗，避金兵逃往亳州。上片雖純係寫景，但是寒重雨疏、煙籠灘鷺的沉重畫面，早已流露出徽宗的心事重重；下片描寫君王權住僧居，夜深夢驚起的牽愁掛憂，更可看出詞中早已失去尋歡逐樂之心情，字裡行間流露著雖不明說卻無法遮掩的亡國之憂。

徽宗傳世之名作〈眼兒媚〉與〈燕山亭〉兩首，作於北俘之後，由於內容出自於環境逼變所帶來的心境改變，在詞史上頗有一席之地。其〈燕山亭・北行見杏花〉如下：

裁剪冰綃，輕疊數重，如著胭脂勻注。新樣靚妝，艷溢香
融，羞殺蕊珠宮女。易得凋零，更多少風雨無情。愁苦！
問院落淒涼，幾番春暮？　　憑寄離恨重重，這雙燕，何
曾會人言語。天遙地遠，萬水千山，知他故宮何處？怎不
思量，除夢裡有時曾去。無據、和夢也新來不做。

全詞以細膩工筆，描勒杏花的外形神態，絢爛華美。筆鋒一轉，寫杏

花遭到風雨摧殘後的黯淡場景，從花的極盛到衰敗，暗示了作者自身的遭遇。由此過渡到下片對自身遭遇沉痛的哀訴。從上片杏花的凋零，轉到下片自己的哀感離恨，層層深入，越轉越深，越深越痛。第一層寫北行路上見到南方飛來之燕，重重離恨欲寄託，千言萬語卻不知如何說。第二層嘆自己父子降爲臣虜，與宗室臣僚三千餘人向北而去，南望故國，不堪回首。第三層緊接上意，以故宮之不可望，只可求諸於夢寐，來撫慰自己。最後卻用絕望之筆，寫「夢魂縱有也成虛」（晏幾道〈阮郎歸〉之語）的哀痛心情。

歷來詞評家對此詞給予甚高之評價，如明、楊愼《詞品》：「徽宗此詞，北狩時所作也。詞極淒婉，亦可憐矣！」清、況蕙風云：「眞」字是詞骨，若此詞及後主之作，皆以「眞」勝者。近人王國維《人間詞話》對這首詞的藝術感染力作出了自己的分析，云：「尼采謂一切文學，余愛以血書者。後主之詞眞所謂以血書者也；宋道君皇帝〈燕山亭〉詞略似之。」

除此首之外，再如〈眼兒媚〉：

> 玉京曾憶昔繁華，萬里帝王家。瓊林玉殿，朝喧弦管，暮列笙琶。　　花城人去今蕭索，春夢繞胡沙。家山何處，忍聽羌笛，吹徹梅花。

上片寫昔日的玉京繁華，萬里帝王家，則道出自家身世，瓊林玉殿等句雖不乏熱鬧氣象，但首句的「憶昔繁華」的憶字，已將此種熱鬧推向寂清的感傷。下片的「春夢遶湖沙」一語說出自身慘況，其中「忍聽羌笛」的忍字，道出流離君王，憶念故土的淒涼悲愴。

徽宗傳世的作品雖然不多，被俘前後的詞作內容雖因意涵境界不同而評價兩端，但就整體的創作手法言之，徽宗之詞誠爲當時婉麗詞風的具體表現。亡國之痛在李綱、張元幹詞中，一發而爲憂豪的表現，在徽宗詞中卻沉婉的悲傷，這固然有關個人氣質體性之不同，亦有關於當時詞風之整體薰染。徽宗身爲大晟詞風之提倡者，其詞作正好做了具體的說明。

除了詞，徽宗其他藝術上的才華，似乎也可視爲政治史上的瑰寶。正如唐初史家姚思廉《陳書·陳後主本記》所說的：「古人有言，亡國之主多有才藝。考之梁陳及隋，信非虛論。」此言亦可應證於宋徽宗身上。

附錄：欽宗之詞

趙桓（1100～1160），徽宗長子，政和五年（1115）立爲皇太子，宣和七年（1125）詔嗣位，改元靖康，是爲欽宗。在位二年，金人圍汴，脅上皇及帝北行，康王趙構即位於南京，遙尊爲孝慈淵聖皇帝。《全宋詞》中收錄有詞三首，皆哀婉之作。如〈西江月〉：

> 歷代恢文偃武，四方宴粲無虞。姦臣招致北匈奴，邊境年年侵侮。　　一旦金湯失守，萬邦不救鑾輿。我今父子在穹廬，壯士忠臣何處。

又一首：

> 塞雁嗈嗈南去，高飛難寄音書。只應宗社已丘墟，願有眞人爲主。　　嶺外雲藏曉日，眼前路憶平蕪。寒沙風緊淚盈裾，難忘燕山歸路。

第一首詞中，「邊境年年侵侮」、「萬邦不救鑾輿」以及「我今父子在穹廬，壯士忠臣何處」三句，道出欽宗寫作此詞的深沉無力感，然而卻將亡國之禍歸咎於奸臣，將流落異域之痛，歸於壯士忠臣之不救，實可看出北宋之所以亡的君王心態。第二首詞中的「只應宗社已丘墟，願有眞人爲主」表現出欽宗眞心爲國的心態，即使身陷北方爲虜，仍盼南方有眞人可以繼承宗社；末句「難忘燕山歸路」再次總結心中的感傷與悲痛。

欽宗另有一首〈眼兒媚〉，顯然是應和徽宗之作：

> 宸傳三百舊京華，仁孝自明家。一旦奸邪，傾天坼地，忍聽琵琶。　　如今在外多蕭索，迤邐近胡沙。家邦萬里，伶仃父子，向曉霜花。

亦極具哀婉之姿。

（二）京雲何處暮雲遮的万俟詠

万俟詠，字雅言，自號詞隱，生卒不詳，有《大聲集》五卷，詞集中分有「惻艷」、「雅詞」兩體，惜今已不傳。

万俟詠曾充大晟府製撰官，詞集中頗有一些諛詞之作，例如〈快活年近拍〉：

> 千秋萬歲君，五帝三王世。觀風重令節，與民樂盛際。蕊宮長春，洞天不老，花豔蟬輝，十里照春珠翠。　　鬧羅綺，遙望太極，一簇通明裏。鈞臺奏壽，蓬山呈妙戲。六宮人來，五雲樓迴，風送歌聲，依約睿思聖製。

顯見是頌盛之作，頌揚帝王之千秋萬歲，並且描述了宮中熱鬧慶祝、諸翠花豔的景象。另外如〈醉蓬萊〉下片後半段：「六曲屏開，詠三千珠翠。……太平無事，君臣宴樂，黎民同歡。」〈戀芳春慢‧寒食前進〉寫寒時節的熱鬧景象，下片最後幾句：「誰知道，人主祈祥為民，非事行春。」還有〈明月照高樓慢‧中秋應制〉、〈三臺‧清明應制〉、〈安平樂慢‧都門池苑應制〉等，都是粉飾太平之作。

除了這些諛詞之作，代表了他身為大晟詞人的柔狎婉膩之外，万俟詠其實也有一些清麗淡雅的作品，例如〈昭君怨〉：

> 春到南樓雪盡，警動燈期花信。小雨一番函，倚欄杆。　　莫把欄杆頻倚，一望幾重煙水。何處是京華？暮雲遮。

寫春初客中思歸，在上元燈節、春雨襲人之際，獨自登樓憑欄，可見思歸之切。但是煙水重重，暮雲層層，京華望而不見，欲歸不能的心情，把思歸之情更推進一步。另有一首〈憶秦娥‧別情〉：

> 千里草，萋萋盡處遙山小。遙山小，行人遠此，此山多少。天若有情天亦老。此情說便說不了，說不了，一聲喚起，又經春曉。

其中「天若有情」之句，化自李商隱〈金銅仙人辭漢歌〉，傳至今仍膾炙人口。

黃昇〈花庵詞選〉評其詞作：「發妙音於律呂之中，運巧思於斧鑿之外，平而工，和而雅，比諸刻琢句意而求精麗者遠矣。」可再以

〈訴衷情〉詞爲例：

一鞭清曉喜還家，宿醉困流霞。夜來小雨新霽，雙燕舞風斜。　山不盡，水無涯，望中賒。送春滋味，念遠情懷，分付楊花。

寫暮春時節即將到家的喜悅，起筆就以爽利歡快的筆調點出全旨，寫出了內心的激情。而後寫歸程中的景致、感受，以及遙想家人對自己的思念情懷，全都環繞著「喜還家」的中心而落筆，詞語婉雅而情意深蘊，比格律派詞人中那些只重聲律、專事雕琢之作確實高出一籌。

此外，万俟詠也有一些詞作，流露出濃厚的懷鄉之思，例如〈長相思・雨〉：

一聲聲，一更更，窗外芭蕉窗裡燈，此時無限情。　夢難成，恨難平，不道愁人不喜聽，空階滴到明。

從雨滴芭蕉的深夜嘆惋，到恨難平、夢難成的心緒起伏，一聲聲說出詞人心中的哀腸寸結。同樣詞調名，另有一首小標題爲〈山驛〉者：

短亭長，古今情，樓外涼蟬一暈生，雨餘秋更清。　暮雲平，暮山横，幾葉秋聲和雁聲，行人不要聽。

從「短亭」、「涼禪」和秋、雁的背景，鋪陳出行人孤單寂清的心緒，復値雨後黃昏時分，鄉愁之思更是綿密濃郁。再如〈憶少年・隴首山〉：

隴雲溶泄，隴山俊秀，隴泉嗚咽。行人暫駐馬，已不勝愁絕。　上隴首，凝眸天四闊。更一聲，塞雁淒切。征書待寄遠，有知心明月。

以及〈憶秦娥〉下片：「等閒莫把欄杆倚，馬蹄去便三千里。三千里，幾里雲岫，幾重煙水。」

情致之綿緲，遠出於其他大晟詞人之作。除了宋徽宗與万俟詠，還可以從其他大晟詞作來觀察這個時期的婉麗風氣。例如《全宋詞》中收有江漢詞一首〈喜遷鶯〉，亦頗能見出粉飾太平的基調：

昇平無際，慶八載相業，君臣魚水。鎮撫風稜，調燮精神，

> 合是聖朝房魏。鳳山政好，還被畫轂珠輪催起。按錦轡，
> 映玉帶金魚，都人爭指。　　丹陛，常注意。追念裕陵，
> 元佐今無幾。繡袞香濃，鼎槐風細，榮耀滿門朱紫。四方
> 具瞻師表，盡道一夔足矣。運化筆，又管領年年，烘春桃
> 李。

另外田爲存詞六首，亦皆婉約柔膩，如〈南柯子‧春景〉有：「夢怕愁時斷，春從醉里回。……多情簾燕獨徘徊，依舊滿身花雨，又歸來。」〈江神子慢〉有：「教人紅銷翠減，覺衣寬金縷，都爲輕別。」〈探春〉：「桃李怯殘寒，半吐芳心猶小。謾教蜂蝶多情，未應知道。」皆可見出末世之風情。

二、詞體別是一家的婉約堅持

（一）詩賞神駿、詞醉芳馨的李清照

在中國封建社會中，婦女的文藝創作可說是備受歧視，鍾嶸《詩品》介紹詩人一百二十二人，女詩人僅四人，昭明太子《文選》，僅選兩篇女性作品，《全唐詩》九百卷，婦女作品只百分之一，《宋詩紀事》一百卷，婦女作品只一卷。甚至一般選本中，男性作家多按年代先後編次，婦女作品則另闢一欄，編在書末，甚至放在無名氏或神仙鬼怪之後。因此，有較多作品爲人所知，並在我國文學史上佔有重要地位的女作家，可說僅有李清照一位而已。

易安居士李清照，生於宋神宗元豐七年（1084），卒年不詳，宋濟南人。幼有才藻，十八歲適太學生趙明誠。四十六歲時，明誠死，而後金兵南侵，清照避難奔走，異鄉渡過晚年。

目前所見易安流傳下來的作品，其詩、文流傳下來的不多，完整的詩歌僅十八首，連殘偏零句在內，不過三十餘首。詞集名《漱玉詞》，約有六十首，係出於後人掇拾，較之原秩，恐不過五分之一詞作。一般析賞其詞者，多以靖康之難將內容及風格分爲前後兩期：

一、四十三歲南渡之前：生活美滿，故其取旨溫柔，詞調蘊藉（引

自《詩辨坻．卷四》柴虎臣之語）；由於當時婦女生活的狹隘禁錮，反而助長了清照對自然界及社會人事的極度敏感，因此清照之詞大多風格柔媚宛轉，造字用情之深刻，反而爲男子所不及。《湘綺樓詞選前編》評論〈如夢令——昨夜風疏雨驟〉時說：「若非出自女子寫照，則無意致。」這樣的評語，其實也可用來概括其他詞作，例如〈蝶戀花〉：

> 暖雨晴風初破凍，柳眼梅腮，以覺春心動。酒意詩情誰與共？淚融殘粉花鈿重。　　乍試夾衫金縷縫，山枕斜攲，枕損釵頭鳳。獨抱濃愁無好夢，夜闌猶剪燈花弄。

再如〈浣溪沙〉：

> 繡面芙蓉一笑開，斜飛寶鴨襯香腮，眼波才動被人猜。
> 　　一面風情深有韻，半箋嬌恨寄幽懷。月影花移約重來。

吳衡照《蓮子居詞話．卷二》說：「眼波才動被人猜，矜持得妙。」其他如〈一翦梅〉：「一種相思，兩處閒愁。此情無計可消除，才下眉頭，卻上心頭。」〈減字木蘭花〉：「怕郎猜道，奴面不如花面好。雲鬢斜簪，徒要教郎比並看。」都可見出清照當時情懷的活潑熱烈，與文字的尖新之美。

二、南渡後，清照避兵南下，再二年，明誠疾歿，此時國破家亡，其作品常懷京洛舊事，並多抒悲淒慘痛，今昔無常之感，例如〈聲聲慢〉：

> 尋尋覓覓，冷冷清清，戚戚慘慘戚戚。乍暖還寒時候，最難將息。三杯兩盞淡酒，怎敵它，晚來風急。雁過也，正傷心，卻是舊時相識。滿地黃花堆積，憔悴損，如今有誰堪摘。守著窗兒，獨自怎生得黑。梧桐更兼細雨，到黃昏，點點滴滴，這次第，怎一個愁字了得。

再如〈永遇樂〉：

> 落日鎔金，暮雲合璧，人在何處。染柳煙濃，吹梅笛怨，春意知幾許。元宵佳節，融合天氣，次第豈無風雨？來相召，香車寶馬，謝他詩朋酒侶。　　中州盛日，閨門多暇，

記得偏重三五。鋪翠冠兒，撚金雪柳，簇帶濟楚。如今憔悴，風鬟霜鬢，怕見夜間出去。不如向簾兒低下，聽人笑語。

以及〈武陵春〉：

風住塵香花已盡，日晚倦梳頭。物是人非事事休，欲語淚先留。　　聞說雙溪春尚好，也擬泛輕舟。只恐雙溪舴艋舟，載不動、許多愁。

由於遭受國破家亡的雙重刺激，後期詞作不只是以閨中少婦的閒愁出之，還有更多的是飽歷滄桑的淒涼苦楚。

雖然在詞作的內容、風格上，易安詞作有前後期的差別，但是在情韻、格調上的統一，以「婉約」二字概括之，應該是沒有問題的，王士禎所云：「婉約以易安爲宗。」以及張南湖《花草蒙拾》所說的：「詞派有二，一曰婉約，一曰豪放。僕謂婉約以易安爲宗，豪放惟幼安爲首。」都是對易安詞作婉約風格的正面肯定。

歷來盛讚易安詞作者頗多，如《雨村詞話・卷三》：「詞無一首不工，其鍊處可奪夢窗之席，其麗處直參片玉之斑。蓋不徒俯視巾幗，直欲壓倒鬚眉。」《白雨齋詞話・卷二》：「李易安詞獨闢門徑，居然可觀。其源自從淮海、大晟來。」以及《雲韶集・詞壇叢話》：「李易安詞風神氣格，冠絕一時，直欲與白石老仙相鼓吹。」不勝枚舉。然而清照詞作之美，恐怕最主要的原因是來自於她「自然」的情致吧！例如〈如夢令〉詞：

昨夜風疏雨驟，濃睡不消殘酒。試問捲簾人，卻道海棠依舊。知否、知否，應是綠肥紅瘦。

《古今詞統・卷四》云：「……此詞安頓二疊語最難。『知否、知否』，口氣宛然。若他人『人靜、人靜』、『無寐、無寐』，便不渾成。」《蓼園詞選》：「一問極有情，答以依舊，答得極澹，跌出「知否」二句來，而「綠肥紅瘦」無限淒婉，卻又妙在含蓄。短幅中藏無數曲折，自是聖於詞者。」其他評家評論清照之作品，如南宋人張端義《貴耳集・卷下》：「以尋常語度入音律」、彭孫遹《金粟詞話》：「用淺俗之語，發清新之思」，這都說明了易安居士以「自然」爲主的風格特徵。

或者我們可以說，這種自然，是經過錘鍊之後抹去了「斧鑿痕跡」的自然。王灼《碧雞漫志・卷二》：「易安居士作長短句，能曲折盡人意，輕巧尖新，姿態百出。」「曲折盡人意」是指她有豐富細膩、委婉深曲的藝術感覺；「輕巧尖新」是指她語言的工巧錘鍊，最後所達到的「姿態百出」則又是說詞作的自然之態。另外張耒《東山詞序》評曰：「滿心而發，肆口而成」。「滿心而發」指其感情之豐富和感覺之敏銳；「肆口而成」指其語言之自然天成。

然而，除了以自然之語出婉約之姿，清照還有一首〈漁家傲〉，是詞史上相當引人注目的一首：

> 天接雲濤連曉霧，星河欲轉千帆舞。彷彿夢魂歸帝所，聞天語，殷勤問我歸何處。　　我報路長嗟日暮，學詩謾有驚人句。九萬里風鵬正舉，風休住，蓬舟吹取三山去。

《藝蘅館詞選・卷乙》評此詞云：「此絕似蘇辛派，不類漱玉集中語。」的確，如此豪邁之作放在蘇辛詞集中，自是泛泛，但是從清照之筆出之，則不免提供後人很大的討論空間。

《寒夜錄・卷下》總評清照之文學成就有云：「李易安詩餘，膾炙千秋，當在〈金荃〉、〈蘭畹〉之上；古文如《金石錄後序》，自是大家舉止，絕不作閨閣妮妮語。〈打馬圖序〉，亦復磊落不凡。獨其詩歌無傳，僅見〈和張文潛浯溪中興詩碑〉二篇，亟錄出之……二詩奇氣橫溢，嘗鼎一臠，已知爲駝峰、麟脯矣。古文、詩歌、小詞並擅勝場。」在各種文學體裁的表現中，清照各有其傑出表現；再從李清照《詞論》所提出的詞學主張，以及他在詩、詞方面的實踐與創作來看〔註3〕，確

〔註 3〕清照本身善於寫詞，但我們可以觀察到在寫一些政治性的文字時，易安常以古體詩出之。以下句子「水晶山枕象牙床」「幾多深恨斷人腸」「閒愁也似月明多」等句，風格婉膩不知是詩是詞，亦不見於清照傳世作品中，見於宋人胡偉集句《宮詞》中，以各句風調觀之，似是詞句。

實就是「以詩言志，以詞抒情」這一觀點的具體實踐和體現。

她在詩歌及詞作兩方面所表現出來截然不同的風格，可用清、沈曾植《菌閣瑣談》說明之：「易安跌宕昭彰，氣調極類少游，刻摯且兼山谷。篇章惜少，不過窺豹一斑。閨房之秀，固文士之豪也。才鋒大露，被謗始亦因此。自明以來，墮情者醉其芳馨，飛想者賞其神駿。易安有靈，後者當許為知己。」其中「神駿」與「芳馨」可用來概略說明詩詞二者的不同情致。

詩詞風格之所以差異如此，不能忽略的是易安早年所提出的詞學理論。《詞論》短短一篇小文，其中對歐陽永叔、蘇子瞻的評論，以及「蓋詩文分平仄，而歌詞分五音，又分五聲，又分六律，又分清濁輕重。」清楚表明了她對詩、詞不同主張與看法。文中將詞分為三類〔註 4〕：可歌、不可歌而可讀、不可讀。其中所謂「讀」，就是吟詠之謂。清照堅持「詞體別是一家」的眞正意義，起初是相對於詩而言，並且強調倚聲應歌與書卷吟詠結合的重要性；她把詩歌與詞看作是截然不同的工具與風格，即詩莊詞媚。文中她在詞上冠以「歌」與「小」字，就是認為詞必能歌，且屬小道，不能與詩文同登大雅之堂。詞的屬性既是能歌的抒情小體，馮峋《後村先生大全集・翁應星樂府序》所說的一段話，或許更能襯明易安詞論中的見解：「……長短句當使雪兒、囀春鶯輩可歌，方是本色。」

以她南渡前的詞作為例，即使當時清照與明誠的生活美滿甜蜜，仍有許多淒絕哀涼的作品見世，如〈醉花陰〉：

> 薄霧濃雲愁永晝，瑞腦銷金獸。佳節又重陽，玉枕紗櫥半夜涼。東籬把酒黃昏後，有暗香盈袖。莫道不銷魂，簾捲西風，人比黃花瘦。〔註 5〕

〔註 4〕清照此種分法，是從音樂的角度出發，另外《倚聲集》王士禎前序，也將詞分為四種……有詩人之詞，唐、蜀、五代諸君子是也，有文人之詞，晏、歐、秦、李諸君子是也，有詞人之詞，如柳永、周美成、康與之之屬是也，有英雄之詞，蘇、陸、辛、劉之屬是也；則是從詞作的風格境界出發。

〔註 5〕《瑯嬛記・卷中》引外傳云此篇之作：「易安以〈重陽・醉花陰〉詞

楊愼批點本《草唐詩餘・卷一》評末後兩句云：「淒語，怨而不怒。」《詞的・卷一》：「但知傳誦結語，不知妙處全在莫道不銷魂。」《自怡軒詞選・卷二》：「幽細淒清，聲情雙絕。」《雲韶集・卷十》：「無一字不秀雅，深情苦調，元人詞曲往往宗之。」所以清照詞之哀婉，不是因爲亡國之音哀以思的緣故，而是她本身對詞作風格的堅持與體認。

再看她的詩歌作品如：〈浯溪中興頌詩和張文潛二首〉〔註 6〕：「五十年功如電掃，華清宮柳咸陽草，五坊供奉鬥雞兒，酒肉堆中不知老。胡兵忽自天上來……」，其二：「君不見驚人廢興傳天寶，中興碑上今生草。不知負國有奸雄，但說功成尊國老。……」《寒夜錄・卷下》評此二詩云：「二詩奇氣橫溢，嘗鼎一臠，已知爲駝峰、麟脯矣。」再如〈上樞密韓肖胄詩二首〉，是一首長達五十四句的長詩，其中如：「三年夏六月，天子視朝久。凝旒望南雲，垂衣思北狩。如聞帝若曰，岳牧與群后……子孫南渡今幾年，漂流遂與流人伍，欲將血淚寄山河，去灑東山一抔土。」以及其二：「想見皇華過二京，壺漿夾道萬人迎。……」等句，都是風格雄奇，氣象壯烈的作品。

王灼《碧雞漫志》評析易安的詩作云：「自少年便有詩名，才力華贍，逼近前輩，在士大夫中已不多得。」其中內容大多表現了對金人

致函明誠。明誠歎賞，自愧弗逮，務欲勝之。一切謝客，忘寢忘食者三日夜，得五十闋，雜易安作，以示友人陸德夫。德夫玩之再三，曰：『只三句絕佳』，明誠詰之，曰：『莫道不銷魂，簾捲西風，人比黃花瘦。』」。歷來諸書多引此事，皆從《瑯嬛記》引之。王仲聞則按：趙明誠喜金石刻，平生專力於此，不以詞章名。並認爲《瑯嬛記》所引之外傳，不知何書，必出自捏造。姑不論王氏所論，是爲確論否；試觀此詞之情調，應是清照與明誠情深意篤之時所作。

〔註 6〕張文潛，名耒，宋淮陰人，詩文有名，爲蘇門四學士之一。其原詩題作〈讀中興頌碑〉，詩云：「玉環妖血無人掃，漁陽馬厭長安草，潼關戰骨高於山，萬里君王蜀中老。金戈鐵馬從西來，郭公凜凜英雄才，舉旗爲風偃爲雨，灑掃九廟無塵埃。元功高名誰與記，風雅不繼騷人死。水部胸中星斗文，太師筆下蛟龍子，天遣二子傳將來，高山十丈磨蒼崖。誰持此碑入我室，使我一見昏眸開，百年興廢增慨歎，當時數子今安在。君不見，荒涼浯水棄不收，時有遊人打碑賣。」王仲聞按：宋人或以此詩爲秦觀所作。

入侵的痛恨，批判南宋小朝廷的苟安，傾吐了對故鄉和父老的思念之情；故其題材多是現實意義強烈的詠史詩以及言志抒懷的詩篇。易安的詩作風格雄闊豪邁，例如其膾炙人口的〈烏江〉:「生當作人傑，死亦爲鬼雄，至今思項羽，不肯過江東。」以及〈題八詠樓〉:「千古風流八詠樓，江山留與後人愁，水通南國三千里，氣壓江城十四州。」皆不似閨閣之手，或者說得更精確一點：婉約之宗李易安的詞作，可以說是閨閣經典之作，但她的詩作風格表現，即使置諸男子之作中，雄壯之氣，亦令人不可逼視。除了以上完整的篇秩之外，從許多失題散佚的作品中，我們也可以看到從斷簡殘編散發出來的雄壯之氣，例如:「南渡衣冠少王導，北來消息欠劉琨。」「南來尚怯吳江冷，北狩應悲易水寒。」根據《詩說雋永》，此二詩作於建炎二、三年間，當時李綱被罷，宗澤飮恨而死，而黃潛善、汪伯彥爲相執權之時。清照《詠史》之作:「兩漢本繼紹，新室如贅疣，所以嵇中散，至死薄殷周。」雖是斷簡殘篇，不成篇幅，當地《章邱縣志・卷九》還是給予極高之評價，認爲易安之詩:「意見聲調，絕響一代。」

易安詩詞風格之異，正如《分甘餘話・卷二》、《弇州山人詞評》所言:「凡爲詩文，貴有節制，即詞曲亦然。正調至秦少游、李易安爲極致。……變調至東坡爲極致。」「《花間》以小語致巧，《世說》靡也;《草堂》以麗字取妍，六朝媮也。即詞號稱詩餘，然而詩人不爲也，何者，其婉孌而近情也，足以移情而奪嗜。其柔靡而近俗也，詩嘽緩而就之，而不知其下也。」然而就在這種「相異」之中，易安以其傑出的詞作表現，閃耀出柔情動人的光輝。

在豪放詞風的時代潮流中，婉約詞主李清照立足於此時代，就是一種明確的提醒與證明：國難之詞雖然耀眼，婉約的本色之作，始終沒有從詞史的流變中，退下歷史的舞台。

（二）小詞婉媚、長調憂國的趙鼎

趙鼎（1085～1147），字元鎭，解州聞喜人（今山西省聞喜縣）。

二十一歲登進士第時，曾對策斥章惇誤國之非，後來又闢合議之非，爲秦檜所忌，高宗紹興十七年（1147），感憤國是日非，君懦臣佞，遂絕食而死。孝宗即位，諡忠簡，著有《忠正德文集》。

趙鼎在高宗朝曾兩度爲相，一在紹興五年（1135），一在紹興七年（1137），對社稷有莫大貢獻。高宗常謂王庶曰：「趙鼎兩爲相，於國大有功，再贊親征皆能決勝，又鎮撫健康，回鑾無患，他人所不及也。」（引自《宋史本傳》）。南宋能從風雨飄搖中，重新安定下來，趙鼎之功不可沒，宋史所贊「論中興賢相，以鼎爲稱首」，洵非過言。以他這種決算廟堂大計，關係舉國安危的地位，在一般人眼中，必以爲他是鐵石心腸，不善言情者，但翻看他的詞集，則訝異其作品之多情浪漫，正如黃昇所言：「（趙鼎）小詞婉媚，不減花間、蘭畹。」薛礪若《宋詞通論》也說他：「多河山故主之私，音節雖婉柔，而意緒則甚悽楚也。」

詞以婉約艷麗爲本色，這是體制使然，所以韓琦有「人遠波空翠」（〈點絳唇〉），寇準有「柔情不斷如春水」（〈夜度娘〉）之句，趙鼎也有「夢回鴛帳餘香嫩」〈點絳唇〉，如此極有情致、盡態窮妍的句子。這些婉媚之作，大都於北方時所作，他二十一歲時考上進士，少年得志有光彩，多有浪漫的情調。例如：

> 連環寶瑟深深願，結盡一生愁。人間天上，佳期勝賞，今夜中秋。　　雅歌妍態，嫦娥見了，應羨風流。芳尊罇美酒，年年歲歲，月滿高樓。（〈人月圓〉）

詞的內容是詠嘆中秋的歡樂，在月圓佳節，攜芳尊美酒，唱雅歌，作妍態，可謂極盡風流。然意境並不高，分明是太平時期的產物。再如：

> 艷艷春嬌入眼波，勸人金盞緩聲歌，不禁粉淚愠香羅。
> 　　暮雨朝雲相見少，落花流水別離多。寸腸爭奈此情何。
> （〈浣溪沙〉）

前半寫美人嬌媚的眼睛及動人的歌聲，卻唱濕香羅的情態，後半則以工整的對句說明美人處境的悲哀，令人柔腸寸斷的心傷。

此外還有下列諸作，皆可觀見他柔媚的詞作風格，如：

空籠簾影隔垂楊，夢回芳草池塘。杏枝上蝶雙雙，春晝初長。　　強理雲鬟臨照，暗彈粉淚沾裳。自憐容豔惜流光，無限思量。(〈畫堂春・春日〉)

寶鑑菱花瑩，孤鸞慵照影。鰜鰈夢、兩浮沈，恨、恨、恨。結盡丁香，瘦如楊柳，雨疏雲冷。宿醉厭厭病，羅巾空淚粉。欲將遠意託湘絃，悶、悶、悶。香絮悠悠，畫廉悄悄，日長春困。(〈怨春風・閨怨〉)

香冷金爐，夢回鴛帳餘香嫩，更無人問。一枕江南恨。　　消瘦休聞，頓覺春衫褪。清明近，杏花吹盡，薄暮東風緊。(〈點絳脣・春愁〉)

青春不與花爲主，花正開時春正暮，花下醉眠休訴，看取春歸去。　　鶯愁蝶怨春知否，欲問春歸何處，只有一尊芳酹，留得青春住。(〈醉桃園・送春〉)

斷霞收盡黃昏雨，滴梧桐疏樹。簾櫳不捲夜沈沈，鎖一庭風露。　　天涯人遠，心期夢悄。苦長宵難度，知他窗外促織兒，有許多言語。(〈賀聖朝・鎖試府學夜坐作〉)

此外，再如一首〈蝶戀花・河中作〉：

盡日東風吹綠樹，向晚清寒，數點催花雨。年少淒涼天賦與，更堪春思縈離緒。　　臨水高樓攜酒處，曾倚哀弦，歌斷黃金縷。樓下水流何處去，憑欄目送蒼煙暮。

此詞可能作於徽宗朝時，趙鼎曾任河中府河東縣丞，全詞以景起拍，又以景收筆，全文景象烘托出離緒淒涼哀苦的景象，並令人有相思迷惘之情，情景搭配非常合適，遣詞用字亦非常婉麗，是一首極爲成功的言情之作。

鄭振鐸插圖本《中國文學史》說趙鼎的作品：「我們在其詞裡，一點也看不出當時的大變亂的感觸。」此說引起後來諸多評論家之反論。黃文吉《宋南渡詞人》書中就引況周頤《蕙風詞話》：「故君故國之思，流溢行間句裡」之句，說明趙鼎之詞在南渡以後充分發揮知識分子憂國憂民的使命感。靖康二年，徽欽北狩，舉國上下一致悲憤，趙鼎所作《滿江紅》道出了南渡志士共同的心聲：

慘結秋陰，西風送，霏霏雨濕。淒望眼、征鴻幾字，暮投砂磧。試問鄉關何處是，水雲浩蕩迷南北。但一抹、寒青有無中，遙山色。　　天涯路，江上客。腸欲斷，頭應白。空搔首興嘆，暮年離拆。須信道、消憂除是酒，奈酒行有盡情無極。便挽取、長江入尊罍，澆胸臆。

此詞作於建炎元年九月南渡時，泊舟儀眞江口，當時朝廷遭到空前浩劫，趙鼎自己也是漂泊異鄉，身受流離之苦；遙望鄉關，搔首興嘆，只有挽取江水來澆胸臆。詞風至此有了極大轉變，結尾更用極誇大的筆法使憂愁形象化，氣勢自屬不凡，然而與張元幹、李綱等人詞作相比，意境還是不夠豪壯。另外還有一首〈望海潮・錢塘觀潮〉，氣勢算是磅礴突出的：

雙峰遙促，回波奔注，茫茫濺雨飛沙。霜凜劍戈，風生陣馬，如聞萬鼓其撾。兒戲笑夫差。謾水溪強弩，一戰魚蝦。依舊群龍，怒卷銀漢下天涯。　　雷驅電熾雄夸。似雲垂鵬背，雪噴鯨牙。須臾變滅，天容水色，瓊田萬頃無瑕。俗眼但經嗟，試望中彷彿，三島煙霞。舊隱依然，幾時歸去泛靈搓。

錢塘潮原本就極爲壯觀，又經作者以戰爭、群龍、銀漢、雷、電雲、鵬、雪鯨等激烈、碩大的形象來加強壯闊的氣勢。前半片以富動感的意象來加以比擬刻畫，使氣勢翻騰起伏不已，可惜結尾歸於寂靜，氣勢也隨之平緩下來。令讀者心中原被激起的昂揚之氣，瞬間冷卻下來。

此外還有〈浪淘沙・次韻史東美中作〉：

歸計信悠悠，歸去誰留，夢隨江水遶沙洲。沙上孤鴻猶笑我，萍梗飄流。　　與世且沈浮，要便歸休。一杯消盡一生愁，儻有人來閒論事，我會搖頭。

以及〈鷓鴣天——客路哪知歲序移〉、〈浣溪沙——惜別懷歸老不禁〉、

〈如夢令——煙雨滿江風細〉等，都是感觸變亂之作；另外還有許多惜別、思歸之作，內容也至爲哀傷沉痛。

黃文吉對鄭氏所評之言，犀利指出：「……（趙鼎）〈滿江紅〉，對大變亂的感觸不是很明顯、很深刻嗎？所以沒有對作品全盤省察之後，是不該妄下斷語的。」其實鄭氏所說的「沒有變」，是從詞作的風格言之；黃氏所說的「變」，則是從詞作內容言之。黃氏又言趙鼎的作品：「南渡後作品多家國之思，身世之感，但限於柔婉悽楚，缺乏一股豪邁慷慨之氣，如果能把〈移吉陽軍謝表〉：「白首何歸，悵餘生之無幾；丹心未泯，誓九死以不移」，以及自書銘旌「身騎箕尾歸天上，氣作山河壯本朝」的磅礴氣勢表現在詞作上，勇於突破詞體本身的限制，必有更驚人之成就。」其實也是承認了趙鼎之詞的風格始終侷限在柔婉悽楚的格局上。趙鼎爲人，氣闊雄邁，政事表現也波瀾耀眼，但其詞作柔媚如此，不禁令人對當代的婉約詞風有更深一層的觀照和省思。

（三）縱情歌酒以消魂的蔡伸

蔡伸（1088～1156），字伸道，莆田人（今福建省莆田縣），與兄長蔡佃、蔡轴相繼蜚聲太學，時號「三蔡」。族相蔡京用事，彼等恥於附麗，未嘗一踵其門。蔡伸詞集名《友古居士詞》，共一百七十五首。

蔡伸雖身經國難，但其作品並不像一般詞家，從燈紅酒綠的氛圍中跳入憂國沉痛的境界；論者喜將蔡伸與向子諲互做比較，並認爲蔡之作品遜於向子諲，如毛晉《友古詞跋》：「其和向伯恭木犀諸闋，亦遜酒邊集三舍矣。」但也有諸多評家從柔軟婉約的角度出發，認爲蔡伸之詞與子諲的《江北舊詞》比肩而毫無愧色，甚至可直追柳、周了。如馮煦《蒿庵論詞》：「毛氏謂其遜酒邊三舍，殊非笁論，考其所作，不獨〈菩薩蠻・花冠鼓藝〉一首，雅近南唐，即〈驀山溪・孤城莫角〉、〈點絳唇・水繞孤城〉諸調，與〈蘇武慢〉之前半，亦幾幾入清眞之室，恐子諲且望而卻步，豈爲伯仲間邪？」，胡薇元《歲寒居詞話》：

「子諲酒邊詞不及友古。」《四庫提要》折衷說：「伸詞固遜子諲，而才致筆力，亦略相伯仲，即如南鄉子一闋，自注云：『因向詞有憑書續斷腸句而作』，今考其詞，乃南歌子，以伸詞相較，其婉約未遽相遜也。」

試觀蔡伸之作，與周、柳相同，多有風月相思、羈旅行役的作品。如：

> 人面桃花，去年今日驚相見。搖琴錦薦，一弄清商怨。　　今日重來，不如見花面。空腸斷，亂紅千片，流水天涯遠。(〈點絳唇〉)

此詞借用崔護『清明日遇女子詩』的句法，上半闋寫去年分別時，美人彈琴，奏出哀傷的曲調。可是今日重來，美人已不知去向，只留下無限的痛苦。最後「亂紅千片，流水天涯遠」兩句，一方面象徵如花美人不知流落何方，一方面也映襯出作者對青春易逝的感傷。再如〈浣溪沙〉：

> 玉趾彎彎一折弓，秋波剪碧灩雙瞳，淺顰輕笑意無窮。　　夜靜擁爐熏督耨，月明飛棹采芙蓉，別來歡事少人同。
>
> 翡翠金衫子，鏤塵如意冠兒，持杯輕按遏雲詞，別是出塵風味。　　莫羨雙星舊約，願諧明月佳期，憑肩密語兩心知，一棹五湖煙水。(〈西江月〉)

此番作品佔了蔡伸多數之詞，另外由於蔡伸志氣高節，前既不諂媚同族的蔡京，後不阿附同舍的秦檜，因此「不得志於當路，用不盡其才，每寓意於歌酒」(蔡戡〈大父行狀〉)；今日可從他的詞作中發現此些有志未伸的感慨。例如〈驀山溪〉：

> 金風玉露，時節清秋候。散髮步閒亭，對熒熒、一天星斗。悲歌慷慨，念遠復傷時，心耿耿，髮星星，倚杖空搔首。　　區區戀豆，豈是甘牛後。時命未來間，且只得、低眉袖手。男兒此志，肯向死前休，無限事，幾多愁，總付杯中酒。

詞中上半闋描述出詞人不得志的落寞形象，下闋則說明了不得志的抑鬱，豈是因爲不甘牛後的心結，更是男兒拚命肯死的壯闊激烈，然而國事曖昧，小人當道，滿腹壯志也只得盡付杯中酒了。

隨著這種抑鬱不志作品而來的，就是對功名富貴唾棄的作品，試舉〈水調歌頭．時居莆田〉下半闋詞爲例：

> 感流年，思往事，重淒涼。當時坐間英俊，強半已凋亡。慨念平生豪放，自笑如今霜鬢，漂泊雲水鄉。已矣功名志，此意付清觴。

再如〈驀山溪〉:「老來世事，百種皆銷盡，榮利等浮雲，謾汲汲、徒勞方寸。」〈驀山溪〉另一首:「功名富貴，老去已灰心。爲只願，奉觴人，歲歲長依舊。」都可看出詞人年歲漸長，失意日久時，看破一切，轉而追求生活與心靈的舒適與平靜。

除了以上的作品，蔡伸還有一些用語滑稽有趣的詞作值得注意，例如〈長相思——我心堅〉以及另一首〈長相思——村姑兒〉，都是以尋常口語描寫閨情，煞似民間情歌般純樸有味。另外還有一首〈小重山〉亦頗滑稽：

> 桃花流水小洞天，壺中春不老，勝塵寰。霞衣鶴氅並桃冠，新裝好，風韻愈飄然。　　功行滿三千，嬰兒並姹女，鍊成丹。劉郎曾約共昇仙，十箇月，養箇小金壇。

全詞除了稱讚入道後的歌女陳懿風韻飄然外，並且幽默的說要與她共組神仙家庭，生個小神仙。戲謔有趣，讀來別具風味。

蔡伸作品風格之所以有柔婉之姿，除了內容狹隘的限制之外，另一個重要的因素應該是他寫詞的技巧所致。黃文吉《宋南渡詞人．南渡詞人述評》分析蔡伸的寫作風格有五點，其中「大量使用疊字」、「用字喜歡重複」以及「偏好紅綠的色彩」三項因素，應該是他柔婉作風之所由致。

黃文吉分析蔡伸的作品時，云:「蔡伸詞的內容雖然不夠寬廣，僅僅侷限在風月相思的範圍裡面，沒有與子諲一樣在南渡後即衝破這個藩籬，正面地反映出時代的影子；但他某些懷才不遇的作品，豈不是說明了權奸當道，以致國日非的事實嗎？而他之所以一直寫斷腸銷魂的詞句，恐怕就如同喝酒，是種不得志的解脫……」似乎爲蔡伸之作不能呼應時代、引吭高歌而試作開脫。其實就另一角度來看，一個人的政治立場未必一定要與文學作品的風格相趨一致，才能證明一個人的品節或志向。尤其是北宋末、南渡初的這個時期，詞體本身的軌變，仍有婉約的「本色」堅持，雖然我們沒有足夠的文獻資料來討論蔡伸的詞學主張，或窺探他對「雄放詞風」、「婉約本色」的看如何，但是此時期詞體的柔婉主張，仍是豪放詞風外一項不可忽視的詞學主幹；不僅李清照、蔡伸的詞作可作此項證明，下文所引的諸家詞作，也是此時婉麗詞風一直沒有消失的有力證明。

（四）其他婉約詞風的作家群

甲、酬贈唱和王之道

王之道（1093～1169），字彥猷，濡須人（今安徽省合肥市）。與兄王之義、弟王之深同登進士榜，縉紳榜其居堂曰：「三桂」。紹興八年（1138），宋金議和，之道上書言辱國之非，大忤秦檜意，遭貶謫，之後遂絕意仕進，卜居相山之下，自號「相山居士」，以詩酒自娛，凡二十年。《相山居士詞》共一百八十六首，其中酬贈唱和的作品佔絕大部分。近人宛敏灝撰〈相山居士王之道〉一文，曾就其唱和之作予以分析，可分爲四類：追和前人者、贈和兄弟者、贈和時人者、壽詞等四種，共計一百四十二首，幾佔全部作品的百分之八十。

由於和唱的作品多有拘束，酬贈之作又不免率意出之，所以相山詞的內容不外是歌功頌德、祝享椿齡，或勸良辰美景、稱觴侑醉之作。例如：

> 曉霜初肅，秋色團芳菊。榴轉紫，柑猶綠，曨朝吹帽會，未快登臨目。須信道，兵廚準擬三千斛。　　采采香盈掬，泛泛紛浮玉。紅袖捧，清歌逐，何妨卿坐客，共獻長生祝。歸去好，北門夜引金蓮燭。（〈千秋歲・張文伯生日〉）

> 花影到酴醾，風過玉卮搖碧。坐上酒豪詩敵，盡騎鯨仙客。

主人名姓在金甌，歸去定前席。要見碧桃千歲，看壺中春日。(〈好事近・王昭美生日〉)

一撮檀心，春來還對東君吐。莫隨春去，我欲花間住。 燕子銜泥，似向吾人訴。煩相語，九齡風度，流落今何處。(〈點絳唇・和董如晦酴醾三首〉)

透幕穿簾，迴風舞態能清妙。不須相惱，江上春來了。 一闋清歌，唱徹瓊樓曉。春工巧，柳顰梅笑，點綴芳菲早。(〈點絳唇・和張文伯除夜雪〉)

以上諸作內容不外乎詠花、傷春、對月、歌雪，都是騷人墨客常寫的日常生活題材，意境平庸，少有深刻感觸；且其風格情調亦多爲宴唱尋樂的婉膩之作。除了生活環境的狹小局限，造成詞境內容的貧乏之外；再者，爲和韻而和韻的作品，常常是因文造情，甚至有時連情也造不出來，謝章鋌《賭棋山莊詞話・卷一》所云：「和韻疊韻，因難見巧，偶爲之便可；否則恐有未造詞先造韻之嫌，且恐失卻佳興。」也爲相山詞量多質差的現象做了很適當的註腳。

但是，王之道也另有一些作品，頗能在婉約狎膩之外，別有清新耳目之姿，例如〈八聲甘州・和張進彥之作〉前半闋：

歎關河在眼、孰雌雄，興廢古猶今。問平原何處，黃塵千里，遠水平林。聞說謳謠思漢，人有望霓心。想垂髫帶白，泣涕盈襟。

此詞寫中原父老，人心思漢的情形，風格平穩沉雄，與之前辭藻堆琢的應酬之作，頗有雲泥之別。另一首〈六州歌頭・和張安國韻〉，亦有慷慨激昂的情調：

燧誠勳業，何敢望西平。觀當日，清大擎，震天亨。績其凝，追配汾陽郭、臨淮李，掃妖孽，值顛仆，復疆宇，洗羶腥。堪歎中原久矣，長淮隔、胡騎縱橫。問何時，風驅電掃，重見文明。賓雁宵鳴，夢初驚。 念吾君復古，修壤兩盡，早晚功成。歲云暮，冰腹壯，雪花零。悵神京、誰信漢家陵闕，呵護有神兵。罄環海，重回首，鎮關情。

想見皇華咨度，望淮北、心曲搖旌。願變夷用夏，荊狄是懲膺。補弊支傾。

此詞也是呈給張進彥的，詞中對中原淪陷表示了無比憤憤的心情，因此希望進彥能夠掃除妖氛，光復山河。在其他詞作中我們只看到王之道宴賞歡愉的面貌，在這首詞作中卻可看到他中興復國的心情，對北方故土的關心、對陷溺異族統治下的百姓深表同情；尤其是他對漢文化滅絕存續的使命感，更可以從「懲膺荊狄」、「變夷用夏」，使中原「重見文明」等句，看出他的偉大抱負。這些詞作，似乎有點東坡的架勢與氣味，可惜數量不多，否則定能引人注目，獲得較高的評價。

《四庫提要・相山集》評王之道的詞：「韻語雖非所長，而抒寫性情，具有眞樸之致。」就是撇開他的應酬之作，從其他抒寫心志抱負的作品給予評價。似乎可以說，王之道太以「小道」的心態來對待詞作的性質與功能，以至於詞只是他應酬的社交工具，其作品風格遂一直不能掙脫「詞爲艷科」的藩籬；就其筆力而言之，如果在寫作趨向上，之道可以繼承東坡「無事不可言」的心態，或許今天《相山居士集》的評價就不只如此了。

乙、婉媚深窈呂渭老

呂渭老，字聖求，嘉興人。宣靖間朝士，晚年歸老於家。生卒年不詳，只知道紹興十四年（1144）尚存。渭老有《聖求詞》一卷，共一百三十四首。

呂渭老作品的題材都相當狹窄，不外乎男女之間的相思離別，例如

百和寶釵香珮，短短同心霞帶。清鏡照新妝，巧畫一雙眉黛。多態，多態，偷覷榴花園外。（〈如夢令〉）

拂牆花影飄紅，微月辨簾櫳。香風滿袖，金蓮印步，狹徑迎逢。　　笑靨乍開還斂翠，正花時，卻恁西東。別房初睡，斜門未鎖，且更從容。（〈極相思〉）

聖求的詞作，是繼承《花間集》以來的傳統，歷經柳永、周邦彥

的發展，所呈現出的婉麗傾向。自蘇軾以來所開發的豪放詞風，對渭老而言，似乎沒有什麼影響，觀其內容大部分都是兩地相思的情詞，如〈蝶戀花〉:「風洗游絲花皺影。碧草初齊，舞鶴閒相趁。短夢乍回慵理鬢，驚心忽數清明近。逐伴強除眉上恨，趁蝶西園，不覺鞋兒褪。醉笑眼波橫一寸，微微酒色生紅暈。」〈品令〉:「繡衣未整，傍窗格，臨清鏡。……」〈祝英臺〉:「寶蟾明，朱閣近，新燕近簾語。……」〈思佳客〉:「江上何人一笛橫，倚樓吹得月華生。」〈早梅花近〉:「畫簾深，妝閣小，曲徑明花草。……」〈驀山西〉:「韻格高妙，不數閒花草。……」〈選冠子〉:「雨濕花房，風斜燕子，池閣晝長春晚。……」〈情久長〉:「鎖窗夜永，無聊盡作傷心句。」〈賀新郎・別竹西〉:「斜日封殘雪。記別時，檀槽按舞，霓裳初徹。……」〈二郎神〉:「西池舊約，燕語柳梢桃萼。」吐詞婉約、字句精煉、詞意纏綿，從工麗精練的情調觀之，若要歸派的話，歸之於婉麗無疑。

趙詩岉《聖求詞序》就說他的詞作:「婉媚深窈，視美成、耆卿伯仲耳。」楊慎《詞品・卷一》:「聖求在宋，人不甚著名，而詞甚工。如醉蓬萊、撲蝴蝶近……，佳處不減秦少游。」

聖求身受靖康之難的亡國之痛，在其著作中曾寫下反映時局，感慨憂憤的詩句，如〈憂國詩〉:

> 憂國憂身到白頭，此生風雨一沙鷗。
> 尚喜山河歸帝子，可憐麋鹿入王宮。

又如〈釋憤詩〉:

> 未濺嵇紹血，誰發諫臣章。

都是憂國憂民之作。但是，他的詞作中卻沒有類似作品，頂多是表現出一些離亂傷痛的情緒，如〈好事近〉的後半闋:

> 從今日日在南樓，鬢自此時白。一詠一觴誰共，負平生書冊。

再如〈齊天樂・觀競渡〉一詞，前半闋寫寒食龍舟競渡、簫鼓喧天的熱鬧景象，後半闋意思一轉，生出無限感慨，用「重來劉郎又老，對故園桃紅春晚，盡成惆悵。淚雨難晴，愁眉又結，翻覆十年手掌」之句，寫出沉痛的心情。這些作品都是沉痛有餘，但缺少一股激烈憤慨之氣。

從呂渭老詩、詞兩種作品的趨向來看，頗可看出他以詩寫國事之心、以詞寫婉膩之情的心態，婉麗詞風的來由，除了可以從詞作技巧、內容分析之，其實更可以從創作者的文學心態窺見風格產生的途徑。

丙、逃禪居士詞華艷

楊無咎（1097～1171），字補之，清江人（今江西省清江縣人），高宗累徵不起，自號「清夷長者」，又號「逃禪老人」，以畫墨梅著名，世稱「江西墨梅」，又擅與行書，劉克莊說是「逃禪三絕」。有《逃禪詞》一卷，共一百七十七首。

無咎長於南方，宋室南渡時已三十一歲，但一直沒有參與政治活動，自身也未遭受重大挫折，詞作幾乎沒有大波瀾，看不出有任何轉變。高宗朝累徵不起，可看出他對政治一向抱持著逃避的態度。本身雖然退隱出林，但是詞集中卻甚少見到高逸超絕情致的作品，反而是傷春別恨、贈伎詠花等濃妍色彩的作品佔了多數〔註7〕。如：

> 月墮霜飛，隔窗疏瘦，微見橫枝。不道寒香，解隨羌管，吹到屏帷。　　箇中風味誰知，睡乍起，烏雲任攲。嚼蕊餃英，淺顰輕笑，酒半醒時。（〈柳梢青〉）

> 滿城風雨無端惡，辜負登高致。佳節若爲酬，勝與歡呼，勝卻秋蕭索。　　菊花旋摘揉青萼，滿滿浮盃杓。老鬢未侵霜，醉裡烏紗，不怕風吹落。（〈醉花陰〉）

其他如〈鎖窗寒〉：「柳暗藏鴉，花深見蝶，物華如繡。情多思遠，又是一番清瘦。……」〈倒垂柳．重九〉：「曉萊煙露重，爲重陽，增勝致。……」等作品，亦可見出他輕妍曼麗的風格，俞陛雲《宋詞選釋》

〔註7〕馮金伯《詞苑萃編》引《古今詞話》云：「楊補之有贈妓周三五詞，調寄明月棹孤舟云云。補之在高宗朝累徵不起，自號清夷長者，而詞之艷如此。」

曾選錄一首〈齊天樂‧和周美成韻——後堂芳樹陰陰見〉，評其風格「綿麗工鍊」，頗似夢窗之作。

《逃禪詞》中有許多風月相思的作品，其贈妓作品之多，值得一提。他時常將歌女的小字鑲嵌於詞作內容之中，例如〈夜行船〉是贈「白玉」之作，其詞有云：「不假鉛華嫌太白，玉撮成、體柔腰嫋。」同調贈「周三五」詞云：「寶髻雙垂煙一縷，年紀小、未周三五。」從這些詞作中，可以看出楊無咎作詞的作態，只是將詞作爲一種遊戲，用來取悅歌女、傳遞款曲的工具而已。除了贈妓之詞，由於無咎墨梅之畫作名擅天下，他詞作中的詠花之作也引起當時人的注意，劉克莊《後村大全集‧卷一百零七‧跋楊補之詞畫》云：「楊補之其墨梅擅天下，身後寸紙千金，所製梅詞柳梢青十闋，不減花間、香奩、及小晏、秦郎得意之作。」諸花中，楊補之尤爲愛梅，可謂「畫中有梅，詞中有梅」。袁桷《清容居士集‧卷四十七》亦云：「逃禪居士，平生文章字畫，清勁簡潔，獨作梅花習宮體，豈宋廣平移意邪？」梅花的風格到楊補之筆下，別有一番清韻之姿。

楊無咎還有許多詠節序、賀壽、和韻等應酬之作，意境並不脫俗，言情也不夠悠長，歷來選家甚少登錄。此外如〈鷓鴣天〉：

> 休倩傍人爲正冠，披襟散髮最宜閒。水雲況得平生趣，富貴何曾著眼看。低拍棹，稱鳴鑾，一樽長向枕邊安。夜深貪釣波間月，睡起知他日幾竿。

又如〈水調歌頭‧次向薌林韻〉：

> 閏餘有何好，一歲兩中秋。霽雲捲蓋，依舊銀漢截天流。長記薌林堂上，靜對小山叢桂，尊俎許從遊。遙想此時興，不減上南樓。　　引玉觴，看金餅，水雲頭。醉聽哦響，寧羨王粲賦荊州。此夕翻成愁絕，未斫廣寒丹桂，猶衣敝貂裘。萬事付談笑，斗酒且寬憂。

以及其他〈點絳唇〉等作品，灑脫曠達，和朱敦儒、向子諲相比，毫不遜色，劉大杰《中國文學發達史》說：「逃禪詞集中雖多艷語，但仍以閑淡諸作爲佳。」可惜這類作品數量實在不多。另外薛礪若《宋詞通論》評論無咎的詞，說：「他的詞正如他的人品，極高節清幽，不沾塵俗。」似非確論（轉引自黃文吉《宋南渡詞人・第四章》）。

三、復雅詞風的暗潮洶湧

在金戈鐵馬的時代裡，豪放詞風固然呼應著時代的需要，成爲詞壇的重要流派之一。北宋末年，徽宗頒定大晟樂府嚴禁俗俚樂曲；南宋高宗初年，下詔毀禁曹組的豔俗詞版、並且下詔天下禁樂，當時詞的創作進入冷處理階段，詞人遂有機會與心情反思從晚唐五代以來詞家所走過的歷程，並對淫艷和俚俗這兩種源於宮廷和市井的傳統習尚提出異議；再者，從周邦彥以來的詞體命脈，也未嘗爲人所遺忘，尤其是當戰火逐漸遠離之後，朝廷再度廢除禁樂之令，於是詞壇風氣隱然又有一股復古的趨向。

從文藝思想的發展歷史來看，返古意味著停滯、衰朽，也意味著抗爭和新生。轉向古代的深層心理，就是與現實疏離的表明，從最深刻的意義來說，是亂世人群心靈轉折的表現。「轉向過去」的精神原因，是心靈與現實之間無法克服的衝突所致，在返古傾向的背後，可以發現的是對現實普遍的幻滅感。綜觀宋世詞壇，柳永、周邦彥、姜夔，是一個三部曲，三家同精音律，柳永是市井風流的格調，姜夔是雅士逸趣中的風流儒雅，周邦彥則介於二者之間，是一個轉型過程中的關鍵人物。這一個時期雅詞的提倡，在某種意義上而言，其實就是對周邦彥的繼承。

並擅音樂性與文學性之雙美的周邦彥，將唱曲的時尚與傳統詩律的吟詠相結合，於是新腔新曲層出不窮，文人視唱曲爲風流，故能迎合新聲，歌女視詞章爲要事，故能藉雅士之力而彼此相長。正是這樣的文藝思潮背景，南宋初年新的儒家詞觀，最能體現此一時期的詞體觀與社會審美觀。這其中值得注意的是王灼的《碧雞漫志》。

從北宋末年以來，社會審美理想開始產生重大的變化，詞壇上出現了愛國主義運動，蘇軾的豪放詞風在此得到了發揚光大，當時的詞論家爲適應時代的需要，將傳統的儒家詩論引進詞論中，王灼的詞學思想便是植基於此種基礎〔註8〕。他將詞體放在音樂文學的發展過程中加以審視，並從若干詞調的淵源考證來具體說明詞體的起源與發展，從而論述詞體與音樂以及與音樂文學產生的過程是「有詩則有歌，有歌則有聲律，有聲律則有樂歌」，「古人因事作歌，書寫一時之意，意盡則止，故歌無定句。音甚喜怒哀樂，聲則不同，故句無定聲。」今曲子則是「先定音節，乃製詞從之」，因此詞之「音節皆有轄束，而一字一句，不敢輒增損。」王灼從詞體發展過程的歷史觀點出發，認爲音樂文學這樣的發展與變化是合理的必然現象，並無古今優劣的問題。而他文中常發出「今不及古」的感嘆，主要是不滿當時詞壇的庸俗現象。

王灼以儒家傳統的詩樂論作爲詞學思想的理論基礎，看重詩歌動天地、感鬼神、移風俗的社會功能，並指出詩歌之所以能實現此種社會力量，主要是依靠藝術感染力量。由於他強調文學的社會作用並重視其藝術感染力，因此他克服了自五代以來論詞的片面傾向，對詞體的發展起了積極的推動作用。「中正則雅」的審美標準，是《碧雞漫志》的基本價值觀，因此，可從而歸納出他對詞體的欣賞方式。

正是這樣的文藝思潮，倡導雅詞遂成爲南宋初期詞壇的一時風尚。最早提出復雅口號的是鮦陽居士〔註9〕的《復雅歌詞》，這是一部

〔註8〕王灼，自晦叔，號頤堂，今四川遂寧人。生於北宋神宗元豐三年（西元1081年），卒於南宋高宗紹興三十年（西元1160年），約八十歲。《碧雞漫志》初稿完成於紹興十五年（西元1145年）的冬天，紹興十九年（西元1149年），王灼六十八歲，閒居家鄉遂寧，完成了《碧雞漫志》的修改與整理工作。

〔註9〕鮦陽居士姓名無考，事蹟亦無記載。鮦陽，河南地名，南渡後陷金。鮦陽居士或許是隨高宗南下之中原故老。明抄本《詩淵》第二十五冊錄有其人〈滿庭芳〉一詞，係頌壽之作，傳世作品僅此而已。〈復雅歌詞〉今已失傳；但原序尚存於宋、祝穆《新編古今事文類聚》

大規模以「雅」爲標榜的詞選，共收有五十卷、共四千餘首詞，作爲到北宋末爲止的前代詩歌總集，這本書含有「述往事，思來者」之意，也鑒於詞壇日漸淫靡之弊，序中便以復雅爲號召，爲後來格律派的雅化、規範化奠定基礎。南渡以後，一時詞籍競以雅詞爲名，例如曾慥的《樂府雅詞》，以雅論詞：万俟詠詞集《大聲集》始分爲惻艷，雅詞兩體，另有佚名者的《典雅詞》、張安國的《紫薇雅詞》、程垓的《書舟雅詞》、以及趙彥端《寶文雅詞》，以雅爲詞集名，成爲當代的普遍做法；南渡以後詞人刻意復雅的心態，也可從時人動輒「吾輩只當以古雅爲主」（沈義父《樂府指迷》）之語窺出心態。

試觀詞之發展，一直都是在娛樂與詩教矛盾中發展，在排斥中互補，錢惟演說：「坐則讀經史，臥則讀小說，上廁欲閱小詞。」不完全是文人生活的故作姿態，也可以說是宋朝詞家對詞體創作的態度，後世雖稱「詞體之尊，自東坡始」，但東坡自己卻一直視詞爲「小」詞，其心態固然可知。

此時復雅詞風的展現，不僅建立了詞體始尊的觀念，並且爲北宋末年、南渡時期溫柔婉約的詞體風格，提供了強而有力的背景支持，李清照、趙鼎、呂渭老等人婉媚的詞風，正是因爲復雅詞風的有力支持吧！影響所及，遂令南宋大家張炎一方面強調「詞欲雅而正，志之所至，一爲情所役，則失其雅正之音。」另一方面又指出：「簸風弄月，陶寫性情，詞婉於詩，益聲出鶯吭燕舌間，稍近乎情可也。」他提出了雅正之說，並提出「不雅則迷近纏令之體」的論調，另外張直夫也嘗爲《詩敘》云：「靡麗不失爲國風之正，閑雅不失爲騷賦之雅，摹似《玉台》不失爲齊梁工，則情爲性用，未聞爲道之累。」皆可見出這脈詞風的強度與韌性。

南宋中期社會安定以後，朝廷偏安、理學定於一尊，復雅、崇雅的風尚秉持著南渡時期的主張，眞正形成強大的勢力。當時所謂

續集卷二十四。

「作詞當以清眞爲主」的論調，主要就是學周邦彥詞的音律和典麗風格。沈義夫《樂府指迷》記載吳文英的論詞四標準，其中三條都與復雅有關，於此可略窺一斑。我們可以說，南渡時期豪壯詞風雖然興起，但是風流蘊藉的雅詞其實一直都沒有消失，只是以詞史流變的角度來看，當時豪壯詞風的光芒太耀眼了，此時期文壇上的其他動向不免被此所掩蓋。細查復雅詞風的前承與後繼，頗值得學者做更深入的探索。

第二節　東坡詞風全面開展

北宋詞壇在題材、內容、風格方面原就存在著不少「禁區」，這可從當代一些詞學理論得窺端倪，例如李清照的《詞論》所提出的藝術規範，不但講究詞的音律問題，也對詞作手法的鋪敘典重、情致故實所呈現出來的藝術風格提出看法，並對於東坡「破詞豔科」、「句讀不葺」、「以詞言志」的寫作方式不表贊同。同時期的詞人周邦彥及其他詞人作品，亦呈現此種趨向。「詞體別是一家」的堅持到了南宋初期，由於時代鉅變，促使一些作家衝破「禁區」，將詞從酒宴歌席的淺斟低唱、娛樂遣興，轉而爲引吭高歌之作。

這些引吭高歌之作，雖然「詞境不高」，但其時代意義、社會作用，卻也開啓了後代詞評家另一種角度的析賞方式。陳廷焯《白雨齋詞話》云：「……此類皆慷慨激昂，發欲上指。詞境雖不高，然足以使懦夫有立志。」況周頤《蕙風詞話》：「作詞有三要，曰重、拙、大，南渡諸賢不可及處在是。」〔註10〕這些衝破婉媚詞風的高歌之作，很大原因是來自於對北宋東坡詞風的繼承，再加上當時政局動盪之故，而此時期出現的詞作，在詞史上自有其光輝的評價流傳於後。

〔註10〕況氏對此三要的性質及相互關係談得較爲含混，但謝桃坊《中國詞學史》予以詮釋如下：所謂重，是指氣格的沉重；拙則是樸得近義詞，「此等語愈樸欲厚，至眞之情，由性靈肺腑中流出，不妨說盡而欲無盡。」

一、豪語興盛的原因

歷來詞評家討論此時詞風之轉變，大都將原因歸於「時代鉅變」。例如王易《詞曲史·頁 60》有云：「北宋海宇承平，風尚泰侈，詞人技倆，大率繪景言情；其上者亦儘抒羈旅之懷，發遲暮之感而已。其局勢無由而大，其氣格無由而高也。至於南渡，偏安半壁，外患頻仍，君臣苟安，湖山歌舞。降及鼎革，尙有遺黎。銅駝遂荒，金仙不返。有心人感慨興廢，憑弔圻墟，詞每茹悲，情多不忍。……凡茲喪亂，自起哀思。窮苦易工，憂患知道。」再如嵇哲《中國詞曲演進史·南宋詞之風格》亦云：「宋爲散文與語體文盛行的時代……，發而爲詞，自不能不受其影響……。南渡以後，士大夫滿懷感慨悲憤，極欲盡量發洩而後快，自無心情講求音韻與詞律；其所爲詞，非爲宴樂遣興，乃爲抒寫鬱抑之胸懷，遂擺脫樂府之束縛，運用靈活之文字，寫其眞實性情，而表現其愛國精神，於是擴大詞之範圍，而遂形成詞之散文化與語體化矣。」

家國劇變固然是士大夫「無心情講求音韻與詞律」的原因，而當時樂壇上的重大改變，更是詞體變質的重要因素。在詩、詞、文都有變化的南渡文壇，個人認爲「樂壇質變」對詞體帶來的衝擊，其實不小於「時代鉅變」所帶來的影響。嘗試分析如下：

（一）禁樂詔令的影響

南宋高宗建炎元年（1127），舉國上下，勵精圖治，「以二帝未還，禁州縣用樂」；次年又下詔「朕方日極憂念，屏遠聲樂，不令過耳」，此項禁令一直實施了十餘年之久，直至紹興十二年（1142），「始聽中外用樂」。禁樂的結果有二，其中之一就是使宋詞第一次有機會暫時擺脫音樂與歌伎的纏繞，讓詞人能夠像作詩那樣自由抒寫，能夠尋找到比愛情和女性更有吸引力的主題〔註 11〕。隨著禁樂而來的

〔註 11〕喻朝剛《試論南宋前期詞風的變化》：在北宋詩文革新的影響推動下，詞壇曾經萌發變革的要求，蘇軾就以「不喜剪裁以就聲律」的

影響，正如徐信義《詞的詩化》所言：北宋末葉的詞有以下的現象，不刻意講求合於管絃、合於音律；不刻意講究詞調的聲情。馮金伯《詞苑叢編・卷二・旨趣引》：「臨安以降，詞不必盡歌。」亦可說明這種現象。

北宋詞人多精於音律，故北宋詞之音樂性較強，南宋時已有許多詞人將詞視爲詩之一體，不再講究詞的音律。宋翔鳳《樂府餘論》云：「北宋所作，多付箏琶，故嘽緩繁促而易流，南渡以後，半歸琴笛，故滌蕩沉眇而不雜。」就是從音樂的角度出發，申明詞與音樂的重要關聯：北宋以前詞體多爲小令，伴奏樂器多用琵琶等絃樂器，南宋以後慢詞長調漸多，多用笛子等管樂器，伴奏樂器不同，與音樂形式不同有密切的關聯，詞的內容、風格，亦隨音樂之改變而發生變化。當詞體的創作擺落音樂的屬性之後，詞與詩之間的涇渭也逐漸失去界限。正如周濟《宋四家詞選目錄序論》所言：「北宋主樂章，故情景但取當前，無窮高極深之趣。南宋則文人弄筆，彼此爭名，故變化益多，取材益富。」這種創作心態，可從張建業、李勤印《中國詞曲史・序》書中談到詩詞的合流現象中窺出端倪〔註 12〕。作者將中國詩詞的第三次的合流定爲南渡以後，並云：「詞的發展就其題材內容而言，

手法寫詞。然而，此種詞風並未得到繼續的發展，主要是當時詞壇仍然秉持詩詞分工論的心態創作。北宋末年，周邦彥等人大量製作艷詞，內容淺薄，淫靡成風，具有明顯的形式主義和唯美傾向，此時詞作和詩歌創作一樣，都陷入了危機。

〔註 12〕張建業、李勤印《中國詞曲史・序》：「談到詩詞曲在發展的過程中，不斷出現交匯合流的創作傾向，南唐詞的出現，特別是李煜的詞寄之以亡國之思，已開了詩詞合流的濫觴。入宋以後的詞作，堂廡漸大，聲色漸開，……但總以含情淒婉爲主。及至蘇軾，無事不可言，無意不可入，……遂使詞體徹底擺脫了柔靡之習，頓增清勁之音。以詩爲詞，詩與詞這兩種藝術體制，至此又有了第二次的交匯合流。詞發展到了這個時候，僅就其題材內容而言，已經完全與詩歌同化混淆了。……所剩下的只是體格上的長短參差的外殼和既定的詞調而已。以詩爲詞，進而演到了以文爲詞。至此，詩與詞又出現了第三次的交匯合流。」

已經完全與詩歌混淆同化，所剩下的只是體格上的長短參差和既定的詞調而已。」

禁樂的另外一項重大影響就是南渡後期，合議成功以後，天下不可遏抑的崇樂風氣。黃文吉《宋南渡詞人・第二章南渡詞人的時代環境背景》有云：自靖康之變以來，天下禁止聲樂歌舞十餘年。紹興十二年（1142），宋金達成和議，今人放還宋皇太后，宋則割讓和尙原、方山原與金，以大散關爲界，並歲貢銀絹二十五萬兩匹。是年，高宗下詔弛天下樂令。於是，壓抑已久的享樂聲伎歌舞的渴望爆發出來，壅塞已久的傳唱消費方式和傳播渠道重新開放，其中轉踏、大曲最爲風靡；曾慥《樂府雅詞》所選的轉踏與大曲，內容多爲美人艷事，其中部分是北宋年間留下來的舊製，有些則是南渡後的新唱，都是當時膾炙人口的歌舞劇唱詞，這也是前文《復雅詞風的暗潮洶湧》的另一項重要背景。

（二）教坊樂器文物因戰亂而遺失的影響

因爲靖康之難，宮殿裡面的禮器、法物、大樂、教坊樂器、祭器、八寶、九鼎、等都被搜括淨盡，服侍宮廷的內人、內侍、技藝、工匠、倡優等也都被擄去，所以對詞產生了極深遠的影響，正如夏承燾《作詞法》（台北、偉文書局，67）所說：「金人打破汴京，宋室南渡，徽宗時代一個國家音樂院——大晟府解散了，辛苦鑄造的樂器被金人搬走了，於是詞譜漸漸散失，會唱詞的人死喪殆盡，南宋的詞便大半是沒有音樂性的紙上文字了。」

音樂與詞體創作的密切關係，可以從下述兩段話窺出端倪：《弇州山人詞評》有云：「詞興而樂府亡矣，曲興而詞亡矣，非樂府與詞之亡，其調亡也。」另外《倚聲集》王士禎前序：「詩之爲功既窮，而聲音之道，勢不可以中廢。」因此，當樂器文物被金人毀滅、北移之後，詞體的創作便大受影響，所謂「北宋有無謂之詞以應歌，南宋有無謂之詞以應社」，便是音樂受到限制所產生的詞體創作。

（三）蘇學解禁，東坡詞呼應著時代之歌

正如南渡初年禁樂，紹興中始弛之，天下歌舞用樂之風更盛於前的效應一樣；元祐黨禁解除後，人們對蘇軾及其詩文詞的崇拜更加強烈，這種典型的壓抑效應，一如楊萬里《誠齋集・卷八十三・杉溪集後序》所言：「是時書肆畏罪，坡谷二書皆毀其印，獨一貴戚家刻印印之，率黃金斤易東坡文十，蓋其禁愈急，其文愈貴也。」

除了蘇學解禁的原因之外，當時的南渡現實也特別適宜東坡式的人格和詞風〔註 13〕。黃文吉《宋南渡詞人・第二章》有云：靖康之難以後，柳周這類重形式、缺乏內容的作品已不符合時代的要求了，代之而起的卻是蘇軾那種「曲子中縛不住」、「不喜剪裁以就聲律」的豪放詞；蘇軾的詞有思想、有個性，正是處於變亂中的詞人所模擬的對象。再者，從創作心態觀察之，蘇軾認爲，詞在本質上可以同詩一樣，表現創作主體的胸襟懷抱，抒寫人生之遭際，反映社會的盛衰和歷史的浮沉；在風格上也一樣可以高華悲壯、氣象恢弘，而不應一味溺於閨房之內雌聲學語；他在〈與蔡景繁書〉文中的一段話：「……頒示新詞，此古人長短句詩也，得之驚喜，試勉繼之。」可以看出蘇軾以詩爲詞的理念，他把詞注入強烈的主體生命意識，擴大詞的抒情功能，把艷科小道的品質和地位提升到詩的地位，顯然是一種推尊詞體、改革詞風而產生的詞學觀念，此外，南渡詞人不但追求人格之完美（獨善其身），也追求詞品高絕清逸，冀圖由人格之完美而達到詞格之完美，借詞品傳達人品。整體上以瀟灑飄逸的態度對待人生，超脫多於執著，東坡的人生美學足以應和此時期文人的心靈需要。

正如龍沐勛《兩宋詞風轉變論》（《詞學季刊》、第二卷第一號）

〔註 13〕葉嘉瑩《靈谿詞說・論辛棄疾詞》認爲，蘇詞的拓展之所以不能引起北宋時期同時代作者普遍的認同，其原因有三：一、是「由於詞要以婉約爲主的傳統觀念之侷限」；二、是「北宋直到末期仍充滿了歌舞淫靡的社會風氣」；以及三、「詞在蘇軾手中雖表現了詞在詩化以後很高的成就，但同時卻也顯示了詞在詩化以後的一些缺點。」

所云：「自金兵入汴，風流文物，掃地都休。士大夫救死不遑，誰復究心於歌樂？大晟遺譜，既矣蕩爲飛煙，而『橫放傑出』之詞風，更何有於音律之束縛？此南宋初期之作者，惟務發抒其淋漓悲壯之情懷，不暇顧及文字之工拙，與音律之協否，蓋以純粹自爲其『句讀不葺之詩』，視東坡諸人之作，尤爲解放，亦時會使之然也。自宋室南渡以來，既以時勢關係，與樂譜之散佚，不其然而詞風爲之一變。」大晟樂譜、樂器、音樂典籍、黍尺制度、樂工、歌伎大量散失流離，詞也無法一一按律和譜，詞人無法也無心擁伎聽歌，皓齒紅唇的清歌曼唱終於化作壯士男兒的偉唱與沉吟。下文擬就此時期的豪放詞作，提出析賞與批評，觀察在整個政治局勢與文藝環境相配的情況下，偉唱與沉吟的精采表現。

二、一路走來、始終不變的豪壯詞人

由於周邦彥以深厚的涵養基礎與豐沛的創作，爲北宋末年婉雅典麗的詞作奠下基礎，再加上李清照等人詞體別是一家的婉約堅持，以及其他詞人的創作實踐，婉麗詞風在北宋末年、南渡初年，始終維持著「一息尚存」的局面；然而，大環境的局勢逼變，詞體風格究竟是不得不變，正如龍沐勛〈今日學詞應取之途徑〉一文所提到的：「溯南宋之初期，猶有權奇磊落之士，豪情壯采、悲憤鬱勃之氣，一於長短句發之。南宋之未遽即滅亡，未嘗不由於悲憤鬱勃之氣，尙存於士大夫間，大聲疾呼，以相警惕。」

誠然，在整個巨大的挫折環境中，創作主體的原則與堅持屹立不搖，就能夠在與現實環境的抗爭與對峙中，經由創作成品顯示出旺盛的生命力；其中堅強的人格力量，正是文學之所以能夠「指出向上一路」、令人振拔的重要原因。從這些作品中，吾人也省思到：創作主體的人生境界和人格力量，是在世道之艱險和社會的憂患中顯現，抒寫主體歷經大憂患而卓然不失其正、超然自得其樂的情懷意境，正顯示出作品的情感內容若有現實性與歷史感，更能具有崇高與悲壯的感人力量。正如張元幹之所謂「正人間鼻息鳴鼉鼓」（《賀新郎・寄李伯紀丞相》）者，可知當時除了婉麗作家之外，猶有諸多有心之士，不忍坐視顛危，而作出獅子吼也。

（一）吐語天拔、不作嬌態的陳與義

陳與義在文學史上最大的成就是詩，當時有「洛中八俊」之目，與義即以「詩俊」享有盛名〔註14〕。其詩作甚多，約六百餘首，而且方回《瀛奎律髓》推出一祖三宗之說，以杜甫爲祖、與義與黃庭堅、陳師道並列爲宗，從此江西詩派對陳與義諸多引述，與義在宋代詩史上的地位毋庸贅敘。

在詞體創作上，與義詞作僅有《無住詞》十八首，不及其詩的二十分之一，可見他是以餘事塡詞的，由於其詞絕大部分都是在他晚年奉祠退居湖州青墩鎭壽聖院僧舍時所作，當時青墩僧舍有「無住庵」，陳與義曾在此住過，遂以「無住」名詞。與義詞作雖少，但「首首可傳」（《四庫全書總目提要・無住詞條》）頗受後世推重，南宋黃昇《中興以來絕妙詞選・卷一》說：與義詞雖不多，語意超絕，識者謂其可摩坡仙之壘也；鄭騫編《詞選》亦將陳與義與朱敦儒、李清照、張孝祥、陸游並列爲南宋前期五家。

南渡時，與義年已三十八歲，以他得年四十九歲的壽數而言，這些詞可謂爲中晚年之作，故其格調一統，沒有前後期風格鉅變的現象。南渡政局的急遽變化，知識分子無心再做綺言艷語，「詩人之詞」的型態愈加鞏固明顯，與義之詞就是典型的「詩人之詞」。試觀其〈臨江仙・夜登小閣憶洛中舊遊〉：

> 憶昔午橋橋上飲，座中多是英豪。長溝流月去無聲。杏花疏影裡，吹笛到天明。　　二十餘年成一夢，此身雖在堪驚！閒登小閣看新晴。古今多少事，漁唱起三鷩。

〔註14〕樓鑰《玫媿集・卷七十一》跋朱巖壑〈鶴賦〉及〈送閭丘使君詩〉云：「承平時，洛中有八俊：陳簡齋詩俊，巖壑詞俊，富季申文俊，皆一時奇才也。」餘五俊未詳俱爲何人。

清、陳廷焯《白雨齋詞話・卷一》總評陳詞詞風「逼近大蘇」，就是以「〈臨江仙〉筆意超曠」爲例；另外《白雨齋詞話・卷七・七十一條》單評此詞時說：「以清虛之筆，寫闊大之景，語帶仙氣，洗脫凡艷殆盡。」與義此作約於高宗紹興五年（1135）或六年，與義退居無住庵時，時年約四十六、四十七歲，是卒前最後詞作，也是全部無住詞中的壓卷之作。與義是洛陽人，他追憶二十多年前的洛中舊遊，當時是徽宗政和年間，天下承平無事的游賞之樂。其後金兵南下，北宋滅亡，與義逃亡流離，艱苦備嚐，而南宋朝廷在播遷之後，僅能自立。回憶二十年前的往事，眞是百感交集。此詞以空靈筆法發抒感慨，卻不直寫盛衰興亡的家國滄桑；上片追憶洛中舊遊，一轉下片的二十年如夢堪驚，知交零落，最後又將沉摯的感傷轉化爲看新晴、聽漁唱的曠達，深得詞論家的好評。張炎《詞源・卷下》說此詞：「眞是自然而然。」胡仔《苕溪漁隱叢話後集》評云：「杏花疏影裡，吹笛到天明」，造語奇麗。彭孫遹《金粟詞話》說：「詞以自然爲宗，但自然不從追琢中來，亦率易無味。如所云絢爛之極仍歸於平淡。……若《無住詞》之『杏花疏影裡，吹笛到天明』，自然而然者也。」另外還有一首〈臨江仙〉：

> 高詠楚詞酬午日，天涯節序匆匆。榴花不似舞裙紅，無人知此意，歌罷滿簾風。　　萬事一身傷老矣，戎葵凝笑牆東。酒杯深淺去年同，試澆橋下水，今夕到湘中。

此詞約於建炎三年（1129）時作，當時與義避亂，流寓在湖南、湖北一帶。徽宗宣和四年（1122）時，與義曾以〈墨梅〉一詩深獲徽宗賞識，名震一時，貴官要人爭相往來，節慶酒宴、觀舞聽歌之頻繁可想而知。而今流落江湖，只能高詠楚詞酬午日，難怪五月的榴花會如此觸動他對往日的追憶了。榴花與戎葵都是五月的象徵，「戎葵凝笑牆東」句，藉著戎葵面向太陽的屬性，比喻自己始終如一的愛國情思。「凝笑」二字雖寫葵花，但也深刻的表達了作者雖然老年流落他鄉，但勁氣不渝的性情人格。以「酒杯深淺」特寫往日之酒與今日之酒，暗寓著時勢日非的遙深感謂。再如一首〈虞美人・大光祖席・醉中賦長短句〉：

> 張帆欲去仍搔首，更醉君家酒。吟詩日日待春風，及至桃花開後卻匆匆。　　歌聲頻爲行人咽，記著樽前雪。明朝酒醒大江流，滿載一船離恨向衡州。

席益，字大光，洛陽人，與陳與義同鄉。與義宣和六年（1124）與大光結交，之後遭貶別去，仍有書信往返。建炎三年（1129），與義避金兵至湖南，二人相遇於衡山。次年元旦後數日，與義離衡山，有《別大光詩》，並作此詞。

「雪」爲「雪兒」之省，代指歌伎；雪兒爲隋末李密之歌伎，善歌舞，得文辭諧音律而歌，稱「雪兒歌」，後用以泛指。末二句化用東坡在揚州別秦觀的〈虞美人〉詞「無情汴水自東流，只載一船離恨向西州」句，運用前人成句切合己事，自然變化，別出心裁，與上片之結，不相上下。劉熙載《藝概・詞曲概》便讚美「吟詩日日待春風，及至桃花開後卻匆匆」爲「好在句中」。

黃文吉《宋南渡詞人・南渡詞人述評》中分析《無住詞》的明朗風格，其中兩點值得注意：一是融合日常生活，表現生活體驗的感受，故詞作時間、或因何事而作，均斑斑可考；此潮流承襲東坡而來，每一闋詞都有題目，記明爲何事而作，有時並記出時間、地點，因爲與日常生活關係如此密切，所以考證每一闋詞時間並不困難。二是與義之詞形式全用小令，並無長調。這可能和與義體質蒲柳早衰，連帶使其才弱〔註 15〕，在大筆揮灑舖敘上也較爲困難；因此與義十八首詞作中，一首長調也無。但小令之難，一如詩之難於絕句，張炎《詞源》卷下云：「詞之難於令曲，如詩之難於絕句。不過數十句，一句一字閒不得，末句最當留意，有有餘不盡之意，始佳。……至若陳簡齋『杏

〔註 15〕鄭騫〈陳簡齋傳〉（《幼獅月刊》、三十八卷、第 1 期，民國 61 年 7 月）：「（與義）一生體弱多病，年壽不永，所以著作不多，體弱難免才弱。」

花疏影裡，吹笛到天明』之句，眞是自然而然。」張炎評析此詞的角度與眼光，一如詩評家之評絕句。

論家多說與義之作，可比肩東坡，但細觀其詞作，除了〈虞美人〉末句：「明朝酒醒大江流，滿載一船離恨向衡州」，有悲壯豪放之味，其餘諸作，雖然繫念中原、心懷故國，但總覺得詞作的深沉表現，多流於感傷，不若其他豪壯詩人的悲壯慷慨。這與他詞作多用小令，本身體質蒲柳早衰，氣格難免文弱有關；因此，論其接踵東坡之仙，多從其「曠達」的角度言之。

胡仔《苕溪漁隱叢話後集・卷三十四》雖說與義的造語「清婉奇麗」，但是詞中不涉香艷語，劉辰翁就說他的「妙語」，非「邪淫綺語」之比；《四庫提要》以：「吐語天拔，不作柳鵜鶯嬌之態」，可謂深中肯綮。

（二）惓惓憂國的梁谿與筠谿（附：其他詞人的豪放詞作）

在碩士論文《李綱詩詞研究・第六章梁谿詞的風格與特色》中，曾以「憂豪」二字說明李綱的詞作主體風格；憂，來自於心繫故國，滿懷壯志不得抒發；豪，來自於詞人的心志慷慨，滿腔磊落之氣，藉詞以發之。李綱的五十四首詞作，寫於三十八歲至晚年；除了憂豪為其主體風格表現外，另有少許「沖淡」、「清峭」之作為其從屬風格的表現。

李綱豪壯的代表，當以一系列詠史詞首當無愧，如〈水龍吟・光武戰昆陽〉、〈念奴嬌・漢武巡朔方〉二詞中，以「虎豹哀嗥、戈埏委地，一時休去」，寫光武擊敵之英豪；以「獵取天驕馳魏霍，如使鷹鷂驅雀」之句，寫漢武巡朔方的雄壯，詳文請參考第七章〈亂世詩詞的質變與契機・第一節詠史詞粉墨登場〉；其他諸作如〈喜遷鶯・塞上詞〉：

> 邊城寒早。對漠漠暮秋，霜風煙草。戰□常閒，刁斗無聲，空使荷戈人老。隴頭立馬極目，萬里長城古道。感懷處，問仲宣云樂，從軍多少。　　縹渺。雲嶺外，夕烽一點，

塞上傳光小。玉帳尊罍，青油談笑，肯把壯懷銷了？畫樓數聲殘角，吹徹梅花霜曉。願歲歲靜煙塵，羌虜常修鄰好。

此詞以邊城暮秋起筆，渲染一片邊城人老的景象。「戰□常閒，刁斗無聲」，將邊城無人的寂靜冷清寫出，呈現南宋朝廷偏安不武、令人憂心的社會現象。隴頭立馬，明言將軍不老，萬里長城古道，騁言雄志的豪壯；奈何局勢不堪，一個「問」字，道出詞人多少積鬱。下片詞風，平靜沉穩，然而零嶺夕烽的縹緲，畫樓殘角、梅花霜曉等意象所帶來的勁哀，詮釋詞人悲傷憂鬱的心靈觀照。詞中將軍，負荷沉重悲傷，猶強笑宴宴，不肯泯銷壯懷，爲全詞憑添一股豪氣。

除了上述詞作外，其他例如〈玉蝴蝶〉：「對尊俎，休辭痛飲，傷志節，且須高吟」，極寫其情之憂傷悲痛；再如〈六么令・次韻和賀方回金陵懷古，鄱陽席上作〉中，以「兵戈凌滅，豪華銷盡，幾見銀蟾自圓」之句，以兵戈、豪華，寫昔日之壯盛，以淩滅、銷盡寫今日之哀沉，而此種人事，以月之圓缺起興，憂沉之中，別見一股豪壯之氣。

清代王鵬運刻《南宋四名臣詞》集中劉克遜評論李綱詞，曰：「諦觀熟味，其豪宕沉雄、風流蘊藉，所謂進則秉鈞杖鉞、旋轉乾坤不足爲之泰；退則短褐幅巾、倘佯邱壑不足爲之高者；是又世人所未之見。」雖以「豪宕沉雄」、「風流蘊藉」總評其詞，但其風流蘊藉之作，卻在豪雄之作的耀眼光輝下，失去身影，而其雄壯之詞，卻是此時期詞壇中，不可忽視的一道強光。

李彌遜（1085～1153）字似之，蘇州吳縣人（今江蘇省吳縣），有《筠溪集》，內收有詞八十七首。

綜觀彌遜的作品，次韻之作頗多，約二十七首，佔全部作品的三分之一，這些與他往還唱和的作家，對他的影響都很大〔註16〕，例如葉夢得、李綱、向子諲、張元幹等人，在政治上的立場相同，都希望

〔註16〕李彌遜和李綱是好朋友，政治主張相同，詩歌酬答也很多。他的詩不受蘇軾和黃庭堅的影響，命意造句都新鮮輕巧，在當時可算獨來獨往。

恢復中原，和秦檜的合議主張相左，最後或被罷，或自動引退，生活背景相同，作品中的趣味亦容易趨於一致，作品多爲激憤，或是曠達，或以山水爲歸依。彌遜少年得志，又身處在北宋末年綺靡柔麗的詞壇風氣中，照理應該會有許多像張元幹、向子諲早期的浪漫冶艷之作。但是仔細觀察他的作品，這類作品卻很少，《四庫提要・筠溪樂府條》云：「……其常調多學蘇軾，與柳、周纖穠，別爲一派。而力稍不足以舉之，不及軾之操縱自如。短調則不乏秀韻矣。」觀其長調作品之風格逍遙淡泊，說他學蘇軾是有道理的。

彌遜有許多小詞，調雖感傷，但作品內容並不帶有脂粉氣，例如〈清平樂・春晚〉：

> 一簾紅雨，飄蕩誰家去？門外垂楊千萬縷，不把東風留住。舊巢燕子來遲，故園綠暗殘枝。腸斷畫橋煙水，此情不許春知。

作者見到落花飄零，春天將逝，引發對故園的思念，這種懷鄉斷腸之情與男女感傷之情是不一樣的。所以其他的懷鄉之作，如〈浣溪沙・和蔣丞端午競渡〉：「海角逢時傷老大，莫辭卮酒話親情。與君同是異鄉人。」〈滴滴金・次韻尙書兄老山堂雪〉：「幾時歸去共尊罍，看寒花連陌。」都會令人深深感動。

彌遜的詞作雖無豪放激盪、澎湃洶湧的氣勢，但是整體來看，憂國曠達的格調卻是統一的。家傳中說到他的生平時，云：「公與曾公開並落職，公處之裕如，初無幾微忿懟之意。晚歲著詩有云：『十年去國心常赤』，可見其惓惓憂國之志。」觀察他的作品表現，詞中的哀沉風格，可以說是他憂國之情的另一種反面。如〈菩薩蠻〉：

> 江城烽火連三月，不堪對酒長亭別。休作斷腸聲，老來無淚傾。　　風高帆影疾，目送舟痕碧。錦字幾時來，薰風無雁回。

寫烽火下的別離，具有時代意義。在動亂的時代裡，爲人送別是一件難受的事，人去之後，又無消息，更教人情何以堪。再如〈謁金門・寄遠〉：

春又老，愁似落花難掃，一醉一回才忘了，醒來還滿抱。此恨欲憑誰道，柳外數聲啼鳥。只恐春風吹不到，斷雲連碧草。

此詞是寫對遠人的懷念，詞中淡淡的離恨，反覆著墨；從他對國事的憂心來看，懷遠的離恨如此無法消散，正是因爲對政事的失望，自己苦口婆心的忠言，正如幾聲鳥啼，但還是無法令君王醒悟。

亂世之危，彌遜甘於淡泊生活的心境，表現在詞作上，頗有豪放曠達的意境；如〈蝶戀花〉詞云：「老子人間無著處，一尊來作橫山主。」再如另一首〈蝶戀花・福州橫山閣〉中的幾句：「榕葉滿川飛白鷺，書簾半捲黃昏雨。」都是令人激賞之句。他還有一首長調〈永遇樂・初夏獨坐西山釣臺新亭〉：

曲徑通幽，小亭依翠，春事才過。看筍成竿，等花著果，永晝供閒坐。蒼蒼晚色，臨淵小立，引首暮鷗飛墮。巧無人，一溪山影，可惜被渠分破。　　百年似夢，一身如寄，南北去留皆可。我自知魚，翛然濠上，不問魚非我。隔籬呼取，舉杯對影，有唱更憑誰和。和淵明，清流臨賦，得以恁麼。

前半闋完全寫景，氣氛悠閒寧靜，其中寫鷗鳥飛掠水面，把映在溪中的山影畫破，更是生動自然。下片「百年似夢，一身如寄，南北去留皆可」之句，表面上是寫鷗鳥的身世，事實上也寄託了自己流落南北、無處寄身的感慨，看似悠閒曠達，其實是對大時代環境的無力與無奈。如果說，李梁溪的憂國之志，是以沉鬱之歎出之；那麼筠溪的憂國之心，可以說是以曠達之情抒之了。

彌遜的詩作〈東崗晚步〉：「自憐頭白江山裡，回首中原正鼓鼙。」可謂爲風格豪壯之作，黃文吉評論李彌遜的詞作，認爲以他憂國憂民、直言敢諫的性格，詞作之表現僅僅如此，是令人不能滿意的。其實我們從他的詞作中，可以看見他難以壓抑的豪放之情流溢於字裡行間，只是生活的平淡，對政治的遠離，彌遜也只能質樸的描寫生活景況。如果說，一定要搖旗吶喊才能表達心中對國事的悲痛的話，那麼文學研究的深沉繁複，恐怕就顯得單調無趣了。

除了以豪放名之的詞家之外，當代許多文人不以詞名者，詞作流傳不多，風格亦複雜無統一之致，但受到時代風氣影響之故，集中偶有豪放之作，今錄出共析賞之：

一、胡松年（1087～1146）：《全宋詞》中收有胡氏的兩首詞作，皆豪邁之品。其一曰〈石州詞〉：

> 月上疏簾，風射小窗，孤館岑寂。一杯強洗愁懷，萬里堪嗟行客。亂山無數，晚秋雲物蒼然。何如輕抹淮山碧。喜氣拂征衣，作眉間黃色。　役役。馬頭塵暗斜陽，隴首路回飛翼。夢裡姑蘇城外，錢塘江北。故人應念我，負吹帽佳時，同把金英摘。歸路且加鞭，看梅花消息。

又另一首亦是〈石州詞〉：

> 歌闋陽關，腸斷短亭，唯有離別。畫船送我薰風，瘦馬迎人飛雪。平生幽夢，豈知塞北江南，而今眞嘆河山闊。屈指數分攜，早許多時節。　愁絕，雁行點點雲垂，木葉霏霏霜滑。正是荒城落日，空山殘月。一尊誰念我，苦憔悴天涯，陡覺生華髮。賴有紫樞人，共揚鞭丹闕。

胡氏之詞，雖為豪放之作，但沒有當代豪放詞作的沉鬱之氣，反而呈現出明朗疏快的格調，予人清新之感；尤其是幾個動詞的使用，更增添爽利之氣。例如「風射小窗」的「射」字，「輕抹淮山碧」的「抹」字，「歸路且加鞭」的「加鞭」二字，「瘦馬迎人」的「迎」字，「揚鞭丹闕」的「揚鞭」二字等。

二、劉一止（1079～1160）。劉一止有詞四十二首，其中也多有豪放之作，例如〈望明河・贈路侍郎使高麗〉：

> 華旌耀日，報天上使星，初辭金闕。許國精忠，試此日傅巖，濟川舟楫。向來雞林外，況傳詠、篇章雄絕。問人地，眞是唐朝第一，未論勳業。　鯨波霽雲千疊。望仙馭縹緲，神山明滅。萬里勤勞，也等是壯年，繡衣持節。丈夫功名事，未肯向、尊前輕傷別。看飛棹、歸侍宸游，宴賞太平風月。

這首詞雖然是酬贈之作，但是筆勢磊落豪放，氣格軒昂。開筆「華旌耀日」，先打開一個壯闊的場面，再來「許國精忠」之句，也予人明朗舒暢、精神昂揚的感受，爾後的「篇章雄絕」，更可自評爲此詞之作。下片「萬里勤勞，也等是壯年」、「丈夫功名事，未肯向、尊前輕傷別」兩句，直將豪情萬壯的英雄功業，明白道出。另一首〈水調歌頭・和李泰發尚書泊舟嚴陵〉，亦是氣魄動人：

千古嚴陵瀨，清夜月荒涼。水明沙淨，波面一葉弄孤光。北望旄頭天際，殺氣遙昏楚甸，雲樹失青蒼。愁絕未歸客，衰鬢點吳霜。　　聽江邊，鳴寶瑟，想英皇。騎鯨仙裔，高韻輕絕勝風篁。醉入無何境界，卻笑昔人底事，遠慕白雲鄉。不見咸陽道，煙草茂陵荒。

此詞之動人，一在於格局之豪壯，二在境界之明淨。清夜荒涼、水明沙淨，已將嚴陵瀨這個地方的清絕動人描述出來；然而「北望旄頭天際，殺氣遙昏楚甸，雲樹失青蒼」三句，卻讓全詞氣氛進入一種既憂且豪的感覺；下片的「騎鯨仙裔」，不是豪壯的畫面，卻是輕絕的高韻，直到句末「不見咸陽道，煙草茂陵荒」兩語，復將全詞轉入一種蒼涼的局面。

三、陳克（1081 年～？），《全宋詞》中收有詞作五十一首，其中一首〈臨江仙〉：

四海十年兵不解，胡塵直到江城。歲華銷盡客心驚，疏髯渾似雪，衰涕欲生冰。　　送老齏鹽何處是，我緣應在吳興。故人相望若爲情，別愁深夜雨，孤影小窗燈。

此詞之筆雖以豪壯之氣出之，但全首情調頗有一股深沉的悲哀。開筆兩句直接描述當時的政治現象，並以「客心驚」三字寫出老百姓在戰火連天下的心情與生活。引出下文故人相望的哀愁心情，而以疏髯似雪、衰涕生冰的形象，寫出滄桑老人經過戰火洗禮後的蒼老與孤寂。

四、李光（1078 年～），字泰發，著作有《莊簡集》。《全宋詞》收有詞作四十二首，其中〈水調歌頭・過桐江，經嚴瀨，慨然有感。予方力丐宮祠，有終焉之志，因和致道水調歌頭，呈子我、行簡〉，是爲豪邁之作：

> 兵氣暗吳楚，江漢久淒涼。當年俊安在，酌酒酹嚴光。南顧豺狼吞，噬北望中原。板蕩矯首訊，穹蒼歸去謝。歸去謝賓友，客路飽風霜。　　閉柴扉，窺千載，考三皇。蘭亭勝處，依舊流水繞修篁。傍有湖光千頃，時泛扁舟一葉，嘯傲水雲鄉。寄語騎鯨客，何事返南荒。

在遣詞用句上，李光的作品常以壯字入詞，如「兵氣」、「南顧豺狼」、「噬北望中原」、「板蕩」、「嘯傲」、「騎鯨客」、「南荒」，在格局上已先創造出一種豪壯的氣勢出來。在創作心態上，李光本人的政治立場與李綱、張元幹等人的主戰之見相附合，其人也磊落，此詞之格調風格一如其人，展現出豪邁的氣勢出來。

這些駿發踔厲、直寄其意的豪壯作品，表現了與脂粉香氣截然不同的浩然正義。這是一種男子漢的豪邁胸襟，其中凝聚著對社會對人生的深厚感情，內中既有經世濟民的懷抱，又有超越自我的境界，同時更蘊含著自屈、賈以來，士人憂患的沉重歷史感（參見張惠民《南宋詞學的東坡論》）。此類詞作出自文人主體的才性，當他描寫豐富多彩的人生經歷與情感體驗，將生命人格傾注於詞中時，坦蕩磊落的胸襟，勃鬱沉厚的感情自然呈現，其詞風自然有別於婉約詞作的雌聲學語了。

第三節　因時逆轉、前後鮮明的多歧詞風

徽宗政、宣年間，君臣宴安享樂，南渡詞人亦多有風流閑雅的士大夫習氣，故其早期詞作幾乎都是縱情聲色、淺斟低唱的享樂生活記事。例如晚年詞作風格以高亢疏朗爲人稱道的向子諲，早年詞作情調多柔靡輕曼；號稱「南渡詞壇雙璧」之一的張元幹，早年詞作也以委婉清麗的小令居多，還寫了不少格調低俗的壽詞。

南渡著名詞人多有前後兩種不同風格的作品，這與北宋末年的社會狀況、文壇背景密切相關。宋詞發展到周邦彥、李清照，已集小詞、

慢詞、詩人詞、樂府詞之大成，原可直接步入古典派樂府詞之大路，但徽欽蒙塵的歷史鉅變，逼使詞風從酣歌醉舞、吟風弄月的享樂主義，一變而爲家國別離、忠愛素忱的傾訴。及至和議事成，偏安局定，力圖恢復的愛國志士，壯心已老，士氣銷沉，詞作或變爲看透世事的豁達、或變爲失意淪落的頹唐，從酣歌醉舞、到忠愛素忱或激昂慷慨、到豁達或頹唐……這一時期的詞作表現，宛如炫目燦爛的萬花筒，每一種角度，都是令人驚艷的畫面。

一、妙齡氣豪、晚歲落華的葉夢得

葉夢得（1077～1148），字少蘊，蘇州吳縣人（今江蘇省吳縣）。秦檜秉政，忤檜意，後隱居在卞山，自號「石林居士」。夢得詞集名《石林詞》，共一百零三首。

關注《石林詞序》有言：「元符中，予兄聖功爲鎮江椽，公爲丹徒尉，得其小詞爲多，是時妙齡氣豪，未能忘懷也。味其詞婉麗，綽有溫、李之風。晚歲落其華而實之，能於簡淡時出雄傑，合處不減靖節、東坡之妙，豈近世樂府之流哉？」這段話將夢得的詞分爲前後兩個階段。早期作品婉麗，如〈賀新郎〉之作：

> 睡前啼鶯語，掩青苔，房櫳向晚，亂紅無數。吹盡殘花無人見，惟有垂楊自舞。漸暖靄，初回輕暑。寶扇重回明月影，暗塵侵，尚有乘鸞女。驚舊恨，遽如許。　　江南夢斷橫江渚，浪黏天，葡萄漲綠，半空煙雨。無限樓前滄波意，誰採蘋花寄許。但悵望，蘭舟容與，萬里雲帆何時到，送孤鴻，目斷千山阻。誰爲我，唱金縷。

此詞作於夢得爲丹徒尉時，當時夢得已享有詞名，時常受到眞州歌女的包圍與款宴，其人風流多情，其詞婉麗纏綿。

近人俞陛雲《從詩到曲・頁 116》評道：「寄情綿遠，筆復空靈，詞有以眞氣爲尚者，如明鏡不著塵沙一點也。」另外唐圭章也認爲此詞的文字「纖麗而豪逸」（《詞話叢編》第三冊・頁 1583）。早期作品，還有一首浪漫的〈虞美人・雨後同幹譽・才卿置酒來禽花下作〉：

> 落花已作風前舞，又送黃昏雨，曉來庭院半殘紅，唯有游絲千丈、攬晴空。　　殷勤花下同攜手。更盡杯中酒。美人不用斂蛾眉。我亦多情無奈、酒闌時。

整首詞率眞可愛，三兩好友，在雨後花下飲酒作樂，生活多富情味，詞的最後兩句，自從口出，沒有雕琢痕跡，非常自然。葉夢得早年得志，生活順遂，有一些作品，表達他仕途得意的曠達飄逸，如〈浣溪沙・與魯卿酌別，席上次韻〉：

> 千古風流詠白蘋。二年歌笑詠朱輪，偏偏卻憶上林春。劍履便應陪北闕，侉孺哪更假西人。玉堂金殿要詞臣。

在太平舒適的生活環境裡，夢得詞作曠達瀟灑，毛晉《石林詞跋》說他：「綽有林下風，不作柔語帶人，眞詞家逸品也。」頗可想見其爲人詞品。

靖康之難時，夢得南渡已五十一歲，之後在江南度過了二十一個寒暑。在這紛擾的日子裏，他的心態有了很大的轉折，一方面對國家的命運抱著極度的關懷，另一方面對國事日非的情況自然也感到無限悲切，作品情調轉向沉鬱、憤慨。如〈水調歌頭・九月望日，與客習射西園，余偶病不能射〉：

> 雙降碧天靜，秋事促西風。寒生隱地，初聽中夜入梧桐。起瞰高城回望，寥落關河千里，一醉與君同。疊鼓鬧清曉，飛騎引雕弓。　　歲將晚，客爭笑，問衰翁。平生豪氣安在，沉領爲誰雄。何似當筵虎士，揮手弦聲響處，雙雁落遙空。老矣眞堪愧，回首望雲中。

詞的前半闋描寫蕭瑟的秋聲駸駸然至，而勾起這群渡江人許許多多的鄉國之思，尤其在高城眺望，望也望不盡的寥落千里關河，更無法突破滾滾湧來的悲哀氛圍，只有用酒暫時麻醉自己。下片筆勢一轉，描寫大家飛騎引雕弓的積極場面。後半闋復寫自己年老力衰，豪氣何在的無限感慨，將「將士暮年，壯心未己」的情懷表露無遺，而留給人極其強烈的震撼。正因爲對家國的關懷與使命感，早年婉麗豁達的夢得詞，晚年作品有許多引古史以入詞的沉咽之作，例如〈水調歌頭・

湖光亭落成〉：

> 修眉掃遙碧，清鏡走回流。堤外柳煙深淺，碧瓦起朱樓。分付平雲千里，包捲騷人遺思，春色入簾鉤。桃李盡無語，波影動蘭舟。　　念謝公，平生志，在滄洲。登臨漫懷風景，佳處每難酬。卻歎從來賢士，如我語公多矣，名跡竟誰留。唯有尊前醉，何必問消憂。

語似描寫湖光山色，不著邊際，下片卻從謝公之志起筆，抒寫他壯志難愁的心懷。另一首詠史詞〈八聲甘州・壽陽樓八公作〉，更是名傳千古：

> 故都迷岸草，望長淮、依然繞孤城。想烏衣年少，芝蘭秀發，戈戟雲橫。坐看驕兵南渡，沸浪駭奔鯨。轉盼東流水，一顧功成。千載八公山下，尚斷崖草木，遙擁崢嶸。漫雲濤吞吐，無處問豪英。信勞生、空成今古，笑我來、何事愴遺情。東山老，可堪歲晚，獨聽桓箏。

這一首詞將謝安最得意的淝水之戰，以一種很富氣魄、又很精練的筆調敘述出來。謝安晚年雖立大功，位高望重，但孝武帝對他頗有猜忌，所以不甚得意，葉夢得與高宗之間的政治關係，雖無足夠文獻足資考據，但葉夢得對政治的不滿與悲痛卻是從詞中明顯可見的。再如另一首〈水調歌頭〉：

> 卻恨悲風時起，冉冉雲間新雁，邊馬怨胡笳。誰似東山老，談笑靜胡沙。

也是抒發對國事戰局的感懷。

除了婉麗多情、激憤沉咽的作品外，政治上的不順意逼使夢得不得不在山林丘壑中，追尋心靈的安寧。他有一些豪放曠達的作品，如〈水調歌頭・次韻叔父寺丞林德祖和休官詠懷〉：

> 今古幾流轉，身世兩奔忙。那知一丘一壑，何處不堪藏。須信超然物外，容易扁舟相踵，分占水雲鄉。來日故應長。問騏驥，空矯首，爲誰昂。冥鴻天際，塵事分付一輕芒。認取騷人生此，但有輕篷短楫，多製芰荷裳。一笑陶彭澤，千戴賀知章。

他唾棄汲汲營營的生活，追求一丘一壑、水鄉雲土的生活，嚮往輕篷短楫，荷裳輕芒的恬適，全詞寫得輕曠飄逸，讓人讀後心無紛競，何等清涼。另外還有〈八聲甘州〉：「十畝荒園未遍，趁雨卻鋤犂」；〈念奴嬌〉：「倦鳥知還，晚雲遙映，山氣欲黃昏。」〈定風波〉：上半闋「渺渺空波下夕陽，睡痕初破水清涼。過與歸雲留不住，何處，遠村煙數半微茫。」等作品，都是曠達清幽之作。

在詞史上，《宋南渡詞人》對葉夢得的評價如是說：「夢得的詞是繼承蘇軾所開闢的豪放境界，又加上一生顛沛流離，遭遇變化多端的宦海風波，尤其金人無情鐵蹄的踐踏，在在都撼動了作者的心，於是激憤沉咽、隱退高蹈的作品隨之高揚起來，……為辛派詞人開拓更寬廣的路子。」葉夢得多樣的風格表現，且每一種類型的表現都不俗，的確是後來詞家向前承襲的典範之一。

二、歷經滄桑、釋懷人生的張元幹

張元幹，字仲宗，自號蘆川居士，福建永福人。生於宋哲宗元祐六年（1091），卒於高宗紹興三十一年（1161），享年七十一歲。元幹出身於仕宦之家，徽宗政和年間入仕途，在北宋末的政、宣年間，已稱名於文壇，尤以詩詞的創作表現為時人稱賞。

林惠美《張元幹詞研究》（83 年、高師大碩士論文）中，將元幹詞的創作歷程，分為四個時期：

一、承平時期、游學仕宦之作：約為徽宗崇寧元年（1102）到宣和七年（1125）之間，受到當時社會和詞壇風氣之影響，此期詞風大抵在追摹花間詞風，表現類型化的風花雪月、脂粉才情以及悲歡離合之作。南渡詞人在這段時期，一則因為年紀輕，並未真正經歷人生的曲折磨難，二則受當時環境影響，自然容易趨向個人的享樂。元幹此期又抱著「文章為末技小道」態度作詞，無論就表現內涵、手法、題材或風格上，都有花間遺跡。

二、戰亂時期、流落江淮之作：此時期約是欽宗靖康元年（1126）

到高宗建炎四年（1130）的創作。當時宋室南渡，國土淪喪，元幹卻由於朝廷失意，流落江淮。滿懷爲國報身的壯志不得實現，又對朝廷的怯懦畏戰表示不滿，遂以他親身抗敵的經驗，直斥現實，志欲恢復。作品中具有強烈鮮明的現實感和時代感，注入了政治風雲和個人豪傑之志。

三、偏安時期、閑居閩地之作：約是高宗紹興元年（1131）到紹興二十年的作品（1150），長達二十年的時間，可說是元幹創作生涯的高峰期。此時偏安局勢大致抵定，有志之士無法力挽狂瀾，只得過著登高臨水、賦詩懷古的生活。雖然對政治拂袖絕塵、冷漠疏離，但心中卻始終有著關懷國事、無法自己的矛盾與掙扎。此時期作品一則有高臥林泉憂蒼生的愛國思想，一則又有遠離塵世、追尋心靈出路的超脫，其中有不少濃厚的消沉思想，明白反映了他深刻的人生徹悟。

四、入獄削籍、漫遊吳越之作：高宗紹興二十一年（1151）到紹興三十一年（1161）之作：二十一年，元幹下大里寺，削籍除名爲布衣。老來衰病而功名未就的失落感，以及不能掌控命運的茫然心緒，紛然交織在此時期的作品之中。

《中國詞曲史》也將元幹之詞分爲兩期，以南渡爲界，前期多傳統的言情之作，風格以肩隨秦觀、周邦彥的清婉爲主；南渡後則寫下大量鼓吹抗戰、批判投降、懷念故土之作，風格慷慨悲涼、抑塞不平，給愛國詞人張孝祥、陸游、辛棄疾開闢了一條廣闊的創作道路。早期詞作如〈春光好〉：

> 吳綾窄，藕絲重，一鉤紅。翠被眠時常要人暖，著懷中。
> 六幅裙窣輕風，見人遮盡行蹤。正是踏青天氣好，憶弓弓。

種種意象的選擇，都圍繞著春日憶人的情思，由踏青天氣聯想到弓樣繡鞋，其婉約嫵媚之致，表露無遺。再如〈昭君怨〉：

> 春院深深鶯語，花怨一簾煙雨，禁火已銷魂，更黃昏。　衾暖麝燈落地，雨過重門深夜。枕上百般猜，未歸來。

在這一首詞中，張元幹化身爲深閨女子的口吻，其心態、口吻莫不傳神地表達出她的心緒與百轉糾結的情懷，全詞善用氣氛渲染和環境烘托，照見一個百無聊賴的女子，期盼枕邊人歸來的寂寞難耐。這些艷情之作，大都富有青春氣息，應是其早年之作。此外還有其他婉媚之作，亦應出於早年之手，如：

樓外夕陽明遠水，樓中人倚東風裏。何事有情怨別離，低鬟背立君應知。東望雲山君去路，斷腸迢迢盡愁處。明朝不忍見雲山，從今休傍曲闌干。（〈樓上曲〉）

涼月今宵滿，晴空萬里寬。素娥應念老夫閒。特地中秋著意、照人間。　　香霧雲鬟溼，清輝玉臂寒。休教凝佇向更闌。飄下桂華聞早、大家看。（〈南歌子・中秋〉）

南渡以後，由於主戰主和的立場不一，元幹有兩闋詞，分別是寄李綱及胡銓的。李胡二人在政治上的立場皆爲主戰反和，張元幹在眾皆噤若寒蟬之際，甘冒大不韙，作詞以贈被貶謫的李、胡二人，成爲當代的轟動大事。由於我國文學批評一向重視作家的操行，作品的價值往往與人格的考量合爲一體，由於這兩闋詞表現了忠義之氣以及崇高的人格，衡量的藝術標準也隨之不同。楊愼《詞品・卷三》就說：「……此詞雖不工，亦當傳。況工緻悲憤如此，宜表出之。」其詞原文如下：

曳杖危樓去，斗垂天、滄波萬頃，月流煙渚。掃盡浮雲風不定，未放扁舟夜渡。宿雁落、寒蘆深處。悵望關河空弔影，正人間、鼻息鳴鼉鼓。誰伴我，醉中舞？　　十年一夢揚州路，倚高寒、愁生故國，氣吞驕虜。要斬樓蘭三尺劍，遺恨琵琶舊語。謾暗澀、銅華塵土。喚取謫仙平章看，過苕溪、尚許垂綸否？風浩蕩，欲飛舉。（〈賀新郎・寄李伯紀丞相〉）

夢繞神州路，悵秋風、連營畫角，故宮離黍。底事崑崙傾砥柱，九地黃流亂注？聚萬落千村狐兔。天意從來高難問，況人情、老易悲難訴。更南浦、送君去。　　涼生暗柳摧殘暑。耿斜河、疏星淡月，斷雲微度。萬里江山知何處？

回首對床夜語。雁不到、書成誰語？目盡青天懷今古，肯兒曹、恩怨相爾汝！舉大白，聽金縷。（〈賀新郎・送胡邦衡待制赴新州〉）

第一首詞氣勢浩大，慷慨悲壯。以「斗垂天、滄波萬頃，月流煙渚」寫景，其氣魄正是杜甫「星垂平野闊，月湧大江流」（〈旅夜書懷〉）的景象，而「氣吞驕虜、要斬樓蘭三尺劍」的氣魄，正是後來辛稼軒「想當年，金戈鐵馬，氣吞萬里如虎」（〈永遇樂〉）的前奏。「悵望關河空弔影，正人間、鼻息鳴鼉鼓。誰伴我，醉中舞？」彷彿又聽到屈原〈漁父〉：「舉世皆濁我獨清，眾人皆醉我獨醒」的悲憤嘆息。第二首詞的風格有異曲同工之妙，魂牽夢繫的是神州故國，惆悵的是故宮黍離、九地黃流、千村狐兔的中原慘狀。如此的政治態勢，令詞人眞是悲痛難挨。《蘆川歸來集》中蔡戡序此詞云：「微而顯，哀而不傷，深得三百篇諷刺之義，非若後世靡麗之詞、狎邪之語，適足勸淫，不可以遜。」這兩首的詞風遠離纖麗婉約的本色，走向大開大闔、氣壯情悲的道路，具有政治意義與社會功能，非以前的花間艷情小詞所能比。

張元幹還有許多精神剛健、氣概雄邁的作品膾炙人口，例如〈念奴嬌・代洛濱次石林韻〉、〈永遇樂・宿鷗盟軒〉等詞。再如〈念奴嬌・已卯中秋和陳丈少傾韻〉：

垂虹望極，掃太虛纖翳，明河翻雪，一碧天光波萬頃，湧出廣寒宮闕。好事浮家，不辭百里，俱載如花頰。琴高雙鯉，鼎來同醉孤絕。浩蕩今夕風煙，人間天上，別似尋常月，陶冶三高千古恨，賞我中秋清節。八十仙翁，雅宜圖畫，寫取橫江楫，平生奇觀，夢回猶竦毛髮。

亦是風格豪爽之作。張元幹另外還有疏放、超曠、雋逸之類風格的作品，其內容通常多是以徜徉泉石、縱身山林、追求內心寧靜超脫爲主。例如〈蝶戀花〉：

窗暗窗明昏又曉，百歲光陰，老去難重少。四十歸來猶賴早，浮名浮利都經了。時把青銅閒自照，華髮蒼顏，一任旁人笑。不會參禪并學道，但知心下無煩惱。

又如：〈臨江仙・送王叔濟〉：

玉立清標消晚暑，胸中一段冰壺。畫船歸去醉歌珠，微雲收未盡，殘月炯如初。鴛鴦行間催闊步，秋來乘興鳧趨。煩君爲我問西湖，不知疏影畔，許我結茅無。

此外還有〈江神子〉：「夢中北去又南來，飽風埃，鬢華衰，浮木飛蓬，蹤跡爲誰催」等句。楊海明在《唐宋詞的風格學》中論及這類詞作在當時勃興的原因：一方面，偏安的形勢下，最高統治者有意地「引導」臣子們把注意力轉向湖山清賞之中，（而江南山明水秀的美麗景色也確能「勾引」他們生出歸隱之思的魅力）；另一方面，政治上的受壓抑又驅使一些本來欲有所作爲的士大夫文人被迫轉向「歸隱」。這兩方面的原因促使南宋詞壇上出現了爲傳統的「言情」和新興的愛國之作以外的另一股潮流——「出世」、「隱逸」詞。（詳該書下編十三章《雅與俗》，頁 187。）這一段話不但可以用來詮釋元幹的豪放之作，也可以用來說明在戰火連天的亂世裡，許多詞人高蹈之作興盛的原因吧！

三、從浮華、到沉痛、到曠達的向子諲

向子諲，字伯恭，自號薌林居士。河南開封人。生於神宗元豐八年（1085），卒於南宋高宗紹興二十二年（1152），年六十八。紹興八年（1139），以不肯拜金詔，忤秦檜之意，乃致仕，退閒十五年，自號所居之地爲「薌林」。

子諲詞集名《酒邊詞》，以靖康之難爲明顯分界線，之前是華美妍冶的「江北舊詞」，有六十三首，之後是瀟灑爽亢的「江南新詞」，有一百十二首。胡寅《題酒邊集》云：「觀其退江北所作於後，而進江南所作於前，以枯木之心，幻出葩華，酌玄酒之尊，棄置醇味，非染而不色，安能及此！」（毛晉、汲古閣本、宋六十名家詞）。黃文吉《宋南渡詞人》則將子諲之詞分爲三階段，主要是將「江南新詞」以紹興八年忤秦檜之事爲界線，之前是志謀恢復、心懷故國，哀慘淒切的風格；之後則是與林泉爲伍、逍遙度日，平淡曠達的作風。

一、江北浪漫時期：靖康二年（1127）、子諲四十三歲之前的作品均屬之，也就是《酒邊集》中江北舊詞的部份。子諲早年得意官場，浮沉宦海，酬酢應和之作頗多。由於經常在尊前歌筵流連，熟識的歌女也特別多，加上子諲生性多情，富於幽默，所以時有詞作相贈，顯示出風流倜儻、放蕩不羈的五陵少年姿態。例如〈浣溪沙〉：

> 百斛明珠得翠蛾。風流徹更能歌。碧雲留住勸金荷。　取醉歸來因一笑，惱人深處是橫波。酒醒情味卻知麼。

寫活醉笑席間，與歌女傳笑送情，這正是《聽秋聲館詞話》云：「酒邊詞二卷，其中贈伎之作最多，其名如小桃、小蘭、輕輕、賀全眞、陳宋鄰、王稱心，不一而足，所謂承平王孫故態者耶？」又如〈生查子〉一首：

> 娟娟月入眉，整整雲歸鬢。鏡裏弄妝遲，簾外花移影。　斜窺秋水長，軟語春鶯近。無計奈情何，只有相思分。

將女人的嬌媚姿態刻劃入微，形容生動，若不是社會昇平，繁華優裕，何來如此柔艷的情調？還有一首豔冶浮華的〈虞美人〉，寫男女之情，有濃烈的脂粉氣：

> 去年雪滿長安樹。望斷揚州路。今年看雪在揚州。人在蓬萊深處，若爲愁。　而今不恨伊相誤。自恨來何暮。平山常下舊嬉遊。只有舞春楊柳、似風流。

此外還有兩首詞，都可見出他早年的生活情態：

> 淮陽堂上曾相對。笑把姚黃醉。十年離亂有深憂。白髮蕭蕭同見、渚江秋。　履聲細聽知何處。欲上星辰去。清寒初溢暮雲收。更看碧天如水、月如流。（〈虞美人〉）
>
> 月在兩山間，人在空明裏。山色碧於天，月色光於水。　心物物幽，心動塵塵起。莫向動中來，長願閒如此。（〈生查子〉）

二、南渡力謀恢復時期：從建炎元年（1127）到紹興八年（1138），子諲四十三歲到五十四歲，前後共二十年。子諲早年雖歷經繁華生活，但是宋室大變以後，馬上奮起，糾合義士，力圖振作。《宋史》

本傳中記載他知潭州時，金人來犯，子諲率軍民死守，後雖城陷，但督兵巷戰，收擊潰卒，與當時其他望風遁逃者不可同日而語。因此他此時期的詞作，在內容、風格上，也表現出同樣關心國事、牽懷故土的情調。如〈阮郎歸〉：

江南江北水漫漫，遙知易水寒。同雲深處望三關，斷腸山又山。　　天可老，海能翻，消除此恨難。頻聞遣使問平安，幾時鸞輅還。

這首詞寫於紹興五年（1135），大雪行於鄱陽道中所作；詞中流露出被迫遠離故土的深恨與惆悵。再如一首〈秦樓月〉：

芳菲歇，故園目斷傷心切。傷心切，無邊煙水，無窮山色。可堪更近乾龍節。眼中淚盡空啼血。空啼血，子規聲外，曉風殘月。

若不是身處於動盪的時世背景，胸懷著滿腔愛國熱血，一般詞家根本無法寫出如此悽慘沈痛的作品。從太平盛世的脂粉氣中轉化出來，民族大難的血淚，將之前的俗艷氣沖刷淨盡，《酒邊集》的境界也從花間、柳永的包圍中掙脫出來，而能令人矚目。馮煦《蒿庵論詞》評前一首〈阮郎歸〉有云：「卷戀舊君，與鹿虔扆之『金鎖重門』、謝克家之『依依克柳』，同一辭旨怨亂，不知壽皇見之，亦有概於心否？宜爲賊檜所嫉也。終是愛君，獨一『瓊樓玉宇』之蘇軾哉？彼以詞黜宕不可爲者，殆第見屯田、山谷諸作，而未見此耳。」正可以說明此時期詞風轉變的重要心理因素。

三、薌林退隱時期：紹興八年（1138），子諲以不肯拜金詔，忤秦檜意，退休致仕，歸隱薌林；子諲致仕以後，從此退居薌林，不問世事〔註 17〕，徘徊桂香，花前醉酒，應和梵唱，心靈閒適，這是由絢爛回歸平淡，也是經風雨過後的寧靜，在這逍遙安詳的日子裏，詞風

〔註 17〕張元幹〈薌林居士贊〉：「雖曰守節仗義，而遠跡危機，而獨往勇決（歸隱）。殆將明哲以保身，優游以卒歲者歟？」汪應辰〈向公墓誌銘〉：「既而大臣專權，以峻刑箝天下之口，非曲意阿附，鮮有免者。公言一不合，見機而作，超然物外，自適其適，於是人始服公之不可及也。」

爲之一變，此期的詞風表現出清爽曠達的境界，使人讀了猶如「登高望遠，舉首高歌，而逸懷浩氣超然乎塵垢之外」（胡寅《題酒邊集》）。例如：

> 露下風前處處幽，官黃如染翠如流。誰將天上蟾宮樹，散作人間水國秋。　香郁郁，思悠悠，幾年魂夢繞江頭。今朝得到薌林醉，白髮相看萬事休。（〈鷓鴣天〉）

> 五月柳坊中煙綠，百花洲上雲紅。蕭蕭白髮兩衰翁，不與時人同夢。　抛擲麟符虎節，徜徉江月林風。世間萬事轉頭空，箇裏如如不動。（〈西江月〉）

題下注云皆爲紹興九年歸休後的作品，詞中的自己看透人生，目空一切，因爲世間萬事到頭來還是空幻虛無，什麼麟符虎節又有何值得留戀？倒不如徜徉江月林風，今朝有酒今朝醉，這種思想一旦定型，加上山水絕佳的生活環境，當然就邁向高蹈曠達的道路。子諲此時期寫下不少類似情味的作品：「不知世路風波惡，何以薌林氣味長」（〈鷓鴣天〉）、「欲識薌林居士，眞成漁家風」（〈西江月〉）、「欲知福壽都多少，閤皀清江可比肩」（〈鷓鴣天〉）、「一川風露，總道是仙家」（〈臨江仙〉）等等，都是超出塵外、不食人間煙火的句子。這類作品確乎不同於豔情詞的纏綿悱惻，又不同於愛國詞的慷慨悲歌，即使其中不免有身世感懷，也不若前述的沈鬱蒼涼、怨抑激楚。其詞筆一般是雅健的，表現得疏放自得、超曠閒適；而其內容主要是抒寫隱逸、出世的情懷，或是歌詠山林幽居的生活雅趣，可說是亂世文人很重要而且普遍的生活傾向。

子諲有三種很重要的創作風格：早期艷冶浮華，中期淒慘沉痛，晚期清爽曠達。綜觀他的所有作品，一言以蔽之，都是環境影響所造成的。由此皆可見出，大環境對人、對文學的影響，是相當有力而深刻的。

四、從狂放、到漂泊、到閑居的朱敦儒

朱敦儒，自希眞，河南人，生卒年不詳。靖康中，詔至京師，以

「麋鹿之性，自樂閑曠，爵祿非所願也」固辭。高宗即位，詔舉草澤才德之士，又辭。紹興二年，故人以「今天子側席幽士，翼宣中興。譙定召於蜀，蘇庠召於浙，張自牧召於長蘆，莫不聲流天京，風動郡國。君何爲棲茅茹藿、白首巖谷乎？」勸之，敦儒遂幡然而起〔註 18〕。

敦儒現存有二百四十六首詞，是所有南渡詞人當中，創作力最強、作品最豐富的作家。朱敦儒在南渡前即以詞享有盛名，曾被冠上「詞俊」的雅號，屬於「洛中八俊」之一。

敦儒的詞除了在形式上有獨特的風格外，其內容更以鮮活的生命力，與時代環境息息有關，也頗能與作者的心境若合符節。綜觀其整體詞作，不論是數量或質量，都足夠在南渡詞人中首屈一指。然而他的詞集《樵歌》在後世的流傳卻令人意外，近人黎錦熙統計，明清所刻的許多大部頭的詞總集並未將《樵歌》採入，零篇選詞的也大不重視他。直到新文學運動興起，胡適先生倡白話文，總輯《詞選》（商務版），始大量予以選錄，在作者小傳並云：「詞中之有樵歌，很像詩中之有擊壤集（邵雍的詩集）。但以文學的價值而論，朱敦儒遠勝邵雍了。將他比陶潛，或更確切罷？」（轉引自《宋南渡詞人》）。

胡適《詞選》將朱敦儒詞作分爲三期：「第一是南渡以前的少年時期——『輕紅遍寫鴛鴦帶，濃碧爭斟翡翠卮』的時期。第二是南渡時期，頗多家國的感慨、身世的悲哀——『南北東西處處愁；獨倚闌干遍』的時期。第三是他晚年閑居的時期，飽經世故，變成了一個樂天自適的詞人——『老來可喜，是歷徧人間，諳知物外，看透虛空，把恨海愁山一齊挼碎。免被花迷，不爲酒困，到處惺惺地。』」

以下茲從此說，將他的作品風格分爲三個階段說明之：

一、南渡之前，縱情詩酒，自樂閑曠之作：敦儒長於洛陽，洛本古都，山靈水秀，更易培養文人的浪漫氣息，造成他優游歲月、放浪

〔註 18〕時秦檜當國，喜獎用騷人墨客，以文太平。檜子僖亦好詩，於是先用敦儒子爲刪定官，復除敦儒爲鴻臚少卿。檜死，敦儒亦廢。談者謂敦儒老懷舐犢之愛，而畏避竄逐，故其節不終云。參考葉慶柄《中國文學史・南宋詞》。

不羈、風流多情、視功名如糞土的個性。例如〈水調歌頭〉前半闋所描述的早年生活：

> 當年五陵下，結客上春遊。紅纓翠帶，談笑跋馬水西頭。落日經過桃葉，不管插花歸去，小袖挽人留。換酒春壺碧，脫帽醉青樓。

再如〈鷓鴣天〉一詞，都可以看出他狂放、愛好自由的基本氣質：

> 我是清都山水郎，天教分付與疏狂。曾批給雨支風券，累上留雲借月章。　　詩萬首，酒千觴，幾曾著眼看侯王。玉樓金闕慵歸去，且插梅花醉洛陽。

二、南渡後的流亡之作，約是敦儒四十七歲到六十九歲之間。為了避難，敦儒足跡遍歷兩廣，在離鄉背井、飄泊無定的日子裡，往日的狂放浪漫一掃而空，代之而起的是以婉麗之筆，寫感傷之情。

> 昨日晴，今日陰，樓下飛花樓上雲，闌干雙淚痕。　　江南人，江北人，一樣春風兩樣情，晚寒潮未平。(〈長相思〉)

> 吳越東風起，江南路，芳草爭春，倚危樓，縱目繡簾初捲，扇邊寒減，竹外花明，看西湖，畫船輕泛水，茵幄穩臨津，嬉遊伴侶，兩兩攜手，醉回別浦，歌遏雲南。　　有客愁如海，江山異，舉目暗覺傷神，空想故園池閣，捲地煙塵。但且恁痛飲，狂歌欲把恨懷開，轉更銷魂。只是皺眉彈指，冷過黃昏。(〈風流子〉)

> 遠尋花，正風霽雨，煙浦移沙，緩提金勒路，擁桃葉香車，憑高暢照羽觴，晚日橫斜，六朝浪語繁華，山圍故國，綺散餘霞。　　無奈尊前萬里客，歎人今何在，身老天涯，壯心零落，怕聽疊鼓摻撾江，浮醉眼，望浩渺，空想靈槎曲終，淚溼琵琶，誰扶上馬，不省還家。(〈芰荷香·金陵〉)

除了婉麗深沉的悲痛，眼見國事頹弊、君臣無能，朱敦儒也有深刻的悲憤激動之情，藉由詞作抒發出來，例如〈水龍吟〉的後半闋云：

> 回首妖氛未掃，問人間、英雄何處。奇謀報國，可憐無用，塵昏白羽。鐵鎖橫江，錦帆衝浪，孫郎良苦。但愁敲桂櫂，悲吟梁父，淚流如雨。

這一個時期，南方的風光景物也常勾起他思鄉的苦楚，滿心的淒怨常常藉詠物的形式表現出來，例如〈卜算子〉之作：

旅雁向南飛，風雨群初失，飢渴辛勤兩翅垂，獨立寒丁立。鷗鷺苦難親，矰繳憂相逼，雲海茫茫無處歸，誰聽見哀鳴急。

此詩句句不離雁，然而首句之意即明指南渡之事，下文孤雁南飛的孤零失落，處處與詞人的心意相通，雲海茫茫，孤雁的哀鳴，一語道盡詞人無依的心情。另一首〈沙塞子〉，則是描寫南方的窮山惡水，藉以發露詞人心中對北方故園的想念：

萬里飄零南越山，引淚洒催愁不見，鳳龍樓闕又經秋。九日將亭閑望蠻，樹口瘴煙浮腸斷，紅蕉花晚水西流。

雖是結構平實、意句直敘之作，但南方山水所引起的心中之痛，卻深刻進入讀者心中，由此也可見出詞人心中深沉綿緲的思鄉之痛。

三、晚年閑居時期：約是敦儒六十九歲致仕以後的作品，由於人生歷練，遍嚐酸甜苦辣，此時作品無早年之狂放，亦無中年之悲慨，常常是以白描的筆法寫曠達與淡漠心態，近人推崇敦儒爲「白描詞人」，即爲此期詞作。

試觀敦儒晚年詞作，似乎又有早期的享樂心理，例如〈西江月〉：

世事短如春夢，人情薄似秋雲。不須計較苦勞心，萬事原來有命。　　幸遇三杯酒好，況逢一朵花新。片時歡笑且相親，明日陰晴未定。

此詞表現人生無常，行樂趁早的思想。敦儒早期是狂放的享樂主義，而晚年則是歷盡滄桑，從經驗中悟道，體會出世事短暫，不必計較，要把握現在，及時行樂的曠達思想。朱敦儒從無數的生離死別、失意挫折中，看透了人生，也尋回了自我，這種生命的坦然與自在，正如〈念奴嬌〉所說的心境一樣：

老來可喜，是歷偏人間，諳知物外，看透虛空，把恨海愁山一齊挼碎。免被花迷，不爲酒困，到處惺惺地。飽來覓睡，睡起逢場作戲。　　休說古往今來，乃翁心裏，沒許多般事。也不蘄仙不佞佛，不學棲棲孔子。懶共賢爭，從教他笑，如此只如此。雜劇打了，戲衫脫與獃底。

這樣的心情，來自於歷經滄桑之後的生命歷練；仕，可以說是中國文人一向不變的生命基調，投身期間所渴望建立的典型，可能就是蘇軾所說的心情：「一旦功成名遂，準擬東還海道，扶病入西州」（〈水調歌頭‧安石在東海〉）。然而面對現實社會失去應有的秩序，不能契合心中的理想，自己卻又無力改變時，有的人是轉而趨炎附勢、與世浮沉，有些人則會悲憤抗衡，甚至死諷諫，有人則是拂袖絕塵，冷漠疏離——不同的出處選擇，來自於個人的才質不同。〈朝中措〉這樣的作品，頗可以看見朱敦儒拂袖絕塵、冷漠疏離的氣質：

先生筇杖是生涯，挑月更擔花。把住都無憎愛，放行總是煙霞。　　飄然攜去，旗亭問酒，蕭寺尋茶。恰似黃鸝無定，不知飛到誰家。

全詞極爲飄然逍遙，自由自在，挑月擔花的意象用得超乎塵表，黃鸝無定的譬喻也非常貼切生動，其中所取得的材料都來自於自然，不必任何雕飾，意境就十分高遠。《詞林記事‧卷九》引汪叔耕曰：「希眞詞多塵外之想；雖雜以微塵，而其清氣自不可沒。」

敦儒的詞在時代的影響下，以其突出的技巧形式表現出豐沛的感情與思想，在創作的態度上，將詞當作與詩相同的文學體式，把全部的生命寄託其中，其成就不僅在南渡諸家中是輝煌的，就整個詞學流變史而言，也可說是屬一屬二的大家。南宋詞家汪莘，在爲自己的《方壺詩餘》作序時說：「余於詞所喜愛者三人焉：蓋至東坡而一變，其豪妙之氣，隱隱然流出言外，天然絕世，不假振作：二變而爲朱希眞，多塵外之想；雖雜以微塵，而其清氣自不可沒；三變而爲辛稼軒，乃寫胸中事，尤好稱淵明，此詞之三變也。」把朱敦儒和蘇軾、辛棄疾並放在一起，可說是別具慧眼的。

各種風格的兼存與交融，正如楊海明《唐宋詞的風格學‧第十二章》所言：「同一位作家，由於其處境、心情和觸發感情的人事不同，又由於他的文學修養來自於多種渠道的累積，所以在不同的創作環境中，是能夠寫出不同風貌的作品來的。」從婉約詞風的堅持，到豪放詞家的完整詞風，到詞風多變的詞家群，我們可以看到環境對不同的人所產生的不同影響。俗諺所云的：「一種米養百樣人」，放在文學創作的心態歷程中，也頗可以眞切看出每一個質性不同的人，所造就出來不同的文學氣質與人格典範〔註19〕。

〔註19〕南渡詞人當中，比較特出的有葉夢得、朱敦儒、李清照、向子諲、陳與義和張元幹。但其中以朱敦儒、李清照二人最受矚目，歷來研究之專著集單篇論文不勝枚舉；此言確是。本章所討論的諸多南渡詞人，翻遍期刊論文目錄，資料甚少。幸有黃文吉先生的《宋南渡詞人》一書，其中所引之資料以及論證，詳實而精采，給予本篇非常大的幫助，在此謹申謝忱。

第六章　亂世詩詞的深層開拓與繼承

前二章分別就從詩壇與詞壇流變史，縱向討論詩詞演變的發展脈絡。此二章則擬就此時期詩詞發展的內部結構，作橫面切片的討論。本章著重在整體詩詞的發展演變中幾個特殊的景點；思維的出發點將著重在：已被前人啓芽、稍作提緒的文學命題，由於在風格、內容、體裁等各方面尚有極大的空間可供發揮，政壇上無力施爲的文人，不僅有更多的心力關照進去，更由於前人染指不多，詭變的政局又是此時可供發揮的重大題材，文人遂可在此作更深入的開發與更廣闊的拓展。

如果說，前代的文學資產是一片隨著季節更替的花圃，本章所要討論的就是：已經植下的種子，曾經開過小小的花苞，卻在今日風雨飄搖的氣候裡，開成一片根植深廣的花海。例如第一節的諷諭詩、第二節的詠史詩，其出發的角度就是：宋人詩中一向充滿了對社會對國家深刻而強烈的關懷，除了哲學思維的發達，促使宋人眼界拓廣，從萬物萬不有情的角度去探索生命的哲理外，宋人視爲義不容辭的社會連帶意識，也促使宋人詩歌中詠史詩及議事詩的發達。朱安群《易學與宋代文化》有云：「……憂患感、危機感所引出的又一積極結果是：宋代士子普遍具有強烈的政治參與感，高度的社會責任感，突出的表現爲直面現實弊端，關注國運盛衰，同情百姓疾苦，議政、議軍、議經、議文，成為有宋一代潮湧不息的社會風尚。」更是這股社會風尚，在靖康鉅變的時代風潮下，塑造出有別於以往的諷諭詩與詠史詩。此番有別於以往的變化與景象，就是此章節所要討論的重點。在第三節詠物詩方面，宋人詠物作品之多，品類之廣泛，向為中國文學作品之翹楚，此有賴於宋代哲學思維之發達，使文人的眼光，深透至宇宙奧妙，廣闊至社會現實，以及細微的日常事務。這個時期的詠物詩，就是南方景、物的加入，為此時期的詠物之作，別添一股騷人思鄉的風味。此時詩作之豐富，可論者甚多，例如禪言詩、哲理詩、生活瑣事詩、文字遊戲詩……等等，但這些作品中，呈現出南渡時期特殊時代背景的表現並不多，因此本章別列一節，將這些數量龐大的作品納入討論中。

第一節　以刺勝美的諷諭詩

《詩大序》闡述《詩經‧國風》的社會作用時說：「上以風化下，下以風刺上，主文而譎諫，言之者無罪，聞之者足以戒。」漢代學者鄭玄解釋這段話時說：「風化，風刺，皆謂譬喻不直言也。……譎諫，不直諫也。」這段話不但說明了詩歌自上而下的教化作用，更強調了詩歌自下而上的諷諭作用，要求詩人用「譎諫」——委婉曲折的方式，諷諭、規勸統治者，使他們聞過而改。

觀察自先秦以來的作品，以詩頌揚王者仁政、感念賢君恩德的詩，比比皆是。但是，詩人讀聖賢書、學王者事，對政治的理想與期望，常常藉由詩歌表達出來。尤其是詩歌原具有讚美與諷刺兩種功能，鄭玄《詩譜序》就提出了詩歌「論功頌德，將順其美；刺過譏失，所以匡救其惡」的基本精神。晚唐詩人皮日休在《正樂府十篇序》中也說過類似的話：「樂府，蓋古聖王采天下之詩，欲以知國之利弊、民之休戚者也。……詩之美也，聞之足以勸乎功；詩之刺也，聞之足以戒乎政。」

因此，溫柔敦厚可說是《詩經》、《楚辭》以來諷諭的傳統主要精神。孔穎達《禮記正義・卷五十》：溫是顏色溫潤，柔謂情性柔和，詩依違諷諫，不切指事情，故曰溫柔敦厚詩教也。情性柔和是一種人格特質，顏色溫潤是指文章所表現出來的精神，特過這樣的解釋，溫柔敦厚的意義便由作品對讀者的感染與效力，一變而爲詩人的寫作原則了。正由於這樣的寫作精神，才能賦予文學創作以反映現實，批判不義的莊嚴神聖使命。

可知所謂的諷諭詩，「諷」就是用正言以微辭託義，「諭」就是告曉明曉也。凡是有不便明說或不易明說者，假借其他事物來作影射，以設比喻或用寓言的方式，使讀者聯想而有所領悟；質言之，凡寓意諷諫（以婉曲之言相勸諫）的詩，以諷爲手段，諫則爲其目的的，就是諷諭詩。

詭譎多變的政壇風雲，能不能在政治上爲天下百姓盡一份身爲讀書人的力量，是一個不能確切掌握的變數；但起碼在自己的詩歌裡「救濟人病，俾補時闕」，聊盡一份讀書人對國對民的關懷與憂心，是詩人致世爲民的基本表現。因此，詩人寫作諷諭詩的精神，都很重視與現實政治的關係，白居易在自己創作的二千八百多首詩歌中，最看重的就是一百七十多首的諷諭詩——可以說，諷諭詩的內容表現，正是文人對國家經濟民生表達關懷的具體表現。

綜觀整個宋代，諷諭詩作頗多，北宋名篇如梅堯臣的〈村豪〉、東坡的〈吳中田婦嘆〉、〈荔枝嘆〉等，其題材內容承襲了先秦《詩經》、漢代樂府的古傳統，著眼點主在揭露上至皇帝、下至農村土豪里胥對老百姓的剝削與壓迫，這也是歷來諷諭詩的主要內容。然而仁宗年間安石變法的激進政策，新舊黨爭的政局動盪起迭，以及對外政策的懦弱膽怯，開始爲諷諭詩作增添新的題材，如東坡的〈山村〉、〈八月十五日看潮〉，梅堯臣的〈猛虎行〉等，多是因應時事的作品，遂使諷諭之作與當代的時事政令，有了密切的關係。然而，即使內容新變，北宋詩人的諷諭手法，與傳統「美」、「刺」的溫柔敦厚仍不失太遠。

直至徽宗一朝，奢侈荒淫，蔡京爲政，邪佞橫行，諷諭詩中的美刺開始有了比較激烈的表現；靖康之難，和戰相爭，外敵入侵對宋王朝百姓所帶來的苦難，皆成爲此時諷諭詩的主要題材。

本節擬從以下三個角度觀察此時期的諷諭詩：

一、在內容上，靖康之難的時事表現，是當時可待觀察的一大景觀，但我們另立一個章節〈見證當代亂象的詩史〉予以討論之；在當代亂象的社會背景中，秦檜的言論箝制以及南宋朝廷懦弱怯戰的狼狽景象，卻是詩人敢怒不敢言的重要心理背景，因此以溫厚婉曲的筆法對爲政者提出勸諫之言。溫婉曲折的筆法有許多，比興是其中最重要的一種，因此第一目中的諷諭詩，著眼處就在於詩人不敢明言，卻暗藏諷諫之意的詩歌作品。

二、在心態上，此時期詩人寫詩的筆法，雖然極力遵守自《詩經》以來溫柔敦厚的優美傳統，但是當時民氣可用的局勢，以及對朝廷恨鐵不成鋼的心情，卻逼出了許多「刺」勝於「美」的內涵與手法，與其稱之爲「諷諭詩」，不如直接稱爲「諷刺詩」或許較爲洽當。尤其是這些辛辣的詩作，或直言、或暗書要呈給君王的，這也是此時期諷諭詩作中非常值得我們特別關注的一個角度。因此在閱讀此時期詩歌作品時，特地將此羅列出來另立一目，原定爲〈以詩爲策的刺君心態〉，但後來發現這些詩歌其心態雖名之爲「刺君」而無愧，但詩人以之爲「策」的功能倒也不多，於是改定爲較無爭議性的〈以詩爲刺的諷君心態〉，其著眼點主要側重於詩人寫作此類詩歌的心情與態度。

三、詩歌除了有「刺謌譏失、匡救其惡」的基本精神，更有「論功頌德，將順其美」的功能。南渡時期怯戰君臣的懦弱面目是此時期諷諭詩歌的主要素材，但是英勇衛國、凜死有節的忠臣志士，也大量躍上詩歌舞台，成爲光芒閃耀的時勢英雄。〈時勢英雄的頌美之作〉主要呈現的就是藉由作品中時勢英雄的表現，深入體察詩人筆中溫柔婉約的詩教傳統。

一、比興爲體的諫諭之作

自唐朝開始，比興合用的情形，日見普遍。何謂「比、興」？自古以來詮釋者頗多，鄭玄說「比」就是：「見今之失，不敢直言，取比類以言之。」所謂「比」，就是在日常生活中尋求妥貼的事物加以傳達內心的感受，在創作的過程中，內蘊的情意在先，而用作比喻的外物在後。質言之，在紛繁複雜的事物中選擇切合的譬喻，表達心中已知的情意，就是比。對於「興」的解釋，歷來較多，鄭樵就說：「凡興者，所見在此，所得在彼。」羅大經《鶴林玉露》又說：「蓋興者，因物感觸，言在於此，而意寄於彼，玩味乃可識。」最早在《詩經・大雅・大明篇》：「維予侯興」中，毛傳就解釋「興」爲「起也」，這大概是興這個字見於經籍最早的用法和解釋。起既然是興的核心意義，孔子《論語》中就說「詩可以興」、「興於詩」，朱熹用「感發意志」來解釋興的意義是不錯的。爾後《孟子・離婁篇》說到：「經正，則庶民興」，都是指精神上受到感發而追求向上的意思。之後《墨子》、《荀子》文中所提起的興，也都是奮起、啓發的意義。因此在後世箋釋者，或其他加以引申發揚的文學創作中，興便有了「啓發」、「引發」、「感發」等意義〔註 1〕。基本上，我們可說「興」是指因外物引起創作主體內心的激盪，進而導起作詩的衝動。

歷來文學欣賞、批評或創作者，常有以「比、興」評銓者，例如皎然所說：「凡禽魚草木人物名數，萬物之中，義類同者，盡入比興。」王昌齡：「凡詩，物色兼意下爲好，若有物色，無意興，雖巧亦無處用之。」李頎《古今詩話》也說：「自古工詩未嘗無興也，睹物有感焉則有興。」楊萬里則直接就詩的創作動機提出評比：「大抵

〔註 1〕細讀諸多文藝評論的作品，亦可發現其他稍有出入的說明，例如孔穎達《禮記正義・卷五十》所說：「《詩》文諸舉草木鳥獸以見意者，皆興詞也。」再如謝榛《四溟詩話》：「走筆成詩，興也」，解釋與感發、啓發、引發的意義稍有不同。

詩之作也，興上也，賦次之，賡和，不得已也。」陳啓源更對「比、興」的基本質性提出說明和比較：「比、興雖皆託諭，但興隱而比顯，興婉而比直，興廣而比狹。……興、比皆諭，而體不同。興者，興會所至，非即非離，言在此，意在彼，其詞微，其旨遠。比者一正一諭，兩相比況，其詞決，其旨顯，且與賦交錯而成文，不若興語之用以發端，多在前章也。」

就以上資料之彙整，可以將「比、興」之意涵，歸納爲以下三種要素：一、比興可用來意指詩或一切文學作品的特質，是區別文學與非文學的基本要素。二、比、興繼承了自《詩經》以來諷諭、美刺的傳統，表現詩人對國事民生的意見，憂國憂民、懷才不遇的情懷，同時也強調了詩歌應有強烈的政治社會內容。三、指不同於賦的創作方式，『夫詩，溫柔敦厚者也，不質直言之，而比興言之，不言理而言情，不務勝人而務感人。』不敢直言諫諷，遂以比興之體來進行文學的創作，其創作的目的不在於辭勝意強，而在於感動人心。

南渡時期的苟安政策，令有志者心中抑鬱難平，顛沛流離之中，遇事抒情，特有所感；再加上秦檜的言論箝制，對懦弱君王恨鐵不成鋼的心理投射作用，此時期藉由外物的比興，對爲政者進行溫柔敦厚的勸諫作品，不論在質或量上，都有不凡的成就，在比興的背後義涵中，我們可以看到孤臣孽子的諫諭苦心，爲亂世詩詞的表現，增添一份令人喝采的光輝。

陳廷焯《白雨齋詞話》曾經說到比興體的忠厚之意：「感慨時事，發爲詩歌，便已力據上游，特不宜說破，只可用比興體，即比興中亦須含蓄露。斯爲沉鬱，斯爲忠厚。」此可以李綱的〈草宰執書論方寇事戲成〉，以及〈至蕪湖聞賊陷錢塘復爲官軍所得有感〉二詩爲例：

> 江浙巨盜起，東南皆震驚，王師殊未出，赤子若爲情。試贈繞朝策，願飛燕將城，非因肉食鄙，只欲廟謨成。汲黯復妄發，終軍思請行，懷親寸心急，報國一身輕。曹劌亦問戰，申胥還乞兵，群公佐天子，努力煎鯢鯨。

督府繁華一掃空，須知狂寇計非庸，廟堂若爲蒼生計，早築高壇拜臥龍。

此二詩皆是以當代發生的時事起興，含蓄沉鬱的筆觸令人別有所感。詩人主要藉由此二詩，表達心中意欲爲國效力的期盼。但是方寇及盜賊作亂，又不能明言爲政者沒有才能謀略，只能暗暗諷諭，並以「非因肉食鄙，只欲廟謨成」如此含蓄的二句，表達自己報國輕身的心情。第二首將督府繁華空的景象，歸因於狂寇非庸的因素上，絲毫未提爲政者的痴懦，文末二句再一次表達出個人意欲爲國獻計的心情。這二首詩都是李綱想要繞朝贈策的心情，對於國家政事的腐敗，實在含有深沉的失望與悲痛，可是字句行間仍然極力維持著詩人應有的敦厚與含蓄。

李綱還有另外一首〈戰蟻〉詩：

欲雨山雲四面垂，空庭蟻戰久相持。只應薄伐檀蘿國，正值槐安獻捷時。松風歲晚鬢髮青，四面披拂自悲鳴。不容逐客多歸夢，故作江湖波浪。

這一首詩是從庭中螞蟻相持不下而心生感觸，感嘆宋室朝廷面對金人不能奮勇面對，腹聯從松風歲晚的情景抒發心中悲鳴，也從自己逐客歸夢的心情，發出人在江湖不得歸的感嘆，詩中未嘗有一句言國事，但字字句句皆可見出詩人憂心國事的心情。

君臣以道合，言出心莫逆。膏澤下於民，美化施無極。中世此道衰，言如水潑石。義士以死爭，直諫或有益。折檻制留今，斷鞅事存昔。當車血污輪，伏蒲涕沾席。昭然貫日誠，屹爾迴天力，誰將丹青手，圖此忠義跡。傳之置坐隅，能使夫激勵。斯人不復見，壯哉古遺直。（李綱《傳畫忠義圖》）

這一首詩也是李綱的傳世之作，全詩表面上是在評論一幅圖書，詩人眞正的心情卻是藉由圖畫的內容——忠義之士與君契合的理想治世，暗示君主要接受以死直諫的義士之言。當時秦檜持政，小人進言，李綱有感於此，發而有此詩。正是典型「言之者無罪、聞之者足以戒」的作品，這也是比興之作重要的創作心理要素與動力了。

二、以詩爲刺的諷君心態

秉持著詩歌可以「刺過譏失，匡就其惡」的使命與責任感，北宋文人諸多的詩歌創作，與其說是文學創作的詩，還不如說是諷諫君王、以詩爲策的文學成品。試以王安石的〈省兵〉詩爲例：

> 有客語省兵，兵省非所先。方今將不擇，獨以兵乘邊。前攻已破散，後拒方完堅，以眾投彼寡，雖危猶幸全。將既非其才，譯又不得專。兵少敗孰繼？胡來飲秦川。萬一雖不爾，省兵當何緣。驕墮習已久，去歸豈能田。不田亦不桑，衣食猶兵然。省兵豈無時，施置有後前。王功所由起，古有七月篇。……

此詩的寫作背景是仁宗皇祐元年（1049），大臣文彥博、龐籍認爲公私困竭，正因兵冗，主張裁減兵員，在朝廷裡引起劇烈爭議。王安石利用此詩提出個人的政治見解，認爲必須根據實際情況，在富國強兵的基礎上才談得上裁減兵員。由此角度觀察之，本詩可說是一篇「投君」的刺詩，其寫作目的不在於抒發個人的情懷，更大的作用在於刺諫時事。

例如李綱所寫的〈恭聞詔書，褒悼陳少陽，贈官與一子恩澤，賜緡錢五十萬，感涕四首〉：

> 哀痛綸言灑帝章，賜金贈秩事非常。無心聖主如天地，著意姦臣極虎狼。忠血他年應化碧，英魂今日已生光。先生憤懣誠昭雪，九死南遷豈自傷。

陳少陽，即是陳東，欽宗靖康元年（1126），李綱爲相七十七日旋被罷黜，陳東時爲太學生，率學生及百姓上千人要求斬蔡京，恢復李綱職務；靖康二年（1127），陳東及太學生歐陽澈被斬。事隔多年，陳東之子被追贈官職，李綱心甚寬慰，遂有此作。詩中「無心聖主如天主，著意姦臣極虎狼」二句，以非常寬厚的筆法說明當年過往的悲劇，係因聖主如天地之無心，而其關節所在是虎狼般的姦臣刻意陷害而發生的。重新提起當年的不幸，哀痛的言語，化碧的忠血，無一不是暗暗諷刺當年君王的昏庸糊塗，然而將一切罪過推諉在奸臣的身上，又是替糊塗君王找台階的好方法。詩末兩句，道出自己的九死南遷，說出自己心中的憤懣，也是提醒君王勿再重蹈覆轍；字字句句都可看出忠臣愛國的君子之心，以及感時憂事的風人之旨。

詩歌除了溫柔敦厚的風人之旨外，另外也具有「刺」與「美」的功能；但如果「刺」多於「美」，或刺的手法技巧太過露骨直接，就難免有「苛薄」之嫌。東坡詩中多議政議事之作，黃庭堅就提醒後學不要學到東坡「好罵」的毛病。南渡初期，金人立足未穩，北人思南師，南遷的文武百官亦多有北攻的期盼，在當時民氣可用的大環境中，南宋朝廷的苟安怯戰，令主戰人士爲之氣結，於是許多露骨的諷刺詩浮上檯面。

諷刺詩與諷諭詩不太一樣。諷刺詩的直接批判，慷慨陳辭，與諷諭詩的委婉曲折理性表達大異其趣，兩者雖然都主實用，然而諷諭詩有較深的期盼，諷刺詩則多爲情緒的宣洩，一般都無深切期盼；諷諭詩在古代較易被接受而達到目的，諷刺詩則易引起衝突而使效果大打折扣。王熙元《王荊公詩的風貌與評價》說明諷諭詩的創作淵源：當詩人眼見政治的黑暗，社會的不平，天下的危機，生民的艱辛，心中有話要說又不便明說，只好採用隱喻的手法、委婉的言詞，以達到諷諭的目的，其構成的幾項主要因素有：一、客觀方面，有不平之事，二、主觀方面，詩人對不平之事不滿，發出不平之鳴。三、表現方式採用隱喻的手法，委婉的言詞。諷諭詩是上下溝通的橋樑，就創作動機而言是「言之者無罪」，創作動機要純正，而其創作目的是「聞之者足以戒」，創作的手法必須是「主文而譎諫」，創作時運用修辭技巧而間接委婉表達出諷諫的主題，經過此一曲折，使聞之者堪受而且願戒。諷諭詩與諷刺詩的最大不同，應該是創作手法的隱喻不同，與言詞的委婉差異吧！

當時最令人矚目的諷刺詩，以鄧肅的〈花石詩十一章〉當之無愧。

此詩寫於鄧肅少年入太學時所作，當時北宋王朝要東南地區進貢花石綱，鄧肅以此諷刺州縣長官搜求花石騷擾百姓，因此被太學開除學籍。十一首詩中試舉其中四首說明之：

> 蔽江載石巧玲瓏，雨過嶙峋萬玉豐。艨尾相銜貢天子，坐移蓬島到深宮。（第一首）
>
> 安得守令體宸衷，不復區區踵前蹤。但爲君王安百姓，圃中無日不春風。（第十一首）
>
> 飽食官吏不深思，務求新巧日孳孳。不知均是圃中物，遷遠而近蓋其思。（第八首）
>
> 天爲黎民生父母，勝景端須盡寰宇。豈同臣庶作園池，但隔牆籬分爾汝。（第四首）

這十一首詩的辛辣意味還勉強可受，但是詩前另有一篇狀文，更令當政者爲之懊惱氣結：

> 太學生鄧肅右，臣竊見東南所進花木怪石無有異者，又不能無費。臣今有策，欲取天下奇絕之觀，畢置皇帝陛下圃中，比之今日所貢者，固萬萬勝之，較之今日之費，則無萬分之一。臣已撰成文字一軸，伏望宣索。」並有長序一篇：「臣聞功足以利一國者，當享一國之樂；德足以備四海者，當受四海之奉。恭惟皇帝陛下至仁之所秒，神道之所化，畢乎無外，不可量數，如一元默運，萬物自春，豈特宜民宜人，使由其道，雖鳥獸魚鱉，莫不咸若，是其所享，宜何如哉！雖移嵩嶽以爲山，決江海以爲沼，竭東風之所披靡者，以爲臺榭之觀，且不足以奉勝德之萬一。區區官吏，輒以根莖之細，塊石之微，挽舟而來，動數千里，竊竊然自謂其神劖鬼劃，冠絕古今。若眞足以報國者，以此觀之，是特以一方之物奉天子，曾不以天下之物奉天子也。臣今有策，欲取率土之濱，山石之秀者，花木之奇者，不問大小，尤可以駭心動目，畢置陛下圃中，若天造地設，曾不煩唾手之勞，蓋其策爲甚易，而天下初勿知也。臣獨知之，喜而不寐，謹吟成古詩十有一章，章四句，以敘其

> 所欲言者。雖越祝代庖，固不勝誅，然春風鼓舞之下，則候蟲時鳥，亦不約而自鳴耳。為陛下留神，幸甚幸甚。

詩文之意，暗示爲政者是無道之君，更明言各地令守爲了討在上位者的歡心，不體諒民間疾苦的阿諛心態，以上文觀之眞是君臣一體，同樣無恥。辛辣的筆觸，鄧肅馬上被逐出太學，實在是因爲詩中情意已失前人所謂的「風人之旨」，這首詩的格調，可以當「刺」之無愧。

鄧肅這篇作品，作於北宋末年、朝廷尚未南渡之時。南渡以後，朝廷的苟安政策，又逼出了許多辛辣之作，其創作心態，可以說是爲了「刺君」而作。例如陳與義的〈傷春〉：

> 廟堂無策可平戎，坐使甘泉照夕烽。初怪上都聞戰馬，豈知窮海看飛龍。孤臣霜髮三千丈，每歲煙花一萬重。稍喜長沙向延閣，疲兵敢犯犬馬烽？

詩中「上都聞戰馬」之句，意味當時汴京爲金人攻陷之事，「窮海看飛龍」句，則指建炎三年（1129），金兵過江，攻破臨安、越州，宋高宗因此航海避兵；次年二月，金兵攻陷長沙，向子諲率軍民死守，英勇抵抗，詩人在此以不客氣的筆觸追咎奸臣誤國，並譴責皇帝逃竄的懦弱行事。此詩名爲「傷春」，實則憂國之心深重，開首的第一句「廟堂無策可平戎」，足立當政者汗顏，無立足之地。與義另有〈雷雨行〉〈次韻謝周尹潛感懷〉，也是以辛辣筆觸對高宗節節敗退東奔西逃的行爲進行諷刺。

除了這三家的作品之外，當時還有諸多詩人都針對此時期的懦弱君臣提出批判。詩中不算含蓄的手法，可說是中國諷諭詩傳統中、令人爲之注目的驚嘆號，也是詩學流變史中，一段可資矚目的現象。

三、時勢英雄的頌美之作

昇平的氣象和享樂的心理常常會模糊人們的視野；北宋末年君臣上下窮奢極侈的社會風氣，使得人們對社會日益曝露的危機，抱持著視若無睹的心態。等到北方金人的鐵馬，踏破宋人安逸享樂的心理時，國勢已危如累卵。主政者一味怯敵的心態，令許多有志之士至爲不滿，許多或明諷或暗刺的詩歌風湧而出；相對於在上位者的懦弱怯戰，也有一些愛國志士爲國殉身、臨危守節，這些捐軀志士、守節忠臣的義風德行，是當時懦弱時風中的一股清流，許多作品都將這樣的行爲讚揚出來。

除了諷上化下的功能，詩歌原本也就具有「論功頌德，將順其美」的功能。然而由於此時期時勢的特殊關係，這個時期論功誦德的對象，不是視民如子、風行草偃的賢明君王，也不是致君堯舜、朝笏進言的廟堂大臣，而是烽火戰場上，把社稷安危、國家存亡放在心上，致力維護的勇將小臣。這些作品的內容，與北宋中期以前、南宋中期以後的讚美詩比較起來，顯然別具有特殊時代的意義與特色，「忠君」的思想，普遍而明顯的轉化成爲「忠於國家」、「忠於社稷」的精神（請參考第二章〈北宋時代背景對南渡文壇的影響、第二節社會風氣的改變、第三小目忠君思想的提昇〉），這種轉化，值得吾人深刻討論之。

> 四海烽煙久未平，遙聞苦戰有奇兵。妖氛盡掃誰人敵，捷奏初傳我亦驚。授鉞已欣傳帝澤，揮戈終見靜王城。軒臺固有英靈在，更遣將軍得令名。（葉夢得《建康集・寄順昌劉節使》）

這一首詩是宋金之間苦戰已久，宋室屢戰屢敗，突然順昌劉節使所率領的軍隊傳來捷報，詩人欣喜若狂的心情藉由此詩表現出來。「四海烽煙久未平」一開頭就交代了當時的時事背景，「苦戰」說出了宋室朝廷狼狽尷尬的處境，而後捷奏傳來，詩人乍聞心驚的景象，實在是令讀者五味雜陳。節奏初傳來，不是歡喜而是心驚，可見屢屢戰敗的宋朝老百姓，原本以爲將要面對的是一如往常的戰敗消息，「亦」這個字表達出來的不只是詩人一個人的心情，也是普遍大眾由驚而喜的心情。下文直敘劉將軍的英明有爲，更期望將軍能夠再傳捷報，以靜王城。

陳與義通過自己的切身感受，深知天下有難，非血誠壯烈不足以解國家之憂，所以對忠勇愛國的壯士非常崇敬熱愛。例如〈劉大資輓詞〉：

天柱攲傾日，堂堂墮虜圍。遂聞王蠋死，不見華元歸。一代名超古，千秋淚霑衣。當時如有繼，猶足變危機。（其一）

一死公餘事，由來虜亦人。使知臨難日，猶有不欺臣。河洛傾遺憤，英雄嘆後塵。惶惶中興業，公合冠麒麟。（其二）

這一首詩是讚美京城四壁守禦史劉頠，在靖康二年使金時，招降不屈、自剄而死的行為。十年後，詩人追懷往事，對這種大義凜然的忠烈精神表達深切的悼念與讚揚。此外對於堅守長沙抗擊金兵的向子諲，詩人也以〈再別〉、〈別伯共〉、〈題向伯共過峽圖〉等詩，勉勵向子諲保衛祖國，文中並以「柱天勳業須君了」之句，表達他對向子諲的深厚期望。再如朱松〈送甌寧魏生赴武舉〉：

建安少年請纓客，橫塑賦詩兩無敵。辭家去做入彀英，氣拂天狼夜無跡。廟堂尺箠鞭羌胡，智名勇功付壯夫。引功沒羽世自有，敢聞上策當何如。（《韋齋集》）

魏生眼見國勢頹弊，滿腔熱血抑鬱報效國家，朱松感念其志氣有嘉，遂作此詩以讚美鼓勵之。同樣類型的詩歌，還有李綱的〈雨夜與模論中原。旦起、模與徐惇濟由清涼寺觀形勢，嘉其有志，因以勉之〉：

千年石頭城，突兀眞虎踞，蒼茫劫火餘，尚復留故處。大江轉洪濤，騰踏不可御，空城寂寞潮，日暮獨東去，登臨欲弔古，俯視極千慮。吾兒勇過我，蓐食穿沮洳，謂言撫中原，未暇論割據，功名亦何人，我老聊自恕，他年報國心，或可借前箸，無爲笑頹然，已飽安用飫。

李綱與後生小輩討論國家局勢，第二天早上，這些有志青年就上山觀察地理形勢，李綱有感於這些年輕人的用心，國家復興有望，遂作此詩以讚美之。從朱松和李綱的這兩首詩來看，不只是傳出勝利捷報的英雄値得讚美，也不只是爲國犧牲生命的壯士才能名垂青史，那些心懷社稷的初生之犢，更是國家寄望的所在，詩人「將順其美」的苦心，頗可以從這類型的作品觀見之。

《詩經》六義中的「風、雅、頌、賦、比、興」，比興之體，一直是歷來詩歌中的優秀傳統。許多詩評家從這樣的角度出發，給予詩作極高的評價，例如林希逸〈竹溪十一稿・讀黃詩〉稱贊黃山谷的晚年詩者，就用「興寄每有離騷風、筆意尤工是晚節」之語，讚美山谷的興體有離騷之風；又如王應麟《困學紀聞》:「山谷詩，晚歲所得尤深，鶴山稱其以草木文章發帝機杼，以花竹和氣驗人安樂」，魏了翁《黃太史文集序》說山谷之詩:「紹聖元符以後，則閱理日多，落華就實、直造簡遠，前輩所謂黔州以後句法尤高，雖百歲之相後，猶使人躍躍然興起也。江亭以後諸詩，又何其恢廣而平實，樂不至淫、不及懟也！」等，都是著眼於山谷詩中比興之體的含蓄興發處。陳模論陳後山，也認為後山五言詩「讀之一唱三嘆，眞能有可群可怨之風，其視李長吉等鏤冰劇楮以為工，而不足以興起人者，有間矣」，又說「后山『葉落風不起，山花空自紅』，興中寓比而不覺，此其得詩人之興而比者也」，從這些評論當中，都可以知見，「比、興」是當時人評詩的重點，也是中國人講究君子之德應當含蓄溫潤的基本文學心理。

第二節　重史輕詩的詠史詩

許多討論詩歌的專著，對於「詠史詩」的界定不是很清楚，咸認為詠嘆歷史的詩，就是詠史詩。其實，詩人藉古人之酒澆自己胸中塊壘的詩作頗多，名為「詠古人之歷史」，實為「詠個人之情懷」，稱為「詠懷詩」可能更為確當。此中涇渭之所以如此不明，可引述鄭淑玲〈試論宋代詠史詞的形成與發展〉文中關於詠史詩的發展脈絡作為說明:詠史詩歌的基本形式，是以敘述史事為本位，頗類似《史記》中列傳的結構。……魏晉南北朝以後的詠史詩歌，就其內涵及創作手法分為兩類:第一類是繼承班固《詠史・提縈救父》的寫作傳統，以古人古事為主體，文句多據原始記載而略加剪裁，且都是正面歌頌讚嘆其行誼，例如曹植《三良詩》、王粲《詠史》及陶淵明《詠荊軻》都是此類代表作。由於這類「但指一事」、「據事直書」、「有感嘆之詞」

的寫法及內容，大多依史事加以筆削濃縮而成，因此顯得較爲平淡而無創意，鍾嶸《詩品》就譏班固此作「質木無文」，因此這種史傳型詠史詩自中唐以後就漸不流行了。第二類則是遠承《楚辭》、近繼左思《詠史》的寫作手法，以古人古事作爲抒發自身情懷的媒介，其眞正目的在於抒發己身的性情懷抱。這類「名爲詠史，實爲詠懷」的寫作方式，不限於詠一人一事，個人胸中的不平與理想才是詩之主體，詠史遂與言志合爲一體，成爲未來詠史詩的基本體式，影響廣泛而深遠，深受文人喜好。

藉由詠嘆古史而抒個人情懷的「詠懷詩」，之所以常被視之爲詠史詩，其緣由出自於此。在形式上：以「詩」爲主體、「史」爲客體的架構情形之下，南宋詠史詩除了對傳統優秀作品與理論有所承繼與發揮之外，其受江西詩派影響所衍生出「議論化」、「散文化」等普遍性的文學現象，使得詠史詩的表現亦不乏有開拓性的特質出現。因而不管在內容或形式上，南宋詠史詩的整體風格傾向於一種集大成的態勢，既有舊風格的因襲，也有特殊的著眼點。

靖康年間的國難，促動時人從以往的歷史事件中找尋挽救時勢的力量，形諸於創作，就是詠史詩的大量產生。就「詩」與「史」的結合而言，詠史詩可分從兩方面言之：一是以詩紀錄當代歷史，其二則是以詩追述詠嘆前代的歷史。以詩紀錄當代歷史的，就是詩史；以詩追述詠嘆前代歷史的，就是詠史詩，詠史詩的詩主是古代歷史，而非個人情懷，這是它與詠懷詩最大的區隔所在。

相較於太平盛世的詩人，亂世詩人看待歷史的眼光，總多了一份激昂的滄桑與冷靜的灰黯。也因爲亂世的亂故，此時期的詠史詩在「量」的表現上，遠非太平盛世所能及；但在「質」的表現上，則因個人才力、胸襟、學識之不同，各有其表現，不可一概論之。

一、藉史抒情的詠懷之作

借他人之酒杯，澆自己心中之塊壘，是古今中外一切文學創作的心理淵源。當民族處在生死存亡的危急關頭中，有才能、有謀略的南渡志士，卻被和議的困局綁縛著，民族的衰亡、國土的淪陷、詩人壯懷的失落與抑鬱，都成爲此時期痛苦文學的基本根源。然而深沉內蘊的宋朝文人面對著眼前一大片的社稷之災，其內在深沉的情懷與抱負，是什麼樣的面目呢？

本節主要探討此時期詩人的詠懷之作。但在內容上，我們界定了這類詠懷作品的內容必須是以古代歷史、人物爲媒介，進而抒發個人見解情懷的懷古詩或弔古詩。將自身的情志或情懷寄託在詩裏，本是詠史詩另一類風格的展現手法。這類將文學創作視爲情懷的發洩，形成所謂「舒其憤」的情感導向，與詩人在坎坷人生中經歷憂患和對社會黑暗的深刻體察密切相關。早在六朝時期，左思的詠史詩即被後人歸類爲託史詠懷的代表詩作。此類詠史風格的最大特徵即在於「特借史事以詠已之懷抱」及「詠古人而已之性情懷抱俱現」，也就是說是以抒懷爲主，以所借史事爲客；由作者的情懷，決定將用的史事。也因由作者的情志抒懷爲主體風格的特質，遂使得此類詩作擺脫「史」的莊嚴作用與功能，而以較爲個人主義化的色彩，賦予詠史詩更多抒情寫意的走向。

這種命題的文學創作，正如蕭馳《中國詩歌美學‧第六章》所言：「詠史要成爲詩，就要詠懷，就要尋求隱括史傳和詠懷的統一，就要使詠史成爲『比體』」；和〈比興爲體的諫諭之作〉、〈以史爲鑑的資治之作〉相同的是：〈藉史抒情的詠懷之作〉也是以「比、興」爲創作手法的文學作品；但與前二者不同的地方，在於前二者都有諫諭的創作功能在內，而〈藉史抒情的詠懷之作〉純粹就是抒發個人之情懷，創作主體並不以資鑑或諷諭的功能與期盼作爲創作的目標。〈藉史抒情的詠懷作〉、〈以史爲鑑的資治之作〉相同的是：二者藉以起興的媒介素材是相同的，前者是藉由古事古史來抒發個人心中的感慨，後者是藉由古史古事的歷史教訓，作爲個人對目前政治生態的勸諫或諷諭的意見。二者所要達到的創作目的不同，而從這種借史抒情的詠懷之作中，我們可以清楚看見南渡詩人在面對以往的歷史時，面見眼前實有可爲卻不肯爲的政治局勢，其中暗合或背離的企盼與失落。在藉古史以抒今情的過程中，我們可以看到：即使歷史已經成爲過往的煙塵，仍然能夠藉由詩人心中的情懷，訴說當代的沉默與難堪！

倉皇南渡的趙宋王朝，由於地理環境的重大改變，詩人面對古代的遺跡，一方面是懷想欽慕當年人事的顯赫輝煌，另一方面則感傷今日遺蹟的殘破腐朽，興起無常的感悟。此時期詩人作品中最常見到的就是對「金陵」這個地方的感懷之作。例如劉子翬的〈金陵懷古〉以及李綱的〈金陵懷古四首・其一・其二・其四〉

> 荒城莽莽蔽荊榛，虎踞龍磐跡已陳。赤壁戰爭江照晚，青樓歌舞鳥鳴春。十年王氣雄圖盡，一疊寒笳客恨新。折履風流猶可想，只今高臥豈無人。(劉子翬)
>
> 六代兵戈王氣銷，山圍故國自周遭。豪華銷滅城池古，人物摧殘丘塚高。阜轉蟠龍翔寶塔，洲分白鷺湧雲濤。悠悠世事都如夢，且對金樽把蟹螯。(李綱)
>
> 六代繁華三百年，我來弔古一悽然。景陽鐘斷雞空唱，玉樹歌沈月自圓。潮沒舊痕生晚浦，柳搖新色欲晴天。高樓上盡窮雙目，千里江山繞檻前。(李綱)
>
> 六代興亡江上城，倦遊還向此中行。龍蟠虎踞空形勢，井廢臺荒爲戰爭。雲氣霏霏春雨急，煙波渺渺暮潮平。商人不識前朝恨，短笛還爲激烈聲。(李綱)

特殊意義的地理位置，及某一古跡廢址，常常是詩人藉以起興的來源與表現類型。這類以六朝興廢故事爲主的詩作，常常傳遞出「榮華事不長，哀樂情難足，悠悠六朝事，轉盼風驚燭，永懷興亡端，斯文殘麗縟」(劉子翬〈建康六感・之一〉) 的警醒觀點；詩中或常以東晉屹立江左事件作爲省發的對象，則傳遞出「諸公可歎善謀身，誤國當時豈一秦？不望九吾出江左，新亭對泣亦無人！」(陸游《追感往事》) 勁直激昂的書生憂國本色。

我們可以說，詠史作者除了經由文字意象直接令人生發議論或感慨外，對於那些面臨家國殘破的亂世詩人而言，憑弔歷史遺跡，感歎「山河多改變，今古幾興亡」的同時，也只能以「休相問、且飲酒一杯」的無奈沉吟，將一切變亂的傷痛都化作無聲勝有聲的感慨；執此之故，我們可以看見「詠史」成了詩人寄慨抒情的所在。

除了金陵這個有特殊景點意義的地點外，由懷古而生世事滄桑、人生無常之感；或由古人之遭遇而生惺惺相惜之喟歎；或經由歷史的洗禮感慨也因而有了更深刻的意涵，爲加強感同身受的情緒感染力量，亂世詩人多選擇有類似背景的歷史人事爲吟詠對象。例如劉黻《蒙川遺稿卷三・題禹廟》：

> 雲癡雨妒不相干，古廟深山萬木寒。水土平治今幾載，猶聽父老說艱難。

本詩首二句以雲、雨、萬木，描述山中禹廟的景象，第三句則藉由大禹的功績，帶出作者對大禹功被千古、萬世流芳的德業欽羨之情。再如呂本中的〈懷古〉詩：

> 買臣負薪行且歌，其妻羞縮悲蹉跎。季子歸配六相印，骨肉歆羨緣金多。人生窮達等幻滅，貧賤何憂貴何悅。爭如餓採首陽薇，不慕皋卓希稷契。貪公徇名世莫嗤，拖金曳紫同兒嬉。一朝禍至幾發冢，卻思衣布丹徒時。丹徒風月依然好，爾自升沉委荒草。草長木拱荒煙寒，此恨年年向誰道。

全詩運用朱買臣、蘇秦及伯夷叔齊等歷史典故入詩，傳遞「人生窮達等幻滅，貧賤何憂貴何悅」的無常觀點，說明了一切的爭名奪利，最後不過落得沉埋荒草、如夢一場。作者借史抒懷的意味十分濃厚，然而歷史故事在此處做了簡縮的運用，並引作爲一種人性的象徵，如以伯夷叔齊寧願餓死，也不願食周粟的不屈性格，反諷一些爲攀附名利而不思節守的徇財貪夫；並不專對某一特定歷史對象來作吟詠，而又只用四句詩就將史事交代過去，其他則全爲詠懷，也可以是作者寬慰自己的作品表現。再如朱松這一首〈夜坐〉，也是藉史抒情的詠懷詩：

> 九秋風露浩難平，伍子祠南鶴唳清，坐聽兒曹談往事，世間更覺總忘情。

藉由兒孫之語，談論伍子胥的英雄往事，作者蒼老的心境不禁如同窗外的九秋風露，浩瀚難平，然而最後一句的平淡筆觸，又將心中一股清唳之氣安然撫平，「世間更覺總忘情」這樣的一句話，有一種歷經滄桑後的平靜與安詳。再如王銍《雪溪集・禹廟》：

> 書稱堯舜沒，禹獨錫成功。須信賓天去，何疑窆石空。市聲朝夕變，山色古今同。誰與明眞理，蒼崖松柏風。

從書中堯舜到山中禹廟，古今時空的滄桑感慨，以「市聲朝夕變」呈現出來。世間眞理何在，作者以蒼崖之間的松柏之風作了無言的詮釋與說明。此外如李綱《梁谿集・卷十九・五哀詩並序》所說的：「忠臣會遇難，千古同一軌」、「存亡反覆間，悔及良晩矣」（〈楚三閭大夫屈原〉），以及「……出意對詔令，驚倒諸老生，從容畫籌策，籍籍飛英聲。……豈知降灌徒，燔燬如建瓴，天子殊不用，謫去長沙城。……微言豈悼屈，聊復以自評。……受任乃如此，孤忠本精誠，奈何君臣義，澆薄返不明，緬懷古人心，使我氣拂膺。」（〈漢梁王太傅賈誼〉），以及〈漢處士禰衡〉最後兩句：「醜哉殺士名，千古不可忘。」都可見出詩人以古史抒發今日之懷的心情，〈五哀詩〉前的小序，可以見證此種心情：「湖湘間多古騷人逐客才士之所居，故其景物淒涼，氣俗感慨，多古之遺風。余來武昌，慨然懷古，作五詩以哀之」。

所謂「以史爲詠」，即是將詠史詩的作方式，通過歷史對象的情境，使主體的情感客觀化。這種技巧的共通式，在於體現「從歷史對象中尋回自我」的精神意義。在詠史詩中，「時間」扮演了一個相當重要的角色；甚至可以這麼說，時間的流逝與回顧是構成詠史詩的基本架構之一。面對冗長歷史所刻劃的痕跡，要把它展現到簡短的詩句中去，「時間的轉換」便成爲一種必要的技巧與手法；尤其在表達人事全非的滄桑感觸時，此種寫法的運用，往往有更爲貼切的傳達，如：利用壓縮的方式，將幾十幾百年的歷史回顧作一刹那的感觸或想像；

利用時空的交感融合，營造出興衰無常的場景。詩人之所以喜歡以詠史來寄慨的原因，是因爲今昔對比，物是人非的悸動，總是愈發令人徒生感慨之情；大凡宇宙間的人情物態，其深淺、大小、晦明、苦樂等等，常須兩相比較，始顯示出明晰的概念。在詩歌寫作的技巧上，對一個單寫的事物，往往不易顯示特色，那就須用背景的映襯或對比，使意象顯映出來。以下再舉幾首這類型的詩來欣賞：

漢楚存亡談笑中，子房初不有其功，閉門辟穀思輕舉，肯歎淮陰犬與弓。(李綱〈子房〉)

設醴當年爲穆生，偶忘微禮便辭榮，固知申白無先見，衣赭髡鉗始自驚。(李綱〈讀楚元王傳〉)

會見三閭楚大夫，強將清濁較賢愚，如今更覺前言拙，醒醉由來本不殊。(王銍《雪溪集・卷五・古漁夫詞十二首、第七首》)

又如葛勝仲《丹陽集・卷二十一・讀史二首》第一首的尾聯：「季年喪國排禍牆，綺靡諛言可得存。」《同上・卷二十二・讀史八首》〈王嘉〉：「峻節忠言照史篇」〈馬融〉：「爲梁草奏枉忠孝，李固夤緣遂殺身。」〈陳蕃〉：「黃門詔獄空忠鬼。」都是藉詩中之意抒發個人的感慨。

作家描寫歷史題材，完全脫離現實生活的觸發，純粹發思古之幽情，恐怕是很少見的。例如潘良貴《默成文集・卷四》有一首詩雖無題目但有小序云：

僕讀沈約傳，怒其緩頰賣國，髮上衝冠，然古今人每壯其東陽八篇文辭，未有少之者。因次卿登樓新什，效立春體製和且攄所懷云。

隱侯文治知何用，千古端修墮淚碑。國危忍助神鼎覆，身免猶嗟革帶移。登覽寒煙縈遠目，淒涼夕照謝高標。傷心往事君需賦，恐有遒人來采詩。

就是一種很典型的以史抒懷之作。再如呂本中的〈明妃〉詩：

秦人強盛時，百戰無逡巡。漢氏失中策，清邊烽燧頻。丈夫不任事，女子去和親。君王爲置酒，單于來奉珍。朝辭漢宮月，暮隨胡地塵。鞍馬白沙暮，旃裘黃草春。人生在相合，不論胡與秦。但取眼前好，莫言長苦辛。君看輕薄兒，何殊胡地人。

這首詠史詩，因襲王安石「漢恩自淺胡自深，人生樂在相知心」的詩意，卻從這層詩意中翻轉一層上來說，呂本中從相知心的觀點出發，強調人生只要珍惜眼前即可，其他政治上的、人生上的千古名聲，不必太掛懷。「但取眼前好、末言長苦辛」二句，說出了作者的心情。斟酌審視這首詩，頗耐人尋味之處在於，作者的心態其實可以從多方面的角度來詮釋：說是作者豁達宏觀的心態也可以；說是作者怯戰主和的心態表現也可以，說是作者譏刺漢人的和親政策未嘗不可，說是純粹的翻案之作也通。

這種類型的作品，到南宋末年，家危國亂之際，又再度興盛起來，最有名的就是文天祥的〈劉琨〉詩：

中原蕩分崩，壯哉劉越石。連蹤起幽并，隻手扶晉室。福華天意垂，匹殫生鬼域。公死百世名，天下分南北。

王導及劉琨皆是晉人，對晉室中興多有功勞，也因爲有這些膽識之士的相繼而起，方有晉室轉危爲安的局面；而和東晉有類似情境的南宋王朝，卻因缺乏像劉、王之類的人物，而益發一蹶不振。足見詩人擇取英雄人物入詩，在傾慕的意涵之外，更是別有所指，可謂意悲而語明。從這些藉史抒情的詠懷之作來看古今世事的興亡盛衰，不禁要以〈三國演義〉的開卷詩來總結此文：

滾滾長江東逝水，浪花淘盡英雄，是非成敗轉頭空，青山依舊在，幾度夕陽紅。白髮漁翁江渚上，慣看秋月春風。一壺濁酒喜相逢，古今多少事，都付笑談中。

二、以敘爲議的詠史之作

在南宋詠史詩中，較長篇幅的古體或樂府詩等，多可見到以敘爲議的痕跡〔註2〕。如李綱的〈讀留侯傳有感〉、〈明紀曲〉，周紫芝的〈昭

〔註2〕必須有所說明的是，藉詠史而發議論的風氣，並不始自南宋。可以強調的是：精闢議論的運用，到了宋代是時勢所趨的基本手法。或

君行〉，曹勛〈昭君怨〉，呂本中〈留侯〉，劉才卲〈昭君出塞行〉。之所以有這種現象及活動，可歸因於宋人本身的審美觀念：對大多數宋人來說，詩不再作爲單純抒情與浪漫想像的專利品；而是與其他智力活動（尤其思想之活動），彼此互達，相通無礙。因此，啓思辨、發議論的宋詩特質，是當代不可避免的趨勢；也可從此處充份展現了宋人特殊的人文趣味，在此以朱淑眞的〈賈生〉詩爲例：

> 文帝爲君固有餘，豈容流涕復長吁；單于可繫非無策，表餌陳來術已疏。

全詩對賈誼的不受重用，用因果的邏輯思考，以議論的方式，作了頗爲合理化的說明；詩中展現了詩人不凡的學識和史見，更特別的是認，在絕句的體裁中發議論，容易流於概念化的觀點陳述，因此戕害絕句詩應有的韻味與意致；但若立意甚佳，見解獨樹一幟，亦可呈現意境生新，筆力遒健的風格，未嘗不是一種具體可行的詩法。

或者可以說，宋詩主議論說理的風氣，以及當日詩壇主流爲講究技法的江西詩派，其詩學理論如「以文爲詩」、「以議論爲詩」、「以賦爲詩」等，對詠史詩的創作有相當深刻的影響與參考作用；而且，爲了挽救江西詩派末流所衍生的弊端，有關詩人所提出的「活法」、「悟入」等技巧，亦對北宋末年、南渡初年的詠史詩有一定程度的啓示。例如呂本中的〈魏公子〉：

> 游士縱橫翻覆手，山東諸侯望關走。歷下邯鄲無使來，長城易水非燕有。大梁賓客舊如雲，夷門監者未有聞。漫將苦語送公子，市井屠酤虛見存。後來髮毫爭得喪，紛紛小兒夸趺宕。不知世有公子謀，一身放跡江海上。

有學者曾謂：精闢的言論正是詩歌功能擴大、解放的表現，此手法的運用有大量提倡的價值性——特別是成堆問題都尖銳地擺到詩人面前的宋代，如果一味以溫柔婉約的含蓄手法來寫詩，倒容易有油滑曖昧的嫌疑。此時期具有國愛感、時代感的詩直截了當的議論時政、用亮明的觀點陳述己見，是可以理解的。雖然，富於哲理的若能憑藉形象、以「帶情韻以行」的方式表現出來想必是更能呈現出詩之爲藝術的質感與美感。

本詩參讀《史記・魏公子列傳第十七》，不難看出，此詩是擷取信陵君竊符救趙的一段史事，作忠實於原貌的概述。全詩的主旨，在歌詠侯嬴命酬知己的俠骨英風，爲了突顯此觀點，詩人對繁複的史實作了取捨精當的剪裁。前四句詩，配合原著列傳的敘述次序，爲侯嬴登場歷史背景稍作說明；中四句詩，則對侯嬴獻計獻身的俠義行爲作描寫；後四句則對「竊符救趙」計謀施行成果，作相關的說明。此外還有朱松的〈睢陽謁雙廟〉（《韋齋集》）：

> 幽陵鐵騎殘中原，列城束手天子奔。天流巨孽毒梁宋，賊壘環堞如雲屯。兇波滔天不可遏，塞以束薪何足論。力憑孤墉阻其怒，不爾荐食無黎元。堂堂許張勇且仁，指揮羸卒氣愈振。上書行在論賊勢，想見憤色吞妖氛。人間貧賤容力避，只有一死由來均。二公就此得處所，至今日月名爭新。遺祠突兀岸清洛，英氣凜冽橫穹旻。上聞陰蔭福茲土，天假威柄酬忠勤。布衣尚懸千古淚，肉食宜見當年因。焚香再拜三嘆息，九原可做從斯人。

朱松行經睢陽城，緬懷當年張巡、許遠二人奮死守城的精忠之意。全詩平鋪直敘，對張許二人的英勇事蹟娓娓道來，不加自己的個人情感在內，只是表明個人對其孤忠可風的見解。

受宋詩議論化的影響，南宋以「敘述本事」爲主的詠史詩，多有「夾敘夾議」、「以敘代議」的技巧層面，跟傳統「詠史詩以史爲詠，正當于唱嘆寫神理」的寫作方式已有出入。例如李綱的〈讀諸葛武侯傳〉：

> 天下兵戈正雲沸，伏龍鳳雛那可致。掉頭自作梁甫吟，壟上躬耕方得意。將軍漢裔眞英雄，惠然三顧草廬中。心期吻合論世故，如雲得水雲從龍。指麾顧眄定巴蜀，抗魏連吳分鼎足。受遺乃在永安宮，歎息君臣難繼躅。南征五月深渡瀘，上書北伐遵遺謨。連年動眾擾關輔，數戰未必非良圖。大星夜墜驚營壘，壯志雄謀嗟已矣。至今魚腹淺沙中，八陣依然照江水。

這首詩對於諸葛亮從隆中崛起、施展抱負的過程及心態，及至功業盡付流水的一生，有很詳盡的描述；但全文純用白描，作者本身卻少有深切的感情投入，可說是一篇史傳文字，用詩的型態表達出來，這種詠史之作常有「質木無文」之譏。再如李綱的〈四皓〉詩：

> 皓髮龐眉四老翁，商山採盡紫芝叢。安劉畢竟成何事？空墮留侯巧計中。

詩人就商山四皓出山安劉的事件作一評論，其「安劉畢竟成何事，空墮留侯巧計中」兩句一翻杜「四老安劉是滅劉」詩意，指明四老也不過是枚過河的卒子，眞正的主謀者是留侯張良，呈現了詩人追究事情眞相的史觀。

愈在動盪不安的時代，秩序的建立愈形重要；而特定道德感的形成與推展，對人的某種規範和限制有很大的影響作用。因而我們可以認定，傳統史學強調以書法不隱的求眞精神，以對抗歷代統治者虛妄僞假的表現，是爲了褒善貶惡，歸根結底，也就是以道德體質爲主導。詠史詩選擇歷史爲抒情言志的主體，正是領略到「史」的載道性質，只不過借用詩的形式來作進一步的發揮罷了。歷史事件成爲文人表達情意的材料而進入詩歌領域時，文學的創造能以更自由的方式進行材料的改造與轉換。因此，詠史詩「彰善懲惡」、「引古鑒今」的道德性特質，注定了直陳手法的運用，自有其必然的存在需要。特別是在「眾人皆醉我獨醒」的是非不明、價値觀念混淆的時代，「直陳」更能發揮振聾發聵的效果，也更能呼應時代的需要，「直陳」的技巧運用，爲詩人憂時憂國的心情作了最有力的說明，也符合了這時代突出的愛國精神。

然而，對大多數的文人來說，詩多以抒情的寫意爲主，若以議論直言而涉理路的方式入詩，便容易流於不夠委婉與缺少藝術質感的表現而爲詩家所忌。從宋代詩歌的特色來作觀察，其主理而議論化的傾向便成爲一種普遍自覺的的創作手法；而南宋詠詩所顯示的引古議論風格，即是這股風氣發展的必然結果。

這段話以時代的背景觀點，陳述了宋詩的好發議論有其特殊的現實因素，也可以作為南宋詩人喜在詠史詩中引古議論的輔助說明；南宋複雜的政治處境，使得詩人所面對的矛盾與無力感遠較北宋深刻而激烈，因而直抒胸臆與慷慨激昂之作比比皆是。詩歌的議論化，也更加能夠淋漓盡致地表現他們的胸懷情志；所謂「敘事即伏議論之根，議論必顧敘事之母；或敘事而含議論，議論而兼敘事使奇正相生，疏密相間，開闔抑揚」，正是這種效果。周紫芝的〈讀淮陰傳〉詩，可說是其中別具慧眼之作。再以李清照的〈浯溪中興頌碑詩和張文潛韻〉詩為例：

君不見，驚人廢興傳天寶，中興碑上今生草。不知負國有奸雄，但說成功尊國老。誰令妃子天上來，虢秦韓國皆天才。苑桑羯鼓玉方響，春風不敢生塵埃。姓名誰復知安史，健兒猛將安眠死。去天尺五抱瓮峰，峰頭鑿出開元宗。時移勢去眞可哀，奸人心丑深知崖。西蜀萬里尚能返，南內一閉何時開？

正是以議論為敘事的佳作。這種以敘為議的詠史詩，在南宋末的亂世又再度熾勝，例如文天祥的〈平原作十八日〉詩：

平原太守顏眞卿，長安天子不知名。一朝漁陽動鞞鼓，大河以北無堅城。公家兄弟奮戈起，一十七郡連夏盟。賊聞失色分兵還，不敢長驅入咸京。明皇父子將西狩，由是靈武起義兵。唐家再造李郭力，若論牽制公威靈。哀哉常山慘鉤舌，心歸朝廷氣不懾。崎嶇坎坷不得志，出入四朝老忠節。當年幸脫安祿山，白首竟陷李希烈。希烈安能遽殺公，宰相盧杞欺日月。亂臣賊子歸何處，茫茫煙草中原土。公死于今六百年，忠精赫赫雷行天。

這首詩詳加敘述了唐朝名臣顏氏兄弟的功蹟及其堅貞氣節，看似議論，實多以敘事觀點成文。歷史事實似乎也成為作者憑弔經驗中的一部份，在長篇的歷史敘述之後，再以簡短的論評，反映詩人對此歷史對象的認同感及價值評估。從這些詠史作品中，似乎再度發現：亂世之際，這些以史爲詠的詩歌類型，就會有興盛的表現，這實在值得文藝研究者深入的探討。

三、以史爲鑑的資治之作

第一節第一目〈比興爲體的諫諭之作〉和本目〈以史爲鑑的資治之作〉，其實可說是一體的兩面。寫作的用意都是爲了醒悟君王，希望朝野上下能夠精勵圖治、奮發有爲；而寫作的手法，都是藉由其他事、其他物而起筆，並非直接抒發個人心中的感懷。在本論文中之所以分爲兩個單元來討論，其差別在於「以史爲鑑的資治之作」中，作者藉以起興的是「古事古史」，而「比興爲體的諫諭之作」中，作者藉以興起的事物，是「古事古史」以外的日常瑣碎事物——可說是議論詩、詠景詩、詠事詩甚或詠物詩，而其中含有諫諭作用的詩歌作品。

都是比興的作法，都有資治的諫諭心態，如此劃分成兩個不同的單元來討論，似有「畫蛇添足」之嫌。之所以如此架構，很重要的因素是，此時期的詩歌創作以「史」入詩者甚多，實有必要開闢一個單元專門討論此類素材，在當時的政局環境中，「以史爲鑑」是社會群體的普遍心態；文人以此入詩的創作心理，或是抒發個人感懷（〈藉史抒情的詠懷之作〉）、或是純粹書寫史事、少發議論（〈以敘爲議的詠史之作〉），並沒有諫諭時君的期望或作用在內。而「以史爲鑑的資治之作」中，則藉由對古人古事的詠嘆，達到輔弼時政、廉頑立懦的期望與作用。這與〈比興爲體的諫諭之作〉的創作動機、手法雖然相同，但是素材的選擇不同，因此別立兩單元討論之；從史事的選擇、歷史人物的表現以及創作者所發的議論中，我們更可以看清楚當時政局的搖盪浮擺，以及有志於國事者的立場與期盼。

王夫之《宋論》曾謂：「唐之中葉，禍亂屢作，而武、宣之士，猶自振起，禦外武修內政，有可興之幾焉。宋則南渡以後，孝宗欲有所爲而不克，嗣是日羸曰茶，以抵於亡。非其主之狂惑如唐僖、懿比也，唯其當國大臣擅執魁柄者，以相傾而還以相嗣，秦檜、韓侂胄、史彌遠、賈似道躡跡以相剝，繇辨及膚，而未嘗有一思效於國者間之也。」此時期詠史詩的表現，最主要的就是史寓褒貶，或明言古史、實則貶刺今事的內容呈現；之所以有這種「陳述往事的興衰成敗而寄希望於來者」的特質表現，來自於當時政治上特殊的環境生態。對史家而言，「所謂王道觀念，禮義精神，天理人心之大公爲歸趨，不只是紀錄實然的史事，更把這種應然的理想蘊藏於史料之間，隨史實之曲折而表現。它是以紀事爲手段而別有目的，甚至有時不惜爲目的而犧牲史實。而由此開出的中國史學之傳統，即依於某種特殊的道德理念，而對歷史事件與人物加以價值的判斷。」誠然，純粹的客觀紀錄史實掌故，比較不易成功顯現史的精神義，一般要求史書要具有「記功思過，彰善癉過，殷鑒興廢」的致用功能；同時最重要的即是須從史事的歸納分析中抽繹出一種智慧，尤其是政治的智慧，即如太史公所謂「存亡國，繼絕世，補敝起廢」的作用，此即是中國史學的精神。因而，中國史家之史，往往成爲寄託政治理想的工具。以李綱的〈讀劉向傳〉爲例：

> 晝觀書傳夜觀星，感憤陳辭出至誠，梓柱指明王氏切，優柔不斷豈能行。

這首詩藉由李綱夜讀歷史人物劉向的傳記、並觀星象起筆，藉由劉向出於至誠的感憤陳詞，諷刺爲政者的優柔寡斷。再如劉一止的〈禹廟〉（《苕溪集・卷五》）：

> 遠憂邊塞清無日，更望倉箱屢有年。收攬封疆歸禹貢，忍看兵氣污山川。

宋室的衰亡，「用人不當」，幾乎是最嚴重的致命傷，尤其是南宋初期，可以說是一個「公卿有黨排宗澤，帷幄無人用岳飛」的悲劇時代；因而士人受制於所遭逢的處境，似乎只有從歷史人物的身上尋求理想的實現，使得憤懟之情能稍獲宣洩。更由於當時政局動盪不安，朝令夕改，官職調動頻繁，汪藻遂有〈詠古〉詩四首，其中一首是藉由伯樂相馬的故事，勸諫爲政者「用人不疑，疑人不用」，其詩云：

相士如相馬，滅沒深天機，區區銅馬法，徒識與驪。人言當塗公，惡人知其微，如何許邵語，受之不富疑。知人固不易，人亦未易知，素姸在水靜，鉛粉徒自欺。孰爲仁義人，未假已不歸，伯樂不可作，思與曹瞞期。

因此，許多歷史人物的悲哀，在此時都成了當代抑鬱文人筆下藉以資治的對象，舉其最典型的兩位，一是諸葛亮，二是王昭君。從詩人所作的詠史詩中，我們不難發現詩人選用歷史人事入詩的背後，有其深刻的對現實而發的殷鑒涵意，如和戎的是非、朝代的更替，亡國的反省、宴安鴆毒等，在在都是詩人關心的話題。因此王十朋在〈謁武侯廟文〉中說：「丞相忠武，蜀之伊呂，……旁有關張，一龍二虎。安得斯人，以消外侮」的精神，對當時堅決主張抗戰、以消外侮的人來說有很強烈的感召力。例如李綱的〈至蕪湖聞賊陷錢塘復爲官軍所得有感〉以及〈讀諸葛武侯傳〉：

督府繁華一掃空，須知狂寇計非庸，廟堂若爲蒼生計，早築高壇拜臥龍。

天下兵戈正雲沸，伏龍鳳雛那可致。掉頭自作梁甫吟，壟上躬耕方得意。將軍漢裔眞英雄，惠然三顧草廬中。心期吻合論世故，如雲得水雲從龍。指麾顧眄定巴蜀，抗魏連吳分鼎足。受遺乃在永安宮，歎息君臣難繼躅。南征五月深渡瀘，上書北伐遵遺謨。連年動眾擾關輔，數戰未必非良圖。大星夜墜驚營壘，壯志雄謀嗟已矣。至今魚腹淺沙中，八陣依然照江水。

集「名士、賢相、忠臣」等形象於一身的諸葛亮，之所以能夠成爲此時期文人著墨最多的歷史對象，其實是一種特定心理的投射：不管是感懷式的弔念，或是哀其英年早逝、功業未竟的憾恨；抑或羨其能受遇於明主而得以展志，皆蘊含了此時名人賢士對理想人格的渴望。諸葛亮當初出山入仕，絕非只爲以鼎力一隅爲滿足，而應是躊躇滿志地希能恢復漢室；「託名蜀丞相，相漢非相蜀」兩句詩中，不言而喻的認定了惟有蜀漢才具有襲漢的正統地位；而當時金人在北方扶立張邦昌建立楚僞政權，時人皆多義憤塡膺、不能苟同；這和李清照的詩「兩漢本繼紹，新室如贅疣」的論點，有異曲同工及相互對應之妙。當時詩人推重諸葛亮之處，即在「興復漢室，還於舊都」爲己任的愛國精神，正符合此時人民所需要時代精神。

所謂「國毀當辨，身毀當容；國辱當爭，身辱當先。」家國興亡之事一直是歷代知識份子關注的焦點。所謂「前事之不忘，後事之師」、「以古爲鏡，可以見興替」，重視經驗教訓，代表了一種危機意識與責任感的顯現。對南宋詩人而言，苟安江南的現實處境，統治者卻以求和的軟弱妥協行徑對外族予取予求；同時短暫的和平假象，亦招致內部階層的腐化，益發加深了外患的惡化程度；而當局對人才的漠視，使得奸臣擅執國柄，以一己之私利而置國家興亡於不顧的種種作爲與現象，皆讓時人憂心如焚。此時期以王昭君爲對象的詩作中，詩人大多擺脫對昭君悲苦形象的描寫，或畫工毛延壽的得失議論，而將重點擺在「和戎」作法的是非之上，南宋王朝的一意曲承求和，應可說明詩人們觀點轉移的潛在原因。此時期文人筆墨大多從漢元帝昏庸不識人的角度出發，藉此史實提醒爲政者勿再重蹈覆轍。例如劉才邵〈昭君出塞行〉：

> 曉鐘傳箭金門開，翠裘玉几高崔嵬。蕃官膜拜領天語，玉顏忍淚青娥摧。……大閹當國國勢卑，坐視匈奴輒輕漢。請緡薦女不自慚，畫師微罪翻深按。雖然責賂變眞質，卻爲宮中去尤物，正似渠成秦利厚，反間之辜宜特宥，漢皇儻有帝王資，盡戮奸諛賞延壽。（《檆溪居士集．卷二》）

> 好惡由來各在人，況憑圖像覓天眞；君王視聽能無壅，延壽何知敢妄陳。（曹勛《松隱集．卷六．王昭君》）

史學精神所提供的道德性內涵，反映到文學，則是詩學主體趨於載道的顯現。從南宋詠史詩所展現的歷史哲思來看其藉史諷刺時政，或積極的贊頌某一歷史人物或事件，或議論歷史的眞相種種，皆體現了作者追求道德與眞實的努力。例如陳與義的〈鄧州西軒書事・其六〉：

> 楊劉相傾建中亂，不符白首今同歸；只今將相須廉藺，五月并門未解圍。

此詩作於宣和七年（1125）十二月，當時金兵入侵，兵分兩路，一路南攻汴京，一路西圍太原。太原地屬古并州，是北方重鎮，太原存亡直接關係到京師的安危，正當太原吃緊的時候，朝廷「宰相大臣與將相異謀，朝夕喧爭」（《三朝北盟會編》卷三十二）置國事於不顧，詩人有感於此，遂以唐德宗時楊炎和劉晏互相傾軋致亂、最後遭伏誅的歷史教訓，告誡急爭私利的宰臣和將領，希望他們能像廉頗、藺相如一樣以國家爲重，團結起來，共同對敵。再如李綱的〈謁寇忠愍祠堂六首其一〉：

> 親征決策幸澶淵，南北觀盟有本原，丞相萊公功第一，猶將孤注作讒言。一幸江南一蜀中，奮然廷議叱群公，攙面天步雖良策，元是眞皇聽納功。

寇準是北宋時的宰相，當年主張御駕親征，和遼訂定澶淵之盟，奠定北宋的和平基礎。李綱此詩雖是因爲謁見寇忠愍祠堂，因而有感藉此抒發心情懷抱，但其眞意顯然是提醒當世君王，功業之成就固有賴於良臣之規諫，然而明君的聽納之功，才是功業成就的關鍵所在。當時李綱所處之環境，戰和兩派議論不休，取捨的關鍵則在懦弱怯事的高宗。主戰派李綱曾爲高宗上〈請立志以成中興疏〉，獻御駕親征之言，卻始終未獲得高宗的認眞響應；一路潰散的國事，使他面對寇忠愍祠堂時，感觸特別深刻，因而寫下此詩，除了抒發個人心中之抑鬱，也藉寇準之事，規諫君王要勇於接納忠臣之言方可奠定國家大事。

再如李清照的兩首詩作：

> 子儀光弼不自猜，天心悔禍人心開。夏爲殷鑒當深戒，簡冊丹青今俱在。君不見當時張說最多機，雖生已被姚崇賣。
>
> 兩漢本繼紹，新室如贅疣，所以嵇中散，至死薄殷周。

第一首詩藉詠唐安史之亂的成因，對當朝統治者追求享樂、不問國事及朝廷大臣相互排擠、猜忌等黨爭甚烈的現實環境提供殷鑒；第二首詩則藉王莽僞政權及嵇康的清風亮節兩項史事並舉，同時將諷刺的矛頭指向依附僞朝者的失節之士。全詩以直率之筆貫穿其間，非但沒有削弱詩歌原有之韻味，反而表現出詩人對歷史文化的卓越識見以及執拗倔強的個性特徵，筆端也流露出濃厚的感情，此詩爰此卓然出色。

詠史詩之所以與一般詠物詩、詠景詩、詠懷詩之不同，最基本的內涵分別就在於：依據詠史詩的本質分析，即是以「歷史」爲素材，作爲吟詠的主題。而「史」的莊嚴作用，遂使得詠史詩在選擇某一類的歷史人事入詩時，即已顯現自身對特定歷史價值及道德觀的認同或批判，因而重點即在於由「史」的特質，我們可以得悉詩人詠史所表現的意義。創作者在寫作過程中，常常選擇在詩作中作「直陳」的表達，之所以如此，現實環境壓迫所刺激迸發的情感是最大的誘因。詠史詩作向來是詩人寄意之所在，藉由評說古人古事，來抒發自己心中憤世嫉俗、議論朝政的內心世界；而直書胸臆、不復委婉曲折的寫法，更能顯現詩人詠史風格的傾向。若說李商隱那種善於捕捉場景、凝聚多種意象的詠史寫法，是對晚唐絢麗卻夕陽西下的場景作寄託遙深的諷諭，那麼南宋詩人直接判斷性的字眼如「豈」、「誰把」、「何補」、「自」等，則是選擇用明朗的態度表達不滿與眞情吧！

四、見證當代亂象的詩史

「詩史」與「史詩」，雖然是兩個相同字眼的結合，但其義界卻蘊含著創作主體在詩中所介入的差異程度。季明華《南宋詠史詩研究》中認爲：史詩是西方文學的源頭之一，在西方通常是指一種「反映具有重大歷史意義的歷史事件，或以古代傳說爲內容的長篇敘事詩。」就前文中鄭淑玲〈試論宋代詠史詞的形成與發展〉文中所說明的，西方的史詩可說是中國班固《詠史・緹縈救父》、曹植《三良詩》、王粲《詠史》、盧鴆《覽古》及陶淵明《詠荊軻》等作品，其風格趨向多偏向於質木無文的史傳型詠史詩〔註3〕。

龔鵬程先生在〈詩史本色與妙悟〉文中，討論在詩史的觀念，認爲「詩史」是在表達內容及表達手法上，以敘事的藝術技巧，紀錄事件，而又能夠透顯歷史意義和批判的。「史」和「詩」要結合，必須在史事的敘述中，透含著詩人的評價與看法，正如浦起龍〈讀杜心解〉詮釋杜甫的詩史〔註4〕時所說的：「史不言河北多事，子美日日憂之，史不言朝廷輕儒，詩中每每見之，可見史家只載得一時事跡，詩家直顯出一時氣運，詩之妙，正在史筆不到處。」由於詩史的內容是詩人親睹的現狀，故筆下所流露的情感大多眞摯而動人，具有一股凝聚時代悲劇的力量。這類作品所記錄的內容，就我們而言是歷史，但就當時詩人而言，卻是剛剛發生、或正在發生的事。他們正在參與那個時代，以精煉的語言寫出當時的心情，而非置身於冷冷的前代歷史之外，其中雖寓有詩人的史筆，並夾雜作者本身一些主觀的論點或評斷，但它最大的特徵乃在於敘事，敘述當下在身邊所發生的事。

〔註3〕「史傳型詠史本身有其基本缺陷，吃力而不討好，不得不凌遲衰微；而詠懷型詠史詩又由詩的一種類型演變成使事用典的作詩的一個技巧，早已失去獨立存在的面貌；如此，本非正格的史論型詠史詩，反而異軍突起，憑藉作翻案、唱反調的敏銳機智，慧眼獨具，往往使人茅塞頓開，拍案叫絕，而能歷久不衰。」這段話指明了詠史詩之所以能夠歷久不衰、廣受詩人青睞的原因，正在於其可引古議論的特質。不管是正面直說、或是借助敘事，詩中的議論若使用得當，確實可以閃耀著人生智慧的光彩。因而在詠史詩中陳述對史事是非功過的議論，一向是詩人爲展現別出心裁、獨樹一幟的史觀而慣用的手法。

〔註4〕稱杜詩爲詩史，首見唐孟棨《本事詩》：「杜逢祿山之難，流離隴蜀，畢陳於詩，推見至隱，殆無遺事，故當時號爲詩史。」但這種說法在五代未引起什麼反應，直到宋代，以杜甫詩爲「詩史」的說法才逐漸流傳起來，迄明清而不絕。當時詩論界多從杜詩能善於反映當時代的政事，或能實錄當時的物事，或既有年月地理本末之類，或具有春秋之法等層面，來界定詩史的定義。

詩史的呈現，在於詩中雖然客觀記錄了時代的亂象，但在創作的心理背景中，卻是以詩人悲天憫人的情懷爲基本的動力，否則就如吳喬《圍爐詩話・卷三》所說：「古人詠史，但敘事而不出己意，則史也，非詩也。」

誠然，歷史的紀錄不但要眞實的呈現，也要在眞相的背後，隱然跳躍著記錄者的思想與感情，這才是文學作品之所以動人的意義所在。杜甫的詩，並不是以安史之亂中老百姓呼天哀地的慘像博得「詩史」的冠冕，而是詩聖杜甫心中那一份悲天憫人的情懷；從文學作品的表達之中，我們也相信，嗜血者所捕捉的歷史鏡頭與心懷大愛者所留下的歷史原貌，自有不同的出發與境界。

本章節擬就此種角度出發，檢視在此亂世中詩人對史實的記載，是否可以前繼杜甫詩史之精神，在內容的開拓與風格意涵的深化中，給予世人一方別開生面的視窗。

北宋中葉，王安石的許多作品，描寫當時百姓的困苦生活，可說是杜甫詩歌精神的繼承。例如〈收鹽〉：

> 州家飛符比櫛次，海中收鹽今復密。窮囚破屋正嗟嘆，吏兵操舟去復出。海中諸島古不毛，島夷爲生今獨勞。不煎海水餓死耳，誰肯坐守無亡逃？爾來盜賊往往有，劫殺賈客沉其艘。一民之生重天下，君子忍與爭秋毫？

當時鹽是國家的專利品，沿海居民爲生計所逼，煮私鹽出賣，此詩描寫官軍緝私鹽民反抗的情形；此外還有一首〈河北民〉：

> 河北民，生近二邊長苦辛。家家養子學耕織，輸與官家事夷狄。今年大旱千里赤，州縣仍催給河役。老小相攜來就南，南人豐年自無食。悲愁天地白日昏，路傍過者無顏色。汝生不及貞觀中，斗粟數錢無兵戎。

王安石此詩寫於仁宗慶曆七年（1047），當時河北人民因大旱而往南方逃荒，安石看見老小相攜的河北百姓辛苦耕織的血汗，被輕易地輸送夷狄以換取朝廷的和平，日常生活仍被州縣催役而不得安寧，忍不住開筆抨擊朝廷對內重斂於民、對外獻媚於敵的腐敗政策，此詩的諷刺意味辛辣而濃重，令爲政者不得不懼。

這樣的寫實精神傳至北宋末年，時局的混亂，令身處其中的詩人，深有所感，大量的詩歌作品，以長篇的形式將時事亂象，鉅細靡遺的呈現出來，例如：

> 狂賊送死河南北，王事遙憐弟行役。胡命須臾魚在鼎，官軍低回鷙將擊。渴聞天語十行札，尤覺家書萬金值。何時同秉江上犁，萬里農桑吾願畢。(朱松〈丁未春懷舍弟，時在京師〉)

> 健兒作意厭人肝，揮鞭直視無長安，南渡黃河如履地，東有太行不能山。帝城周遭八十里，二十萬兵氣裂眦，旌旗城上亂雲煙，腰間寶劍凝秋水；雪花一日故濛濛，皀幟登城吹黑風，我師舉頭不敢視，脱免放豚一掃空，夜起火光迷鳳闕，鉦古砰轟地欲裂。百萬斯民將焉之，相顧無言惟泣血，僕射何公叩龍闕，圍閉相交臣噬臍；奇兵化作乞和使，誓捐一死生群黎，遊談似霽大帥怒，九鼎如山疑復顧。郊南期稅上皇輿，截破黃流徑歸去，陛下仁孝有虞均，忍令征騎聳吾親。不龜太史自鞭馬，一出喚回社稷春，敵人幕得猶食利，千稱載金未滿意。寶敘那爲六官留，大索名居幾卷地，六龍再爲蒼生出，身磨虎牙恬不恤，重城突兀萬騎屯，杳隔鑾輿今十日。(鄧肅〈靖康迎駕行〉)

> 前年十月間，甲兵滿大梁，小晨阻對天，血涕夜沾床。去年十月間，左省謫征商，扁舟歸無處，江浙俱攙槍。今年十月間，叛卒起南方，官兵且二萬，一旦忽已亡。一身幸無貴，奉親走窮荒，天宇如許大，八口無處藏。空山四十日，畫餅誑肌腸，喈來古找提，和氣靄脩廊。迎門有禪伯，梵行照穹蒼，卻念客無歸，燒豬飯蘇郎。方袍二百指，祖燈其復光，中有護法人，義氣干天槍。倒床得甘寢，不知冬夜長，明朝曹夫子，破浪入飛檣，門郁春色滿，明堂載顯揚。(鄧肅〈玉山避寇〉)

這首詩是鄧肅在玉山避寇時所作的詩，全詩如同一篇史文，從「前年十月」、「去年十月」、「今年十月」作爲三個段落的起筆，說明當時政局的混亂，連續三年兵戈交戰，官兵百姓不得安寧的悲慘景象。只是後文直筆轉入作者幽避玉山的生活景況，未對當時百姓的生活眞相多加著墨，令人有虎頭蛇尾的遺憾；於此亦可見出作者對國事民生的格局與氣度，與詩聖杜甫相比是稍有出入的。

鄧肅另外還有一首〈避賊引〉：

> 羽檄星馳暴客起，西望煙烽無百里，夜半驚呼得漁舠，老稚相攜三百指。蠖屈蛇盤破蓬底，忽欲騫身風刮耳，沙丁艤岸少依劉，萬斛愁情空一洗。迴思當年侍玉皇，禁垣夜直宮漏長，驅馳誰謂遽如許，客枕不安雲水鄉。前日蹇驢衝火烈，今此扁舟壓殘雪，隆暑祁寒欲少休，鉦鼓逼人如地列。草蘆安得無臥龍，奉天政賴陸宣公，憑誰急呼人傑起，使我叩角歌堯風。

當時盜亂頻起，庶民百姓前要避北方金兵南侵，後要避旱災、蝗災以及饑民爲亂，生活之顚沛流離，遂令詩人有感寫下此詩。詩中以「暴客起」三字簡單交代動亂的起源，繼而敘述動亂的狀況與心情——但是受了當時詩風的影響，筆墨並無明暢利爽之姿，所寫的感觸與現象多是書生之嘆，少能觸及民生疾苦。第二段開始陳述當年在皇上身邊爲國效勞的情形，即使今日高臥雲水之鄉，仍然身心不安。第三段開始，以草廬臥龍自比，希望自己有機會能夠「致君堯舜上，再使風俗淳」。全篇架構雖以時事起興，文中有欲爲百姓獻身的情懷、且時事的描寫也佔了諸多篇幅，但是同樣身處亂象之中，總覺得書生筆墨對老百姓的痛苦還是少了一種切身的關懷。

除了這些以詩見史的作品，許多詩人習慣在詩歌之前另加序文說明時代的動亂、因緣始末，若以稽補史料的角度觀察之，其歷史價值更勝於文藝價值吧！例如李綱的〈建炎行・并序〉：

> 余去歲夏初，自長沙聞尹京之命，率義旅入援王室，次繁昌，得元帥府檄審，冦破都城，二聖北遷，號慟幾絕。至

當塗見赦，書上登寶位，且喜且悲，意欲一到行在，覲新天子，道胸中所欲言者，即丐歸田里，此其志也。是時僞楚張邦昌以太保同安郡王，領三省事，五日一會都堂，即建言邦昌間僭竊不宜與政，臣不可與同列。凡受僞命者，皆宜正其罪，以爲臣子之戒，具奏十事皆當時急務。翌日乃受告因，爲上規畫所以捍禦金寇，奉迎鑾輿之策，且謂河北河東國家之屏蔽，雖頗爲寇所陷沒，然其兵戴宋之心堅甚，朝廷不議救援，使人力屈而附賊，爲患非細，於是薦張所招撫河北，傅亮經制河東，二人者，皆有將帥才。具甲兵錢糧而遣之。又請車駕一至京師，見宗廟，慰都人之心，度未可居，則巡幸南陽駐蹕，示不棄中原，而西通關陝，可起兵馬，東通江淮，可運糧餉，南通嶺蜀，可取貨財，北援三郡兩河，與賊爭利天下形勢莫便於此，有旨遣使經畫，又勸上益募兵買馬，繕器仗，修軍政，擇將帥，置帥府要郡，以經略天下。金人今春，果擾關輔，蹂踐京東西，河北兵民叛爲盜賊，皆如所料，鑾輿遠幸，未有可還之期，翠華飄泊，未有定居之所，生民未休息，中國未平安，此臣子之所夙夜痛悼而寒心者也。噫！天實爲之，謂之何哉！取出處去就，大概賦詩百二十韻，目之曰建炎行覽者庶有感云。

金人初犯闕，太歲在丙午，殊恩擢樞廷，愧乏涓埃補，兩河未奠枕，杖鉞出宣撫，乞身緣謗讒，竄謫旅湘漵。明年丁未夏，被命尹天府，頗聞環京畿，四面盡豺虎，金湯雖可恃，憂在人不禦，見危思致命，入援裒義旅，旌麾亙江湄，畏景觸隆暑。忽傳元帥檄，果有城破語，鑾輿幸沙漠，妃后辭禁禦，空餘宗廟存，無復薦簠簋，淒涼蒼龍闕，寂寞玉華廡，疇能供街栗，誰與獻肥羜，無從執羈韁，安得生翅羽，號慟絕復蘇，灑淚作翻雨。繼聞宣赦書，寶位居九五，神明有依歸，迕土盡呼舞，皆言湯武姿，勇智天所與，向來使賊營，英氣癢驕虜。茲讎不戴天，兄弟及父母，嘗膽思報吳，枕戈懲在莒，齊墨何足稱，句踐不須數，周漢獲再興，宣光定神武，願言覲行在，玉色親黻黼，丹誠遂披陳，秘策得宣吐，謀身雖拙計，許國心獨苦，片言黨有合，丙骨歸壟畝。薰蕕難共器，梟鸞不同棲，故令敬宗輩，汙染成瑕疵。我觀永徽間，武氏盜政機，禍端始床第，幾使國祚移，當時河南公，力諍伏丹墀，頓首願還笏，正身田里歸，義氣動人主，面天初庶幾，鄙哉應公績，一言遂成非，坐令牝雞晨，啄喪靡有遺，元勳顧命老，遠竄湘江湄，茫然不復召，詎憶抱頸時，卑濕所不堪，須髮盡成絲，至今潭府帖，志士生長悲。

理裝適吳會，避寇由江濱，寧知治安世，乃作窮途人。風濤豈不險，危舟尚可因，失身入畏塗，難以理義陳。平生笑子美，逃亂走蹲蹲，如今翻自笑，亦須謀此生，此生何足惜，上有高年親，骨肉幾百口，干戈已相鄰，以我此日心，知彼無辜倫，安得濟川舟，載之適通津，徙置安樂土，不知戰鬥塵。已矣可奈何，願爲太平民，東南久無構，盜起不虞日，揭竿與荷鋤，皆是耕田夫，誰爲捕逐者，得官緣苞苴，不讀一行字，況復知孫吳。厥初既輕敵，屢北轍睢盱，屯兵非不多，一掃不復餘，虎兕出於柙，是誰之過歟。凶燄陵郡縣，良民遭戮屠，坐令腹心地，化作豹豕區，除惡當務早，滋蔓良難圖，王師何日出，努力觀廟謨。(〈聞浙東方寇大作，道路不通，迂路由江南以歸有感二首〉)

李綱《梁谿集．卷二十一》有一首〈胡笳十八拍〉，是一組內容繁複、風格豪雄且哀的詩組。詩前有小序：

昔蔡琰作胡笳十八拍，後多倣之者，至王介甫集古人詩句爲之辭，尤麗縟淒婉，能道其情，至過於創作，然此特一女子之故耳。靖康之事，可爲萬世悲，暇日效其體，集句聊以寫無盡之哀云。

這一組詩共有十八首小詩組成，內中第一拍及第十三拍：

四海十年不解兵，朝降夕判幽薊城。殺氣南行動天軸，犬戎也復臨咸京。鐵馬常鳴不知數，寇騎憑陵雜風雨。自是君王未備知，一生長恨奈何許。

> 聖朝尚飛戰鬥塵，椎骨鳴鐘天下聞。岸上荒村盡豺虎，衣冠南渡多崩吽。何時鑄戟作農器，欲傾東海洗乾坤。干戈未定失壯士，舊試無人可共論。

說是見證亂象的詩史亦可，說是悲豪的戰爭詩似乎亦無不可。第二拍的尾聯：「黃昏寇騎塵滿城，百年興廢吁可哀。」第九拍是感嘆徽欽北狩之事，其頸聯云：「一去紫臺連朔漠，骨肉滿眼身羈孤。」其尾聯云：「人間俯仰成今古，豈憶當年群臣趨。」十八首看來，和趙鼎《忠正德文集・卷六・會鄭有功》首句：「江流變血火連天」的時代現象可說是相互呼應的。

古設史官，在於慎言行，昭法式的資治作用，從這樣的角度觀察之，其實詩歌也具有資治的功能。中國歷史與文化，向來注重經世資鑑的文藝功能，唐太宗所謂「以銅爲鏡，可以正衣冠，以古爲鏡，可以見興替，以人爲鏡，可以知得失。」詠史之作正是將文學與現實結合，作對照與通盤的殷鑒觀察，呈現了「詩」、「史」「表徵聖衰、殷鑒興廢」一致的載道精神。

自唐以後，懷古詩與詠史詩開始有了某種程度的混淆。「詩」與「史」的結合，使得詠史詩的風格不脫以古鑒今、以古諷今的層面，進而也限制了寫作技巧只能在對比、微辭或含蓄等範圍中作施展；雖因懷古、詠懷及議論型態詠史詩的加入，使得寫作技巧的運用向翻案、時空交錯等方面作擴充，但整體來說這些技巧運用，從六朝到唐朝，幾乎已發展完成。後人就只能在精神氣韻上再作加強、或就所詠史意再翻疊一層來說。再者，江西詩派所衍生的弊端在此時一一浮現，如：議論太過，遂有體卑而氣粗之感；發泄無餘，則易流於神味索然等。南宋初年的詠史詩，除有承繼前人慣用的寫作技巧之外，內憂外患所凝聚的愛國意識、江西詩派的風氣籠罩及禪宗、理學的高度發達，都對詠史詩的寫作技巧有相當程度的影響，這也是此時期詠史之作有別於六朝、唐及北宋詠史詩風格的重要關鍵。

第三節　南北兼博的詠物詩

《佩文齋詠物詩選・康熙序》有云：「詩之道，其稱名也小，其取類也大，即一物之情，而關乎忠孝之旨，繼自騷賦以來，未之有易也。此昔人詠物之詩所由作也。」文中詮釋了詠物詩的寫作原由，是為了抒發「忠孝之旨」。大抵而言，詠物之內容可分為：託物詠懷、借物自況、敘物抒情、詠物寓理四大類。劉熙載《藝概・詞概》提到詠物之作與創作主體的關係有言：「昔人詠古、詠物，隱然只是詠懷，蓋其中有我在也。」《塡詞叢話・卷三》亦云：「詠物於寄託之外，當別有見其身分之處。寄託者，納詞題以外之事於篇章；身分者，以吾心中之標格寫於所詠。所謂詠物之身分時，即作者身分自見之處。南宋王碧山之詠落葉，趙子固之詠水仙，可以借徑。」

試觀時亂之際的文人，其表露於文學創作中之內容，可歸納為二：其一為及時行樂、耽緬物色之中的作品，大多是觀花遊冶的風月之吟，冀圖保全一己的聲譽或身家安全，苟活於世；其二或欲言志、或有寄託、或有諷諭，然不願發高蹈之論，只得隱寓於物色之吟詠中，作末世哀鳴。例如魏晉司馬氏奪權不已，南北朝對峙局面僵持不下，宋、齊、梁、陳國祚甚短，國君流連逸樂；晚唐黃巢亂後，僖宗入蜀，已無回天之力；五代十國更迭，猶如走馬之燈——詠物之作在這些混亂的大環境影響下，比例特高，實為不爭之事實。

宋室南渡之際，國勢陵夷，時主昏庸，憂時之士不得放言，然又難掩其辭，遂不得不於詩詞中寄託家國恨事，於是詠物之作大盛。徽宗時立大晟樂府，周邦彥主事，於創調之外，更於音律、形式、格律上力求工穩，用語精萃，鍊字工麗，這樣的文藝思潮促動了詠物之作，著重於體物、狀物與物性之描摹，此外，在此顛沛流離的時期，詠物之作發達的重要原因還有二項：一是言語的箝制、二是地理環境的改變。正如沈祥龍《論詞隨筆》所言：「詠物之作，在借物以寓性情，凡身世之感，君國之憂，隱然蘊於其中。」另外吳梅《詞學通論》也有類似的言論：詠物之作最要在寄託。所謂寄託者，蓋借物言志，以抒忠愛綢繆之旨。

然而這些在詩歌中寄託國仇家恨的作品，多是藉物以「比」況自身的心情、或見物以「興」歎個人的懷抱，在本章第一節中〈以刺勝美的諷諭詩、第一目比興爲體的諫諭之作〉已有詳細的內容及風格賞析，此處不擬贅敘。本節暫時拋卻這些國仇家恨的詠物詩，就從宋代詠物文化的角度出發，觀察在這煙塵瀰漫的亂世裡，時人的詠物之作其實仍然繼承著大部分北宋文人的風流心態；正如詹安泰《論寄託》中所言（《詞學季刊》第三卷第三號）：寄託之深、淺、廣、狹，固隨其人之性分與身世爲移轉，而寄託之顯晦，則實左右於其時代環境。大抵感觸所及，可以明言者，固不必務爲玄遠之辭以寄託也——本節所要討論的就是可以「明言」的詠物之作。

本單元第一小目中所要聚焦的主題，是南渡文人對北宋風流心態的繼承，從這些作品的展現中，我們可以看到烽火離亂的歲月中，文人嗜雅的生活基調（請參考第三章《宋人文學心理分析・第二節宋人的審美心理與品味》），依舊沒有太大的改變；由於可知文化薰染影響力之深遠，可以作爲推動文化工作者的正面動力。

一、北宋文學心理的繼承

（一）玩物為雅的風流遺緒

繆鉞〈論宋詩〉一文中，說到：「……韓愈、孟郊等以作散文之法作詩，始於心知思，目之所睹，身之所經，描摹刻畫，委屈詳盡，此在唐詩爲別派。宋人承其流而衍之，凡唐人以爲不能入詩或不宜入詩之材料，宋人皆寫入詩中，且往往嘉於瑣事微物逞其才技。」

承續著這樣的風流遺緒，北宋末年、南渡初期的詩壇上，仍有許多作品是在「瑣事」、「微物」之中逞其才能的。試以陳與義的詩作爲例，其作品如〈食虀〉、〈以石龜施長老〉、〈蟹〉、〈來禽花〉、〈柳絮〉、〈棋〉、〈西省酴醾〉、〈水車〉、〈游百花亭〉、〈李花〉、〈水仙花〉、〈君子亭下海棠〉、〈採昌蒲〉、〈官舍安榴〉、〈十七日夜詠月〉、〈觀江漲〉、

〈雨〉、〈買山藥〉、〈大光送酒〉、〈謝送芍藥〉、〈牡丹〉、〈盆池〉、〈松棚〉、〈觀魚〉等詩，均爲詠嘆生活瑣事之作；再看李綱《梁谿集》中的作品，詠嘆生活瑣事的作品亦不少，所詠之內容包括：早起、晏起、浴罷、理髮、濯足、食蟹、食筍（蕨、枇杷）、煨芋、蒸栗、移花、松架弊易以新枝、學草書、飲茶、戒酒、獲小偷……等等；再如王銍《雪溪集·卷一·追和周昉琴阮美人圖詩並序》、以及《國香詩並序》，詩前有小序說明「國香，荊渚田氏侍兒名也。」可概見當時文人生活之一斑。王銍另有一首小詩〈書謝文靖東山圖〉，詩末有文，文中錄有一詩，是作者宿東山題詩僧壁上，其詩云：「山晴山雨今古恨，朝落潮生朝暮情。我識前人舊時意，寒岩一夜聽江聲。」頗可觀見北宋文人的生活氣質與人生風度。

藿松林、祁小軍〈論宋詩〉（文史哲、西元 1989 年、第 2 期），評論宋人這類的作品有云：「宋詩中大凡精采的議論，可喜的理趣，都是發自熱愛生活的襟懷，閃耀著人生智慧的光彩，同時又是借助了敘事、描寫等藝術手段表達出來的，具有一定的美感。」然而觀察此時期這類型的作品，或許是技巧、才力之所限；或許是憂心國事的生活中，強作附庸風雅之作，一般而言所得的評價並不高。

例如李綱的〈煨芋〉詩：

> 禪房坐夜腹半飢，寒爐撥火煨蹲鴟，凍膚傍煖漸舒暢，輾轉更覺鳴聲悲。毳衣脫落豐肌滑，玉軟酥香不勞齧，芳甘著頰自生津，多病文園正消渴。……

將煨芋一事的時間、地點、緣起、動作、感受，細細寫來，這些詩歌雖然有助於我們對詩人生活的了解，但就藝術的感人力量看來，此類詩歌缺乏對人心共鳴與感動，則爲不爭的事實。再如陳與義的〈盆池〉詩：

> 三尺清池窗外開，茨菰葉底細魚回。雨聲轉入浙江去，雲影還從震澤來。

北宋大家是從細小事物中，去擴大思考文學的表現張度，因此筆中所示現的生活瑣事，雖然無關民生大要，亦然氣格不凡。此時文人在細小題材方面的表現，則顯然不如北宋大家諸人。再如趙鼎《忠正德文集・大明水》：

> 咫尺城中膏火煎，空山竹柏固蒼然，贈君盃酌清心骨，此是人間第一泉。

此詩描寫家居生活中煎泉水以贈人之事，事固小事，詩人卻能將這樣平凡的生活，發諸於詩，可說是北宋文人基本生活態度的延續。這些詩歌由於內容題材的限制，本身即不具有波瀾起伏的藝術效果，甚爲平淡；再由於詩人述事，巨細靡遺，娓娓道來，頗有枯淡之味。然而其中也不乏少數清麗深情之作，如李綱〈早起〉：

> 秋曉淒然枕簟涼，小窗殘月尚臨床，追尋夢境煙雲散，起傍荷花風露香。概念關河心黯黯，諦觀身世意茫茫，樽中有酒聊須醉，造物於人自巨量。

在瑣碎繁雜的日常生活中，詩人抓住了早起的情緒，予以抒發，並將焦點凝聚在情緒之發的緣由，成爲此類諸作的精品。再如陳與義的〈今夕〉：

> 今夕定何夕，對此山蒼然。偷生經五載，幽意獨已堅。微陰拱眾木，靜夜聞孤泉。唯應寂寞事，可以送餘年。

此詩作於福建山中，從黃昏的景色變化中抒發感懷，這種注重心思於細微事務的生活態度，正是北宋文人對待生活、對待文學、對待藝術的態度。從這些作品中，我們可以觀察到中國文學裡，創作主體與自然界的萬物，常能夠恬然安適相處著，人情與物態，天然交融，物我的界限有時是泯滅的。葉夢得《石林詩話》提出「詩禁體物語」的理論、反對詩心趨向雕巧的窘路，正可以說明這類作品風格的美好之處。

（二）以物說理和以物諭禪

北宋有許多以物爲詠的哲理詩與禪言詩。俞琰《歷代詠物詩選・序》：「詩感於物，而其體物者，不可以不工，狀物者不可以不切，於是有詠物一體，以窮物之情，盡物之態，而詩學之要，莫先於詠物矣。」又說：「故詠物一體……，其佳者往往擬諸形容，象其物宜，不即不離，而繪聲繪影，學者讀之，可以恢擴性靈，發揮才調。」太即，只具描摹之美，太離，只具象徵之美；北宋文人擅長從物的具體形象中，看透人世間的實與虛，這是宋人詩中的生活智慧，也是它與唐詩特質相異，為人稱道處。

鄧肅《栟櫚集・卷十・飛螢》詩中的腹聯：「往來自相照，便覺天地寬」，這種天地寬的精神，正是宋詩雋永、不亂鳥獸的萬物情觀表現（參考第三章《宋人文學心理分析・第二節宋人審美心理與品味》）。例如李綱的〈水磑〉，就由文人主觀的心靈思維，藉水磑之物，說出萬象世界中的自由與不自由：

> 鑿木為機運不休，溪邊疊石駛溪流，但知隨水能運轉，肯道舂糧不自由。

物意自在，是宋代文人面對外在世界的基本基神。在這首詩中，詩人的眼光從平凡的事物裡觀察，看見水磑隨水往復旋轉，藉由水的自由流逝，反襯出水磑的不自由。這種生活現象的有趣觀察，來自於詩人活潑的心靈及敏銳的眼光，而這輕快、自然的表達方式，也流露出詩人思維的理致條暢。

宋人自足豁達的樂觀精神，可表現在李綱〈晚行〉等詩中：

> ……掠水起行雁，隔林聞遠鐘，休鞍僧舍闃，皓月又東昇。

此詩的背景，是詩人在歲杪時，懷著惡劣的心情踏上旅途時所作（時三十八歲）。暮雲、殘照，勾起詩人一片愁心；但是，在短暫休息後，更長遠的路，因為皓月東昇，而起明亮之感，林外遠鐘，行雁掠水，帶給詩人心情新的契機，眼睛與耳朵的異域開闊，也令詩人帶來了希望。〈水磑〉〈晚行〉二詩之美，有清新、自然之感，尤其〈晚行〉，哲理的思維在似有似無之間，以行旅詩的眼光看來亦無不可，但詩人無意間呈露的勇毅、以及大地日月賦予人心的力量，令人感受到作者熱愛生活的襟懷，以及人生智慧的光彩。

相較於其他以文字說禪，以禪言說理的詩歌，這些別具清新之姿的小詩，表達了他們對生活、現象界的看法；這些詩歌，常常都是詩人心靈的自然呈現，及理智思維的無意展現，與那些刻意流露禪機、理趣的禪言詩，在創作本質上是不同的。

> 言以多窮默取容，不如體道守其中，道非言默所能載，畢竟兩端皆是空。（李綱〈陳幾叟以了翁所做默堂箴見示，且求余言，拾其遺意作四絕句〉）

這首詩流露了詩人沈靜雍容的看法，生命的思維，在詩人的心靈裡涵泳自如，很難明言，也很難以默言表示，胸中丘壑，如人飲水，冷暖自知。又如〈絕句二首〉：

> 邪氣只能干正氣，妄心自不勝眞心，治心養氣無多術，一點能銷瘴毒深。

此詩作於李綱四十八歲時，當時因爲主戰之立場與執政者不和，遂被流放至嶺南，深受瘴癘之苦。在此種苦惱中，詩人提出「一點眞心」的看法，用以抵禦妄心、邪氣。

由於政治環境的影響以及北宋宗教信仰新潮流的緣故（參考第二章《北宋時代背景對南渡文壇的影響・第三節宗教信仰的新潮流》）；宋代文人始終沒有放棄在文學作品中表達他們對宗教的興趣，再由於宋人看重以才學爲詩、以議論爲詩的寫作方式，於是宋人禪理詩之多，令人嘆爲觀止。這樣的習氣一直到北宋末年都沒有改變。鄧肅《栟櫚集・卷十・荔子》：

> ……憑欄一念足，不食意自充，人世如夢耳，當體色即空，謂是爲眞實，便可銷千鐘，謂是爲非實，眞飽亦何從？虛實兩無有，棲高雨濛濛。

荔子的外紅內白，引發詩人色即是空、空即是色的思考，並在遣詞造句中，毫不遲疑的引禪語入詩，可說是宋人禪言詩的基本特色。再如李綱〈次韻丹霞錄示羅籌老唱和詩、和古風〉：

> 孤雲與獨鶴，何往不可寓，返觀生死海，便是涅盤路。

以及「釋氏戒戀者，一廂寄枯桑」（〈寓軒用竹爲窗，隔以禦西風，戲爲小詩，記其事示志宏〉)；「青山綠水年年好，明月清風處處同」(〈南安巖恭謁定光園應禪師二首〉)，人生行步至此，胸懷明月、襟挽清風，生命的答案，似乎已於萬物中呈露。再如〈足成夢中〉一首：

> 本來佛法無多子，正覺菩提彈指超，誰信曹谿一滴水，流歸法海作全潮。

也同樣表達了李綱對生命的樂觀肯定。此外如：

> 生前能著幾兩屐，安用胡椒八百兩，此身猶自是籧廬，身外何須寶金玉。(〈偶題二首〉)

這首禪言詩表達了詩人自我無限的提昇，與天地同大，心神所在之處，妙機充滿，詩人對自身性命的看法，遂能超脫俗質。對於物質，李綱既能有此超脫的了然，對人生緣分的聚散離合，則有如下的理趣與了解：

> 緣合則應散則休，起滅幻境如浮漚(〈夜寢夢遊泗上，觀重見僧塔纔兩層塔，以今春同普照王寺焚盪殆盡，豈大士有意再來此土乎？覺而賦詩以記之〉)

個人認爲，禪應該是一種開闊自由的精神領會，王維「空山不見人，但聞人語響，反景入深林，復照青苔上」，自是生命的一種美好境界，此種境界，誠如李綱〈六言頌六首贈安國覺老．第五首〉所言：「夢法無心契合，絲毫擬議即差」，然而自宋代開始，不立文字之禪，變爲不離文字之禪，生命的機靈，纏死在禪意裡，觀諸當代其他詩家之所作，亦不能跳脫此種死巷。

二、南國芳春風景殊〔註5〕

文學風格的形成，除了受到創作主體方面才、膽、識、力，時代的政治、文化，文體的選擇等因素影響外，「地域」也是一個不容忽視的要素。自然地理環境的氣候、溫度、山川、水土、物產，不但影響人的體質，也影響著人的氣質、感覺、情緒、意志，乃至於個性。

〔註5〕風景殊三字取自於《世說新語．言語篇》：過江諸人，每至美日，輒相邀新亭，藉卉飲宴。周侯中坐而嘆曰：「風景不殊，正自有山河之異。」

《淮南子・地形訓》就提出了：「堅土人剛，弱土人肥，壚土人大，沙土人細」的觀念。此外，《史記・貨殖列傳》及《漢書・地理志》也多方論述各地風俗民情對文學創作的影響，爲劉勰的《文心雕龍・辨騷篇》以及〈物色篇〉的理論：「吟諷者銜其山川；童蒙者拾其花草。」「若乃山林皋壤，實文思之奧府。」開啓了先聲。

就我國文學作品的表現而言，長江可說是一條天然的分界線，使得南北各自發展出不同的習性〔註6〕。北宋末年的靖康之變，將安土重遷的文人逼入了顛沛流離的生活環境中，生活地域的改變、不安定〔註7〕，也傳導進入當代文人的作品中。特定的自然環境既然影響著人

〔註 6〕關於地理對文學作品的影響，早在春秋時候，孔子就說：「寬柔以教，不報無道，南方之強也，君子居之。衽金革，死而不厭，北方之強也，強者居之。」不論是性格展現或是文章辭采的表現，南北地理環境所產生的影響，正如魏徵《隋書・文學傳序》所云：「江左宮商發越，貴乎清綺；河朔詞義貞剛，重乎氣質。氣質則理勝其辭，清綺則文過其意；理深者便於時用，文筆者宜於詠歌；此南北詞人得失之大教也。」再看巴蜀文學歷來崇尚巨大的氣魄，瑰麗的文采和奇幻的想像，從司馬相如、李白到蘇軾的創作上，我們不難看到某種相同的氣質；吳歌西曲產生於明媚的江南地域，江南的城市經濟發達，民風奢侈，「都邑之盛，士女昌逸，歌聲舞節，炫服華裝，桃花淥水之間，秋月春風之下，無往非適」(《南史・循吏列傳》)，吳歌西曲的艷麗柔媚正將江南物庶繁榮的民風，做了眞實的反映。

〔註 7〕大抵而言，南宋初期，由於軍民同仇敵愾，積極進取，故能屢次重挫南犯之金兵，而於紹興十一年十一月與金人簽訂合約，劃定疆界，「約以淮水中流畫疆，割唐、鄧二州界之，休兵息民，各守境土」，十二年八月，「鄭剛中劃分陝西地界，割商、秦之半畀金國，存上津、豐陽、天水三縣及隴西、成紀餘地，棄和尚、方山二原，以大散關爲界」。從此以後，宋金乃東以淮水中流，西以大散關爲疆界。此後在孝宗隆興二年、寧宗開禧二年雖然又曾締結盟約、改立和議，然而疆界改變並不大。因此，一般文學史、批評專著書中所謂的南宋作品，大都以此地域環境爲範圍。而本論文所要討論的南渡作品，其時序更早於宋金和議之前。當時北方故土已失，南方的疆界則在進退攻守中，從《三蘇年譜・蘇籀年譜》中，我們可以看到當時高宗四處移蹕的狼狽（參考附錄《南渡朝廷・文壇大事表》)，家園無根的滄桑，對北方故土的感懷，都是此時期詠景詩、詠物詩的重要主題。

們的性格品質與風俗，也影響了詩人的創作，更在不知不覺間對詩人的審美理想，產生了潛移默化的作用。靖康之變所帶來的影響，同仇敵愾的民族氣節固然是一項重要指標，地理環境的改變引動文人作品有不同的面貌呈現，更是探討此時期作品所不能忽略的重要關節。

這一個單元的成立，主要是對比於上述〈玩物爲雅的風流遺緒〉；本節主要說明由於地理環境的變遷，在各方面對當時文人作品所產生的影響。此單元所介紹的內容與前文或有重疊繁複之處，但其主要目的是突顯出第一小目中，詩人身處亂世卻不改北宋文人玩物爲雅的風流心態。被迫南遷的文人群，詩文中出現南方景物是非常自然的，從北宋延續下來的詠物詩而言，這個主題的納入，可說是詠物詩歌內容題材的開拓與發揚——顛沛流離的心情，面對著被迫接受的新鮮景物，南渡文人群筆下的詠物詩，有什麼樣的風格與面貌呢？

（一）南蠻山水頗自傷的抑鬱哀沈

被迫南遷的文人，由於主觀的感情因素所致，觸景生情之作頗多，表現在作品上的重要現象，就是對南方景物的排斥，所見山水草木都是蠻山蠻水、蠻樹蠻花。王銍《雪溪集・卷三・夢中賦秋望》末聯：「此邦非我里，隨意作流通。」正可以做這種情緒的表白。

陳與義有一首描寫南方景物的〈渡江〉：

> 江南非不好，楚客自生哀。遙楫天平渡，迎人樹欲來。雨餘吾袖立，日照海門開。雖異中原險，方隅亦壯哉。

開門見山就說江南並非不好，只是流落異域的離人，究竟所見非家鄉。還有另一首描寫南方惡山水的詩〈謝邢九思〉：

> 平生不接里閭歡，豈料相逢虺蜮壇。能賦君推三世事，倦遊我棄七年官。流傳惡語知誰好，勾引新篇得細看。六月山齋當暑令，風霜獨發卷中寒。

以「虺蜮壇」三字說出身處的南方之地，頗可以見出詩人身處南方的心中感受。這首詩的格調沉鬱，遣字用語似乎都可見出南方燠熱的低氣壓，讓人心頭沉沉，喘不過氣來的感覺。

這種情緒的表現，也可以從南北語言習俗之不同看出端倪。朱松所寫的詩〈次韻夢得見示之什〉：「居楚求齊音，美惡不同土。喧遡俗物華，群復有佳處……」道出了這種心理情結。大江南北人口眾多，土地遼闊，方言於是焉產生。江西籍的楊無咎聽了北方腔調，忍不住吟出：「憐君語帶京華樣」（〈一叢花〉）、「語帶京華清更韻」（〈雨中花令〉）之語。「儂」、「因」等南方腔調所常用的字眼〔註8〕，也逐漸入寫於南渡文人的作品之中，成爲此時期作品的一大特色。

再如陳與義的名作〈牡丹〉：

> 一自邊城入漢關，十年伊落路漫漫；青墩溪畔龍鍾客，獨立東風看牡丹。

所謂隨物宛轉，是指外在萬物之變遷，激盪心靈，遂使創作主體有文學之創作，作者是處於被動地位；另外與心徘徊，則是著重在文人內在積蓄之情緒，借外物之抒發，作者是處於主動之地位。清、李重華《貞一齋詩說》詠物詩有兩法，一是將自身頓放在其中，一是將自身立放在旁邊。這一首詩中，主客相融，作者之心隨物宛轉，展現詩人思國之念，作者本身內在積蓄的思念，也藉由牡丹獨立東風的形象表現出來。清、錢泳《履園譚詩頁》說：「詠物詩最難工，太切題，則黏皮帶骨，不切題，則捕風捉影，須在不即不離之間。」本詩可謂爲其中佳作。此外如朱松〈春日與卓民表、陳國器步出北郊〉：「空餘流落心，三嘆非無土。」〈十一月十九日與仲猷、大年、綽中、美中飲於南臺〉：「折腰向人不知恥，故園寄鋤在千里。」以及王銍《雪溪集・卷三・芭蕉》：

〔註 8〕趙宋政權自北方遷到南方，對江南的方言也感到困擾，陳與義就說：「不解鄉音，只怕人嫌我」（〈點絳唇〉）。朱敦儒在船上曾被吳人談話吵醒：「客夢初回，臥聽吳語開帆索」（〈點絳唇〉），曹勛雖然「日日篷窗眠了坐，飽聽吳音楚些」（〈清平樂〉）但不知是否懂了多少？宗室趙子發看中原久久未復，子女說的話都受到南人的引影響，不勝感慨云：「坐見楚咻、兒女變齊音」（〈南歌子〉）

六曲欄杆院宇深，影連臺色晝沉沉。已將虛實論因果，尤稱風流寫醉吟。夢短不禁簾外雨，愁多長怯檻邊陰。可憐今古無窮恨，卷在凋零如寸心。

陳與義的〈寄大光二絕句‧其二〉：

芭蕉急雨三更鬧，客子殊方五月寒。近得會稽消息否，稍傳荊渚路歧寬。

此兩首也都是藉由南方景物芭蕉，傳遞出詩人的憂國之念。

（二）素所不識傳北誇的特殊心情

文人南渡後，經歷許多地方，不論大城小鎮、丘嶽江湖，都成爲文人筆下的對象。景色綺麗的南方山水，常常觸動文人的詩興，最常見的就是自然景物的特殊：由於自然條件（如氣候、土壤等）的差異，所以南方許多景物與北方有所不同。在草木花鳥方面，鷓鴣性畏寒，是生長在南方的鳥類；榕樹、荔枝、桄榔、芭蕉等俱屬熱帶性植物，是北人所罕見的。酒類如「洞庭椿色」、「鵝黃酒」亦是名聞遐邇，在器具方面，朱敦儒手拿的「筇杖」（〈朝中措〉），盛酒的「金鑿落」（〈臨江仙〉），李清照睡的「藤床紙帳」（〈孤雁兒〉）、「簟枕」（〈南歌子〉），也都是屬於南方的。

我國北方各地原野遼闊，適合騎馬，南方各地多河流湖泊，人們以乘舟爲主，因此有「南船北馬」之稱。許多詩人在回憶北方生活時都是以騎馬爲主；但南渡以後，則寫泊船泛舟事情。南北交通工具不同，使得文人南渡後，不得不捨馬就舟，因此他們大量將泊船泛舟之事入於文學作品中，自然地凸顯出南方的色彩了。再如北方緯度較高，冬苦嚴寒，南方緯度較低，夏苦酷熱，南北氣候有極大的不同。尤其南方每當春末夏初黃梅成熟時，經常連綿下雨，多日不晴，即所謂的「黃梅雨」，更是一大特徵。氣候是一項很敏感的生活條件，詞人渡江之後，馬上可以察覺出來，將它反映在作品上，也就富有南方的情調了。

此外，南方的名勝如建康城、姑蘇臺、北固亭、多景樓、釣臺、峨嵋亭、仲宣樓、岳陽樓、滕王閣等，也常被南渡文人寄託家國破碎、身世飄搖的感嘆之情。再如黃梅雨、瘴氣等氣候，茉莉、素馨等花蕊，樟樹、檳榔等樹木，荔枝、香蕉等水果，鷓鴣、杜鵑等鳥禽，舟船、竹輿等交通工具，沙籠、鮫綃等器具，競渡、觀潮等習俗，這些內容都是北宋詩人詠物之作所沒有觸及的內容。

正由於南方景物之新奇，被迫南遷的文人，牽掛著北方淪落敵手的故土家園，面對著截然不同的生活環境，卻有傳與北人誇的特殊心情。此正如李綱〈九日與宗之對酌，懷梁谿諸季，時菊花猶未結蕊，於藥果中得茱萸泛酒，有饋山果海鮮者，多素所不識，賦詩見意二首〉詩中所云：

> 此身飄泊旅天涯，九日悽然客念家，且把紅醪嘗紫蟹，何須白髮對黃花。藥囊賴有茱萸實，茶甌頻煩薄荷芽，山東海鮮多不識，卻須傳與北人誇。

李綱另一首〈檳榔〉，也將南方的景物作了生動而詳實的描述：

> 疏林蒼海上，結實已纍纍，煙溼赬虺卵，風搖翠羽旗，飛翔金鸞鷟，掩映蔥龍兒，濩落咍椰子，匀圓訝荔支。　當茶銷瘴速，如酒醉人遲，蔞葉偏相稱，蠃灰亦謾爲，乍餐顏愧渥，頻嚼齒愁疲，飲啄隨風土，端憂化島夷。

清人孔尚任《古鐵齋詩序》有云：「蓋山川風土者，詩人性情之根柢也。得其霞則靈，得其泉脈則秀，得其岡陵則厚，得其林莽煙火則健。凡人不爲詩則已，若爲之，必有一得焉。」地域的改變，往往意味著生活的重大變化，而這些變化，通常也是詩人創作的契機與改變。《唐詩紀事》說張說官岳州後，「詩益清婉，人謂得江山之助。」《河嶽英靈集》卷中評崔灝「年少爲詩，名陷輕薄。晚節忽變常體，風骨凜然，一窺塞垣，說盡軍旅。」劉師培《南北文學不同論》說柳宗元「棲身湘粵，偶有所作，咸得莊、騷，謂非土地使然歟？」都是地域環境的改變促動文人的作品有更高的提昇，觀諸於南渡文人之作，內容題材的擴展，可以說是此時期詠物之作最傲人的成就吧！

第七章　亂世詩詞的質變與契機

承續前章對此時期詩詞的深化與開拓之後，本章擬就此時期詩詞的質變作討論。

文學環境的改變，一則來自政治局勢的逼變，二則來自文學內在發展軌跡的不得不變。原本穩定的詩詞命題與風格，在複雜弔詭的亂世思維中，有了異端的發展觸鬚。這種體質的改變，出自內在思維的深層，以及長久以來時代精神的醞釀。如果說，原本的文學資產是一株裁剪工整的盆栽，此章所要討論的就是這個盆景意外萌芽的枝葉。它承繼著原本的枝株，卻有著不同走勢的向陽面，無可遏抑地展出令人驚艷的花園錦簇，也蔚然成爲亮眼的景觀。這是詩詞流變長河中的一個景點，本文抓此景點格放成一片視野，觀察它在此時所成爲的一個現象，並簡略交代對未來文學的重要影響。例如第一節中所討論的詠史詞與花草詞：許多人在討論宋詞流變時，很少注意到南宋詞壇許多變化與新質的出現，幾乎都是從南渡詞壇開始，甚至是南渡詞壇完成的。北宋詞主艷情，南宋詞主品格；北宋詞言情，南宋詞言志，這個明顯的變化，即始於南渡。從這個線索去審視南渡文人群的的創作面貌，就可發現到他們一變從前，令人有士別三日刮目相看的感覺。最具體的表現之一是以史詠詞，之二是花草詞從淚花離柳的形象，轉變成爲荷肩國仇家恨的江山花草。此外在詞題文序的開展方面，主要是承繼張先、東坡等人創作的基礎，在內容上、風格上不但有新的繼承、更在形式上有新的發揚，並因而由此奠下後人提昇的基礎。

在詩壇上，由於強悍外族逼視著宋室王朝的腐敗軍政，自唐以來雄壯威武的豪唱，此時竟然變調，許多淪陷異域的軍民心聲，成為此時邊塞詩歌的主調。觀察北宋時期諸多詩人的創作，對於『戰爭詩』這個命題，大多是不曾論及的，這與宋初諸帝以文治國的政策相關。再者許多文人不曾親臨戰事（這與唐朝詩人多戎事的政治結構不同），也是宋朝詩人少戰爭詩的原因。然而北宋末年的特殊政局，許多文人被逼得不得不面對腥風血雨的戰爭場面，戰爭詩的「量」似有增加，但在品質上，一但論及，則其風格多是悲勝於豪、哀多於壯的傾向了。

除了詩詞內涵風格的質變以外，更值得注意的是，此時期也是宋人文學心態、審美思維大轉變的時期，從此時期詞作內涵風格的巨大變化，可以窺知此時詞學觀念的重大改變，而其根源來自於對東坡詞析賞的新視角；江西詩派的衍變與改革，與時人對杜詩的析賞角度，正是同一個鏡頭下的相為表裡。整個大時代的審美眼光在前人的作品中，切出了不同的稜線，這正是此時代作品之所以光華燦目的重要背景。

第一節　內涵與風格的軌變創新

一、詠史詞粉墨登場

鄭淑玲〈試論宋代詠史詞的形成與發展〉文中，在界定詠史詩的發展脈絡時提到：詠史詩歌的基本形式，是以敘述史事為本位，頗類似《史記》中列傳的結構。此後並將魏晉南北朝以後的詠史詩歌，就其內涵及創作手法分為兩類：第一類是繼承班固《詠史・緹縈救父》的寫作傳統，以古人古事為主體，文句多據原始記載而略加剪裁，且都是正面歌頌讚嘆其行誼，例如曹植《三良詩》、王粲《詠史》、盧鴆《覽古》及陶淵明《詠荊軻》都是此類代表作。由於這類「但指一事」、

「據事直書」、「有感嘆之詞」的寫法及內容，大多依史事加以筆削濃縮而成，因此顯得較爲平淡而無創意，鍾嶸《詩品》就譏班固此詠史之作「質木無文」，因此這種史傳型詠史詩自中唐以後就漸不流行了。第二類則是遠承《楚辭》、近繼左思《詠史》的寫作手法，以古人古事作爲抒發自身情懷的媒介，其眞正目的在於抒發己身的性情懷抱。這類「名爲詠史，實爲詠懷」的寫作方式，不限於詠一人一事，個人胸中的不平與理想才是詩之主體，詠史遂與言志合爲一體，成爲未來詠史詩的基本體式，影響廣泛而深遠，深受文人喜好。

詞與詩向來淵源頗深，且詞人多具有詩人之身分，因此，在詠史詩既有的成就與基礎上，以「史」爲題材的詞作不乏佳品。但是，詞體以偎香倚紅之姿，出身於勾舍瓦欄之中，以詞言志已是詞家突破了，更遑論以詞詠史了。檢視歷來諸多詠史詞作，歸之於懷古詞或思古詞可能較爲適當。

韓國・車柱環先生在〈北宋懷古詞小考〉文中釐析懷古詞與思古詞曰：

> 所謂懷古的詩詞，特色在於觸景追想，覺察今古懸殊、興亡無常，繼之以感慨的寫作手法。因此懷古之作，需有與古時人事有關的具體現實景物作其背景，從此景物情形聯想到古時人事。不一定是理想的政治，或者了不起的教化之類，卻大半是一場幻虛不過的熱鬧繁華之中，所表演出來的耽溺逸樂、圖王取霸一類的往事。思古則與此稍異，不一定把具體的現實景物作爲背景，而且所司的內容大概與古時聖賢的至治、德化以及其時的美風良俗之類有關。因此思古之類多以表露羨慕古時的幽情爲常。

從車氏之言，可知不論懷古或思古，皆著重於情感的抒發。例如柳永〈雙聲子〉，藉由周覽江蘇、三吳的荒涼風景，追想舊時的繁華熱鬧，因而生出無限感慨。蘇東坡的〈念奴嬌・赤壁懷古〉、王安石的〈桂枝香・金陵懷古〉〔註1〕，都是藉今地以咨嗟慨歎之情，詞主皆非古

〔註 1〕蘇東坡〈念奴嬌・赤壁懷古〉：

事，而係今日所感之情〔註2〕。

王安石另有〈浪陶沙令〉:「伊呂兩衰翁，歷遍窮通，一爲釣叟一耕傭。若使當時身不遇，老了英雄。」詞中侃侃談論古事，藉由史事的書寫，表達了對古代聖君賢相的景仰和嚮往，全詞所主，古事與論述並重，個人感慨之情則是其次，可說是詠史詞的先發了。又有李冠〔註3〕（或以爲劉潛）〈六州歌頭〉詞〔註4〕，詠嘆楚漢相爭中，項羽

大江東去，浪淘盡、千古風流人物。故壘西邊，人道是、三國周郎赤壁。亂石崩雲，驚濤裂岸，捲起千堆雪。江山如畫，一時多少豪傑。　遙想公謹當年，小喬初嫁了，雄姿英發。羽扇綸巾，談笑間、強虜灰飛煙滅。故國神游，多情應笑我，早生華髮。人間如夢，一樽還酹江月。

王安石〈桂枝香・金陵懷古〉:

登臨送目，正故國晚秋，天氣初肅。千里澄江似練，翠峰如簇。征帆去棹殘陽裡，背西風、酒旗斜矗。綵舟雲淡，星河鷺起，畫圖難足。　念往昔、繁華競逐。歎門外樓頭，悲恨相續。千古憑高對此，謾嗟榮辱。六朝舊事隨流水，但寒煙芳草凝綠。至今商女，時時猶唱，後庭遺曲。

〔註2〕南渡文人葉夢得有一首〈八聲甘州・壽陽樓八公山作〉:

故都迷岸草，望長淮、依然繞孤城。想烏衣年少，芝蘭秀發，戈戟雲橫。坐著驕兵南渡，拂浪駭奔鯨。轉盼東流水，一顧功成。

千載八公下，尚斷崖草木，遙擁崢嶸。漫雲濤吞吐，無處問豪英。信勞生、空成古今，笑我來、何事愴遺情。東山老，可堪歲晚，獨聽桓箏。

此詞雖由壽陽樓八公山憶淝水之役、苻堅伐晉、倉皇南渡之事寫起，然「望」、「想」、「看」、「盼」數字已將時空今昔串聯，不無江山變色、志切中興之意，下片自比謝安，乃一己失意之寫照；此詞歷來皆視爲詠史之作，但其實抒發個人情懷的成分居多，視爲詠懷之作較爲適當。

〔註3〕李冠另有〈六州歌頭・驪山〉一首，也是以詞寫史之作：

淒涼繡嶺，宮殿倚山阿。明皇帝，曾遊地。鎖煙蘿，鬱嵯峨。憶昔眞妃子，艷傾國，方姝麗，朝復暮，嬪嬙妒。寵偏頗，三尺玉泉新浴，蓮羞吐，紅浸秋波。聽花奴，敲羯鼓，酣奏鳴鼉。體不勝羅，舞婆娑。　正霓裳曳，驚烽燧，千萬騎，擁雕戈。情宛轉，魂空亂，蹙雙蛾，奈兵何。痛惜三春暮，委妖麗，馬嵬坡。平寇亂，回宸輦，忍重過。香鑒紫囊猶有，鴻都客，鈿合應訛。使行人到此，千古只傷歌，事往愁多。

〔註4〕李冠〈六州歌頭・項羽廟〉詞文如下：

從起兵到失敗的事蹟，全詞著重於歷史事件的呈現，彷彿一篇史傳文字。故知，詠史詞之異於懷古、思古詞者，在於後者藉由「懷」、「思」的動作，抒發個人因古而起的詠嘆之情；而詠史詞則著重於歷史事件的呈現，藉由事件的眞實傳達，達到詞人剖析史事，以古諷今的目的。

在敦煌詞〈擣練子〉中，已有類似詠嘆史事的味道：

> 孟姜身，杞梁妻。一去燕山更不歸。造得寒衣無人送，不免自家送征衣。

唐末薛昭蘊的〈浣溪沙〉：

> 傾國傾城恨有餘，幾多紅淚泣姑蘇，倚風凝睇雪肌膚。吳主山河空落日，越王宮殿半平蕪，藕花菱蔓滿重湖。

雖以柔膩之筆出之，但史事的呈現鮮明清晰，也可視爲詠史詞作的早期代表之一。至歐陽修〈浪淘沙〉，以楊貴妃嗜食的荔枝起興，詠安史之亂的餘恨悠悠，詞情所主是古事古情，亦可視爲詠史佳作：

> 五嶺麥秋殘，荔子初丹，絳紗囊裡水晶丸。可憐天叫生遠處，不近長安。往事憶開元，妃子偏憐，一從魄散馬嵬關。只有紅塵無驛使，滿眼驪山。

此後詞作，藉古事以抒個人胸中塊壘者頗多，這與詞體本質多情有密切相關。直至北宋末、南渡初的亂世裡，整個文壇創作環境的改變，詞人藉古事以諷朝野的詞作頗多，詠史詞遂以異於「思古詞」、「懷古詞」的角度出發，成爲此時期令人浩歎的奇葩。

詞與詩在體制上頗有不同，一般常言詩莊詞媚，以詩詠史是很平常的事，而詞卻少有這種作法。蘇軾可說是詞體解放的一大豪傑，曾作各種嘗試，將許多前人不敢寫的題材都納入詞的體系中，爲詞體帶

秦亡草昧，劉項起吞併。驅龍虎，鞭寰宇，斬長鯨，掃劇槍，槍血染彭門戰。視餘耳，皆鷹犬。平禍亂，歸炎漢，勢奔傾。兵散月明，風急旌旗亂。刁斗三更，命虞姬相對，泣聽楚歌聲，玉帳魂驚。　淚盈盈，恨花無主，凝愁緒，揮雪刃，掩泉迴？時不利，騅不逝，困陰陵，叱追兵。喑嗚摧天地，望歸路，忍偷生。功蓋世，成閑紀，建遺靈。江靜水寒煙冷，波紋細，古木凋零。遣行人到此，追今痛傷情，勝負難憑。

來許多新契機，他雖然有類似懷古的詠史之作，如〈念奴嬌・赤壁懷古〉等，但不過是從遊歷古蹟中臨時所興起的感慨，並不純粹爲詠史而詠史。而李綱的詠史之作，直接從史書中取材，寫法亦平鋪直敘、單刀直入，不用任何景物起興，也不加入任何身世之感作結，將複雜的歷史濃縮在詞中，詠史的抒情成分降低，而敘事說理的成分大大提高，將詞體的寫作領域又加以拓寬了。在此之前，詠史之詞幾乎是不曾以此型態出現的，李綱在此可謂獨闢蹊徑。試觀其七首詠史詞作如下：

古來夷狄難馴，射飛擇肉天驕子。唐家建國，北邊雄盛，無如頡利。萬馬奔騰，皁旗氈帳，遠臨清渭。向郊原馳突，憑陵倉卒，知戰守、難爲計。　　須信君王神武，覘虜營，只從七騎。長弓大箭，據鞍詰問，單于非義。戈甲鮮明，旗麾光彩，六軍隨至。悵敵情震懾，魚馴鼠伏，請堅盟誓。（〈水龍吟・太宗臨渭上〉）

晚唐姑息，有多少、方鎭飛揚跋扈。淮蔡雄番，連四郡，千里公然旅拒。同惡相資，譖傷宰輔，誰敢分明語。媕婀群議，共云旄節應付。　　於穆天子英明，不疑不貳處，登庸裴度。往督全師，威令使，擒賊功名歸愬。半夜啣枚，滿城深雪，忽以亡懸荪。明堂坐治，中興高映千古。（〈念奴嬌・憲宗平淮西〉）

蛾眉修綠。正君王恩寵，曼舞絲竹。華清賜浴瑤甃，五家會處，花盈山谷。百里遺簪墮珥，盡寶鈿珠玉，聽突騎，鼙鼓生喧，寂寞霓裳羽衣曲。　　金輿遠幸匆匆速，奈六軍不發人爭目。明眸皓齒難戀，腸斷處，繡囊猶馥。劍閣崢嶸，何況鈴聲，帶雨相續。謾留與、千古傷神，盡入生綃幅。（〈雨霖鈴・明皇幸西蜀〉）

長江千里。限南北雪浪，雲濤無際。天際難踰，人謀克壯，索虜豈能吞噬。阿堅百萬南牧，倏忽長驅吾地，破強敵，在謝公處畫，從容頤指。　　奇偉淝水上，八千戈甲，結陣當蛇豕。鞭弭周旋，旌旗麾動，坐卻北軍風靡。夜聞數

> 聲鳴鶴，盡道王師將至，延晉祚，庇蒸民，周雅何曾專美。（〈喜遷鶯・晉師勝淝上〉）
>
> 茂陵仙客，算眞是、天與雄才宏略。獵取天驕馳衛霍，如使鷹唆鶻驅雀。消戰皋蘭，犁庭龍兂，飲至行勛爵。中華彊盛，坐令夷狄衰弱。　　追想當日，巡行勒兵十萬騎。橫臨邊朔，視總貔貅，談笑間、看拮虜心驚膽落。寄語單于，兩君相見，何苦逃沙漠。英風如在，卓然千古高著。（〈念奴嬌・漢武巡朔方〉）
>
> 邊城寒早。恣驕虜、遠牧甘泉草豐。鐵馬嘶風，氈裘凌雪，坐使一方雲擾。廟堂衡折無策，欲幸坤維江表。叱群議，賴寇公力挽，親行天討。　　縹緲，鑾輅動，霓旌龍旆，遙指澶淵道。日照金戈，雲隨黃繖，徑渡大河清曉。六軍萬姓呼舞，箭發狄酋難保。虜情讋，誓書來，從此年年修好。（〈喜遷鶯・真宗幸澶淵〉）
>
> 漢家炎運中微，坐令閏位於餘分據。南陽自有、眞人膺曆，龍翔虎步。初起昆城，旋驅烏合，塊然當路。想莽軍百萬，旌旗千里，應道是，探囊取。　　豁達劉郎大度，對勁敵，安恬無懼。提兵夾擊，聲誼天壤，雷風借助。虎豹哀嗥，戈㩟委，一時休去。早復收舊物，掃清氛祲，作中興主。（〈水龍吟・光武戰昆陽〉）

這些詠史詩除了玄宗幸蜀是反面的寫法，其他都是正面的意義，尤其是漢武巡朔方、晉師勝淝上、太宗臨渭上、眞宗幸澶淵等四闋所詠的史事，都是對抗北方異族、大震漢人聲威的光榮歷史。除了李綱這些詠史之作外，《全宋詞》中收錄有董穎的十二首詞，也値得注意。董穎的作品，標題爲〈排遍第八〉、〈排第九〉……等，應該是當時流行的整套大曲的其中幾支曲子，其作用是爲戲劇上演時的旁唱；而其內容多是古史古事的詠嘆，例如〈第十顚〉的上半片：

> 種陳謀，謂吳兵正熾。越勇難施，破吳策，唯妖姬。有傾城妙麗，名稱西子。歲方笄，算夫差惑此，須至顚危。范蠡微行，珠貝爲香餌。苧蘿不釣釣深閨，吞餌果殊姿。

再如〈第四催拍〉：

> 耳盈絲竹，眼搖珠翠。迷樂事，宮闈內，爭知、漸國事凌夷。……兵未動，子胥存，雖堪伐，尚畏忠義。斯人既戮，又且嚴兵卷土，赴黃池觀釁，種蠡方云可以。

兩首詞都是描寫西施滅吳的歷史，雖然用字華美，然而作者並無自己的婴妮情態在內，而是純粹的隱括史事。在當時特殊的時代環境裡，許多有雄心卻不得施展的文人，或以雄慨之氣引古史以自比，如岳飛的〈滿江紅・登黃鶴樓有感〉：

> 遙望中原，荒煙外、許多城郭。想當年，花遮柳護，鳳樓龍閣。萬歲山前珠翠繞，蓬壺殿裡笙歌作。到而今，鐵騎滿郊畿，風塵惡。　　兵安在，膏鋒鍔。民安在，塡溝壑。歎江山如故，千村寥落。何日請纓提銳旅，一鞭直渡清河洛。卻歸來、再續漢陽遊，騎黃鶴。

或以豪曠之筆引古事以釋懷，如王之道〈石州慢・和董令升歲除〉：

> 嵘壤送寒，蟠烈興歲，又頒堯曆。清霭燒痕，綠浮風皺，暖回春色。地天交泰，時當傾否，五鬼休相厄。何妨笑倚東風，一飲杯三百。　　長憶，苻堅入寇，功高晉室，無如安石。義慨雄心，輒莫等閒拋擲。蓋壤聲名，鼎彝勳業。朋溪雖好，未放終閒逸。喈喈黃鳥，更看壺中春日。

然而這些作品都是在以史爲詠的過程中，加入了許多創作主體的個人情懷；唯獨李綱的詠史詞，則是純粹的詠嘆歷史，藉由史事的完整濃縮，標示出三項政治見解：「斥責避敵政策之非」、「希望高宗勵志、親自到前線去激勵士氣」、「不要一味求和，必須能戰才能和」。

如果說，自來文人有「以詩爲策」的寫作傳統的話，李綱這七首詞，名之爲「以詞爲策」，實爲無愧。清代王鵬運刻《南宋四名臣詞》集中劉克遜評論李綱詞，曰：「諦觀熟味，其豪宕沉雄、風流蘊藉，所謂進則秉鈞杖鉞、旋轉乾坤不足爲之泰；退則短褐幅巾、倘佯邱壑不足爲之高者；是又世人所未之見。」李綱的忠鬱勃發之氣，正可以由這七首詠史詞得到證明。從詞史流變史的角度觀察這七首詞作所代表的意義，或許我們可以大膽的說，這七首詞作不僅是詠史詞作的新型態表現，更是詞人以詞爲策的大膽進言了。

二、花草詞一變婉約爲豪唱

張炎《詞源》有云：「簸弄風月，陶寫性情，詞婉於詩；蓋聲出於鶯吭燕舌間，稍近乎情可也。」說明了初起之詞，供樂伎娛唱於酒宴之間，故其體質，難脫花前月下，淺斟低唱的主軌。湯衡〈于湖詞序〉中也用「鏤玉雕瓊、剪花裁葉」之語，評論唐宋詞人以柔美之筆描述花草景物之美。

沈義夫《樂府指迷》中的一段話，更將詞中花草的性質直指出來：「……縱是花卉之類，亦須略用情意，或要入閨房之類……如只直詠花卉，而不著些艷語，又不似詞家體例。」試觀傳統的花草詞，總是不脫「艷」、「婉媚」、「花前月下」、「淺斟低唱」的藩籬。宋代花草詞之所以特多，除了帝王宴會、市井花會盛行的原因之外，這跟詞的體質本起於宴歌遊冶有密切之關係。劉克莊〈題劉安叔感秋八詞〉：「……借花卉以發騷人墨客之豪，託閨怨以寓放臣逐子之感。」且花之盛衰榮枯令人寄懷、抒情、寫志、寄興、自況均無不可。加之宋代蒔花、品花風盛，江南花種繁多，美不勝收，留連其間，花草之作焉得不多？

再加上宋代理學發達，可說是宋人日常生活的反映。尤其是蘇軾，憑著橫放傑出之才，以詩作詞，無不可入，無不可言，尤其青玉案〈當作蘇幕遮〉詞：「上初陽乾宿雨。水面清圓，一一風荷舉。」眞能得荷之神理者。此外，《楚辭》中香草美人之譬喻，一花一草、一事一物皆可聯類不窮，託意寄興，用以抒情志，或用以申忠愛。然而，早期以詞詠花草之作，大多不脫閨閣怨婦的形象，即使東坡的楊花詞亦是如此〔註5〕。直到北宋末年，大部分南渡詞人的早期詞作（靖

〔註5〕章質夫〈水龍吟・楊花詞〉：「燕忙鶯嬾花殘，正堤上柳花飄墜。輕飛點畫青林，誰道全無才思。閒趁游絲，靜臨深院，日長門閉。傍

康事變前)，仍然不改婉媚的傳統風格。例如周邦彥的〈蘭陵王·柳〉：

柳陰直，煙裡絲絲弄碧。隋堤上、曾見幾番，拂水飄綿送行色。登臨望故國，誰識、京華倦客？長亭路、年去歲來，應折柔條過千尺。閒尋舊蹤跡。又酒趁哀絃，燈照離席，梨花榆火催寒食。愁一箭風快，半篙波暖，回頭迢遞便數驛，望人在天北。　　悽惻，恨堆積！漸別浦縈迴，津堠岑寂。斜陽冉冉春無極。念月榭攜手，露橋聞笛。沉思前事，似夢裡、淚暗滴。

再如周邦彥〈六醜·薔薇謝後作〉：

正單衣試酒，恨客裡光陰虛擲。願春暫留，春歸如過翼，一去無跡。爲問花何在，夜來風雨，葬楚宮傾國。釵鈿墮處遺香澤；亂點桃蹊，輕翻柳陌，多情爲誰追惜？但蜂媒蝶使，時扣窗隔。　　東園岑寂，漸蒙籠暗碧。靜繞珍叢底，成嘆息。長條故惹行客，似牽衣待話，別情無極。殘英小，強簪巾幘，終不似一朵釵頭顫裊，向人欹側。漂流處，莫趁潮汐，恐斷鴻尚有相思字，何由見得。

此詞不但風格柔婉，在藝術技巧上亦極盡細膩之姿〔註6〕。

珠簾散漫，垂垂欲下，依前被風扶起。蘭帳玉人睡覺，怪春衣、雪沾瓊綴，繡床漸滿，香毬無數，才圓卻碎。時見蜂兒，仰黏輕粉，魚吞池水。望章臺路杳，金鞍遊蕩，有盈盈淚。」以及東坡的詞作：「似花還似非花，也無人惜從教墜。拋家傍路，思量卻是，無情有思。縈損柔腸，困酣嬌眼，欲開還閉。夢隨風萬里，尋郎去處，又還被鶯呼起。不恨此花飛盡，恨西園落紅難綴，曉來雨過，遺蹤何在，一池萍碎。春色三分，二分塵土，一分流水。細看來不是楊花，點點是離人淚。」

〔註 6〕梁啓勳《詞學調名》：「六醜一調乃周邦彥所作。上問其命名之意，對曰：『此詞犯大六調，皆聲之美者，既極難歌。高陽氏有子六人，才而醜，故以比之。』」可知其音律要求之嚴，而其運筆、轉折，極爲矯變。周濟《宋四家詞選》：「願春暫留，春歸如過翼，一去無跡。十三字千回百折，千錘百鍊，以下如鵬羽自逝。……」「不說人戀花，卻說花戀人，不從無花惜春，卻從有花惜春，不惜已簪之殘英，偏惜欲去之斷紅。」觀其宮調，屬中呂宮，周德清《中原音韻》：「中呂宮高下閃賺」，清眞此詞爲入聲調，全用仄韻，擲、翼、跡、國、陌、惜、隔、寂、碧、息、客、極、幘、側、汐、得，一韻到底，再例如李清照的〈鷓鴣天・桂花〉：

暗淡輕黃體性柔，情疏跡遠只留香。何須淺碧輕紅色，自是花中第一流。梅定妒、菊應羞，畫欄開處冠中秋，騷人可煞無情思，何事當年不見收。

首二句破題，此句尤顯桂花之情逸質性，前面過片才讚其素淡丰采勝過五彩繽紛，下片緊接梅、菊之羨慕。另外取李賀〈金銅仙人辭漢歌〉中「畫欄桂樹懸秋香，三十六宮土花碧」之事，譽其爲群芳譜之冠。其結則有感於屈原離騷多載樹木名稱，而未及桂花，不平而鳴，饒是有情趣，益見其綿密婉約之工力。

但是，當詞由樂工之手轉入士大夫之手後，詞之風格內容自不免有所提昇。由美人一變而爲香草之詠，文人騷客，藉詞以抒發內心感懷，許多花草詞作雖有婉媚之姿，卻已脫離閨閣形象。

北宋亡國以後，在時代影響下，許多婉約的花草詞作一變而爲荷肩國愁之花草。例如蘇庠〈鷓鴣天〉詞云：

楓落河梁野水秋，澹煙衰草接郊丘。醉眠小塢黃茅店，夢倚高城赤葉樓。　　天杳杳，路悠悠。鈿箏歌扇等閒休。灞橋楊柳年年恨，鴛浦芙蓉夜夜愁。

他另有一首〈臨江仙・席上贈張建康〉詞中自云：「本是白蘋洲畔客，虎符臥鎮江城。」說明他過去的身世與經歷。這首詞中，秋季水畔的楓樹、郊丘澹煙的衰草，都爲作者「醉眠」、「夢倚」的頹唐心情作了鋪排。下片中灞橋楊柳恨、鴛浦芙蓉愁，也藉由「鈿箏歌扇等閒休」之句，突破以往閨閣香綺的形象，反而跟上片中「小塢黃茅店」、「高城赤葉樓」的形象互相呼應，呈現出沉麗的綿邈深韻。

蘇庠另外還有兩首詞，充滿了濃厚的家國之思：

軍書未息梅仍破，穿市溪流過。病來無處不關情，一夜鳴榔急雨、雜灘聲。飄零無復還山夢，雲屋春寒重。山連積水水連空，溪上青蒲短短、柳重重。(〈虞美人・次虞仲登韻〉)

疊嶂曉埋煙雨，忽作飛花無數。整整復斜斜，來伴南枝清

全屬十七部，可謂俱合要求，聲美難歌，誠爲肺腑之言。

苦。日暮，日暮，何許雲林煙樹。(〈如夢令・雲中作〉)

前一首詞中之梅，和「軍書未破」的消息牽連一起，彷彿身肩了家國興亡的深重責任，一夜的急雨和著雜灘聲滴答檳榔葉上，訴說了詞人心緒雜亂的鄉愁。下片中的短短青蒲、重重柳，也在前文的「無復還山夢」中，譜出一種沉重傷感的情調。第二首詞中所出現的花，其實不是植物之花，而是曉山煙雨的水花，然而這水花所伴的「南枝」，卻是無限清苦；接續而下黃昏中的雲林煙樹，也充滿了濃濃沉重的哀傷。讀者從作者鋪排的遣詞造句中，腦海中可以勾勒出一幅煙雨濛濛的遠樹、近枝的山水圖畫。畫中哀傷無以名之，但我們從南枝的蛛絲馬跡卻可以判斷，這樣的一幅圖畫，其實就是作者鄉愁的寄託與感傷。

另外王安中〈江城子・韋城道中寄李祖武、翟淳老〉上片開頭幾句：「荷花遮水水漫溪。柳低垂，蟬亂嘶，捨轡何妨，臨水照征衣。」水中荷花、垂柳嘶蟬，原是與閨閣繡衣形象相符的，但如今臨水相照的卻不是繡衣，而是征衣了。再如趙鼎〈次韻元長觀梅〉：「兵戎草草傷淪落，一醉花前有幾人。」以及鄧肅〈瑞鷓鴣〉：「北書一紙慘天容，花柳春風不敢穠。」也都在花草的形象之中，充滿濃厚的哀國之思。

鄧肅還有另外一首詞〈臨江仙・登泗州嶺九首〉，開首二句：「帶雨梨花看上馬，問人底事匆匆。」梨花帶雨一向是美人含淚的形象比擬，此時美人含淚卻爲了伊人匆匆遠征；形象至此，畫面早從閨閣閒愁，轉成煙塵緊急的戰火杳杳了。另有劉子翬〈驀溪山・寄寶學〉上片：「浮煙冷雨，今日還重九。秋去又秋來，但黃花、年年如舊。平台戲馬，無處問英雄，茅舍底，竹籬東，佇立時搔首」。以及〈滿庭芳・和明仲木犀花詞〉下片：「波光搖動，碧影相參。任西風十里，吹度松杉。我自寒灰槁木……」兩首詞作的情調，都藉由「平台戲馬」、「英雄」、「寒灰槁木」等字眼，擺脫綺膩的形象。

當代詞人仲并有〈八聲甘州・木樨和韻〉詞，下片末幾句：「猶堪待，梅嶺開後，一戰雄雌。」此詞原是木犀與梅爭艷之作，但詞人用「一戰雌雄」四個字來比喻，「戰」這個字眼也充分表現出當代詞家不再以柔婉心態來面對弱質花草了。

葉夢得〈滿庭芳・次舊韻、答蔡州王道濟大夫見寄〉下片：「高城凝望久，何人爲我，重唱餘聲。問桃李如今，幾處陰成。」桃李的形象，不再只是時光流年的感嘆了，詞人高城凝望的感傷，是故國家園的傷懷，是故人餘聲不再的思念裊裊了。

另一首〈浣溪沙・重陽後一日極目亭〉：

小語初回昨夜涼，繞籬新菊已催黃，碧空無際捲蒼茫。
千里斷鴻供遠目，十年芳草掛愁腸，緩歌聊與送瑤觴。

以及周紫芝的〈阮郎歸〉：

酴醾花謝日遲遲，楊花無數飛。章臺側畔盡風吹，飄零無定期。　　煙漠漠，草萋萋，江南春盡時，可憐蹤跡尚東西。故園何日歸。

以柔筆寫酴醾，然而最後一句「故園何日歸」，卻將酴醾的形象凝化成爲遠離故園的流人形象，觀其身世，可知此花之憂獨，正源自於故土的殘破支離。

南渡初期，其實許多作品都沾染了戰火形象，不得不變婉約爲豪唱。然而本論文之所以獨挑花草詞這種類型的詞作予以分析，是因爲「花草」與「詞」天生就具有婉約的體質。兩種婉約體質的結合，從當代詞人的作品中觀察，卻依然產生風格情調的鉅變，由此更可以看出時代鉅變對文學的影響了。

三、變豪唱爲悲歌的戰爭詩

從宋人的詩歌中，我們常常看到的是風流恬雅、安靜閒淡的文人形象；從唐人的詩歌中，我們常常看到的是激動悲壯、大哭大笑的壯士形象。唐代的詠物詩中多有代表戰爭的馬、劍，宋代的詠物詩，代之以紙、墨、筆、硯——詩歌的內涵，總是融貫著每一個時代的理想與文化，因此，我們看到的宋朝戰爭詩，也有異於以往的氣象。

宋代的戰爭詩，有異於南朝的渾厚質樸、北朝的貞剛勁直，以及唐朝的氣象高華、進取真摯，反而有許多議論說理、憂憤感傷的特質。尤其北宋末年，對金情勢緊張，國步艱難，在上者粉飾太平，在下者討論戰爭的詩歌自也不多。逮至南宋初年，國土日蹙，故園淪落殘破於異族之手。此時的戰爭詩作，不論是在主體風格上或意旨內涵上，都有異於以往的質變。例如葉夢得《建康集・小飲示幕府》：

> 邊書日夜急，王旅徂犁征，我非劉越石，長嘯徒登城。緬想貙與虎，行當築鯢鯨，傳車日邊來，風雷走天聲。黃旗三面至，捷奏紛紛橫，天塹限南北，長江正東傾。諸君亦良苦，唾口爭請纓，誰云凌煙閣，自昔無書生，卮酒安足辭，勉當建雄名。

以及王銍的〈關山月〉：

> 戍樓炯炯關山月，白首征人數圓缺，關山不隔四時寒，夜夜冷光沙如雪。照破天涯萬里心，閨中又是經年別，雁飛唯願得書歸，月下有人魂斷絕。閨中月下不勝情，獨戍關山更堪說，一時北闕賀書多，萬古西戎終不滅，陽和待得活枯萬，東風洗盡征人血。

從北宋以來，邊塞詞主范仲淹〈漁家傲〉：

> 塞下秋來風景異，衡陽雁去無留意。四面邊聲連角起。千嶂裡，長煙落日孤城閉。　　濁酒一杯家萬里，燕然未勒歸無計，羌管悠悠霜滿地。人不寐，將軍白髮征夫淚。

雖以哀戚之筆，頗述邊鎮之苦，但北宋朝廷以中原之國的高度，面對著金、遼、西夏等「蕞爾小國」，許多邊塞作品始終表現出泱泱大國的氣度與風采。例如歐陽修的〈漁家傲〉：「戰勝歸來飛捷奏，傾賀酒，玉階遙獻南山壽。」這樣的格局與氣魄雖然不同於往朝的氣宇軒昂，但仍有一種溫柔的強勢與北方金人面面相對。

但是，隨著日漸狹小的版圖、國格日漸卑弱的南宋朝野，面對著蠻戎八荒的強悍勢力，北宋末期的戰爭詩作不免悲調漸起，豪情漸失。相較於以往的作品，此時邊塞詩作的轉變，主要呈現在風格的沉鬱悲涼；而這種風格的產生，主要是由於北方淪陷地區的羞憤與淒苦入之於詩作，以及主戰人士綏頬難支大廈傾的無力與無奈。試觀洪皓〈思歸〉詩：

> 綏頬難支大廈傾，單車九稅阻歸程。慈顏萬里音書絕，忍看東風動紫荊。垂翅東隅四五年，不知何日遂鴻騫。傳書燕足徒虛語，強學山公醉舉鞭。

這種憂憤的心情，也可從陳與義的憂國之詩〈康州小舫與耿伯順、李德升、席大光、鄭德象夜語，以更長愛燭紅爲韻得更字〉得到證明：

> 萬里衣冠京國舊，一船風雨晉康城。燈前顏面重相識，海內艱難各飽更。天闊路長吾欲老，夜闌酒盡意還卿。明朝古霞蒼煙道，都送新愁入櫓聲。

以往邊塞作品的視角，多由戰區形勢的激烈出發，或由行役戍守的辛苦，交織著征思閨怨的苦吟。那種骨橫朔野、殺氣雄邊的豪壯，塞客衣單、孀閨淚盡〔註 7〕的閨怨，一直理所當然被視爲邊塞詩的主體風格。漢唐版圖的壯闊、馬飲長城的氣概，將邊塞詩的豪壯與閨怨作了美好的調和；然而，當壯闊與氣概被懦弱的君王在一次又一次的合議之中，隨著國土的割裂而卑微拱讓之後，此時的戰爭詩作自然變了基調。例如曹勛〔註 8〕的〈聞北軍犯淮〉：

> 落日慘客意，老懷增百憂。朔風動地吼，湖水呑天流。甲馬隘兩淮，殺氣橫九州。無德彼將滅，復讎我有休。羽檄奕馳際，哀歌寄清愁。

開筆的落日慘客，就充滿了戰爭的失敗無力景象，老懷與百憂，也令聞之者對這場戰事不抱樂觀期望，作者只能以「無德彼將滅，復讎我

〔註 7〕鍾嶸《詩品》序：「或骨橫朔野、或魂逐飛蓬。或負戈外戍，殺氣雄邊。塞客衣單、孀閨淚盡……凡斯種種，感蕩心靈。非陳詩何以展其義，非長歌何以騁其情。」

〔註 8〕曹勛（西元 1098～1174 年），字公顯，陽翟人，有《松隱文集》。詩不算少，但多平庸淺率，惟紹興十一年至十二年出使金國的詩，可稱爲上作。詞中有一首〈隴頭吟〉：「兵滿天山雪滿衣，漢家都護擁旌旗。銜枚一夜襲疏勒，度隴生兵盡潛出。不得戎王誓不歸，歸時楊柳正依依。占春色，與君同醉花陰側。」可算是一首英勇高亢的軍唱。

有休」兩句話自我寬懷，然而最後一句「哀歌寄清愁」，又將全詩旋律拉回沉鬱的基調。還有一首葉夢得《建康集・二月六日敵兵犯歷陽方出師、客自呈江來、有寄聲道湖山之適趣其歸者、慨然寫懷》：

松江浪靜如鏡，平菰蒲長春秋水生，晴沙回鴈久未到，坐想白鷗憎眼明。五年辜負釣船約，故人疑我眞逃盟，豈知塵纓不易濯，正想滄浪之水清。朝來鐵馬暗江北，中流疊鼓雲濤傾，征船十萬下采石，旗旌滅沒天戈橫，書生事業今乃爾，授鉞孰敢辭專征，豈無傳檄走飛騎，漫漫長嘯登高城。文思天子民父母，大度未忍鏖奇兵，澶淵一矢安五世，明日儻或傳諸營。

此外由於政治局勢的緣故，此時期也有許多使金之作。早期歐陽修、韓琦、王安石、劉敞、蘇轍、彭汝礪、蘇頌等人都有出使的詩，但內容不外乎想念家鄉，描摹北方的風物，或嗤笑遼人的起居服食不文明，詩裡的政治內容比較貧薄。直到曹勛古詩〈入塞〉、〈出塞〉二首以沉重之筆改變以往的詩作風格。其詩前附有小敘云：

僕持節朔庭，自燕山向北部落，以三分爲率南人居其二，聞南使過，駢肩引頸，氣哽不得語，但泣數行下，或以慨歎，僕每爲揮涕見也。因作出入塞紀其事，用示有志節憫國難者云。

濃厚的政治期望與感傷入詩，成爲此時期邊塞詩作沉鬱悲涼的主體風格代表。試觀其〈入塞〉及〈出塞〉詩兩首：

妾在靖康初，烽火滿京師，城陷撞軍入，掠去隨盧兒，忽聞南使過，羞頂羖羊皮，立向最高處，圖見漢官儀，數日望回騎，荐致臨風悲。

聞道南使歸，路從城中去，豈如車上絣，猶掛歸去路，引首恐過盡，馬疾忽無處，吞聲送百感，南望淚如雨。

曹勛此去之使命是迎接高宗的母后韋太后回國，〈迎鑾七賦〉詳載有此事。此詩中充滿了忐忑不安的心情，雖是出塞，卻無豪邁英壯之氣。再看〈望太行〉一詩：

落月如老婦，蒼蒼無顏色。稍覺林影疏，已見東方白。

一生困塵土，半世走阡陌，臨老復茲遊，喜見太行碧。

曹勛在北方長大，徽欽被擄去北方，他也跟去，後來又逃到江南，所以北方是他的舊遊之地。

除了這些以憂淒之筆寫戰爭之詩的作品外，也有一些積極樂觀的戰爭詩篇，如：

一戰聊麾十萬師，西來捷報走黃旗，六贏牡騎終須去，九虎將軍亦謾爲。面內疲民元不改，從中勝算自無遺，臨軒想見天顏喜，百辟歡聲動玉墀。（葉夢得《建康集・淮西運日告捷喜成口號二首》）

地虺何知鬭近坰，且欣鏖戰掃饞槍，寄聲急走破羌帖，歸路還經送客亭。多難兵間頭更白，放懷物外眼終青，花殘不負巖邊約，更看前梵老上庭。（同上）

號令風霆迅，天聲動北陬，長驅渡河洛，直擣向燕幽。馬蹀沙場血，旗翻朔野秋，歸來報明主，恢復舊神州。（岳飛《岳武穆遺文・送紫巖張先生北伐》）

湓浦廬山幾度秋，長江萬折向東流，男兒立志扶王室，聖主專師報國閨。功業要刊燕石上，歸休終伴赤松遊，丁寧寄語東林老，蓮社從今著力修。（岳飛《岳武穆遺文・寄浮圖慧海》）

「男兒立志扶王室」、「功業要刊燕石上」是這種詩作的基本心理。但是由於好文不好武的時代心理，許多身處於戰火下的百姓，都希望戰爭停息，此種厭戰之作，正如李綱的〈連日邊報稍西齋默做致夜分〉：

鼓角遙聞出塞聲，邊風吹雁過高城。疆陲無復戊已尉，盜賊猶憐壬午兵。歲晚胡床閉深閣，夜長刁斗聽連營。使須從此傳烽息，要及春農論勤耕。

以及朱松的〈洗兒二首〉詩：

行年已合識頭顱，舊學屠龍意轉疏，有子添丁助征戍，肯令辛苦更冠儒。

舉子三朝壽一壺，百年歌好笑掀鬚，厭兵已識天公意，不忍回頭更指渠。

許多評論此時期的專文，對於當時的主戰人士多給予正面而積極的評價、對主和之士則以「奸佞」、「無節」之語評之；姑不論這些主戰主和的人士氣節品格如何，以個人小老百姓的眼光換一個角度來思考：「一將成名萬骨枯」，戰爭的勝利，是多少無定河邊的白骨、春閨夢碎的泣血所換來；站在以民爲主的立場，人心思平、人心思定是千萬百姓的期盼，民族氣節、反金復國對小老百姓而言是不是那麼重要，可能不是主戰人士首要考慮的問題。然而文獻的流傳，常常是以一個人的政治立場與人品劃上等號，文學思考的方向又總是將一個人的人品與文品等同一氣，於是政治立場沒有被認同的人，其作品常常不被心平氣和的對待。觀察這個時期的戰爭詩，其實很想從新去細品此時期諸多主和人士的作品，以小老姓的眼光，給他們一個比較公平而客觀的文學評價。

四、詞題文序的大量開展

宋朝王應麟《辭學指南》有言：「序者，序典籍之所以作。」在典籍的創作過程中，創作者時常利用「序」的文體，說明創作的背景與歷程；可見序只不過是典籍的附庸，而非主體——然而仍有許多精緻典雅的序文，例如陶淵明的〈桃花源詩並序〉，庾信〈哀江南賦序〉等，在作品流傳的過程中反客爲主，其作用與影響甚至超過了被序的主體作品。古人雖然將序作爲文體的一種，但眞正獨立的序，除了韓愈的〈送李愿歸盤谷序〉、歐陽修〈送徐無黨南歸序〉等贈別的序文外，其實並不多見。「序」最初的作用無非是申明寫作動機、作品內容、體例而已，究其實只是其他文學形式的附屬而已，即使是情文並茂的長序，獨立成篇也是無法夠得上正統散文標準的。

再說詞體的起源，最初的作用大都是宴遊契闊之際，供優伶女樂歌唱以娛賓遣興、陶情侑酒之用，少有抒發個人的襟抱感情。因此詞牌名大都可以透露出大致內容，如〈女冠子〉專詠道士、〈南鄉子〉

詠嘆南方景物，〈漁父〉詠隱者，自也無須另加標題。即使作者情懷別有所託，仍藉歌者口吻歌唱道出，故其作品仍依詞牌之意義加以引申，無須添加詞題。由目前所遺留下來的敦煌詞內容來觀察，詞體初起的時候，內容雖然廣泛但是命意鮮明，很少有在詞牌名底下標示詞題的。

和詩文一樣，詞最初並沒有序，注重的只是調名而已。試觀察晚唐五代以至於北宋初期的詞家之作，如溫庭筠〈南歌子〉、〈菩薩蠻〉、〈更漏子〉，韋莊〈天仙子〉、〈女冠子〉、〈歸國遙〉，晏殊〈訴衷情〉、〈採桑子〉、〈玉樓春〉，李煜〈望江南〉、〈烏夜啼〉、〈破陣子〉、〈相見歡〉等等，亦皆是單純的詞調名，甚少有在其下附加標題、遑論小序了。

入宋後，詞得到極大的發展，無論是內容、風格、語言、形式，都呈現出豐富多彩的特點。有題序的詞便漸漸多了起來，但最早的詞題多出現在即景、詠物詞中，而且極爲簡單，多是單純幾個字眼來說明全詞之意，例如梅堯臣〈蘇幕遮・草〉、晏殊〈山亭柳・贈歌者〉、張先〈菩薩蠻・箏〉等。爾後漸漸有詞人根據內容需要，在題目上變起花樣來。例如張先〈天仙子〉詞有序云：「時爲嘉禾小倅，以病眠不赴府會。」再如〈木蘭花〉詞，下有小文云：「去歲自湖歸杭，憶南園花已開，有『當時猶有梅如蕊』之句，今歲還鄉，南園花正盛，復爲此詞以寄意。」；黃庭堅〈鷓鴣天・坐中有眉山隱客史應之，和前韻，即席答之〉、秦觀〈好事近・夢中作〉，以及宋徽宗〈宴山亭・北行見杏花〉。

當文人染指詞體越多時，相關的變化亦越發豐富。逮蘇軾作詞，視詞體爲詩，藉詞之抑揚宛轉，言志抒情，無意不入，無事不言，歌詞遂爲之一變，不爲詞牌所拘，於是詞題乃大量出現。例如〈念奴嬌〉：「赤壁懷古」、〈江城子〉：「密州出獵」、〈西江月〉：「黃州中秋」等，甚至有較長篇詞序的出現了，例如〈江城子〉其下有云：「陶淵明以正月五日遊斜川，臨流班坐，顧瞻南阜，愛曾城之獨秀，乃做斜川詩，至今使人想見其處。元豐壬戌之春，余躬耕於東坡，築雪堂居之，南挹四望亭之後丘，西控北山之微泉，慨然而歎，此亦斜川之遊也。乃作長短句，以江城子歌之。」再如〈洞仙歌〉:「余七歲時，見眉山老尼，姓朱，忘其名，年九十歲。自言嘗隨其師入蜀主孟昶宮中，一日大熱，蜀主與花蕊夫人夜納涼摩訶池上，作一詞，朱具能記之。今四十年，朱已死久矣，人無知此詞者，但記其首兩句。暇日尋味，豈洞仙歌令乎？乃為足之云。」除了這許多中長篇的詞序外，〈醉翁操〉的題序甚至長達一百七十一字；同時期的歐陽修〈採桑子〉二首底下亦有長序:「昔者王子猷之愛竹，造門不問於主人，陶淵明之臥輿，遇酒便留於道上。況西湖之勝概，擅東穎之佳名。雖美景良辰，固多於高會；而清風明月，幸屬於閑人。並由或結於良朋，乘興有時而獨往。鳴蛙暫聽，安問屬官而屬私？曲水臨流，自可一觴而一詠。至歡然而會意，亦傍若於無人。乃知偶來常勝於特來，前言可信；所有雖非於己有，其得已多。因翻舊闋詞，寫以新聲之調。敢陳薄伎，聊佐清歡。」文筆清麗，直是一篇脫俗小文。歐蘇二人，可說是為未來詞家調下加序的風氣，奠下深厚的基礎。

北宋末年，詞家在詞牌底下附加長文小序的情形，已不是特殊的現象了〔註9〕。例如張繼先〈望江南〉詞，其下曰：

> 次元規西源好韻並序。某喜西源壁立峻峙，無一俗狀，疏松秘竹，四通九達，青玉交輝，天作高山，地靈若此，常相謂曰，自處眞人之墟，而不知也，登戲珠峰，以見虎蹲龍躡，遠壁遙岑，皆在其下，考室在靖，建名榜之，水中花，圃中疏，山光竹翠，白屋遇靜，得其居矣，昔之思歸，建十二篇之曲，同聲相應，故和之。

〔註9〕《全宋詞第二輯》所收之詞，約略都是北宋末年、南渡初期之詞家作品，一頁一頁瀏覽過去，幾乎多有詞題小序；反觀之前的北宋諸家詞作，大都不加詞題小序；再綜觀南宋諸家作品，亦多有小序。可以大膽判斷，蘇軾等人在詞調名底下另著小題的風氣，到了南渡初期，得到高度的繼承與發揚，奠定南宋諸人詞題文序的寫作基礎。

南渡以後，詞體的內容與風俗皆有大變，詞牌底下另加詞題以說明詞作內容的風氣也愈演愈烈，促動這種改變的原因，可參考第五張〈逆變與不變的詞壇概況、第二節東坡詞風的全面開展、第一小目豪放詞風興盛的原因〉。

此時期詞調底下加標題或小序的情形，可分列條述如下：（以下所引之詞家，以洪氏出版社之《全宋詞》爲主要參考資料）

一、完全純粹詞調名，不加任何標題或小字：如曾紆（1073～1135）。

二、少數作品中，詞牌名底下加簡單幾字標題者，如徐俯（175～1141），十七首作品中，只有一首〈南歌子〉下有「山樊」二字爲小題；惠洪（1071～1128）有二十一首詞，只有〈浣溪沙〉二首、〈浪淘沙〉一首下有標題；呂本中（1084～1145），存詞二十七首，只有〈生查子〉兩首、〈蝶戀花〉、〈如夢令〉、〈宣州竹〉、〈西江月〉等六首有標題，且都只是兩個字、四個字的簡短標題。

三、多數作品，都加有簡短標題，例如：葛勝仲《丹陽集》中有詞八十二首，幾乎每篇都有題序。趙鼎《忠正德文集》有詞二十五首，每首詞牌名底下皆有標題，僅〈賀聖朝〉及〈洞仙歌〉兩首沒有題序。簡單三五個字說明作詞的緣由，最長的〈水調歌頭・甲辰九月十五日夜飲獨樂見山臺坐中〉也僅有十六個字；葛勝仲（1072～1144）《丹陽集》中有詞八十二首，幾乎每篇都有題序。再如葉夢得（1077～1148）一百零一首詞，大部分詞作皆有小題，或說明詞作的寫作時間、或說明因由，長短不拘，有三、五字者，如〈水調歌頭〉下注明「濠州觀魚臺作」、〈八聲甘州〉下有「壽陽樓八公作」；亦有長一二十字者，如〈滿庭芳〉下有「三月十七日雨後極目亭寄示張敏叔、程致道」、〈浣溪沙〉下有小題「蔡州移守潁昌，與客會別臨芳觀席上」等字句。另外楊無咎（1097～1171）〈逃禪詞〉有一百七十七首詞，如〈好事近・黃瓊〉、〈二郎神・清源生日〉、〈驀山溪・端午有懷新淦〉、〈雨中花・中秋〉、〈雙雁兒・除夕〉等等。其他如曹勛、（1089～1174）、李綱（1083～1140）、張元幹（1091～1161）、鄧肅（1091～1132）……等皆是，不勝枚舉。

四、除了作品都加小標題之外，另外還有一些較長、或體制較特殊的序文，附加於詞牌之下的。例如米友仁（1072～1151），《全宋詞》有詞十九首，其中一首〈白雪〉，其下有小文：「夜雨欲霽，曉煙既半，則其狀類此。余蓋戲爲瀟湘寫，千變萬化不可名，神奇之趣，非古今畫家者流也。惟是京口翟伯壽，余生平至交，昨豪奪余自秘著色袖卷，盟於天而後不復力取歸。往歲掛冠神武門，居京城舊廬，以白雪詞寄之，是所謂念奴嬌也。」直是一篇敘事小文。洪浩（1088～1155）〈江梅引〉詞前有小序：「頃留金國，四經除館，十有四年，後館於燕，歲在壬戌……」共一六一字；內容除了敘明江海引詞牌令的由來之外，字裡行間雖未明言，但有股清淡的鄉愁之怨流露其間。呂渭老有一首〈卜算子〉詞，亦有小序：「余每爲歌詩，使李蓮歌之，即解人深意。……」共有四十八字。王庭珪（1079～1171）有詞四十三首，三分之二以上皆有題序，但多簡短數字而已，例如〈謁金門・梅〉、〈念奴嬌・上元〉、〈虞美人・辰州上元〉等等，其中有一首〈菩薩蠻〉下有較長之文序：「紹興十九年，謫夜郎。州學諸職事，邀就孔志行家圃讌集。時初至貶所，見人物風景之美，夜久方歸，恍然莫知爲何所。酒醒，作此詞以記之。」詳細說明寫作的時間地點與緣由。還有另外一首〈點絳唇〉其下也有長達五十四字的小文：「上元鼓子詞並口號。鐵鎖星橋，已撤通宵之禁；銀鞍金勒，共追良夜之遊。況逢千載一時，如在十州三島。有勞諸子……」，四六相比，並有詩附於後，文字綺麗，亦足爲可觀。

在詞調名底下附加標題的習氣，在當代蔚然成風，其中某些詞家的作品，特別值得注意，向子諲可謂爲其中翹楚。試翻其所有作品，幾乎篇篇有序，或長或短等；例如〈西江月〉連章六首，六篇皆各自有序，其文分別如下：

番禺趙立之郡王席上

吳穆仲與法喜以禪悅爲樂，寄唱酬罪蓬萊示薌林居士，有「見處即已，無心即了」之句，戲做是詞答之

紹興丁巳，遍走浙東諸郡，遂作天台、雁蕩之遊，正黃柑江鱸時，足慰平生。時拜御書薌林之賜，因成長短句，寄朱子發、范元長、陳去非翰林三學士，以資玉堂中一笑。

政和間，余卜築宛丘，手植眾薌，自號薌林居士。建炎初，解六路漕事，中原埱擾，故盧不得返，卜居清江之五柳坊。紹興癸酉，罷帥南海，即棄官不仕。乙卯起，以九江郡復轉漕江東，入爲户部侍郎。辭榮避謗，出守姑蘇，到郡稍日，請又立焉，詔可，且賜舟曰泛宅，送之以歸，已未暮春，復遇舊隱，時仲舅李公休，亦辭春靈郡守致仕，喜賦是詞。

山谷作酴醿詩，極工，所謂路濕何郎試湯餅，日烘筍令炷爐香，取古人語以況此花，稱爲著題。余三十年前，與晁之道，狄端叔諸公醉皇建院東武襄家，酴醿甚盛，各賦長短句，獨記余浣溪沙一首云，翠羽衣裳白玉人，不將朱粉污天眞。清風爲伴月爲鄰。枕上解隨良夜夢，壺中別是一家春。同心小琯更尖新；眞成夢事。此垞此花不殊，而心情老懶，無復當時矣，勉強做是詞云。

老妻生日，因取薌林中所產異物，坐是詞以侑觴。

六篇雖然分別獨立爲文，不相關聯，但是調下加序的現象，似乎成了詞人的基本習慣，即使所附加說明內容對全詞的詮釋幫助容或不大。

除了上述六篇連續篇章之外，向子諲另外也有許多長序。例如〈浣溪沙〉:「荊公除日詩云:『爆竹聲中一歲除，東風送暖入屠蘇，千門萬戶曈曈日，爭插新桃換舊符。』東坡詩云:『老去怕看新曆日，退歸擬學新桃符。』古今絕唱也。呂居仁詩有『畫角聲中一歲除，平明更飲屠蘇酒』之句，政用以爲政事耳。薌林退居之十年，戲集兩公詩，輒以鄙意足成浣溪沙，因書以遺靈照。」又如〈水龍吟〉其下有序:『甲子冬季丁亥，冒雪與晃叔異，劉子駒兄弟，皆北客，同上雪臺，燈連輝觀，梁使君遣酒仍與北梨俱醉薌林堂上，相與聯句云，西北通

無路，東南偶共期，穿林行鳥路，踏雪礄鵝梨。吳大年方病起，不能同此樂，得大年水龍吟詞，過之，夜歸，月色如晝，亦賦一首。』此外還有詞作如〈浣溪沙……爆竹聲中一歲除〉、〈如夢令……欲問薌林秋露〉、〈清平樂……幽花無外〉首、〈鷓鴣天……莫問清江與洛陽〉、〈水調歌頭……閏餘有何好〉……等首，都是字數驚人的長序。

從蘇軾以來，這種以詞抒發豪情、寄託忠憤，以致於詞牌下隨處可見小序的情形，到了南渡時期蔚然成為一股風潮，當代其他詞家如万俟詠、王庭珪、周紫芝等人的作品中，都可觀察到這種現象。影響所及，到南宋黃公度（1109～1156）時，其作品幾乎篇篇有長序，如〈點絳唇……嫩綠嬌紅〉有詞序一六四字，〈清玉案……鄰雞不管離懷苦〉有詞序一二五字，〈好事近……湖上送殘春〉有一百字，〈菩薩蠻……眉間早識愁滋味〉有二百零二字，字數都相當驚人。詞序到了姜夔手裡之後，甚至衍為一篇短文，詞題的風氣終於全面開展。其後詞題的形式、內容、風格之多樣化，都足以另闢專題討論之。

第二節　審美思維的新視角

一、梅花形象的新質變

梅花的意象早在《詩經》、《尚書》中有所提及，《尚書・說命》中所說的「鹽梅」，是用梅實來比喻宰輔權要協理國事的能力，屬於事功方面的形象比擬。漢魏以後的樂府閨情和南朝的宮體詩賦，經由美人的殊量風采揭示了梅花高潔幽峭、清素淡雅的審美特徵。

以花喻美人的傳統，遵循著六朝隋唐以來的藝術慣例，脫離不了香豔味、脂粉氣。但在宋代道德議事日益高張的歷史條件下，此類作品普遍傾向「比德」的演繹，梅花所代表的道德人格特徵成為宋人最高的價值目標，同時也是審美理想的極致。對此，《四庫提要・梅花字字香》有云：「離騷遍擷香草，獨不及梅。六代及唐，漸有賦詠，而偶然寄意，視之亦與諸花等。自北宋林逋諸人遞相衿重，暗香疏影、半樹橫枝之句，作者便別立品題。南宋以來遂以詠梅爲詩家一大公案。江湖詩人，無論愛梅與否，無不借梅以自重。凡別號及齋館之名，多帶梅字，以求附於雅人。」可見宋人愛梅風氣之盛。

在這麼多的詠梅作品中，梅花的意象大多不改月宮嫦娥、林中美人、深宮貴妃的美女形象。例如：

調鼎自期終有時，論花天下更無香。月娥服馭無非素，玉女金神不尚妝。（張耒〈梅花〉）

姑射仙人冰作體，秦家公主粉爲身。素娥已自稱佳麗，更作廣寒宮裡人。（鄭獬〈雪中梅〉）

肌膚綽約眞仙子，來伴冰霜，洗盡鉛華，素面初無一點妝。（周邦彥〈醜奴兒・梅花〉）

此意比佳人，爭奈非朱粉。唯有許飛瓊，風味依稀近。（晁補之〈生查子・梅〉）

清一色的美人形象，或身分特殊、或品味不凡、或風度高雅、或性格孤峭；詩人經由這種氣質境界、神韻格調的擬喻，直接述說對梅花特徵的見解，標誌著梅花冰清玉潔的高超精神及格調象徵。

美人擬喻雖然高揭了梅花的審美品味，使她脫離一般普通花草的形象，但作爲士大夫理想人格的充分象徵還有一定的距離。因此，在進一步的演繹中，梅花從美人的擬喻中逐漸轉入士人的人格形象。北宋時期較早以士人形象喻梅的當推蘇軾的〈紅梅三首〉、以及王安石〈獨山梅花〉〔註 10〕。

這些以志士爲喻的詠梅構思，與以往所流行的「美人比狀」相較，

〔註 10〕蘇軾、王安石之前，杜甫有〈和裴迪登蜀州東亭送客逢早梅相憶見寄〉詩一首：「東閣官梅動詩興，還如何遜在揚州。此時對雪遙相憶，送客逢春可自由。幸不折來傷歲暮，若爲看去亂鄉愁。江邊一樹垂垂發，朝夕催人自白頭。」以淡淡的筆觸寫成，高出一格，風骨蒼然，王鳳洲評爲「古今詠梅第一」。

王安石〈紅梅〉：「春半花纔發，多應不耐寒。北人初未識，渾作杏花看。」

總透現著幾分拗峭別致的意趣，它挑戰了美女擬花的藝術傳統，提供人們對構思詠花詩重新省思的範例，使詩人重新意會花的創作並不是非得由美人來擬喻的。這樣的思考方式，在北宋末年的時代環境裡，有了突破性的發展。徽欽之際，國事顛危，士人在造次顛沛的大環境中，面對嚴重的品節考驗。人們用鄭重謹愼的心態審視氣節之重要，化諸於詩詞作品，就是詠物作品中人格的表現了。程杰〈美人與高士——兩個詠梅形象的遞變〉文中提到：「南北宋之交，開始大量出現以士人形象擬喻品評梅花。」此時主戰主和的角力中，有節之士常以梅花的品格自喻自重，從揭示梅花精神的創作過程中，再次堅定個人的堅持與操守。

綜觀此時期的詠梅之作，可將內容涵蓋分爲三種類別：

一、出塵美人

「雪滿山中高士臥，月明林下美人來」是明代高啓〈梅花九首〉中有名的詩句。從美人到名士，宋代詠梅之詩特多，與時代文學心理背景發展密切相關。宋人欣賞梅花，並且賦予梅化冰清玉潔、出塵脫俗之姿。

> 平生厭見花時節，惟只愛，梅花發。破寒迎臘吐幽姿，占斷一番清絕。照溪印月，帶煙和雨，傍竹仍藏雪。　松煤淡出宜孤潔，最嫌把、鉛華說。（楊無咎〈御街行〉）
>
> 姑射山頭若冰雪，謝家林下絕塵埃。空江月落東風冷，誰並孤舟一笛哀。（趙鼎〈定海路中觀梅〉）
>
> 雪似梅花，梅花似雪，似和不似都奇絕。惱人風味阿誰知？請君問取南樓月。記得去年，探梅時節，老來舊事無人說。爲誰醉倒爲誰醒？到今猶恨輕別離。（呂本中〈踏莎行〉）
>
> 古澗一枝梅，免被園林鎖。路遠山深不怕寒，似共春相躲。幽思有誰知？託契都難可。獨自風流獨自香，明月來尋我。（朱敦儒〈卜算子〉）

二、傲骨高士

對於此時期詠梅的作品，可資注意的是，有別於以往詠梅作品著重於「美人形貌」的寫作技巧，此時期的詠梅之作，主要著墨在「士人精神」的反映。之所以如此，可以此角度觀察之：宋代的知識分子、進士階層，投身政治以後，成爲當代政治、文化的中堅分子，其精神取向普遍趨於內斂自省，審美的品味則傾向古淡、高潔，因此，梅花成爲知識分子基本人格之象徵，有其穩固的心理因素。因此宋人的詠物之作，即使未有人物形象之描寫，也有濃厚的人格氣質充斥於作品之中。試觀唐人最喜愛之花卉爲海棠、牡丹、芍藥，宋人最喜花卉則爲寒梅、秋菊；范成大《梅譜．後序》就說到宋人對梅的欣賞特質：「梅以韻勝，以格高，故以橫斜疏瘦，與老枝怪奇者貴。」韻勝，格高，乃宋人追尋之所在，一如唐陶、宋瓷，一爲絢綵鬱麗，一爲青沉淡遠。梅之高潔物性，也正合宋人的欣賞興趣。例如胡銓〈臨江仙．和陳景衛憶梅〉下片：「此君還似不羈人，月邊風畔，千里淡相親。」再如李綱的〈水龍吟〉：「煙水籬邊、半梟青梢，橫斜疏影月黃昏」之句，其孤寂的精神，就非美人或名士的樣貌所能一語概括。此外趙鼎的《忠正德文集．靖安道中見梅》詩：

> 塵容俗狀早知非，脱跡歸來喜復悲。隴上人遙千萬里，江邊花發兩三枝。兵戈阻絕書難到，雪霰飄零雁去遲。駿馬東風一回首，落英還與淚紛披。

詩中的梅花無所謂美人或名士，但其身負家國之悲的沉重哀傷，的確有別於以往「胭脂美人」或「出塵美人」的形象。再如胡銓的〈和林和靖先生梅韻〉：

> 紛紛紅紫勿相猜，自古騷人酷嗜梅。皀蓋折花憐老杜，黃梅時雨憶方回。一生耐凍天憐惜，滿世驅炎我獨來。桃李爭春身老大，急須吟醉莫停杯。

程兆熊《論中國觀賞樹木》提到梅花之所以成爲宋花的心理因素，敘明宋代詩人，「梅花已成了他們生命裡的東西，或簡直就成了他們的生命。於此，便牽連到宋人的氣質，宋人的文化。在中國土地與心靈的開發裡，宋的文化，已是由土的文化，發展到了水的文化，而且還會是『水出清泉』的文化。於是在人物方面也由漢唐的『大氣渾成』的氣質，一轉而爲『清明在躬』的氣味。才華遠較收斂了，性情也越來越顯了。加以外來的災難，不斷來臨，朔北的寒風，時時吹至。在『一番寒徹骨』裡，猶緊緊抱持著他們一種文化的至高理想，而一任其薰陶，不辭沉醉，所謂『梅花撲鼻』之香，便正似發自當時人的人情和人性中，是生命之香，也是性情之香。」

葛勝仲《韻語陽秋・卷十六》評論時人所寫的梅花詩有云：「梅於窮冬嚴凝之中，犯霜雪而不慴，毅然與松柏並配，非桃李所可比肩，不有鐵腸石心，安能窮其至。此意甚佳，審爾，則鐵腸石心之人可以賦梅花。」

從這些士人角色擬喻的出現，可以反映當代對梅花審美意識的進一步提高，梅花作爲人格象徵的意義開始走向明確。

三、林下苦僧

「林下孤標迥出塵」（王銍〈同賦梅花十二題・竹外〉）的梅花，除了向「傲骨名士」的形象轉化之外，此時期也開始轉向佛道參禪的境界。例如朱松的〈梅花〉詩：

> 昔如夢中蝶，今學桑下僧，了知菩提長，念起吾何曾。

再如王銍〈臨海僧珂公出梅花詩和其韻〉：

> 天公飛雪鬥梅英，未有東風便有情。竹裡藏春春不覺，水邊見月月羞明。神人自惜迷姑射，天女何妨伴淨名。第一花中拈實相，談禪說法大修行。

以及曹勛的〈分題墨梅・得客字〉：

> 北風吹雲村寂寂，練練溪流湛寒碧；馬頭忽有暗香來，撼雪尋芳識標格。揚鞭敲鐙荒路歧，酒惡難禁賴銷釋；隴上故人消息遲，一枝誰寄重煙隔。老禪幻此空花相，墨暈橫斜照客顏，定應飛夢會群仙，鈧玉樓月連天白。

如此形象的轉化，與宋人宗教信仰的潮流、歸隱風氣的流行有密切相關，(請參考第三章)，朱敦儒〈念奴嬌〉中：「見梅驚笑……，似語如愁，卻問我，何苦紅塵久客。……千林無伴，澹然獨傲霜雪。」正可以說明這種心理的反射。

《四庫全書總目提要・梅苑條云》有云：「昔屈宋偏陳香草，獨不及梅，六代及唐篇什，亦寥寥可數。自宋人始重此花，人人吟詠。方回撰《瀛奎律髓》，於著題之外，別出梅花一類，不使溷於群芳，大輿此集，亦是志也。」中原戰亂的時候，西蜀錦城先後出現了趙崇祚的《花間集》及黃大輿的《梅苑》。從《花間集》中，我們看到五代十國時期象徵性愛的群花，到了南宋初年已凋零殆盡，只剩下象徵士大夫品格的梅花。宋人愛梅風氣之盛，可從南渡初年蜀人黃大輿所編的《梅苑》集中收錄了詠梅詞作五百篇之多，窺出端倪，更遑論其他詠梅的詩歌〔註 11〕。《梅苑》是最早的專題詞選和詠物詞選，其中所錄各類梅花詞可敘說如下：一是詠不同品種、不同環境、不同氣候、不同形貌的梅花，如其中有：紅梅、墨梅、野梅、雪梅、茶梅、岸梅、白梅、雪中梅花、臘梅；另一是詠各種與梅花有關的文人雅事，如：觀梅、賞梅、催梅、獻梅、探題賦梅、梅贈客、客答梅、梅開有感等

〔註 11〕北宋末年、南渡初年名家集中皆有許多專詠梅花的名作，例如王銍《雪溪集》中有〈山中梅花盛開戲作〉、〈明覺山中始見梅花戲呈妙明老〉、〈明師見和梅詩再用韻兼奉送還福唐〉、〈重賦梅花〉、〈梅花〉兩首、〈臨海僧珂公出梅花詩和其韻〉、〈次韻梅花〉、〈同賦梅花十二題〉等詩，專詠梅花；朱松《韋齋集》中有〈梅花〉、〈谿南梅花〉、〈答林康民見和梅花詩〉、〈梅花〉、〈盆中梅花〉、〈梅花〉、〈梅花〉三首、〈三峰康道人墨梅三首〉、〈飲梅花下贈客〉等詩；洪浩《鄱陽集》有詞〈點降唇・詠梅〉、〈點絳唇・臘梅〉、〈減字木蘭花・和臘梅〉、〈江梅引〉四首；趙鼎《忠正德文集》有詩〈獨樂園夜飲梅花下再賦〉、〈京師次韻邵澤民億擬江梅花〉、〈洛中次韻河南令王子與觀梅〉、〈定海路中觀梅〉、〈靖安道中見梅〉、〈次韻元長觀梅〉三首、〈建康得家書寄元長觀梅詩因次其韻〉；陳與義有〈臘梅〉、〈水墨梅五絕〉、〈梅花〉、〈臘梅四絕〉又四絕、〈次韻梅花〉、〈水墨梅兩首〉、〈梅花兩絕句〉、〈詠西嶺梅花〉、〈醉中至梅花下〉、〈落梅〉，在全部作品中佔了極高的比重。

等；此外尚有詠梅扇、梅影、剪彩梅花、臘點梅花等題。該書保存了這個時期諸多詠梅之作，但更重要的價值意義在於，本書折射了這個時代的審美追求，體現了當時士大夫的特殊心態，也連帶提醒我們注意到詠梅作品中形象意義的改變。

這樣的精神內涵到了南宋中期，用以品評、擬喻梅花的角色人格開始集中於高人、隱士，或態度狂狷、風標超然的逸民清流，詩人們幾乎眾口一辭，以此詠梅。然而到了南宋末期，尤其是宋元之交的亂世，用以擬梅的「高士」，越來越傾向於仙人、隱者，及忠烈貞節之士的形象。從這樣的擬喻中，我們不難讀到亡國之士心理上的落寞與堅貞。梅花形象因之在一般道德人格的意義之外，更注入了民族意識氣節的象徵，直到現在，我中華民族仍然以梅花的精神形象象徵高尚的人品與氣節。

二、審識杜詩的新方向

曾棗莊《論宋人對杜詩的態度》談到宋人對杜詩的態度可分爲三個時期：一、北宋時期，詩壇受晚唐五代的影響，杜詩仍然不被重視：劉克莊《江西詩派小序》:「國初詩人，如潘閬、魏野，規規晚唐格調，寸步不敢走作；楊、劉又專爲崑體，故優人有撏撦義山之誚。」歐陽修《六一詩話》也說：「自楊劉唱和，『西崑集』行，後進學者爭效之，風雅一變，謂之崑體。由是唐賢諸詩集幾廢而不行。」二、北宋中葉到南宋中葉，是宋人認眞學習杜詩的時期：由於江西詩派黃庭堅的提倡，宋人對杜甫的積極崇拜表現在大力收集整理杜詩、認眞研究學習杜詩、在杜甫遊歷棲息之地，普遍建立工部祠、杜詩碑等等。三、南宋後期，由於江西詩派把學杜推進了死胡同，於是有人提倡學習漢魏或晚唐來相對抗，張戒《歲寒堂詩話》:「其始也學之，其終也豈能過之？屋下架屋，越見其小。後有作者出，必欲與李杜抗衡，當復從漢魏詩中出爾。」永嘉詩人和江湖詩人，也倡導學習姚合、賈島等晚唐詩人，杜詩到此，可說是暫時消寂了〔註12〕。

宋人對杜甫的認眞與用心，從北宋中期到後期、以致於南渡初期，有相當的質變，對杜甫的欣賞，也從「技巧」的層面上提昇到「內容」與「風格」的格局〔註13〕。以下試從此二角度分析之。

（一）北宋時期：詩非諍諫的少陵之「藝」

受到當時江西詩派理論的風氣影響，人人都標榜學杜甫。葉適《徐斯遠文集序》：「慶曆、嘉祐以來，天下以杜甫爲師。」《蔡寬夫詩話》：「三十年來學詩者，非子美不道。」杜詩體兼眾妙，不論何種體裁，皆有名篇。正如黃裳《張商老詩集序》所說：「讀杜甫詩，如看羲之法帖，備眾體，而求之無所不有。……工于詩者，必取杜甫，蓋彼無所不有，則感之者各中其所好故也。」杜詩的作品由於體裁、風格之多樣，容易爲各種不同風格的人所接受；王安石就說：「……至於甫，則悲歡窮泰，發斂抑揚，疾徐縱橫，無施不可。故其詩有平淡簡易者、有綿麗精確者；有嚴重威武，若三軍之帥者；有奮訊馳驟，若乏駕之馬者；有淡泊閑靜，若山谷隱士者；有風流蘊藉，若貴介公子者。……

〔註12〕學杜是北宋時期強大的社會風氣，在種種學杜理論的講究中，江西詩派所歸納出「格高」、「字響」、「句活」、「忌俗」的技巧，卻因爲手段與技巧的僵化，引起了許多人的不滿。生活於南宋初年的張戒，身處於蘇、黃末學的流弊之中，其《歲寒堂詩話》就對當時詩風痛下針砭：「蘇、黃用事押韻之工，至矣盡矣。然究其實，乃詩人中之一害，使後生只知用事押韻之爲詩，而不知詠物之爲工，言志之爲本也，風雅自此掃地矣。」張戒又反對一切「落邪思」的詩歌，對於「邪思」，他說：「魯直雖不多說婦人，然其韻度矜持、冶容太盛，讀之足以蕩人心魂，此正所謂邪思也。」黃庭堅的詩頗多修飾，惡之者以爲做作，嗜之者以爲有異味，因而引起張戒的反感，認爲這類詩歌足以勾引他人走上邪路。——因此許多詩人提出學習漢魏，以抵抗黃庭堅所提出的學杜之說。

〔註13〕宋人於杜詩，推崇備至，不敢低貶一詞，宋之詩論者，或以杜詩爲規摹對象，字規句仿，以求奪胎換骨；或歎賞杜詩史筆森嚴，可做史書看，或欽佩杜甫忠義之心，可做仕君之榜樣，於是箋杜、註杜、論杜的作品，蜂湧而出，或以史書證杜、或以杜詩補史、或將杜詩繫年、或就作法批解、或求杜詩字句之依據，形形色色，琳瑯滿目。

此甫所以光掩前人而後來無繼也。」(《苕溪漁隱叢話‧前集卷六》)。

杜甫的詩作，汪洋博肆，但是從內容、精神的學習，或者是從技巧、風格的學習，卻開出後人學杜的兩條道路。

甲、刻鵠不成尚類鶩的學習心態

黃庭堅學杜，雖也稱頌杜甫的詩歌內容：「千古是非存史筆，百年忠義寄江花」(〈次韻伯氏寄贈蓋郎中喜學老杜詩〉)；但他說過的一段話，卻引導江西末流的詩歌走向脫離現實的道路(可參考第四章〈詩壇的凝定、衍變與改革‧第一節詩風的凝定與僵化〉)：

> 詩者，人之性情也，非強諫諍于庭，怨憤詬于道，怒鄰罵座之爲也。其發爲訕謗侵凌，引領以承戈，披襟而受矢，以快一朝之憤者，人皆以爲詩之禍，是失詩之旨，非詩之過也。

這樣的言論，認爲詩是吟詠情性之物，否定了詩歌的諫諍作用，容易使詩歌走上脫離現實，追求純技巧的道路。又如他在〈與王觀復書〉中囑咐後輩對：「杜子美到夔州後詩，韓退之自潮州還朝後文章」要多留心。查檢杜、韓二人自此之後的作品，關心現實的傾向有所減弱，更多的工夫著重在形式、技巧的提昇，黃庭堅著重的眼光在此，對江西後學的創作傾向影響甚鉅。

杜甫晚期近體詩在藝術風格上有兩種不同的傾向，其一是與大多數盛唐詩人風格一致的，如〈江南逢李龜年〉、〈秋興八首〉皆是蘊藉高華、沉博絕麗之作，第二種則是與大多數盛唐詩人大異其趣的，歷來對這些作品毀譽不一。宋人范溫說：「老杜詩，凡一篇皆工拙相半，古人文章類如此。皆拙固無取，使其皆工，則峭急無古氣。」黃庭堅晚年謫居黔州時，曾「愈屬一奇士而有力者，盡刻杜子美東西川及夔州詩，使大雅之音久湮沒而復盈三巴之耳。」如此欣賞杜甫晚年之作，是因爲杜甫此時詩歌在藝術境界上已到爐火純青、從心所欲的境界，有豪華落盡見眞醇的美。在學杜的歷程中，歐陽修曾說過：「杜子美才出人表，不可學，學必不致，徒無所成，故未始學之」(引自何汶《竹莊詩話》)，歐陽修因爲杜甫「才出人表」，自認爲學不到，因此不學；但是黃庭堅另有一句話：「學老杜詩，所謂刻鵠不成尚類鶩也。」（〈與趙伯充〉）卻引領出宋人學杜的普遍心態。

杜甫〈遣悶戲呈路十九曹長〉：「晚節漸於詩律細」，杜甫〈江上值水如海勢聊短述〉：「老去詩篇渾漫與」，二者似乎互相矛盾，仇兆鰲《杜詩詳注．卷十八》：「律細，言用心精密，漫與，言出手純熟，熟從精處得來，兩意未嘗不合。」杜詩的內容最重要有三部份：寫時事、發議論、寫日常生活瑣事，這樣的創作內容，同時也是宋人詩歌的基本特徵，可見宋人學杜之徹底。江西大家陳師道有一首〈絕句〉，則連聲調語氣都極類似杜詩：

> 此生精力盡於詩，末歲心存力已疲。不共盧王共出手，卻思陶謝與同時。

清代、劉熙載《藝概．詩概》對於此種風氣含蓄提出批評：「宋西江名家學杜，幾於硬瘦通神，然於水深林茂之氣象則遠矣。」雖然說當時江西諸家沒有學到杜詩的氣象、精神與眞味，但學習的心態是認眞的、一絲不苟的，甚至帶著一股虔敬的心理。

乙、但賞瓊琚的創作傾向

杜甫〈旅夜書懷〉詩中，見星垂平野、月湧大江的壯闊景象，不免對自己的身世，發出「名豈文章著，官應老病休」的感慨。黃庭堅詩〈書鐵磨碑後〉詩中所云：

> 春風吹松著浯溪，扶藜上讀中興碑。平生半世看墨本，摩挲石刻鬢成絲。明皇不作包桑計，顛倒四海由祿兒。九廟不守乘輿西，萬官已作烏擇栖。撫軍監國太子事，何乃趣取大物爲。事有至難天幸爾，上皇跼蹐還京師。內間張后色可否，外間李父頤指揮。南內淒涼幾苟活，高將軍去事尤危。臣結春陵二三策，臣甫杜鵑再拜詩。安知忠臣痛至骨，世上但賞瓊據詞。同來野僧六七輩，亦有文士相追隨。斷崖蒼蘚對立久，涷雨爲洗前朝悲。

其中「世上但賞瓊琚詞」，正是爲杜甫的感慨作出相知相許的呼應。

但是由黃庭堅所啓動的學杜風潮中，卻普遍走上「但賞瓊琚」的形式主義。黃庭堅學養深厚，雖學杜詩，卻自有面目，但是後學者學杜，卻如《庚溪詩話．卷下》所說：「近世學其詩者，或未得其妙處，每有所作，必使聲韻拗捩，辭語艱澀，曰江西格也。」又張戒《歲寒堂詩話》：「詩以用事爲博，始於顏光祿，而極於杜子美。」這樣的精神從杜子美、黃庭堅之後，濫用於學杜的江西詩人，於是形成聲韻拗捩，辭語艱澀的風氣。

這樣的學杜心態與創作傾向，可從時人朱弁（1085～1144）〔註14〕的創作與理論分別討論之。他的《風月堂詩話》，對蘇軾、黃庭堅雖然都很推重，卻不贊成當時詩人那種『無字無來歷』的風氣，認爲這樣的習氣是誤解了杜甫的創作模式。朱弁所提出的識見如此高明，可是本身的作品卻依然喜歡搬弄典故成語，許多詩作有婉轉纏綿之姿，彷彿晚唐人的風格和情調。

針對這樣的風氣，張戒〔註15〕《歲寒堂詩話．卷上》另外提出說明：

> 李義山詩只知有金玉龍鳳，杜牧之詩只知有綺羅脂粉，李長吉詩只知有花草蜂蝶，而不知世間一切皆詩也。惟杜子美則不然，在山林則山林，在廊廟則廊廟，遇巧則巧，遇拙則拙，遇奇則奇，遇俗則俗，或放或收，或新或舊，一切物，一切事，一切意，無非詩者。

張戒強調主體的能動作用，主體如果沒有眞情流露，而是勉強安排而爲之，其情必是虛情矯情。情意有餘，洶湧而後發，推動創作的內在動力，不能如同子美一般自胸襟中流出，就不能抓住具體而微的切身感受。

〔註14〕朱弁，字少章，自號觀如居士，婺源人。宋高宗建炎元年冬天出使金國，拒絕金人的威脅利誘，被拘留十五年，直至宋高紹興十三年秋天返回故國，有《風月堂詩話》傳世。

〔註15〕張戒，原字定夫，宋室南渡後，改自定復，以示立志恢復中原的決心。居室之名爲「歲寒堂」，其取義乃《論語．子罕》中所謂：「歲寒，然後知松柏之後凋也。」

吳可《學詩詩》所說的：

> 學詩渾似學參禪，頭上安頭不足傳；跳出少陵窠臼外，丈夫志氣本衝天。

頗可以用來反撥此時期但賞瓊琚的創作傾向。

（二）南渡初期：忠臣痛骨的少陵之「意」

歐陽修詩文革新運動改變了當時的社會傾向，他提出的創作典範是韓愈與李白。韓愈的典範價值突破了文學領域而進入整個文化領域，人們在文道合一、復古歸正的前提下，重新審視面對文學的態度。歐陽修雖然不學杜甫，但是他所推動的革新運動，卻促動文人產生「天下興亡、匹夫有責」的自覺性外射。自此後論杜詩者，除了看重杜詩的形式技巧之外，也重視杜詩的仁義道德內涵，杜甫通過了宋人的價值選取，被宋人所期待的視野所接受。

宋人把推崇杜甫的功績歸給黃庭堅，是從形式技巧而言之的；在宋代詩壇大力維揚杜詩並真正深契其奧的是王安石。王安石編《四家詩》時，首以杜甫，次以韓、歐、李。王安石將杜詩中吟詠個人悲哀與能夠「推己及人」的仁學內涵發揮出來，並提升到治國平天下的高度與廣度來認識，「吾廬獨破」被闡釋爲一種忠君愛國、病民省身的內在責任感，周紫芝〈亂後並得陶杜二集〉詩中所說的：「少陵有句皆憂國，陶令無詩不說歸。」就是從這種角度來觀察杜詩的諫諍姿態與憂國精神。

觀察唐人稱道杜詩的言論，較宋人少之又少，其所強調的重點，亦與宋人不同。宋人多就詩論評析杜詩的妙處，唐人則多就杜甫其人而立論；但是，宋人若論及杜甫其人者，則多激賞他的忠義愛國之心。例如司馬光《溫公詩話》：

> 古人爲詩，貴於意在言外，使人思而得之，故言之者無罪，聞之者足以戒也。近世詩人，惟杜子美最深得詩人之體。

就是看重杜甫詩中譎諫以補察時政的社會功能。再如趙次公《杜公部祠堂記》：

至李杜，號詩人之雄。而白之詩，多在於風月草木之間，神仙虛無之說，亦何補於教化哉！

也是著重於杜詩的教化功能；直到國難發生，詩人在流離顛沛之中，更深切體會出杜甫詩中所寫安史之亂的境界，起了國破家亡，天涯淪落的同感，先前只以爲杜甫風雅可師，這時候更認識他是患難中的知心伴侶。例如王銍《雪深集・別故人張孝先》：

平生嘗嘆少陵詩，豈謂殘人盡見之。共脫兵戈身偶在，各懷鄉國語尤悲。又尋芳草春風路，猶聽孤舟夜雨時。避地海山周萬里，此行無處寄相思。

後來逃到襄陽去的北方人題光孝寺壁也說：「蹤跡大綱王粲傳，情懷小樣杜陵詩」，都可說明身經離亂的宋人對杜甫發生了一種心心相印的新關係。在欣賞杜詩的眼光、以及學習杜詩的心態發生轉變後，此時詩人要抒寫家國之痛，就常常自然而然效法杜甫這類悲涼淒壯的作品。例如陳與義〈發商水道中〉：「草草檀公策，茫茫老杜詩」，〈正月十二日自房州城還虜至〉：「但恨平生意，輕了少陵詩」，都表示他親身歷經了兵荒馬亂才自省之前對杜甫詩意的領會未臻深刻。

同樣身處亂世，南渡時人對杜詩的體悟除了切入社稷安危的關懷，杜甫不爲時用的人生，因被南渡人士寄託了自己的感懷。張戒〈歲寒堂詩話〉中說：

「少陵遭右武之朝，老不見用，又處處無所遇，故有『百年同棄物，萬國盡窮途』之句，余三復而悲之。」文中評〈莫相疑行〉：「以子美之才，而至於頭白齒落無所成，眞可惜也。……谷梁子曰：『名譽既聞，而有司不舉，有司罪也。有司舉之，而王者不用，有國者罪也。』子美之自惜，蓋嘆時之不用，人之不知耳。悲夫！。」

這一段話表面上是感嘆杜甫的不爲時用，事實上是借他人的酒杯，澆自己心中之塊壘。杜甫在此時之所以被欣賞，其角度之出發與北宋時期也大異其趣了。

元稹之言：「至於子美，蓋所謂上薄風騷，下該沈宋，古傍蘇李，氣奪曹劉，掩顏謝之孤高，雜徐庾之流麗，盡得古今之體勢，而兼人人之所獨專矣。」啓宋人以杜詩兼眾美備眾體之說。但是曾棗莊〈論唐人對杜詩的態度〉（《草堂》創刊號）一文中也曾提及：「杜甫不僅在他身前不受重視，而且在他死後，在韾晃、元稹、白居易、韓愈高杜評價杜詩後，仍不甚被唐人重視，眞正普遍重視杜詩是在宋代。」

杜詩經宋人提倡，其光輝才得以顯見。王嗣評杜詩云：「少陵起於詩體屢變之後，於書無所不讀，於律無所不究，於古來名家無所不綜。於得喪榮辱，流離險阻無所不歷，而才力之雄大，又無所不挈。故一有感會，於境無所不入，於情無所不出，而情境相傳，於才無所不伸，而於法無所不合。」直到清朝的葉燮《圍爐詩話》，仍對杜甫提出極高的評價：「杜甫之詩，包源流，綜正變，自甫以前，如漢魏之渾樸古雅，六朝之藻麗穠纖，澹遠韶秀，甫詩無一不備，然出於甫，皆甫之詩，無一字爲前人詩也。」

陳師道《後山詩話》引蘇軾之言：「子美之詩，退之之文，魯公之書，皆集大成者也。」不僅是宋人的見解，更是中國文人對杜詩極至推崇的重要關鍵。

第八章　結　論

晉室東渡以後，由於社會、文化、地域等諸多方面的因素，詩風曾經發生過重大變化，前後紛紛湧現出許多既繼承建安傳統，又開風氣之先的詩人與流派——由此觀察之前與之後的亂世，春秋五霸與戰國七雄在政治史上所翻攪出的風雨弔詭，成就了百家爭鳴的黃金學術；滿清末年，強權的侵華戰爭，開啓了我國文人以中學爲體、以西學爲用的學術自覺，五四運動的文人群，更將中西藝術的精神，奠立相融相映的理論基礎。似乎，政治上的亂世，總能夠是我國文學史上開前啓後的重要盛世。

亂世的時候，整體的秩序失去制約的功能，創作主體的個性，反而能夠對抗傳統的意識型態。這種藝術的自覺觀念，來自於創作者能夠從藝術自身的獨立存在價值，去探討、或者去瓦解傳統的文藝藝術型態；執此觀之，兩宋之交的文學創作，正是奠基於此種文學心理的成果展現。以下試從「成就」與「影響」兩方面討論之。

第一節　南渡詩詞的成就

南渡文人被迫從雅士變成難民，從閒人變成忙人，從雕章琢句、吟風弄月的太平文人，變成憂國憂民、傷時感事的悲憤作家。被迫南逃的無奈生活，逼使他們只好斷然捨棄原先雍容閒雅的生活作風，配合時代的巨變，譜寫憂生念亂的歌章。這批南渡作家是宋代文學史上結束舊時代，開啓新時代關鍵的一群人，正是他們實現了兩宋文風從北到南的根本轉變，支撐起南渡之初的文壇，而其創造出來的文壇風尙，成就有三：

一、打破「詩莊詞媚」的觀念：宋人有一種約定俗成的詩詞有別的觀念，這種有別來自於道學的影響，以至於作詩往往言理而不言情，寫出來的詩歌作品正經八百；但在被視爲小道、餘事的詞裡，反而可以不講究身分，卸下道學的面具，自由放任的書寫愛情、甚至色情。時風所至，使得大部分宋詩嚴肅板正，而大部分宋詞則柔婉綺麗，於是人們把這種審美特徵稱之爲詩莊詞媚。——但這種觀代到南渡時期正式被打破。張德瀛《詞徵》：「詞至北宋，堂廡乃大，至南宋而益極其變。」體裁由小令獨善到長調、慢詞兼長，風格由花間婉麗一體，到豪放、清雅各體皆備，題材內容由花間尊前、相思離別到社會歷史無不可寫，這種種變化都是在南宋時期完成的。

二、詩詞題材的內容龐雜，有無事不可言的文學趨勢：無事不可言，是東坡的創作心態；但由於南渡時人對東坡精神的繼承與發揚、以及時局翻覆的影響，文人創作，多是自然而然噴博而出，這種創作的精神正如袁宏道《敘陳正甫會心集》所言：「其胸中有如許無狀可怪之事，其喉間有如許欲吐而不敢吐之物，其口頭又時時有許多欲語而莫可以告語之處，蓄積既久，勢不能遏。一但見景生情，觸目興嘆，奪他人之酒杯，澆自己之塊壘，訴心中之不平，感數奇于千載。既已噴玉唾珠，昭回雲漢，爲章於天矣；遂亦自負，發狂大叫，流涕痛哭，不能自止。」

於是在詩歌方面，此時期詩作有諷諭詩、詠史詩、哲理詩、禪言詩、詠懷詩等，雖然都是對北宋前人原有的內容繼承；但是，値此顚危之際，許多作品內容卻是太平盛世無法道之的。例如詠史詩中以詩描述靖康之難時的社會亂象，諷諭詩中以詩歌讚美爲保全家園社稷的時勢英雄，詠物詩中所描寫的南方景物，以及藉由南方之景所寄託北方故園之思，都是北宋文人無法做到的。詞作表現中，在音樂要素被剝奪、亂世政局強加壓的創作環境中，由於詞作的內容無事不可言，於是在風格上的萬象紛呈，不論是婉媚、豪放、閒適、曠達乃至於其他諸多的詞風，都在此時期有一定程度的發揚；也由於無事不可言的創作傾向，詞家勢必要把詞作內容作一交代，於是有詞題文序的大量開展，這些都可總結成為此時期的重要成就。

三、文人氣節的定型：南渡文壇由於政治局勢的關係，不得不從太平盛世的雍容氣象中，轉而面對攸關民族存亡的戰爭。在戰爭的腥風血雨中，杜甫憂國憂民的書生精神、蘇軾無事不可言的文人氣象，都令南渡文人心中泛起一股有為者亦若是的氣概。讀書人不該只是象牙塔中吟哦搖首的小家子而已，從當代文藝理論的整理與反省中，以文（詩、詞）致用的精神得到高度的發揚，從文品（詩品、詞品）見證人品的精神，得到一個完整的總結。中國文人注重自己在文學中的氣節表現，正是此時期政治與文學血脈相連的結果。

第二節　南渡詩詞的影響

一、承前節第一條所云，詩莊詞媚的傳統觀念打破以後，影響所及，就是自蘇軾以來「妾身不明」的豪放詞風，從曖昧的位置躍升成為當代詞壇的主流。王昶云：「北宋多北風雨雪之感，南宋多黍離麥秀之悲，所以為高。」（許宗彥《蓮子居詞話序》引）。北宋詞家所抒之情，多為一己之感受，所謂北風雨雪之感，無非個人的進退榮辱；而南宋時期，民族矛盾壓倒一切，半壁江山淪入敵手，失地之痛，亡國之危成為人們心頭的重壓，黍離麥秀之悲，實為民族同悲。

此後，豪放高蹈之愛國詞於南渡初期、宋亡初期，乃至於每一個混亂的時勢裡，應運而出，都足以鼓舞人心；民心所繫，惓惓忠愛之忱，有賴於智識分子的寄興詞端，托寓以出，而讀書人「莫道書生無是處、頭顱擲處血斑斑」的氣格與節操，正是此類詞作極易引起共鳴的重要原因。

二、梅花精神的發揚：花草詞到了南渡時期，一大改變是染上戰火的煙誚味，但當戰爭遠離的時候，這種改變又趨於平淡。然而，詩詞中的梅花形象，從晚唐五代以來逐漸質變，直到南渡時期終於奠定出傲骨名士的基本形象。此後的梅花，不論是詩、詞、文或小說、戲劇、畫作中的梅花，基本上都脫離不了冰肌玉骨的出塵形象、或傲雪呑霜、貧賤不移、威武不屈的高潔志士形象。甚至民國建立以後，領政者以梅花的堅忍精神象徵我們巍巍的大中華，而定梅花爲我國的國花，影響一謂不深遠。

三、杜甫地位的奠定：吉川幸次郎《宋詩概說》有云：「終唐之世，杜甫在中國詩史上的地位一直沒有十分被確定，一直到北宋中期以後，王安石、蘇軾、黃庭堅、陸游等人相繼從批評家的觀點相繼推崇，又各自在自己的創作實踐中，刻意加以仿效追隨，才鞏固了杜甫詩聖的重要地位，以至今日。」其實北宋中期對杜甫的推崇，曾經歷經過一段質變的道路——在江西詩派奪胎換骨、點鐵成金的學習理論中，對杜甫的學習與欣賞，主要是著重在其藝術技巧及風格多樣，但如果學習的模式一直侷限於此的話，杜甫詩歌之動人，絕不能如今日之深遠；杜甫詩名流芳百世，最主要的原因是南渡諸人歷經國難以後，從杜甫的詩歌中發現與自己身世可以相互契合的傷痛，那種國破家亡、天涯淪落的心情，只有親身經歷的人才能體會。正因爲此時期詩人對杜甫詩歌的深一層體會以及在理論上的發揚、實踐與創作，後人對杜詩的了解才能深闢入裡，從而奠定杜甫更加穩固的詩學地位。

四、江西詩派的理論改革，後續所帶來的強韌生命力：從北宋末年江西末流的創作及當代諸家的詩評當中，可知江西詩派走勢至此，已是一條前無出路的死胡同。如果沒有陳與義的創作，如果沒有呂本中對江西詩學理論的整理與發揚，恐怕江西詩派就此畫上一條不痛不癢的休止符。正因爲有此南渡三大詩家，在理論上、創作上的繼承與發揚，江西詩派柳暗花明的又轉出了一條新的道路；逮至南宋，當日如楊萬里、陸游、范成大、蕭德藻諸名家，都與江西詩派發生或深或淺的淵源，而其自所以能夠名家，就是因爲他們能夠融化變通、自成體格。這對前期江西詩派字字模擬前人、不敢自出機杼的理論而言，眞是一大諷刺；但是對北宋末年、南渡初期，呂本中、曾幾等人所提出的理論改革而言，南宋大家的成功，正是詩派革新之所以有其必要性的最佳證明。正是這樣的革新，灌注了南宋以後江西詩派強韌的生命力量，朱熹的詩：「問渠哪得清如許，爲有源頭活水來。」正可以說明詩派革新的力量與影響。

第三節　學術上的省思與期許

寫作論文的時期，也同時歷經著生命中的鉅變。論文即將完稿之時，心中卻有很深的不安與愧責。不論是面對論文或是自己，我都是一個太注重外在邊緣而忽略「文本」的一個人——對於當代諸家的詩詞作品，我所投入的關注顯然不夠深入，讀了許多論述此時期的作品，卻沒有將讀來的觀點與此時期諸家的文學創作與心理作很好的連結。學海無涯，在這一篇論文暫告一個段落的時候，我另外也深深期許自己，能夠從這篇論文的不足處，矯正自己未來的學術心態，爲這一輩子的學術生涯奠下紮實的基礎：

一、重視文本：相較於其他時期的文藝研究，南渡時期的專題論文雖嫌薄弱不足，但這正是最好的機會讓我責無旁貸的去面對作者的原典。對於原典，我一直沒有眞正虛心而誠懇的投入進去，以至於在寫作的過程當中，原典的引用始終有生澀之弊。再者，因爲沒有深入從原典的角度去觀察作者的生命，以至於在說明南渡作者群的文學傾向時，不能擁有坦然的自信下筆爲之，許多模稜兩可的學術判斷，皆可見出個人學術根基之不足。

二、呼此應彼的整體融合：許多章節的安排，在佈局之初，其實有互相呼應的功能與彰效，但在寫定之後，卻不能互相成爲有機的組合。例如第三章第二節〈宋人的文學心理〉中，宋人的理性精神段落應該要能夠爲南渡時期的諷諭詩、詠史詩預作鋪排；而其嗜雅的生活基調要能夠爲宋人尊杜、尊蘇的審美視野轉換，做合理而有力的說明……，這些應該要相映的部分都沒有做好完整的處理，以至於各章節獨立成章，兜在一篇論文裡面，卻看不出彼此的需要，也沒有做到互補的說明。

三、著眼未來的宏觀視野：「宋人不只回顧歷史，更是面向未來。大凡名家名作，或統領風騷的文藝，都不是對傳統積澱的簡單因襲，而是主動超越。因爲傳統積澱本身，就蘊育著突破創新的潛在力量；也只有在傳統積澱的基礎上，突破創新才有可能成功實現。」這一段話不僅可以用來詮釋每一個時期的文藝，更可以用來自我期許每一篇學術論文。在整理南渡詩詞的作品時，這整個時期的積澱與超越，該是一個可以討論的重點。然而這篇論文只做了「說明」這個時期，卻沒有對這個時期積澱的累積做出概括性的詮釋，也沒有對這個時期所超越的成就提出有力的說明。對於南渡的文人群，我心中懷著一股愧疚的心情；對於自己，也有著一股心虛的難安。更深切的希望，這篇論文能夠是一個基礎，讓大家能夠有機會看到歷史上的靖康之難，其實也可以從文學的角度裡，看到這個時期的曖曖光輝。

附錄一：南渡名人著述概見表

（一）南渡時人群

姓名（生卒）	著述情形	資料來源
楊時 （1053～1135）	《禮記解義》 《列子解》 《莊子解》 《周易解義》 《論語解》 《中庸解》 《孟子義》 《三經義辯》 《龜山集》	《中國歷代思想家》 第五集
邵伯溫 （1057～1134）	《易學辨惑》 《聞見前錄》	《四庫提要》
晁說之 （1059～1129）	《儒言》 《晁氏客語》 《景迂生集》	《四庫提要》
宗澤 （1059～1128）	《宗忠簡集》	《四庫提要》
尹焞 （1061～1132）	《孟子解》 《和靖集》	《四庫提要》
蕭楚 （1064～1130）	《春秋辨疑》	《四庫提要》

蘇庠 （1065～1147）	《後湖詞》	《四庫提要》
廖剛 （1070～1143）	《高峰文集》	《四庫提要》
呂頤浩 （1071～1139）	《忠穆集》	《四庫提要》
葛勝仲 （1072～1144）	《丹陽集》80 卷、 外集 20 卷 《丹陽詞》1 卷 《考古通論》60 卷	王兆鵬 《兩宋詞人年譜、葛勝仲年譜》
朱震 （1072～1138）	《漢上易集傳》	《四庫提要》
羅從彥 （1072～1135）	《豫章文集》	《四庫提要》
胡安國 （1074～1138）	《春秋傳》 《上蔡語錄》 《二程文集》	《四庫提要》
韓駒 （1075～1132）	《陵陽集》	《四庫提要》
翟汝文 （1076～1141）	《忠惠集》	《四庫提要》
葉夢得 （1077～1148）	《春秋傳》20 卷 《春秋考》16 卷 《春秋讞》22 卷 《論語釋言》10 卷 《老子解》2 卷 《禮記解》 《石林奏議》15 卷 《石林燕語》10 卷 《建康集》8 卷 《維揚過江錄》1 卷 《避暑錄話》4 卷 《巖下放言》1 卷 《玉澗雜書》10 卷 《石林家訓》1 卷	王兆鵬 《兩宋詞人年譜、葉夢得年譜》

	《石林詩話》1 卷 《石林詞》1 卷 《石林書傳》10 卷 《石林過庭錄》27 卷 《石林總集》100 卷 《石林書目》 《金石類考》50 卷 《志愧集》1 卷 《葉少蘊自序並制誥錄》 《葉石林集略》	
劉一止 （1078～1160）	《苕溪集》	《四庫提要》
程俱 （1078～1144）	《麟臺故事》 《北山小集》 《北山律式》	《四庫提要》
李光 （1078～1159）	《讀易詳說》 《莊簡集》	《四庫提要》
汪藻 （1079～1154）	《浮溪集》60 卷 《龍溪文集》60 卷 《猥稿》	第一屆宋代文學研討會曾棗莊《風流嬗變、光景長新》
王黼 （1079～1126）	《宣和博古圖》	《四庫提要》
王庭珪 （1079～1171）	《盧溪集》	《四庫提要》
孫覿 （1081～1169）	《鴻慶居士集》42 卷 《內簡尺牘》10 卷	《兩宋文學史・宋四六》
趙明誠 （1081～1129）	《金石錄》	《四庫提要》
周紫芝 （1082～1155）	《竹坡詩話》 《竹坡詞》 《太倉稊米集》	《四庫提要》
王蘋 （1082～1153）	《王著作集》	《四庫提要》
張綱 （1083～1146）	《華陽集》	《四庫提要》

趙佶 （1083～1135）	《宣和論畫雜評》	《四庫提要》
綦崇禮 （1083～1142）	《北海集》46 卷	《兩宋文學史・宋四六》
王以甯 （1083～1146）	《王周士詞》	《四庫提要》
李綱 （1083～1140）	《易傳》內篇 10 卷、外篇 10 卷 《論語詳說》10 卷 《靖康傳信錄》3 卷 《建炎時政記》3 卷 《建炎進退志・總序》1 卷 《宣撫荊廣記》20 卷 《制置江右錄》 《梁谿先生全集》170 卷	李淑芳《李綱詩詞研究》碩士論文
曾幾 （1084～1166）	《茶山集》	《四庫提要》
呂本中 （1084～1145）	《春秋集解》 《紫微雜說》1 卷 《紫微雜記》1 卷 《東萊先生詩集》 《東萊呂紫微詩話》1 卷 《童蒙訓》1 卷 《法帖釋文刊誤》 《童蒙詩訓》1 卷 《紫微詞》1 卷 《東萊呂子爲師友雜志》1 卷 《師友淵源錄》 《官箴》1 卷 《呂居仁奏議》 《軒渠錄》 《江西宗派圖》1 卷 《江西詩派集》 《痛定錄》	歐陽炯《呂本中研究》

趙鼎 （1085～1147）	《建炎筆錄》 《辨誣筆錄》 《忠正德文集》	《四庫提要》
向子諲 （1085～1152）	《向薌林文集》 《酒邊集》1卷	王兆鵬 《兩宋詞人年譜、向子諲年譜》
沈與求 （1086～1137）	《龜溪集》	《四庫提要》
陳東 （1087～1128）	《少陽集》 《靖炎兩朝聞見錄》	《四庫提要》
洪皓 （1088～1155）	《松漠紀聞》 《鄱陽集》	《四庫提要》
鄭剛中 （1088～1154）	《周易窺餘》 《西征道里記》 《北山集》 《左氏九六編》 《經史專音》	《四庫提要》
李侗 （1088～1158）	《延平文集》	《四庫提要》
蔡伸 （1088～1156）	《友古詞》1卷	《四庫提要》
李彌遜 （1089～1153）	《筠溪集》 《筠溪樂府》	《四庫提要》
陳與義 （1090～1138）	《簡齋集》 《無住詞》	《四庫提要》
洪興祖 （1090～1155）	《楚詞補註》	《四庫提要》
張元幹 （1091～1161）	《蘆川歸來集》 《蘆川詞》	《四庫提要》
鄧肅 （1091～1161）	《栟櫚集》	《四庫提要》
張九成 （1092～1159）	《孟子傳》 《橫浦集》 《心傳錄》 《日新錄》	《四庫提要》

王之道 （1093～1169）	《相山集》	《四庫提要》
潘良貴 （1094～1150）	《默成文集》	《四庫提要》
楊無咎 （1097～1174）	《逃禪詞》	《四庫提要》
張浚 （1097～1164）	《紫巖易傳》	《四庫提要》
朱松 （1097～1143）	《韋齋集》	《四庫提要》
朱翌 （1097～1167）	《猗覺寮雜記》 《灊山集》	《四庫提要》
曹勛 （1098～1174）	《松隱文集》 《北狩聞見錄》	《四庫提要》
胡寅 （1098～1156）	《讀史管見》 《崇正辨》 《斐然集》	《四庫提要》
趙桓 （1100～1160）	《翰墨志》	《四庫提要》
魯言 （1100～1176）	《杜工部詩年譜》	《四庫提要》
劉子翬 （1101～1149）	《屏山集》	《四庫提要》
胡銓 （1102～1180）	《澹菴文集》100 卷 《周易拾道》10 卷 《書解》4 卷 《春秋集善》30 卷 《周官解》12 卷 《禮記解》30 卷 《經筵二禮講義》1 卷 《奏議》3 卷 《詩話》2 卷 《活國本草》3 卷	楊萬里《誠齋集・胡公行狀》

岳飛 （1103～1142）	《岳武穆遺文》	《四庫提要》
鄭樵 （1104～1162）	《禮經奧旨》 《六經奧論》 《爾雅註》 《通志》 《夾漈遺稿》	《四庫提要》
史浩 （1106～1194）	《尚書講義》 《鄮峰真隱漫錄》	《四庫提要》
陳康伯 （1107～1165）	《陳文恭公集》	《四庫提要》

（二）確定為南渡時人，但生卒年不詳

姓名（生卒）	著述情形	資料來源
阮閱 （？）	《詩話總龜》 《松菊集》 《郴江百詠》	《四庫提要》
歐陽澈 （？）	《歐陽修撰集》 《飄然集》	《四庫提要》
王安中 （？）	《初寮集》 《初寮詞》	《四庫提要》
朱敦儒 （1081～1159 年？）	《樵歌》	《四庫提要》
陳克 （1081 年～？）	《赤誠詞》 《東南防守利便》	《四庫提要》
李清照 （1084～1155 年？）	《漱玉詞》	《四庫提要》
劉才邵 （？）	《𣏌溪居士集》	《四庫提要》
許翰 （？～西元 1132）		
吳可 （宣和之末、北宋遺老至乾道淳熙尚在）		

黃徹 （1124 年進士）		
計有功 （1121 年進士）		
楊道 （？）	《雲莊四六餘話》	《四庫提要》
呂渭老 （？）	《聖求詞》1 卷	《四庫提要》
王銍 （？）	《默記》 《雲溪集》 《四六話》 《補侍兒小名錄》	《四庫提要》
張戒 （？）	《歲寒堂詩話》	《四庫提要》
王灼 （？）	《碧溪漫志》 《糖霜譜》	《四庫提要》
胡仔 （？）	《苕溪漁隱叢話》	《四庫提要》

（三）確定為南渡時人，但著述不詳

王浚明（1069～1153）	王克明（1069～1135）
陳過庭（1071～1130）	曾紆　（1073～1135）
王絢　（1073～1135）	徐俯　（1075～1471）
葉份　（1076～1147）	富直柔（1080～1156）
衛膚敏（1081～1129）	朱彈　（1081～1131）
魯詹　（1082～1133）	唐重　（1083～1128）
柳楲　（1084～1139）	蔡燦　（1085～1159）
李邴　（1085～1146）	趙世將（1085～1142）
李郁　（1086～1150）	胡憲　（1086～1162）
米友仁（1086～1165）	楊邦乂（1086～1129）
劉岑　（1087～1167）	吳敏　（1089～1132）
常同　（1090～1149）	劉勉之（1091～1149）
張燾　（1092～1166）	吳玠　（1093～1139）

楊椿　（1095～1167）	魯祭　（1096～1171）
劉子羽（1097～1146）	陳鵬飛（1099～1148）
吳璘　（1100～1165）	范如圭（1102～1162）
杜莘老（1107～1164）	程復亨（1107～1165）

附錄二：南渡時人詩詞數量表

姓　名	詩	詞	資料來源
楊時（1053～1135）	237		《龜山集》
宗澤（1059～1128）	18		《宗忠簡集》
蘇庠（1065～1147）		25	《全宋詞》
廖剛（1070～1143）		7	《全宋詞》
惠洪（1071～1128）		21	《全宋詞》
呂頤浩（1071～1139）	57	1	《全宋詞》《忠穆集》
米友仁（1071～1151）		19	《全宋詞》
羅從彥（1072～1135）	26	0	《全宋詞》
葛勝仲（1072～1144）	627	82	《全宋詞》、《丹陽集》
韓駒（1075～1135）	239	0	《陵陽集》
王安中（1075～1134）	185	55	《初寮集》
徐俯（1075～1141）		17	《全宋詞》
葉夢得（1077～1148）		101	《全宋詞》、《石林集》
程俱（1078～1144）	698		《北山律式》
劉一止（1078～1160）	302	42	《苕溪集》、《全宋詞》
李光（1078～1159）	425	13	《莊簡集》
王庭珪（1079～1171）	791	43	《盧溪文集》
汪藻（1079～1154）	282	4	《全宋詞》、《浮溪集》
孫覿（1081～1169）	576	1	《鴻慶居士集》

周紫芝（1082～1155）		156	《太倉稊米集》、《全宋詞》
綦崇禮（1083～1149）	72		《北海集》
張綱（1083～1166）	228	35	《華陽集》
李綱（1083～1140）	1530	58	《梁谿先生全集》
曾幾（1084～1166）	910		《茶山集》
呂本中（1084～1145）		27	《東萊大全集》
李清照（1084 年～？）	18	60	《李清照集校注》
向子諲（1085～1152）		175	《酒邊詞》
趙鼎（1085～1147）	274	25	《忠正德文集》
沈與求（1086～1137）	303	4	《龜溪集》、《全宋詞》
陳東（1087～1128）	32	4	《全宋詞》
胡松年（1087～1146）		2	《全宋詞》
洪皓（1088～1155）	127	2	《鄱陽集》、《全宋詞》
鄭剛中（1088～1154）	537	1	《全宋詞》
蔡伸（1088～1156）		175	《全宋詞》
李彌遜（1089～1153）	684	90	《筠溪集》
陳與義（1090～1138）	626	18	《陳與義集》
蘇籀（1091～1164）	322		《雙溪集》
張元幹（1091～1161）		185	《全宋詞》
鄧肅（1091～1132）	253	45	《栟櫚集》、《全宋詞》
張九成（1092～1159）	168		《橫浦集》
王之道（1093～1169）	856	187	《相山集》、《全宋詞》
潘良貴（1094～1150）	27	1	《默成文集》、《全宋詞》
朱松（1097～1143）	418	1	《韋齋集》、《全宋詞》
朱翌（1097～1171）	226	4	《灊山集》、《全宋詞》
陳康伯（1097～1165）		2	《全宋詞》
楊無咎（1097～1171）		177	《逃禪詞》
胡寅（1098～1156）	613	1	《全宋詞》
曹勛（1098～1174）	千餘首	185	《松隱集》
劉子翬（1101～1149）	657	4	《屏山集》
胡銓（1102～1180）	17	16	《澹庵文集》、《全宋詞》
史浩（1106～1194）		182	《鄮峰真隱漫錄》《全宋詞》

確定為南渡時人，但生卒年不詳

朱敦儒		246	《樵歌》
劉才邵	233		《㰘溪居士集》
吳芾	1123	1	《湖山集》
董穎		12	《霜節集》、《全宋詞》
歐陽澈	202	7	《飄然先生集、《全宋詞》
高登	31	12	《東溪集》
洪炎	145		《西渡集》
王鋌	188		《雪溪集》
李正民	287		《大隱集》
阮閱	94	6	《郴江百詠》、《全宋詞》
黃彥平	106		《三餘集》
呂渭老		134	《聖求詞》
万俟詠		30	《全宋詞》

附錄三：政壇與文壇大事年表

時　間		名人生卒	朝政大事	文壇大事
1077	熙寧十年	葉夢得生		
1078	元豐元年	李光生		
1079	元豐二年	汪藻生		
1080	元豐三年			
1081	元豐四年	朱敦儒生、孫覿生		
1082	元豐五年	周紫芝生		
1083	元豐六年	李綱生、王以寧生、綦崇禮生、曾鞏卒		
1084	元豐七年	李清照生、曾幾生、呂本中生		
1085	元豐八年	趙鼎生、向子諲生	三月，神宗崩，哲宗立。自元豐八年至元祐八年，起用舊黨，盡罷新法，史稱元祐時代。	
1086	元祐元年	王安石卒、司馬光卒		

1087	元祐二年			
1088	元祐三年	蔡伸生		
1089	元祐四年	李彌遜生		
1090	元祐五年	陳與義生		
1091	元祐六年	張元幹生、鄧肅生		
1092	元祐七年	葛立方生		
1093	元祐八年		高太后去世，哲宗親政，以紹述神宗新法爲志，改元紹聖，以章錞爲相	
1094	紹聖元年	胡仔生		
1095	紹聖二年	胡寅生	朝廷郊赦，獨元祐黨人不赦，且終生不徙。	
1096	紹聖三年	張浚生		
1097	紹聖四年			
1098	元符元年			
1099	元符二年			
1100	元符三年	秦觀卒	宋哲宗卒，章錞罷相	
1101	徽宗建中靖國元年	蘇軾卒	蔡京爲相	清照、明誠締婚
1102	徽宗崇寧元年	胡銓生	蔡京罷元祐法，籍元祐黨 120 人，御書刻石端	呂本中（19 歲）作《江西詩社宗派》
1103	徽宗崇寧二年	岳飛生、鄭樵生		詔毀三蘇、秦、黃等文集、宗室不得與元祐姦黨子孫爲婚姻、以元祐學術政事聚徒傳授者，必罰無赦。
1104	徽宗崇寧三年			詔元祐姦黨 309 人，徽宗親書刻石於文德殿之東壁。

1105	徽宗崇寧四年	黃庭堅卒		徽宗立大晟樂府。
1106	徽宗崇寧五年		蔡京罷相	毀元祐黨人碑，除黨人父兄子弟一切之禁，大赦天下。
1107	徽宗大觀元年		蔡京復相	蘇轍讚美韓駒詩如儲光羲，韓駒由是知名
1108	徽宗大觀二年			
1109	徽宗大觀三年		蔡京罷相	
1110	徽宗大觀四年	晁補之卒		徽宗寫〈大晟樂記〉。徐俯、洪駒父、洪炎父、蘇庠、呂本中、汪藻、向子諲、張元幹等江西詩人敘遊，作〈水調歌頭〉
1111	徽宗政和元年			
1112	徽宗政和二年	蘇轍卒		
1113	徽宗政和三年			
1114	徽宗政和四年			
1115	徽宗政和五年			
1116	徽宗政和六年			
1117	徽宗政和七年			
1118	徽宗宣和元年			
1119	徽宗宣和元年			
1120	徽宗宣和二年			
1121	徽宗宣和三年	周邦彥卒		
1122	徽宗宣和四年			
1123	徽宗宣和五年		遼舉兵攻破景薊二州，復攻燕，郭藥師與戰，破之，舉國相慶	王黼專政，禁元祐學術，凡舉人傳習祐學術者，以違制論。

1124	徽宗宣和六年			詔有收蘇黃文集者，令禁毀，犯者以大不恭論。李綱與張元幹初相識。梁師成訴於徽宗曰：蘇軾何罪？自是蘇文乃稍出。
1125	徽宗宣和七年	陸游生	金人南侵，徽宗遜位，欽宗繼位，朝議紛紛，或建議遷都西安，或建議遷都襄陽	罷大晟樂府。
1126	欽宗 靖康元年	范成大生、周必大生	金人攻逼東京，徽宗幸亳州，宋遣使請和，金責以金銀布帛，割太原、中山、河間三鎮，宋皆許之，金人退師。李綱除相，在位七十餘日。太學生陳東上書請誅蔡京、復李綱職	解除元祐黨籍學術之禁。
1127	欽宗靖康二年、南宋高宗 建炎元年	陳東卒， 楊萬里生	金兵擄徽宗欽宗及六宮皇族北去，是爲靖康之難。金立張邦昌爲帝，國號楚，僭位33日。高宗即位於南京	汪藻代筆〈隆祐太后手書〉迎隆祐太后垂簾聽政，高宗下詔禁樂。
1128	高宗建炎二年		隆祐太后至杭州	
1129	高宗建炎三年	趙明誠卒（49歲）	三月，苗傅兵諫，逼高宗遜位皇子，四月苗傅兵敗，高宗復位。升杭州爲臨安府，定都臨安；金兵渡江，破撫州、建康、臨安府，高宗在揚州，後入潮州，夜半乘潮解桴往瓊州；金人焚揚州，高宗罪	

			李綱以謝金人，是爲維揚禍變。胡銓等人募義兵	
1130	高宗建炎四年		金兵以舟師追高宗，高宗至溫州。福建饑民范汝爲造反。	
1131	高宗紹興元年		高宗駐蹕溫州，秦檜爲相。隆祐皇太后孟氏	張元幹歸隱故鄉。
1132	高宗紹興二年	張孝祥生、鄧肅卒	秦檜罷相。韓世忠收復建州，欲盡殺之，李綱曰：建州百姓多無辜，由是多所全活。	清照再適張汝舟。
1133	高宗紹興三年			呂本中《夏均父集序》提出活法說。
1134	高宗紹興四年		金人立劉豫爲齊帝，結金南犯，分道渡淮；張浚罷任，宋以趙鼎爲左相，勸駕親征。	清照寫《金石錄序？》
1135	高宗紹興五年	韓駒卒	高宗駐蹕平江府；徽宗駕崩於金。	
1136	高宗紹興六年		高宗駐蹕臨安府。僞齊聚兵淮陽，爲韓世忠所挫，史稱淮陽之戰。	
1137	高宗紹興七年		高宗駐蹕平江府，下移蹕建康府。劉豫僞齊被	李綱〈請立志以成中興疏〉。
1138	高宗紹興八年	陳與義卒（49歲）	高宗自建業至臨安府，定都於此。金派使者至臨安，視南宋爲藩屬，議和要南宋稱臣，群議譁然，李綱、胡銓、張浚等人上書	張元幹寫〈賀新郎〉詞支持李綱與胡銓。

			阻合議。後議成，此爲第一次紹興和議，金人退還河南地。金人族誅北方諸王，金太宗卒，熙宗立。	
1139	高宗紹興九年			
1140	高宗紹興十年	辛棄疾生，李綱卒		朱弁《風月堂詩話》成。
1141	高宗紹興十一年		宋金合議成。	
1142	高宗紹興十二年	岳飛卒、綦崇禮卒		皇太后自金返，高宗親迎，下詔弛天下樂
1143	高宗紹興十三年			
1144	高宗紹興十四年			
1145	高宗紹興十五年			
1146	高宗紹興十六年			曾慥《樂府雅詞》
1147	高宗紹興十七年			
1148	高宗紹興十八年		趙鼎絕食而死。	胡仔《苕溪漁隱叢話》前集做序。
1149	高宗紹興十九年			王灼《碧雞漫志》
1150	高宗紹興二十年			
1151	高宗紹興二十一		張元幹下獄。	
1152	高宗紹興二十二	向子諲卒		
1153	高宗紹興二十三			
1154	高宗紹興二十四	汪藻卒		
1155	高宗紹興二十五	秦檜卒		清照上《金石錄》于朝。
1156	高宗紹興二十六		欽宗駕崩於金。	
1157	高宗紹興二十七			
1158	高宗紹興二十八			
1159	高宗紹興二十九			
1160	高宗紹興三十年			

1161	高宗紹興三十一		金海陵自燕京遷都汴京；南犯失敗。辛棄疾（22 歲）在北率義軍起	鄭樵上《通志》。
1162	高宗紹興三十二		辛棄疾自北南渡。高宗禪位，孝宗及位。	
1163	孝宗隆興元年		五月，宋軍大潰於符離，徹底瓦解了孝宗的恢復之志。	
1164	孝宗隆興二年		宋金立〈隆興和議〉正式成立，此後宋金四十年不交兵。	
1165	孝宗隆興三年			辛棄疾上《美芹十論》
1166	孝宗隆興四年	曾幾卒		
1167	孝宗隆興五年			
1168	孝宗隆興六年			

參考書目

壹、專著部分

一、南渡時人作品集

1. 《忠穆集》，呂頤浩，文淵閣四庫全書本。
2. 《後胡詞》，蘇庠，文淵閣四庫全書本。
3. 《高峰文集》，廖剛，文淵閣四庫全書本。
4. 《丹陽集》，葛勝仲，文淵閣四庫全書本。
5. 《建康集》，葉夢得，文淵閣四庫全書本。
6. 《苕溪集》，劉一止，文淵閣四庫全書本。
7. 《北山小集》，程俱，文淵閣四庫全書本。
8. 《莊簡集》，李光，文淵閣四庫全書本。
9. 《浮溪集》，汪藻，文淵閣四庫全書本。
10. 《盧溪集》，王庭珪，文淵閣四庫全書本。
11. 《鴻慶居士集》，孫覿，文淵閣四庫全書本。
12. 《太倉稊米集》，周紫芝，文淵閣四庫全書本。
13. 《華陽集》，張綱，文淵閣四庫全書本。
14. 《北海集》，綦崇禮，文淵閣四庫全書本。
15. 《梁谿先生全集》，李綱，文淵閣四庫全書本。
16. 《茶山集》，曾幾，文淵閣四庫全書本。
17. 《東萊先生詩集》，呂本中，文淵閣四庫全書本。

18. 《忠正德文集》，趙鼎，文淵閣四庫全書本。
19. 《向薌林文集》，向子諲，文淵閣四庫全書本。
20. 《龜溪集》，沈與求，文淵閣四庫全書本。
21. 《鄱陽集》，洪浩，文淵閣四庫全書本。
22. 《松隱文集》，曹勛，文淵閣四庫全書本。
23. 《韋齋集》，朱松，文淵閣四庫全書本。
24. 《默成文集》，潘良貴，文淵閣四庫全書本。
25. 《相山集》，王之道，文淵閣四庫全書本。
26. 《栟櫚集》，鄧肅，文淵閣四庫全書本。
27. 《蘆川歸來集》，張元幹，文淵閣四庫全書本。
28. 《屏山集》，劉子翬，文淵閣四庫全書本。
29. 《澹菴文集》，胡銓，文淵閣四庫全書本。
30. 《岳武穆遺文》，岳飛，文淵閣四庫全書本。
31. 《李清照全集校注》，李清照著、王仲聞注，漢京出版社，86 年 9 月。
32. 《宋宗忠簡公集》，宗澤著，中國文獻出版公司，54 年 10 月。
33. 《陳與義集》，陳與義撰，漢京文化事業有限公司，72 年 6 月。
34. 《陳與義詩歌研究》，吳淑鈿，1989，香港大學。
35. 《周邦彥詞賞析集》，白敦仁主編，大陸，巴蜀書社出版，1988 年 11 月。
36. 《呂本中研究》，歐陽炯撰，78 年，東吳大學中文研究所博士論文。

二、年譜與歷史專書

（一）名人年譜

1. 《北宋文學家年譜：蘇籀年譜》，曾棗莊、舒大剛著，文津，1999。
2. 《宋李天紀先生綱年譜》，王雲五主編，商務，69 年 6 月。
3. 《李綱年譜長編》，趙效宣，台灣商務印書館，1970。
4. 《宋羅豫章先生從彥年譜、宋李延平先生侗年譜》，王雲五主編，商務，69 年 4 月。
5. 《陳與義年譜》，白敦仁，中華書局，1983。
6. 《蘇過年譜》，舒大綱，《三蘇後代研究》，大陸巴蜀出版社，1995 年 12 月。
7. 《蘇籀年譜》，舒大綱，《三蘇後代研究》，大陸巴蜀出版社，1995

年 12 月。
8. 《忠簡公年譜》，吳洪澤編，宋人年譜集目（宋編宋人年譜選刊），大陸巴蜀出版社，1995 年 9 月。
9. 《呂忠穆公年譜》，吳洪澤編，宋人年譜集目（宋編宋人年譜選刊），大陸巴蜀出版社，1995 年 9 月。
10. 《李綱年譜》，吳洪澤編，宋人年譜集目（宋編宋人年譜選刊），大陸巴蜀出版社，1995 年 9 月。
11. 《宣撫資政鄭公年譜》（鄭剛中），吳洪澤編，宋人年譜集目（宋編宋人年譜選刊），大陸巴蜀出版社，1995 年 9 月。
12. 《葛勝仲年譜》，王兆鵬著，《兩宋詞人年譜》，文津，83。
13. 《葉夢得年譜》，王兆鵬著，《兩宋詞人年譜》，文津，83。
14. 《呂本中年譜》，王兆鵬著，《兩宋詞人年譜》，文津，83。
15. 《向子諲年譜》，王兆鵬著，《兩宋詞人年譜》，文津，83。

（二）歷史與文化專著

甲、歷史方面

1. 《三朝北盟彙編》，宋、徐夢莘，大化出版，1977 年。
2. 《宋史》，元、脫脫，新文豐，1975 年 10 月。
3. 《宋史新編》，明、柯維騏，新文豐，1974 年。
4. 《宋論》，清、王夫之，洪氏，1981 年。
5. 《宋代修史制度研究》（大陸地區博士論文叢刊），蔡崇榜著，文津，80 年 6 月。
6. 《宋代政治史》，林瑞翰著，正中，78 年 7 月。
7. 《宋史研究集》，中華叢書委員會印行，發行人：顧俊，木鐸出版，77 年 8 月。
8. 《宋徽宗》，中華叢書委員會印行，發行人：顧俊，木鐸出版，77 年 8 月。
9. 《宋遼夏金史話》，中華叢書委員會印行，發行人：顧俊，木鐸出版，77 年 8 月。
10. 《兩京夢華》，中華叢書委員會印行，發行人：顧俊，木鐸出版，77 年 8 月。
11. 《北方移民與南宋社會變遷》，中華叢書委員會印行，發行人：顧俊，木鐸出版，77 年 8 月。
12. 《南宋高宗偏安江左原因之探討》，張峻榮著，文史哲，75 年 3 月。

13. 《建炎以來繫年要錄》，宋、李心傳，台北，藝文印書館，60 年。
14. 《建炎以來朝野雜記》，宋、李心傳，台北，藝文印書館，58 年。

乙、文化方面

15. 《中國古代的書院制度》，陳元暉，上海教育出版社，1981 年。
16. 《中國歷代名將》，陳梧桐、蘇雙碧合著，大陸，河南人民出版社，1983 年 6 月。
17. 《中國古籍印刷史》，大陸印刷工業出版社，1984 年。
18. 《中國散文美學》，吳小林，里仁，84 年。
19. 《中國文化概論》，李宗桂，大陸中山大學出版社，1998 年 2 月。
20. 《宋代美學思潮》，霍然著，大陸，長春出版社，1997 年 8 月。
21. 《宋代刻書述略》，李致忠，大陸，圖書館理論與實踐，1983 年。
22. 《宋元學案》，清、黃宗羲，全祖望修補，河洛，1975 年。
23. 《宋人軼事彙編》，丁傳靖，商務，1982 年。
24. 《宋代教育》，苗春德，大陸河南大學出版社，1999 年。
25. 《宋儒風采》，王瑞明，大陸岳麓出版，1997 年。
26. 《道家及其對文學的影響》，李生龍，大陸岳麓出版社，1998 年 3 月。
27. 《風雅淵源——文人生活的美學》，范宜如、朱書萱合著，台灣書店，1998 年。
28. 《歷代名臣傳》，朱熹，文津，1986 年。

三、詩話、筆記

1. 《石林詩話》，宋、葉夢得，台北新興出版社，1975 年。
2. 《宋詩紀事》，清、厲顎編，中華，1971 年。
3. 《歷代詩話》，何文喚輯，漢京文化事業有限公司，1983 年 1 月。
4. 《歷代詩話續編》，丁福葆輯，木鐸出版社，1983 年 9 月。
5. 《東京夢華錄》，孟元老撰，漢京文化事業有限公司，1984 年 3 月。
6. 《昭昧詹言》，方東樹撰，漢京文化事業有限公司，1985 年 9 月。
7. 《詩藪》，明、胡應麟，廣文，1973 年 9 月。
8. 《詩品》，齊、鍾嶸，商務，1969 年。
9. 《詩人玉屑》，魏慶之撰，世界書局，1980 年 10 月。
10. 《清詩話》，丁福葆輯，木鐸出版社，1988 年 9 月。
11. 《清詩話續編》，郭紹虞編，木鐸出版社，1983 年 12 月。

12. 《夢溪筆談》，沈括撰，世界書局，1965 年 3 月。
13. 《夢粱錄》，吳自牧撰，文海出版社，1981 年。
14. 《藝概》，清、劉熙載，廣文，1972 年。
15. 《鶴林玉露》，羅大經撰，新興書局筆記小說大觀，1979 年。
16. 《碧雞漫志》，宋、王灼，唐圭璋主編，《詞話叢編》，新文豐出版，1988 年 2 月。
17. 《詞源》，宋、張炎，唐圭璋主編，《詞話叢編》，新文豐出版，1988 年 2 月。
18. 《樂府指迷》，宋、沈義父，唐圭璋主編，《詞話叢編》，新文豐出版，1988 年 2 月。
19. 《詞論》，清、張祥齡，唐圭璋主編，《詞話叢編》，新文豐出版，1988 年 2 月。
20. 《詞徵》，清、張德瀛，唐圭璋主編，《詞話叢編》，新文豐出版，1988 年 2 月。
21. 《詞綜偶評》，清、許昂霄，唐圭璋主編，《詞話叢編》，新文豐出版，1988 年 2 月。
22. 《詞苑萃編》，清、馮金伯，唐圭璋主編，《詞話叢編》，新文豐出版，1988 年 2 月。
23. 《聽秋聲館詞話》，清、丁紹儀，唐圭璋主編，《詞話叢編》，新文豐出版，1988 年 2 月。
24. 《歷代詞話》，清、王奕清等，唐圭璋主編，《詞話叢編》，新文豐出版，1988 年 2 月。
25. 《論詞隨筆》，清、沈祥龍，唐圭璋主編，《詞話叢編》，新文豐出版，1988 年 2 月。

四、詩詞評論

（一）流變史

1. 《中國文學史》，葉慶炳，台北學生書局，1966 年。
2. 《中國詞曲史》，王易，洪氏出版社，1981 年 1 月。
3. 《中國詞學史》，謝桃坊，大陸，巴蜀書社出版，1996 年。
4. 《中國詞曲史》，張建業、李勤印著，台北文津出版社，1996 年 8 月。
5. 《宋代文學思想史》，張毅，大陸中華書局，1995 年 4 月。
6. 《宋詩史》，許總，大陸重慶出版社，1992 年 3 月。

7. 《南宋詞史》，陶爾夫、劉敬圻著，大陸，黑龍江人民出版社，1992年12月。
8. 《唐宋詞史》，楊海明，江蘇，古籍出版社，1987年12月。

（二）批評理論史

1. 《中國文學批評史》，郭紹虞，台北明倫出版社，1971年。
2. 《中國文學批評史》，羅根澤，台北明倫出版社，不著出版年月。
3. 《中國文學批評史大綱》，朱東潤，台北開明書局，1960年初版。
4. 《中國文學發展史》，劉大杰，台北華正書局，1991年7月。
5. 《中國文學理論史》，黄保眞、成復旺、蔡鐘翔，大陸，北京出版社，1987年7月。
6. 《中國文學批評》，張健，五南圖書出版公司，1984年9月。

（三）詩學

1. 《中國詩學》（設計篇、思想篇），黃永武，巨流圖書公司，1979年4月。
2. 《中國詩歌藝術研究》，袁行霈，五南圖書出版公司，1989年5月。
3. 《中國詩歌美學》，蕭馳，北京大學出版社，1986年10月。
4. 《宋詩鑑賞辭典》，繆鉞等撰，上海辭書出版社，1987年12月。
5. 《宋詩概說》，日本、吉川幸次郎，台北，聯經出版社，1988 年 9月。
6. 《宋詩之傳承與開拓》，張高評，文史哲出版社，1990年2月。
7. 《宋詩派別論》，梁昆，台北，東昇出版社，69年5月。
8. 《宋代詩學中的晚唐觀》，黃奕珍，文津出版社，1998年4月。
9. 《宋詩縱横》，趙仁珪，北京，中華書局出版，1994年6月。
10. 《宋人主理——明代復古派反宋詩的原因》，陳國球，台北，學生書局，1990年。
11. 《宋詩研究》，胡雲，宏業出版，61年2月。
12. 《南宋詩人論》，胡明，台北學生書局，1990年6月。
13. 《南宋詠史詩研究》，季明華，1989年9月。
14. 《南宋四大家詠花詩研究》，蕭翠霞，文津，83年5月。
15. 《杜詩學通論》，許總，台北，聖環，86年2月。
16. 《詩與美》，黃永武，洪範書局，1987年12月。
17. 《詩與詩學》，杜松柏，五南出版，87年9月。

18. 《詩史本色與妙悟》，龔鵬程，學生，1993 年 2 月。
19. 《詠史詩註析》，降大任編，山西人民出版社，1985 年。
20. 《詠史詩與中國泛歷史主義》，許銅，水牛出版，86 年 8 月。
21. 《歷代諷諭詩選》，徐元選注，木鐸，77 年 9 月。
22. 《總是玉關情——唐代邊塞詩初探》，何寄澎，聯經，67 年 6 月。
23. 《禪思與詩情》，孫武昌，大陸中華書局，1997 年。

（四）詞學

甲、選集類

1. 《全唐五代詞》，張璋、黃畬編，文史哲，1986 年。
2. 《全宋詞》，唐圭璋編，世界書局，1964 年。
3. 《詞選、續詞選》，鄭騫編注，台北中國文化大學出版社，1988 年 3 月。
4. 《唐宋詞選注》，張夢機、張師子良編注，華正，1991 年 4 月。
5. 《唐宋詞簡釋》，唐圭章選釋，宏業，1983 年 4 月。

乙、詞學論著

1. 《人間詞話》，王國維，大夏，1983 年 4 月。
2. 《中國詞學的現代觀》，葉嘉瑩，大安，1989 年 9 月。
3. 《日本學者中國詞學論文集》，王水照編選，大陸，上海古籍出版社，1991 年 5 月。
4. 《宋詞通論》，薛礪若，開明，1982 年 4 月。
5. 《宋詞概論》，謝桃坊，大陸，四川文藝出版社，1992 年 8 月。
6. 《宋詞研究之路》，劉揚忠，大陸，天津教育出版社，1989 年 7 月。
7. 《宋詞蒙太奇》，劉逸生，大鴻，1991 年 1 月。
8. 《宋詞四考》，唐圭璋，台北明倫出版社，1971 年 4 月。
9. 《宋詞研究之路》，劉揚忠，大陸，天津教育出版社，1989 年 7 月。
10. 《宋詞》，周篤文，國文天地，1991 年 4 月。
11. 《宋人雅詞原論》，趙曉蘭，大陸，巴蜀出版社，1999 年 9 月。
12. 《宋南渡詞人群體研究》，王兆鵬，文津，1992 年 3 月。
13. 《宋南渡詞人》，黃文吉，學生書局，1985 年 5 月。
14. 《南宋詞研究》，王偉勇，文史哲，76 年 9 月。
15. 《兩宋詠物詞研究》，馬寶連，師大 72 年國研所碩士。

16. 《詞曲》，蔣伯潛，台北，世界書局，1975 年。
17. 《詞律探原》，張夢機，文史哲，1981 年 11 月。
18. 《詞與音樂》，劉堯民，雲南人民出版社，1985 年 5 月。
19. 《詞學新銓》，弓英德，商務，1982 年 9 月。
20. 《詞筌》，余毅恆，正中，1991 年 10 月。
21. 《詞學古今談》，繆鉞、葉嘉瑩，國文天地，1992 年。
22. 《詞學研究書目》，黃文吉主編，文津，1993 年 4 月。
23. 《詞曲論稿》，羅沆烈，木鐸出版社，1982 年 6 月。
24. 《苕華詞與人間詞話述評》，王宗樂，東大，1986 年 8 月。
25. 《歷代詞評》，王壽南、陳永逢主編，商務出版，67 年 6 月。
26. 《唐宋詞主題風格探索》，楊海明，高雄，麗文出版，1995 年 10 月。
27. 《唐宋詞的風格學》，楊海明，木鐸，1987 年 6 月。
28. 《唐宋詞格律》，龍沐勛，里仁，1986 年 12 月。
29. 《群體的選擇：唐宋人選詞與詞選通論》，蕭鵬，台北，文津出版，1992 年。
30. 《讀詞偶得》，劉甫琴發行，開明，1979 年。
31. 《讀詞常識》，陳振寰，國文天地，1989 年 12 月。
32. 《靈谿詞說》，繆鉞、葉嘉瑩，國文天地，1989 年 12 月。

（五）創作理論

1. 《文心雕龍》，劉勰撰、周振甫注，里仁書局，1984。
2. 《文藝心理學》，朱光潛，台灣開明書局，1991 年 6 月。
3. 《中國藝術精神》，徐復觀，台灣學生書局，81 年 7 月。
4. 《中國古代文學創作論》，張少康，北京大學出版社，1983 年 12 月。
5. 《中國古代文藝美學範疇》，曾祖蔭，文津出版，1987 年 8 月。
6. 《六朝情境美學綜論》，鄭毓瑜，台灣，學生書局，85 年 3 月。
7. 《比興物色與情景交融》，蔡英俊，大安出版，75 年 5 月。
8. 《仕隱與中國文學》（六朝篇），王文進，台北台灣書局，88 年 2 月。
9. 《字句鍛鍊法》，黃永武，洪範書局，1989 年 1 月。
10. 《宋代崇道風氣與詩歌創作初探》，林佳蓉，《宋代文學叢刊》第二期，台北，1996 年。
11. 《詩詞曲欣賞論稿》，萬云駿，大陸中國社會科學出版社，1986 年 9 月。

12. 《美學與意境》，宗白華，淑馨出版社，1989 年 4 月。
13. 《魏晉詠物賦研究》，廖國棟，文史哲出版，79 年 10 月。

貳、論文部分

一、論文選輯

1. 《從科舉與輿服制度看宋代的商人政策》，《宋史研究論叢》第二輯，1951 年 5 月。
2. 《宋詩漫談》，吳小如，張高評主編，《宋詩綜論叢編》，麗文，82 年 3 月。
3. 《宋詩臆說》，謝宇衡，張高評主編，《宋詩綜論叢編》，麗文，82 年 3 月。
4. 《宋代詩歌的藝術特點和教訓》，王水照，張高評主編，《宋詩綜論叢編》，麗文，82 年 3 月。
5. 《宋詩的分期的標準》，陳植鍔，張高評主編，《宋詩綜論叢編》，麗文，82 年 3 月。
6. 《宋代詩話鳥瞰》，錢仲聯，張高評主編，《宋詩綜論叢編》，麗文，82 年 3 月。
7. 《杜詩與宋人詩歌價值觀》，林繼中，張高評主編，《宋詩綜論叢編》，麗文，82 年 3 月。
8. 《論宋學對杜詩的曲解和誤解》，許總，張高評主編，《宋詩綜論叢編》，麗文，82 年 3 月。
9. 《論杜甫晚期近體詩的特點及其對宋人的影響》，莫礪鋒，張高評主編，《宋詩綜論叢編》，麗文，82 年 3 月。
10. 《從陶杜詩的典範意義看宋詩的審美意義》，程杰，張高評主編，《宋詩綜論叢編》，麗文，82 年 3 月。
11. 《尚意的詩學與宋代人文精神》，胡曉明，張高評主編，《宋詩綜論叢編》，麗文，82 年 3 月。
12. 《論宋代詩詞異同之爭》，李昌集，張高評主編，《宋詩綜論叢編》，麗文，82 年 3 月。
13. 《宋代理學與宋代文學創作》，閻福玲，張高評主編，《宋詩綜論叢編》，麗文，82 年 3 月。
14. 《宋人稱杜詩爲詩史說評析》，楊松年，《中國古典文學批評論集》。
15. 《陳師道的文學批評研究》，張建，《文學評論》第一集。

16. 《悲壯藝術的時空性格》，姚一葦，《文學評論》第三集。
17. 《詠物詩的評價標準》，黃永武，《古典文學》第一集。
18. 《詞的詩化——宋詞蓬勃發展的一項重要因素》，徐信義，《古典文學》第四集。
19. 《評歷代詞話論周美成詞之得失》，韋金滿，《古典文學》第五集。
20. 《李義山的詠史詩》，黃盛雄，《古典文學》第七集。
21. 《詩史觀念的發展》，龔鵬程，《古典文學》第七集。
22. 《杜詩爲詩史說評析》，楊松年，《古典文學》第七集。
23. 《邊塞詩形成於南朝論》，王文進，《古典文學》第十一集。
24. 《賦比興新論》，王念恩，《古典文學》第十一集。
25. 《黃山谷的學古論》，黃景進，台大中國文學研究所主編，《宋代文學與思想》，學生書局，78 年 8 月。
26. 《宋詩與翻案》，張高評，台大中國文學研究所主編，《宋代文學與思想》，學生書局，78 年 8 月。
27. 《論宋詩》，繆鉞，黃永武、張高評主編，《宋詩論文選輯》第一輯，高雄，復文書局，1988 年 5 月。
28. 《宋代詩學》，黃節，黃永武、張高評主編，《宋詩論文選輯》第一輯，高雄，復文書局，1988 年 5 月。
29. 《唐詩與宋詩》，曾克耑，黃永武、張高評主編，《宋詩論文選輯》第一輯，高雄，復文書局，1988 年 5 月。
30. 《宋詩特徵試論》，徐復觀，黃永武、張高評主編，《宋詩論文選輯》第一輯，高雄，復文書局，1988 年 5 月。
31. 《宋代詩學述要》，杜松柏，黃永武、張高評主編，《宋詩論文選輯》第一輯，高雄，復文書局，1988 年 5 月。
32. 《知性的反省——宋詩的基本風貌》，龔鵬程，黃永武、張高評主編，《宋詩論文選輯》第一輯，高雄，復文書局，1988 年 5 月。
33. 《技進於道的宋代詩學論江西詩派》，龔鵬程，黃永武、張高評主編，《宋詩論文選輯》第一輯，高雄，復文書局，1988 年 5 月。
34. 《江西詩社宗派》，龔鵬程，黃永武、張高評主編，《宋詩論文選輯》第一輯，高雄，復文書局，1988 年 5 月。
35. 《南宋文學批評資料彙編敘論》，張健，黃永武、張高評主編，《宋詩論文選輯》第二輯，高雄，復文書局，1988 年 5 月。
36. 《張戒詩論研究》，張健，黃永武、張高評主編，《宋詩論文選輯》第二輯，高雄，復文書局，1988 年 5 月。

37. 《釋江西詩社「學詩如參禪」之說兼論宋代詩學的理論結構》，龔鵬程，黃永武、張高評主編，《宋詩論文選輯》第三輯，高雄，復文書局，1988 年 5 月。
38. 《宋人理趣與山谷詩中的倫理精神》，汪中，黃永武、張高評主編，《宋詩論文選輯》第三輯，高雄，復文書局，1988 年 5 月。
39. 《宋元詩歌美學》，葉朗，黃永武、張高評主編，《宋詩論文選輯》第三輯，高雄，復文書局，1988 年 5 月。
40. 《黃庭堅詩的三個問題——詩作分期、詩體變異及詩論的建立》，黃啓方，黃永武、張高評主編，《宋詩論文選輯》第三輯，高雄，復文書局，1988 年 5 月。
41. 《黃庭堅詩歌的藝術成就》，陳永正，黃永武、張高評主編，《宋詩論文選輯》第三輯，高雄，復文書局，1988 年 5 月。
42. 《宋代文學研究的價值與方向（代序）》，張高評，張高評主編，《宋代文學研究叢刊》創刊號，麗文文化事業公司，1997 年。
43. 《從語言風格論「豪放與婉約」兼述「正變」問題》，王三慶，張高評主編，《宋代文學研究叢刊》創刊號，麗文文化事業公司，1997 年。
44. 《不犯正位與宋詩特色》，張高評，張高評主編，《宋代文學研究叢刊》創刊號，麗文文化事業公司，1997 年。
45. 《韓駒詩風格析論》，吳榮富，張高評主編，《宋代文學研究叢刊》創刊號，麗文文化事業公司，1997 年。
46. 《蘇軾以賦爲文初探》，廖國棟，張高評主編，《宋代文學研究叢刊》創刊號，麗文文化事業公司，1997 年。
47. 《宋詩特徵論》，許總，張高評主編，《宋代文學研究叢刊》第二期，麗文文化事業公司，1997 年。
48. 《和合集成與宋詩新變——從宋詩特色談「以史筆爲詩」之形成》，張高評，張高評主編，《宋代文學研究叢刊》第二期，麗文文化事業公司，1997 年。
49. 《論宋代的言情詩》，曾棗莊，張高評主編，《宋代文學研究叢刊》第二期，麗文文化事業公司，1997 年。
50. 《韓駒詩論——兼論換骨、中的、活法、飽參》，黃景興，張高評主編，《宋代文學研究叢刊》第二期，麗文文化事業公司，1997 年。
51. 《論宋詩的特色及其形成的主要背景——以詩人的時間與空間爲基礎考察》，張雙英，張高評主編，《宋代文學研究叢刊》第三期，麗文文化事業公司，1997 年。

52. 《換骨、中的、活法、飽參——江西詩派理論研究》，黃景興，張高評主編，《宋代文學研究叢刊》第三期，麗文文化事業公司，1997年。
53. 《吳蔡體與稼軒體》，趙維江，張高評主編，《宋代文學研究叢刊》第三期，麗文文化事業公司，1997年。
54. 《宋代文賦特質辨析——文賦之說理傾向》，陳韻竹，張高評主編，《宋代文學研究叢刊》第三期，麗文文化事業公司，1997年。
55. 《南宋初年使金詩人邊塞詩初探》，林珍瑩，張高評主編，《宋代文學研究叢刊》第五期，麗文文化事業公司，1997年。
56. 《論兩宋文人詞學觀的矛盾性及其價值》，王曉驪，張高評主編，《宋代文學研究叢刊》第五期，麗文文化事業公司，1997年。
57. 《試論宋代詠史詞的形成與發展》，鄭淑玲，張高評主編，《宋代文學研究叢刊》第五期，麗文文化事業公司，1997年。
58. 《本色之論與雅俗之辨——宋代詞學批評的標準與蘄向》，李揚，張高評主編，《宋代文學研究叢刊》第五期，麗文文化事業公司，1997年。
59. 《個性與審美意識之覺醒——建安文學品評》，斐斐，《魏晉南北朝文學與思想學術研討會論文集》第二輯。

二、期刊單篇論文

（一）主題論文

1. 〈呂本中與南宋初期詩風演變〉，張鳴，《北京文史知識》，1994年4月。
2. 〈周邦彥三題〉，（香港）羅伉列，《文學評論》，1993年第1期。
3. 〈張戒生平及其詩話作時考略〉，陳應鸞，《文學遺產》，1989年6月。
4. 〈張戒論詩：尚意與崇杜〉，楊勝寬，《杜甫研究學刊》，1998年2月。
5. 〈張戒論詩歌審美生成〉，張駿翬，《四川師範大學學報》（社科版），1996年2月。
6. 〈黃庭堅何以讚賞杜甫的夔州詩——山谷詩歌觀一瞥〉，鄭喬彬。
7. 〈陳與義的詩風與江西詩派辨〉，劉紅梅，《學術月刊》（滬），1994年8月。
8. 〈談易安後期詞的幾點突破〉，李元惠、孫宗勝，《內蒙古民族師院學報》（哲學社會科學版），1992年4月。

9. 〈試論南宋前期詞風之轉變〉，喻朝剛，《中國古代近代文學研究》，1984年2月。
10. 〈論葉夢得的詩學思想〉，張晶，《中國古代近代文學研究》，1997年1月。
11. 〈論呂本中的七言古詩〉，王錫九，《揚州師院學報》（社科版），1996年1月。
12. 〈論陳與義的詩歌〉，艾思同，《江西社會科學》，1989年1月。
13. 〈論蘇軾與南宋初詞風之轉變〉，方志范，《華東師範大學學報》（哲學社會科學版）。
14. 〈從《歲寒堂詩話》看兩宋之際理學文學觀的演進〉，羅玉州，《四川師範大學學報》（社科版），1997年2月。
15. 〈豪放與婉約並存——淺談李清照的詩風與詞風〉，張素琴，《河北大學學報》（哲學社會科學版），1990年第3期。
16. 〈漫話「詞序」〉，李家欣，《中國古代近代文學研究》，1998年3月。

（二）相關論文

1. 〈中國詠史詩的發展與評價〉，黃筠，《中國文化研究》，1994年冬。
2. 〈元稹諷諭詩初探〉，簡光明，《中國國學》，86年10月，第25期。
3. 〈史詩與詩史〉，龔鵬程，《中外文學》，十二卷2期。
4. 〈江山之助——中國古代文學地域風格論初探〉，吳承學，《文學評論》，1990年。
5. 〈永嘉東渡與中國文藝傳統的蛻變〉，高小康，《文學評論》，1996年，第3期。
6. 〈宋詞與宋室風流〉，韓經太，《中國古代近代文學研究》，1994年6月。
7. 〈宋詞：對峙中的整合與遞嬗中的偏取〉，韓經太，《文學評論》，1995年，第5期。
8. 〈宋詞雅化規範化之宏觀透視〉，歐明俊，《紹興師專學報》，1993年1月。
9. 〈宋詩的活法與禪宗的思維方式〉，張晶，《文學遺產》，1989年6月。
10. 〈宋詞史上的矛盾運動〉，包新旺，《中國古代近代文學研究》，1996年3月。
11. 〈宋代疑古主義與文學批評〉，祝振玉，《文學評論》，1992年，第5期。

12. 〈宋代詩話與江西詩派〉，劉德重，《中國古代近代文學研究》，1996年6月。
13. 〈明清之際文藝思潮的轉折〉，高小康，《文學評論》，1992年，第1期。
14. 〈詩不能無興〉，邵明珍，《文藝理論研究》，1995年，第3期。
15. 〈兩宋詞論述略〉，吳熊和，《杭州大學學報》第12卷第2期，1982年6月。
16. 〈試論宋詞對唐詩的化用及其文化解讀〉，陳永宏，《中國古代近代文化研究》，1996年4月。
17. 〈禪與唐宋詩人心態〉，張晶，《文學評論》，1997年，第3期。
18. 〈從宋代城市審美文化的產生看士大夫與市民藝術的不同〉，羅筠筠，《濟南、文史哲學報》，1997年2月。
19. 〈從音樂的角度談姜白石詞風對傳統的繼承〉，杲如，《中國古代近代學研究》，1995年1月。
20. 〈清代詞學的南北宋之爭〉，孫克強，《文學評論》，1998年，第4期。
21. 〈長歌之哀，過於痛哭——論宋代傷悼詞的審美價值〉，曹志平，《蘇州大學學報》（哲學社會科學版），1998年，第3期。
22. 〈蘇門論詞與詞學的自覺〉，張惠民，《文學評論》，1993年，第2期。
23. 〈豪放詞四論〉，胡傳志，《安徽師範大學學報》人文社會科學版，1999年11月。
24. 〈魏晉南北朝詠史詩論略〉，江艷華，《雲南師範大學學報》（哲學社會科學學報），1994年4月。
25. 〈論北宋使遼詩的兩個問題〉，王水照，《山西師大學報》（社科版），1992年2月。
26. 〈論宋代后妃與朝政〉，諸葛憶兵，《南京師大學報》（社會科學版），1998年，第4期。
27. 〈論邊塞詩的本質屬性〉，劉眞倫，《南京、江海學刊》，1992年4月。
28. 〈論元代少數民族邊塞詩〉，曾憲森，《中央民族大學學報》（哲社版），1997年2月。